La ferme de l'enfer

Jacques Mazeau

La ferme de l'enfer

Roman

Les Éditions Retrouvées

Collection dirigée par Francesca Orlando

Les Éditions Retrouvées, 2020
avec l'autorisation des Éditions de L'Archipel

ISBN : 978-2-36559-253-6

1

Le champ de blé était bordé au nord par le chemin reliant le domaine de la Vernières à celui de la Tuilerie, et au nord-est par la nationale menant de la Charité à Châteauneuf.

Les épis ondoyaient sous la brise. En ce début d'après-midi, le soleil était brûlant. Un léger voile brumeux flottait au-dessus de cette étendue mouvante.

Au loin, près des barbelés séparant le champ d'un pré de pâture, des hommes, torse nu, suivaient la moissonneuse. Au rythme des gerbes ficelées jaillissant du plateau, ils érigeaient des meules en enfilade pour faciliter le travail de l'équipe suivante chargée de remplir les charrettes.

Les chevaux, harassés par la touffeur, halaient leur charge d'un pas rageur, le cou tendu, la tête basse, les naseaux frémissants. À grands coups de queue, ils fouettaient leurs flancs luisants de sueur pour en chasser les insectes.

Emma plongea son pinceau dans le gobelet d'eau, disposé à l'extrémité de la rainure du chevalet, puis s'essuya les mains sur sa blouse.

Quittant son siège, elle prit un léger recul et apprécia ce qu'elle venait de peindre. Si les nuances de couleur lui paraissaient satisfaisantes, le tout manquait d'animation. Elle ne retrouvait pas sur la toile la tension des ouvriers et des bêtes, qui constituait la beauté unique, quasi magique de cet instant. Elle n'avait pas su traduire cette violence – c'en était une, de son point de vue – qui opposait la terre et les hommes, ces derniers devant quasiment lui arracher leur subsistance.

Elle recula encore d'un pas. Les imperfections étaient si nombreuses qu'elle préféra s'interrompre et quitta sa blouse.

Couverte d'un simple chemisier en coton très fin, elle frémit sous le souffle d'air rafraîchi par l'ombre du chêne. Les pointes de ses seins durcirent, lui procurant un frisson plutôt agréable.

Mieux valait rejoindre les hommes, se dit-elle, et leur donner un coup de main. Redoutant un possible orage, ils seraient sans doute ravis de son aide.

Elle éveilla Noiraude, la chienne à troupeau qui dormait à ses pieds, puis, ayant enfilé ses sabots et s'étant coiffée d'un chapeau de paille, elle se dirigea vers les ouvriers en longeant la clôture barbelée.

Noiraude tourna autour d'elle en aboyant et piqua une course, truffe au sol, avant de revenir à la même allure. Devant Emma, elle se dressa sur ses pattes, en quête d'une caresse.

— Toujours aussi folle, hein, ma chienne ? murmura la jeune fille en caressant l'épais pelage de jais.

La chienne jappa, agitant frénétiquement la queue, puis se jeta sur le côté avant de repartir en courant.

Emma la regarda s'éloigner. L'émotion lui étreignit la gorge. Comme elle l'aimait, cette bâtarde ! Elle regrettait de lui avoir donné un tel nom, mais il s'était imposé quand elle avait découvert l'autre chiot de la portée, mort étouffé. Dans sa tête d'enfant, la survivante ne pouvait être que coupable !

S'approchant des hommes, son regard accrocha celui de Louis. Torse nu, luisant de sueur, il fourchait les gerbes pour les hisser dans la charrette, où Hippolyte, le père d'Emma, les disposait méthodiquement.

Elle et Louis échangèrent un sourire, empli de leur nuit précédente, mais Emma passa devant lui sans s'arrêter. Elle n'y tenait pas, trop incertaine de contenir son désir de l'embrasser... Elle refusait d'offrir ce spectacle au regard des saisonniers, qui ne manqueraient pas alors de ricaner.

Elle rejoignit Émile, son grand-père, qui conduisait la moissonneuse. Assis, il manœuvrait les rênes, tempêtant après ses deux chevaux de trait harcelés par les mouches.

D'un saut, elle gagna la plateforme et enlaça le cou d'Émile pour garder son équilibre.

— Alors, la petiote ! Fini de peindre ? demanda-t-il.

Après avoir caressé sa tignasse blanche – il avait toujours porté les cheveux un peu longs –, elle l'embrassa et sauta sur le bas-côté, s'écorchant les chevilles sur les chaumes.

— Je vais rester derrière et donner un coup de main aux hommes ! cria-t-elle pour couvrir le vacarme des cisailles.

Acquiesçant d'un hochement de tête, Émile reprit ses gueulantes.

Elle l'observa un moment, admirative. Malgré ses soixante ans, l'homme portait encore beau. Pas très grand, musclé, les épaules larges, bien campé sur ses jambes, il impressionnait toujours ses interlocuteurs, tant on le sentait enraciné dans sa terre, « sa femelle », ainsi qu'il la désignait. À cela s'ajoutait sa façon effrontée de dévisager son vis-à-vis, son regard noir plongé dans celui de l'autre, comme s'il s'apprêtait à fouiller les recoins les plus intimes de sa conscience.

De mémoire, Emma n'avait jamais vu homme lui tenir tête... Quant aux femmes, sans en avoir jamais connu aucune, pas même sa grand-mère, aujourd'hui décédée, elle supposait qu'elles ne devaient pas résister longtemps à son charme.

— Hé ! Emma ! À quoi tu rêves ?

La jeune femme abandonna ses pensées. Son père la hélait du haut de la charrette.

— Va nous chercher un peu de vin frais, on n'a plus rien à se mettre dans le gosier !

— J'y vais !

Suivie de la chienne, Emma se dirigea vers l'extrémité du champ. Elle en profita pour remballer son matériel de peinture, puis, son attirail sous le bras, prit le chemin de la ferme.

Celui-ci serpentait entre deux alignements de chênes bordés d'une haie touffue. Après une centaine de mètres, Emma s'arrêta, les pieds endoloris d'avoir foulé le sol creusé d'ornières et durci par le soleil. Elle prêta l'oreille au frémissement des feuilles qu'agitait un léger souffle de vent chaud. Une soudaine angoisse la saisit, comme si ce bruissement annonçait une mauvaise nouvelle. Elle haussa les épaules.

— Tu ferais bien de ne plus lire les histoires de l'almanach..., marmonna-t-elle en reprenant sa marche.

Elle s'en voulait d'être si sensible et imaginative, une vraie maladie ! Gamine, déjà, elle croyait pouvoir déchiffrer le langage de la nature, le sens des nuages ou encore interpréter de prétendus signes. Combien de fois, à l'écoute du vent ou de la pluie, n'avait-elle pas « entendu » un événement s'annoncer, heureux ou non ? Évidemment, cela n'arrivait jamais comme elle l'avait prévu. La preuve : elle n'avait pas su prévoir le départ de Jeanne, sa mère, trois ans plus tôt.

Le souvenir de cette maudite journée s'imposa avec une telle violence qu'elle ne put retenir ses larmes. Mon Dieu, comme cela faisait encore mal ! Suffoquée par la douleur, elle s'assit alors dans l'herbe, caressant la chienne venue se blottir contre elle.

— Ce n'est rien..., murmura Emma sans en croire un mot.

Ce n'était pas rien, non. C'était même toute sa souffrance, toute sa haine de la vie, toute sa rancœur envers Dieu, si ingrat, et envers ce monde si imparfait !

Pourquoi avait-il fallu qu'elle s'en aille ainsi, un beau matin de février 1932, sans rien dire, pas même à sa propre fille ? Qu'elle n'eût rien annoncé à Hippolyte pouvait encore se comprendre : c'était son mari, et sans doute avait-elle de bonnes raisons de le fuir. Mais à elle, sa fille, pourquoi n'avoir rien expliqué, ne serait-ce que par un mot glissé sous son oreiller ? La veille, pourquoi le vent, la pluie ou les nuages ne lui avaient-ils rien annoncé ? Sa mère avait bien pu lui écrire par la suite de tous les coins de la planète, il était trop tard. Jamais elle n'ouvrirait ses lettres, enfouies au fond d'une malle dans le grenier. Jamais !

Emma regarda la chienne, attendrie de la voir si caressante.

— Même toi, tu n'aurais pas fait une chose pareille !

La colère la fit se relever. Après tout, pourquoi pleurait-elle ainsi l'absence de sa mère ? Comment pouvait-elle lui offrir sa souffrance, alors que celle-ci n'en avait éprouvé aucune en l'abandonnant à l'heure du laitier ? Non, la « salope » n'aurait pas ses larmes ! Elle n'aurait que sa haine. Et, si l'occasion s'en présentait, elle lui cracherait au visage avant de refermer son cercueil.

Emma repartit d'un pas plus décidé, déterminée à ne plus se laisser envahir par sa sensiblerie.

Parvenue à la ferme, elle pénétra dans la cuisine, où Margot l'accueillit. C'était la plus vieille domestique du domaine, sans qu'on sût précisément son âge. Encore vaillante, elle occupait la cuisine comme si elle lui appartenait. Pas question pour quiconque, pas même Emma, Émile ou Hippolyte, d'y rester sans son consentement.

— Qu'est-ce que tu viens faire ici ? demanda-t-elle à Emma d'un air faussement revêche.

— Il faut que je descende à la cave chercher quelques bouteilles pour les hommes.

— Rien que des soiffards, ronchonna Margot. De mon temps, on n'avait pas besoin de vin pour travailler.

Emma l'embrassa.

— De ton temps, Margot, on buvait autant, va !

— Qu'est-ce que tu en sais, gamine ?

— Je le sais, c'est tout, répliqua Emma avant de dévaler l'escalier menant au cellier.

Agréablement surprise par les effluves mélangés du vin et des vieux fûts en chêne, elle rinça deux bouteilles qu'elle emplit de piquette rouge, sombre et mousseuse, puis elle remonta.

Croisant Margot, elle lui lança :

— Je ne m'arrête pas. Les hommes meurent de soif sous un tel cagnard…

Sans attendre le commentaire désapprobateur de la vieille, elle pressa le pas. La chienne la suivait toujours, truffe au sol.

De retour à l'entrée du champ, Emma constata que les hommes avaient bien avancé. Ils se trouvaient maintenant en contrebas, près d'un ru asséché depuis plusieurs jours.

S'avançant vers eux, elle prit conscience de la lourdeur de l'air, présageant un orage. La rumeur des insectes affolés se faisait aussi plus insistante.

Longeant la clôture, elle rejoignit les hommes, qui l'accueillirent avec des exclamations de satisfaction. Elle leur donna les bouteilles, qui passèrent de main en main, puis, à la demande de son père, elle se mit à empiler les gerbes en compagnie de Louis, qui la dévorait des yeux.

Elle lui en fit le reproche.

— Cesse de me regarder comme ça, sinon je m'en vais.

— On s'en fout, des autres, murmura le jeune homme. Je t'aime.

— Moi aussi, mais tu sais bien pourquoi je te dis ça.

Agacé, Louis s'éloigna et se proposa pour prendre la relève d'Hippolyte. Emma lui en sut gré, quoique sa mauvaise humeur ne lui eût pas échappé.

Deux heures plus tard, le champ était entièrement moissonné, au grand plaisir d'Émile, qui craignait la survenue de l'orage.

— Bon Dieu ! s'exclama-t-il, on l'a échappé belle ! Dans moins d'une heure, sûr qu'on va avoir droit au déluge !

Confiant la moissonneuse à Hippolyte, il ordonna ensuite aux ouvriers de ramener la charrette à la ferme, pour la mettre à l'abri sous le hangar. Puis il entraîna Emma à part.

— Revenons ensemble à pied, il faut que je te parle.

Emma accepta avec enthousiasme. Pour rien au monde elle n'aurait renoncé à un tel moment d'intimité avec son grand-père.

Ils avaient pris l'habitude de se parler régulièrement depuis le départ de sa mère. Lors de ces sombres journées, Émile avait été d'un grand secours pour la jeune fille, lui expliquant qu'elle n'était en rien responsable. Seule l'instabilité de Jeanne avait provoqué cette décision. Elle avait toujours agi à sa guise, refusant toute forme d'autorité ou de contrainte. Personne n'était jamais parvenu à lui faire entendre raison, pas même lui. Il avait rapporté nombre d'anecdotes décrivant Jeanne comme une femme imprévisible, voire déséquilibrée.

Emma s'était accoutumée à ce portrait peu flatteur de sa mère, et avait même fini par forcer le trait, la chargeant elle-même de toutes sortes de griefs. Ces heures que celle-ci passait, prostrée ici ou là, la larme à l'œil, à attendre on ne savait quel messie. Ces disputes qui l'opposaient à Hippolyte, et les propos violents qu'elle tenait parfois à l'encontre d'Émile. Muette et désarmée, Emma avait ainsi assisté à un véritable enfer, de sorte qu'elle en voulait beaucoup à cette femme, devenue pour elle une étrangère.

Elle emboîta le pas à Émile. À la sortie du champ, il lui proposa de prendre le chemin des écoliers : ils passeraient par le bois des Quatre-Vents, avant de redescendre par le chemin de Malterre. Emma approuva, et son grand-père l'embrassa.

Ils marchèrent plusieurs minutes en silence, assommés par la chaleur, avant de pénétrer dans le bois, où ils apprécièrent la soudaine fraîcheur qui les enveloppait.

— Avec de la chance, dit Émile, on apercevra peut-être un renard, il y en a plein par ici.

— Je sais, j'en ai déjà vu pas mal dans le coin.

— Tu as pu observer une femelle avec des renardeaux ?

— Oui.

— Tu as vu comme elle est attentive envers ses petits ? Elle donnerait sa vie pour eux !

— Oui, répliqua Emma. Il m'arrive même de penser que j'aurais été plus heureuse si j'avais été l'un d'eux...

À ces mots, Émile lui pressa le bras affectueusement.

— Il y a des années de cela, reprit-il, j'ai renoncé à tirer sur l'une d'elles en découvrant combien elle était dévouée à sa progéniture.

Emma sourit.

— Elle devait être émouvante. Tu n'es pas le genre à retenir un coup de fusil.

— C'est vrai...

Quelques dizaines de mètres plus loin, Émile se tourna vers Emma.

— Tu connais vraiment ce bois ?

Surprise, Emma dévisagea son grand-père.

— Oui, je crois. Pourquoi ?

— Alors, dis-moi où se trouve le puits.

— Quel puits ?

— Tu vois que tu ne connais pas l'endroit !

La prenant aussitôt par la main, il l'entraîna dans le sous-bois, ouvrant le chemin parmi un entrelacs de branches et de buissons. Courbés, écartant les branchages et enjambant les obstacles, ils finirent par déboucher sur des ruines envahies par la végétation.

— Jamais je n'aurais cru qu'il y avait eu une habitation ici, s'étonna Emma, en équilibre sur un monticule de terre, de pierres et de poutres mêlées.

— Personne ne connaît ces lieux.

— À part toi.

— Oui, mais moi, j'ai une excuse : je l'ai connue sur pied.

— Tu me racontes ?

— Un autre jour, répondit Émile en lui tendant la main pour la faire accéder à l'arrière des décombres.

Après quelques enjambées, ils se retrouvèrent devant un vieux puits surmonté d'un auvent. Une chaîne était encore enroulée autour du tambour en bois. Emma essaya d'actionner la manivelle, en vain.

— C'est trop vieux pour fonctionner, expliqua Émile.

— Tu crois qu'il y a encore de l'eau ? demanda la jeune fille en se penchant au-dessus de la margelle.

— Je n'en sais rien. Jette un caillou, tu verras bien.

Emma ramassa un éclat de moellon, qu'elle lança dans le trou noir obstrué par un lierre épais, puis tendit l'oreille.

— On n'entend rien.

Émile se pencha à son tour.

— Tu sais, ça peut être très profond.

— Qui habitait ici ?

Émile se contenta de sourire.

— Je t'en parlerai un jour. N'insiste pas…

De retour sur l'allée forestière, ils redescendirent en empruntant le chemin de Malterre, qui menait directement à la ferme.

Sur le chemin, Emma cueillit quelques fleurs, parfois des herbes, qu'elle assemblait en bouquet. Puis elle s'arrêta pour arranger l'ensemble, songeant que cela ferait un beau sujet de peinture.

— C'est pour me montrer le puits que tu m'as emmenée dans le bois ? demanda-t-elle.

— Non, je voulais te parler.

— De quoi ?

— Je ne vais pas y aller par quatre chemins : je ne veux plus te voir batifoler avec Louis. Il n'est pas pour toi.

Emma s'empourpra.

— Pourquoi tu me dis ça ? Je l'aime bien, c'est tout !

— Ne me raconte pas d'histoires ! coupa Émile. Je sais que c'est bien plus que ça.

Cherchant à juguler son agacement, Emma ne répondit pas aussitôt.

— Je ne comprends pas, finit-elle par dire d'une voix altérée par l'émotion. Mes sentiments me regardent.

— Non ! Tu appartiens à une famille honorable, ce qui t'impose des devoirs, et notamment celui de ne pas fréquenter un homme qui n'est pas de ta condition.

Emma fixa son grand-père avec un air de défi.

— Ce ne sont pas tes affaires ! J'aime qui je veux !

Campé sur ses jambes, les lèvres pincées, Émile la fixa avec une moue de mépris qu'elle ne lui avait jamais connue.

— Tu couches avec lui ? demanda-t-il soudain, d'un ton cassant.

Emma rougit de nouveau.

— Évidemment ! Et alors ? c'est interdit ?

— Oui, quand on a ton âge et que l'on risque de tomber enceinte. Que feras-tu si ça arrive ?

— Je l'épouserai.

Émile haussa les épaules et reprit sa marche. Emma lui emboîta le pas. Exaspérée, elle jeta son bouquet sur le bas-côté. Quelle mouche avait bien pu piquer son grand-père ? Jamais il ne lui avait parlé sur ce ton, et jamais il n'avait même montré une curiosité aussi déplacée à son égard.

Emma hâta cependant le pas pour le rattraper : elle aimait trop Émile pour en rester là. Parvenue à sa hauteur, elle l'interrogea.

— Tu peux me dire ce qu'il te prend ? Pourquoi ces questions ?

Muré dans son silence, Émile continuait d'avancer d'un pas rageur.

— J'ai eu assez à faire avec ta mère ! lui lança-t-il sans même la regarder. Je ne veux pas que ça recommence !

— Qu'est-ce qui recommencerait ?

— Rien.

Ils pénétrèrent bientôt dans la cour de la ferme. Émile interpella un ouvrier qui se dirigeait vers les écuries en poussant une brouette vide.

— Hé ! Gaby, selle-moi Alizée !

Comprenant qu'elle n'en tirerait plus rien, Emma rejoignit le bâtiment d'habitation. Elle n'avait plus qu'une envie, se jeter sur son lit et pleurer.

Elle traversa la cuisine, passa devant Margot sans même la saluer, puis gravit l'escalier à longues enjambées. Une fois dans sa chambre, elle ferma la porte à clé et s'affala sur le lit. Là, les larmes lui montèrent aussitôt aux yeux.

Dans sa tête défilaient des images brouillées, un mélange de souvenirs, la plupart douloureux. Ses pleurs redoublèrent. Ce torrent d'émotions et de souffrances anciennes, obscures, inintelligibles, la violentait tant qu'elle dut s'asseoir pour reprendre le contrôle d'elle-même. Mais ce fut pire que tout : l'image de son visage ravagé dans le miroir de la coiffeuse lui répugna. Elle se leva pour marcher de long en large dans la pièce, une main appuyée sur son ventre endolori.

Soudain, incapable de dominer cette souffrance qui lui déchirait les entrailles, elle s'agenouilla, se recroquevilla sur elle-même, et s'évanouit.

Quand elle rouvrit les yeux, Margot était penchée sur elle, lui caressant le visage.

— Margot ? dit-elle d'une voix affaiblie.

— Oui, c'est moi, ma petiote. Ne t'inquiète pas, je suis là. Mais il faut t'allonger toute seule, je n'ai pas la force de te porter.

Recouvrant peu à peu ses esprits, Emma réussit à se mettre debout, puis, soutenue par Margot, s'affala sur le lit.

— Comment es-tu entrée ?

— J'avais le double de la clé. Allez, repose-toi ! On dirait que tu en as besoin.

Emma saisit la main de la vieille femme.

— Je t'en prie, reste à côté de moi.

Gardant la main d'Emma dans la sienne, Margot s'assit à ses côtés.

— Qu'est-ce qu'il t'arrive ? s'enquit-elle avec douceur.

À cette question, Emma se mit à pleurer de plus belle.

— Je ne sais pas, c'est venu comme ça. Tu sais, toi ?

La servante caressa son front moite.

— Oui, je sais.

— Dis-moi !

— C'est la vie... C'est la vie qui fait mal. C'est le prix qu'on paye pour ne pas être des bêtes.

Emma la dévisagea avec l'étrange sensation de la découvrir pour la première fois. Jamais elle n'avait remarqué les rides qui encadraient sa bouche, ni le regard si profond et plein de tendresse qu'elle lui prodiguait.

— Tu as déjà vécu ça, toi ?

Margot se contenta de hausser les épaules, un vague sourire aux lèvres, puis se leva.

— Allons, repose-toi ! J'ai à faire en bas, dit-elle en se dirigeant vers la porte.

Emma la suivit du regard.

— Je t'en prie, n'en parle à personne...

— À qui veux-tu que j'en parle ? Pour ça, il faudrait qu'on me parle ! Allez, reprends-toi et descends. On ne va pas tarder à se mettre à table.

Elle referma doucement la porte derrière elle.

Rassérénée, Emma se redressait sur le rebord du lit quand un éclair illumina la chambre, jusque-là plongée dans une semi-obscurité.

Savoir que l'orage n'allait pas tarder à éclater lui donna un peu de courage. Elle se leva et se rendit à la fenêtre, sous laquelle se déployait un vaste champ d'orge.

Une violente rafale ouvrit soudain les battants, laissant entrer une bouffée d'air tiède. Emma sortit sur le balcon, où elle s'accouda à la balustrade. Captivée par la violence du tonnerre, la « colère de Dieu » comme l'appelait sa mère, elle ne voulait rien en manquer. Elle puiserait dans les éclairs, la pluie et les rafales la force dont elle avait besoin. Aussi loin que remontaient ses souvenirs, il en avait toujours été ainsi. Combien de fois, au grand dam des adultes, n'était-elle pas sortie de la maison, en plein orage, pour sentir la pluie ruisseler sur sa peau et se nourrir de cette formidable énergie qui irradiait du ciel ?

Mue par une pulsion soudaine, elle retourna fermer la porte à double tour, puis se déshabilla complètement avant de regagner le balcon.

Les premières gouttes, presque chaudes, s'écrasèrent lourdement sur sa peau. Illuminant la campagne, un éclair zébra le ciel, puis un grondement sourd, lent et profond s'annonça au loin et prit de l'ampleur. Enivrée par ce spectacle, Emma se mit à imaginer une immense armée de cavaliers se précipitant sur la demeure.

Ses mains enserrant la balustrade, le visage tourné vers le ciel, la poitrine offerte au vent, elle accueillit les gouttes de pluie qui s'abattaient sur son corps comme une eau baptismale la lavant de toutes ses souffrances, de l'abandon de sa mère, de sa solitude.

Cette exaltation dura jusqu'à ce que l'air rafraîchi la fît frissonner. Se rappelant alors qu'on l'attendait en bas pour le dîner, elle se précipita dans la chambre pour se sécher et se rhabiller. À peine avait-elle enfilé une robe qu'on frappa à la porte. C'était Hippolyte.

— Dépêche-toi, on a commencé à servir.

— J'arrive ! répondit-elle en se brossant les cheveux.

Quelques minutes plus tard, elle prenait place à la table ronde de la salle à manger, face à Émile, la mine renfrognée, et à Hippolyte, l'air absent. Mais leurs têtes d'enterrement lui importaient peu. Sans trop saisir pourquoi, elle avait la sensation que son avenir s'ébauchait enfin.

Faisant fi du malaise où semblaient plongés son père et son grand-père, elle prit le parti de les tirer de leur mutisme en les interrogeant, avec un intérêt enjoué, sur leurs activités du jour. Se souvenant d'un article récent paru dans le journal local, elle alla même jusqu'à réussir l'exploit de les échauffer sur des questions politiques qu'elle n'abordait jamais, en leur demandant ce qu'ils pensaient de la décision d'Hitler rétablissant le service militaire obligatoire pour porter les effectifs de l'armée allemande de cent mille à cinq cent mille hommes.

Hippolyte réagit le premier, avec une virulence inattendue.

— Bon Dieu ! Encore une belle connerie de notre part ! À le laisser agir à sa guise, on va se retrouver entraînés dans un autre conflit. À croire que le dernier n'a servi à rien ! C'est maintenant qu'il faut faire la guerre à ces salopards ! Pas quand ils seront réarmés !

— Ferme-la donc ! répliqua Émile. Tu t'y connais en politique comme moi en cuisine ! Tu ferais mieux de t'inquiéter de Staline ! C'est lui, le danger, et heureusement qu'il y a Hitler pour lui tenir la dragée haute ! Je te le dis, moi !

Hippolyte secoua la tête d'un air excédé.

— Tu te trompes, tu verras ! Hitler va tout mettre à feu et à sang dès qu'il en aura la possibilité, et ce ne sont pas les couilles molles qui nous gouvernent qui pourront l'arrêter !

Comme chaque fois qu'il sentait une résistance de son fils, Émile choisit la fuite.

— Vous me faites chier ! lança-t-il en jetant rageusement sa serviette, puis il gagna son bureau, où il s'enferma.

Hippolyte haussa les épaules.

— Toujours pareil, grommela-t-il. Impossible d'exprimer un avis contraire au sien, aussitôt il prend la mouche !

Emma avait éprouvé une satisfaction certaine à voir les deux hommes s'opposer. Il y avait si longtemps qu'elle prenait ses repas en leur compagnie, sans jamais un sujet de confrontation !

— C'est bien la première fois que je te vois le provoquer, dit-elle.

Hippolyte la dévisagea comme s'il cherchait à percer les véritables motivations de sa fille, puis, de nouveau, il haussa les épaules, fataliste.

— C'est une tête de pioche, il faut toujours qu'il ait raison…

— Pourquoi tu ne t'opposes pas plus souvent à lui ? Tu aurais de bonnes raisons de le faire, non ?

— À quoi ça servirait ? Tu le connais : si on lui tient tête, il fait la gueule et on n'obtient rien.

— Tu lui montrerais au moins que tu existes, toi aussi.

Renfrogné, Hippolyte répondit :

— Qu'est-ce que tu cherches à me dire ? Que je n'ai pas de couilles ?

Emma s'apprêtait à répondre quand Margot entra pour débarrasser la table.

— C'était bon ?

— Délicieux ! s'exclama Emma en se levant pour l'aider.

Hippolyte alluma une cigarette et s'absorba dans ses pensées.

Quand Emma eut rejoint Margot dans la cuisine, celle-ci ferma la porte d'un air de conspiratrice.

— Alors, ça va mieux, ma petiote ?

— Oui, je te remercie. Ça va même très bien !

— Tant mieux. J'avais peur que tu sois toujours mélancolique…

Émue, Emma s'approcha et l'embrassa sur la joue.

— Tu es gentille, lui souffla-t-elle à l'oreille avant de retourner dans la salle à manger.

Hippolyte lisait le journal dans le fauteuil, proche du poste de radio. Emma vint s'asseoir sur un tabouret près de l'âtre où crépitait un grand feu.

— Dis, j'aimerais te poser une question…

Hippolyte rabattit le journal sur ses genoux, d'un geste brusque, comme si elle l'importunait.

— Oui ?

— Comment il était, oncle Maxime, avec grand-père ? Tu ne parles jamais de lui.

— On ne parle pas de quelqu'un qui a foutu le camp.

— Je sais bien qu'il est parti, lui aussi, mais ce n'est pas une raison pour ne jamais l'évoquer. Après tout, c'était ton frère, et tu as vécu avec lui durant des années.

Excédé, Hippolyte reprit ostensiblement la lecture de son journal.

— Je n'ai rien à dire au sujet d'un déserteur !

Emma saisit le tisonnier et attisa le feu distraitement.

— Pourquoi est-il parti ? demanda-t-elle comme pour elle-même. Et pourquoi en Afrique ? D'après les lettres que maman m'a fait lire, il…

— Écoute, ça suffit ! Je n'ai pas envie de parler de lui ! coupa Hippolyte. Ta mère t'a assez bassinée à son sujet et tu as lu certaines de ses lettres, cela devrait suffire à ta curiosité.

Irritée de voir combien la simple évocation de Maxime pouvait agacer son père, Emma se leva.

— Pourquoi faut-il que tu t'énerves chaque fois que je t'interroge sur ton frère ? Tu sais que je m'intéresse à lui, même si je ne l'ai pas connu. J'aimerais juste savoir pourquoi il a décidé de tout abandonner pour partir si loin.

— Tu n'as pas besoin de le savoir !

— Et pourquoi non ? s'emporta Emma. C'est mon oncle, et il semblait beaucoup compter pour maman ! Pourquoi…

Sa question resta en suspens. Discrètement, Émile venait d'entrer dans la pièce.

— Cesse donc de questionner ton père sans arrêt, ma petite fille ! Va te coucher, il se fait tard.

Emma se retint de répliquer. Sans qu'elle s'explique pourquoi, une crainte diffuse l'avait saisie quand elle avait croisé son regard. Après avoir contourné la table, elle claqua la porte, puis, d'un pas pressé, emprunta le couloir jusqu'au vestibule.

Là, au hasard, elle saisit une veste en velours accrochée à une patère, l'enfila, puis sortit.

L'air rafraîchi par le récent orage lui fit du bien. Comme si elle cherchait à mettre le plus de distance possible entre elle et son grand-père, elle courut dans l'obscurité jusqu'à la mare, à l'entrée de la propriété, où elle reprit son souffle en s'asseyant sur la souche d'un vieux saule, proche de la rive. Toujours mal à l'aise, elle guettait le moindre bruit qui aurait pu trahir une présence humaine.

Bercée par la rumeur de la campagne environnante, elle retrouva son calme. Elle avait besoin de réfléchir à sa confrontation avec Émile au sujet de Louis. Il lui semblait que cette dispute avait été une sorte de révélateur, sans qu'elle sût exactement de quoi. De plus, dès cet instant, elle n'avait plus agi comme à l'accoutumée. Que lui avait-il pris de tenir tête à Émile ? Comment en était-elle venue à s'offrir nue au déchaînement de l'orage ? Pourquoi avait-elle provoqué cette stupide querelle ? Pourquoi avait-elle évoqué son oncle Maxime, alors qu'elle savait pertinemment que le sujet était tabou ? Pourquoi, enfin, avait-elle éprouvé une telle appréhension en croisant le regard d'Émile ?

Un sentiment d'impuissance l'envahit. Tout cela la dépassait…

Incapable de prolonger sa réflexion, elle se leva pour reprendre la direction de la ferme. Chemin faisant, elle supposa qu'elle risquait simplement de tout compliquer à tant s'interroger : mieux valait se coucher, et oublier tout ça.

Au moment de passer devant la bâtisse des ouvriers, l'envie de se réfugier dans les bras de Louis s'imposa. Qui mieux que lui, qui s'enorgueillissait d'appeler un chat un chat, pouvait la libérer de ces interrogations oiseuses ?

Bifurquant vers la bâtisse, dont la silhouette sombre se détachait sur le ciel étoilé, elle hâta le pas. Une fois devant la porte, elle marqua un temps d'arrêt et tendit l'oreille. Elle n'entendit rien, excepté le bruissement du feuillage sous la brise. Lorsqu'elle se fut accoutumée à l'obscurité, hésitante, elle fixa la fenêtre de Louis, au premier étage.

Dans l'escalier ou dans le couloir, elle risquait de croiser un ouvrier qui ne saurait garder sa langue. Que dirait alors Émile s'il l'apprenait ?

Cette question l'irrita. Se la poser, c'était déjà reconnaître et accepter l'emprise tyrannique d'Émile sur sa vie à elle, mais ce fut précisément ce qui la décida à entrer…

Malgré ses précautions, la porte grinça. Guettant le moindre bruit, elle se glissa à l'intérieur et avança jusqu'à la rampe, qu'elle agrippa. Puis, prenant garde de poser le pied à l'extrémité des marches de peur que celles-ci ne craquent, elle gravit l'escalier.

Au premier, l'oreille aux aguets, elle marqua un nouvel arrêt. Les battements de son cœur lui paraissaient démesurément bruyants. Finalement, comme la fenêtre du couloir dispensait une lueur suffisante, elle repéra facilement la chambre de Louis. En quelques enjambées, elle fut devant la porte. Elle s'immobilisa, sur le qui-vive, craignant toujours qu'un ouvrier ne sortît pour se rendre aux toilettes du palier. Et, si elle appréhendait également la réaction de Louis lorsqu'il ouvrirait, elle éprouvait néanmoins une terrible exaltation à l'idée de transgresser l'ordre moral incarné par Émile et son père. Pensez donc ! La fille du patron, amoureuse de l'un des ouvriers, le rejoignait dans sa chambre en pleine nuit !

L'oreille collée à la porte, elle gratta plusieurs fois au panneau, maudissant Louis d'avoir le sommeil si profond. Enfin, elle entendit le grincement du sommier : il se levait. Il ouvrit.

— C'est moi, souffla-t-elle en se jetant dans ses bras. Ferme vite !

Ayant poussé le verrou, il l'enlaça.

— Qu'est-ce que tu fais ici ? chuchota-t-il.

Elle s'agrippa à son cou et, écrasant ses lèvres contre les siennes, le poussa vers le lit. Elle était d'autant plus impatiente de faire l'amour que ses premières caresses lui avaient révélé la nudité et le désir de Louis.

Emma l'attira sur son corps, avide de l'animalité qu'il exprimait chaque fois en l'étreignant. Cette façon presque brutale qu'il avait de la posséder la satisfaisait parfaitement. Elle lui était même indispensable.

Elle se fichait des préliminaires ou de ces niaiseries qu'une femme était censée entendre pour atteindre l'orgasme. Pour elle, l'accouplement était avant tout une affaire de muscles, de peau, d'odeurs et de transpiration. Elle n'était qu'une femelle et lui, un mâle, qui devaient parvenir à la jouissance.

Alors qu'elle tendait son ventre afin de mieux sentir Louis la pénétrer et combler la sensation de vide qui l'habitait toujours en pareilles circonstances, elle plaqua ses lèvres contre son torse pour étouffer ses gémissements. Puis, lorsque le corps de Louis se raidit, elle s'arc-bouta pour recevoir sa semence, et se laissa emporter par la vertigineuse sensation de mourir.

Plus tard dans la nuit, elle se réveilla, étouffant sous le corps pesant de Louis. Comme elle le repoussait, il sortit de son sommeil et s'allongea à côté d'elle, silencieux. Emma lui sut gré de ne pas rompre ce moment de grâce, où l'on revient au monde après l'amour.

Elle prêta l'oreille au silence tumultueux de la campagne qui entrait par la fenêtre grande ouverte. Un festival de ululements, coassements et stridulations témoignant d'une vie nocturne intense.

Cette effervescence invisible, et pourtant si présente, la rassurait, comblant le sentiment de solitude ancré en elle depuis toujours. Parfois, quand cette sensation de vide devenait trop douloureuse, elle tentait d'en deviner l'origine, mais en vain. Spontanément, elle l'attribuait au départ de sa mère, sans en être véritablement convaincue. Non, cette souffrance était bien plus ancienne, liée à des événements qu'elle ignorait et ignorerait sans doute toujours.

À plusieurs reprises, elle avait interrogé son père, ou Émile, sur son passé. Chaque fois, elle s'était heurtée à la même réponse : il ne s'était rien produit de particulier avant la fugue de sa mère, sinon que la santé mentale de cette dernière n'avait cessé de se déliter au fil des années.

Selon les deux hommes, la vie de Jeanne n'avait été qu'une folie ordinaire, une histoire d'inadaptation au monde, un refus des responsabilités. Et elle, sa fille, devait cesser de s'interroger sur cet abandon. Au fond, n'avait-elle pas été heureuse, entourée de son père et de son grand-père ?

— À quoi tu penses ? demanda Louis.

— À rien, mentit-elle, trop surprise pour inventer une réponse plus convaincante.

Il se tourna alors vers elle et caressa son ventre.

— C'était bien, hein ?

— Oui ! J'aime faire l'amour avec toi…

Il alluma une cigarette. La flamme du briquet éclairant un instant leurs visages, ils échangèrent un sourire, puis ce fut de nouveau l'obscurité.

— Tu es drôlement gonflée d'être venue ici, reprit-il.

Emma se colla contre lui.

— J'avais envie de toi, de te dire que je t'aime.

— Moi aussi, je t'aime.
— Tu en es certain ?
— Évidemment ! Tu en doutes ?
— Non, mais j'aime te l'entendre dire. Surtout ce soir…

Il tourna son visage vers le sien.

— Pourquoi ce soir ?
— Mon grand-père m'a fait la leçon cet après-midi. Il désapprouve notre liaison.

Louis tira sur sa cigarette et souffla la fumée, puis, agressif, reprit :

— Qu'est-ce qu'on en a à foutre, de l'avis du vieux ? Ça ne le regarde pas !
— C'est ce que je lui ai répondu. Mais je le connais, il fera tout pour nous séparer.
— Je n'ai pas peur de lui.

Elle se détacha et se mit sur le dos.

— Ce n'est pas la question. L'important, c'est qu'on soit sûrs de nous, de nos sentiments. C'est ça qui peut le faire changer d'avis.
— Et ton père, il dit quoi ?
— Rien, comme d'habitude. Mais je suis certaine qu'il partage l'avis d'Émile.
— Ça ne m'étonne pas. J'ai toujours pensé qu'il n'avait pas de couilles.
— Peut-être, répondit Emma en se levant, mais c'est mon père, et j'ai besoin de son soutien.

S'appuyant sur son coude, Louis se redressa.

— Tu t'en vas déjà ?
— Oui, pour qu'ils ne s'aperçoivent de rien.

Elle avait menti. En réalité, elle était en colère.

Contre son grand-père et son père, mais aussi contre Louis, qui tous ne songeaient qu'au rapport de forces. Décidément, elle haïssait ce monde d'hommes où tout est affaire de couilles, de muscles et de puissance. Néanmoins, elle aussi acceptait leur loi, et c'était sans doute ce qui l'exaspérait le plus !

Vite habillée, elle posa un rapide baiser sur les lèvres de Louis.

— Ferme derrière moi et rendors-toi, souffla-t-elle avec une tendresse forcée. À demain.

Échappant au jeune homme qui tentait de la retenir, elle quitta la chambre, puis suivit le couloir jusqu'à l'escalier. Elle s'apprêtait à descendre quand elle entendit derrière elle la clé tourner dans la serrure. Comme il lui semblait que c'était son propre cœur qui se fermait, elle eut envie de pleurer.

2

Une semaine s'était écoulée. Ce matin-là, tous les champs de blé ayant été moissonnés, on attendait avec impatience l'« événement » : l'arrivée de la batteuse.

Cette machine à essence, l'une des toutes premières, achetée par Émile et quelques gros propriétaires du canton réunis en syndicat, attisait la curiosité des anciens comme des plus jeunes. Outre que cet engin leur promettait un travail moins harassant, tous y voyaient le fruit de l'inventivité de l'homme, ce dont ils tiraient une grande fierté.

Toutefois, si ce progrès avait la vertu de faciliter le travail dans les champs, il créait aussi de nouvelles contraintes : vu la taille de la machine, il fallait dégager un espace suffisant pour l'entreposer, prévoir une distance précise pour installer la glissière et, enfin, disposer cales et madriers pour l'immobiliser durablement – autant de tâches qui mobilisaient Hippolyte, Émile et tous les ouvriers, saisonniers ou non.

Alors que les hommes s'activaient dans la cour, une douzaine de femmes, venues des fermes voisines, s'affairaient en cuisine pour préparer à l'avance les déjeuners, dîners et soupers qui ponctueraient les journées à venir.

D'ordinaire silencieuse, la pièce s'apparentait désormais à une ruche, où chaque ouvrière exécutait son travail sous la conduite des deux reines, Margot et Emma. On plumait, découpait, épluchait, cuisait selon un ordre précis et une science du mouvement si aboutie que, malgré l'exiguïté des lieux, on ne déplorait ni bousculades ni maladresses, chacune des femmes effectuant sa tâche sans empiéter sur celle de sa voisine. Un citadin aurait pu s'en étonner, mais ce ballet, effectué avec naturel, n'était que l'héritage de plusieurs générations d'autres femmes dévouées au labeur et à la terre.

Emma n'était pas la moins active. Responsable de la cuisson, elle officiait devant la cuisinière à bois avec une telle maestria que les plus âgées lui promettaient un bel avenir.

— Pas manchote pour deux sous, la petite !

— Sûr qu'elle trouvera à se marier sans difficulté !

Emma estimait ces remarques si désuètes qu'elle en riait. Selon elle, les temps avaient changé, et il n'y avait guère de chances qu'elle adoptât un jour le style de vie de ses aînées. Quel que soit son destin, elle ne se plierait jamais à cet esclavage qui ne disait pas son nom : elle serait libre et l'affirmerait haut et fort, dût-elle se battre pour obtenir gain de cause.

Elle songea à Louis, s'imaginant mariée avec lui. Accepterait-il son attitude émancipée ? Elle en doutait. Il n'était pas du genre à s'interroger sur la vie de couple, et encore moins sur la nécessité d'une révolution dans ce domaine. Envisageant le monde comme un ensemble indéfectible de traditions, de règles et de comportements, il ne voyait aucune raison d'y changer quoi que ce fût.

— Alors, ma petiote, on rêvasse ? lui demanda Margot.

Emma sursauta.

— Mon Dieu, non ! J'ai bien trop faim pour laisser les patates attacher !

Soudain, un brouhaha parvint de l'extérieur, puis le roulement d'un charroi. Les femmes se précipitèrent hors de la cuisine : la batteuse entrait dans la cour de la ferme.

L'arrivée de l'imposant engin, tiré par quatre percherons, avait attiré tous les employés et saisonniers de la ferme. La plupart se tenaient agglutinés autour de lui, détaillant les moindres détails de sa machinerie complexe, faite de courroies et de poulies. Les plus curieux interrogeaient Roland, le chauffeur-mécanicien, dont le travail consistait à l'entretenir en bon état de marche. Roland répondait aux questions avec précision, sans jamais manifester d'agacement. On devinait qu'il aimait sa machine et qu'il voulait faire partager sa passion au plus grand nombre.

Sur le conseil d'Émile, qui s'était joint à l'attroupement, il commença à en expliquer le fonctionnement, soulignant avec fierté la modernité de ce modèle-ci. Il était en effet l'un des premiers à fonctionner avec un moteur à essence à un seul cylindre, ce qui remplaçait avantageusement les anciennes locomobiles à vapeur. Il tombait rarement en panne et, surtout, il était beaucoup moins dangereux.

Grimpant sur la plateforme, Roland indiqua qu'il y faudrait quatre hommes : l'un pour passer les gerbes à deux autres ouvriers, qui les délieraient et les donneraient à l'engreneur. Il insista sur le fait que ce dernier devrait être extrêmement précautionneux pour ne pas engorger le tambour, puis s'attarda sur la manière dont le blé était séparé de la paille grâce à un système compliqué de tamis et de ventilateurs.

Remettant pied à terre, Roland montra ensuite le tuyau d'où jaillirait le blé, puis il détailla le fonctionnement de la botteleuse qui débiterait les balles de paille.

Son exposé terminé, il fut applaudi par l'ensemble de l'assistance.

— Bon Dieu, on a tout compris ! Tu devrais faire maître d'école ! entendit-on.

Le compliment était tellement imprévu que Roland ne put dissimuler sa confusion.

— Pas la peine de me remercier, articula-t-il, écarlate. C'est la bécane qu'il faut applaudir ! Grâce à elle, vous aurez moins de tours de reins.

Des rires fusèrent.

— Dame ! Il y a tant d'autres manières d'attraper un tour de reins ! Hein, les filles ?

Roland reprit la parole.

— En tout cas, vous n'avez pas à vous inquiéter : je donnerai un coup de main ici et là pour vous montrer comment faire, et...

Émile l'interrompit en levant la main.

— Ça suffit ! lâcha-t-il d'une voix autoritaire. Ils verront bien comment ça marche quand ils seront à leur poste !

Dans le lourd silence qui suivit, il appela quelques gars, parmi lesquels Hippolyte, pour aider Roland à placer l'engin près des ouvertures du grenier, à poser le tapis roulant et à caler les roues. Puis, il composa plusieurs équipes : l'une travaillerait sur la plateforme, une autre s'occuperait du remplissage des sacs de blé et de leur transport dans le grenier, et la dernière récupérerait les balles de paille pour les entreposer sous le hangar.

— Allez, ouste ! Il est grand temps de se mettre à l'ouvrage ! Avec cette putain de chaleur, un orage peut nous surprendre à tout moment !

Tandis que les hommes s'exécutaient, les femmes regagnèrent la cuisine.

— Bon Dieu, on connaît le bonhomme ! Avec lui, il ne faut pas grand-chose pour se retrouver dehors avec son baluchon sur l'épaule ! entendit Emma.

De retour devant les fourneaux, elle ravala son exaspération. Elle avait beau admirer et aimer son grand-père, elle n'appréciait pas et jugeait inutiles ces accès d'autoritarisme à l'égard des employés. Tous étaient courageux, dévoués, et il n'était pas nécessaire de les rudoyer pour qu'ils effectuent leur besogne.

S'attardant à la fenêtre, elle observa Émile diriger les ouvriers avec force gestes et exclamations. Comme d'habitude, ça chaufferait pour ceux qui ne se montreraient pas assez rapides ou malins à son goût... À force de les avoir entendues, Emma connaissait la plupart de ses expressions : « Bon Dieu ! T'iras pas loin, avec ton crâne de piaf ! Ce qu'il faut être con pour faire comme ça ! Regarde-moi ça ! Tu n'es qu'un empoté ! » Aussi loin qu'elle se souvînt, elle ne l'avait jamais entendu complimenter qui que ce fût – pas même sa propre petite-fille.

Au fil des années, il lui semblait même que les exigences de son grand-père – par ailleurs légitimes, puisqu'il était nécessaire d'avoir de l'autorité sur ses ouvriers – s'étaient muées en une détestable tyrannie. C'était regrettable, d'autant qu'Émile avait encore de quoi en imposer, ne serait-ce que par son physique. Son port altier, qui inspirait d'emblée le respect, pouvait même susciter la crainte, surtout lorsqu'il fixait son interlocuteur sans le moindre cillement, la mâchoire serrée et un simulacre de sourire aux lèvres.

S'agissant du travail à proprement parler, Émile en remontrait aussi à pas mal des « jeunots » qu'il employait. Levé aux aurores, il était toujours le dernier à se coucher, au terme de journées qui se déroulaient selon un rite immuable. Dès après son réveil, sa grande balade à cheval, quel que fût le temps, était suivie d'un solide casse-croûte avec Hippolyte et les contremaîtres, à qui il distribuait les tâches à exécuter. Ensuite, il s'habillait en dimanche et s'en allait à la ville pour ses « petites affaires ». De retour aux environs de midi, il enfilait de nouveau son bleu pour inspecter l'avancement des travaux. Là, il mangeait souvent avec les uns et les autres, partageant leur pitance du jour, après quoi il rentrait s'enfermer dans son bureau pour se consacrer à son courrier et ses comptes. En fin d'après-midi, selon son humeur, il allait donner un coup de main ici ou là, ou bien s'occupait de ses chevaux de monte. Le soir, enfin, après avoir fait le point avec Hippolyte, il se changeait de nouveau pour le dîner puis, la dernière bouchée avalée, regagnait son bureau.

Il ne dérogeait à cette règle de vie que le samedi soir, s'échappant de la ferme au volant de sa Citroën Rosalie 10, acquise l'année précédente, pour des destinations connues de lui seul. Naturellement, ces escapades prêtaient le flanc aux hypothèses les plus farfelues. Mais personne, pas même Emma, n'aurait osé lui demander où elles le menaient.

Margot tira Emma de ses pensées en lui demandant d'aller chercher des tomates au jardin, à l'arrière de la demeure. Emma accepta avec plaisir. Qui sait ? Peut-être croiserait-elle Louis, qu'elle boudait depuis leur dernière rencontre ? Malgré le manque de finesse dont il avait fait montre, elle le désirait toujours autant.

Après avoir attrapé un panier dans lequel elle déposa un couteau, elle sortit dans une chaleur déjà accablante. En courant, elle traversa le nuage de poussière dégagé par la moissonneuse, puis contourna le bâtiment. Jetant un œil sur les champs moissonnés qui s'étendaient jusqu'à la route de Châteauneuf, elle regretta la disparition des blés ondoyant sous la brise qui avaient inspiré plusieurs de ses peintures. Désormais, la terre aux tons ocre et jaunes lui semblait n'exprimer que tristesse et souffrance.

Depuis l'enfance, Emma prêtait un cœur et une âme à la terre, qu'elle considérait comme un être vivant. Dès lors, c'était à la terre qu'il revenait de choisir de se montrer généreuse ou stérile, inspiratrice ou muette. Les hommes ne domestiquaient pas la terre ; c'est la terre qui acceptait ou non de se laisser faire.

Prise dans son élan animiste, Emma imagina alors que la terre devait suffoquer sous cette canicule, comme en témoignait la brume vaporeuse qui stagnait au-dessus d'elle, estompant les contrastes. Ce souffle anémié attestait de son épuisement, après l'offrande qu'elle venait de faire aux hommes.

Emma vit là un beau sujet pour un prochain tableau, et se promit de s'y mettre sitôt le battage terminé.

Reprenant son chemin, elle aperçut Louis sortir de la grange, une fourche sur l'épaule, torse nu, bronzé, le pas pesant et assuré. Elle le trouva désirable. Résistant à l'envie d'aller aussitôt se jeter dans ses bras, elle préféra l'attendre, souriante. Lorsqu'il fut à sa hauteur, il s'arrêta, affectant l'indifférence. Mais, comme son regard disait le contraire, Emma s'en amusa.

— Ça va ? demanda-t-il d'un ton volontairement détaché.

Elle l'embrassa sur la bouche, puis éclata de rire.

— Tu n'es qu'un nigaud ! Bien sûr, que je vais bien, puisque je suis amoureuse de toi !

Il s'empourpra, prenant un air empoté qui émut Emma.

— Garde ta serrure ouverte, il se pourrait bien que je passe de nouveau…

Avant qu'il eût le temps de répondre, Emma s'éloigna, se retourna, puis passa derrière la haie du potager. Louis n'avait pas bougé. Elle lui fit alors un petit signe de la main, puis pénétra dans l'enclos.

Là, elle se prit à chantonner, goûtant l'allégresse d'aimer et de l'être en retour, à laquelle se mêlait la fierté d'exercer un tel ascendant sur un homme.

Longeant les plants de tomates, elle choisit avec soin celles qu'elle déposerait dans son panier. Parfois, séduite par les tons vermeils d'un fruit, elle le polissait de ses mains pour le débarrasser de la poussière terreuse qui le recouvrait, puis le faisait tourner au bout de ses doigts, en cherchant à savoir comment elle pourrait restituer en peinture toutes les nuances de sa peau moirée.

Elle avançait lentement, oublieuse de l'heure, quand Émile la héla de l'entrée du potager. Comme il s'approchait, elle pressentit que cela ne présageait rien de bon. Elle se tendit. Sans doute venait-il lui parler encore une fois de Louis...

Contre toute attente, il sourit et l'embrassa.

— Alors, ma petiote ? Tu comptes les tomates, ou quoi ? Margot est aux quatre cents coups dans sa cuisine !

— J'ai bientôt fini, répliqua Emma avec une pointe d'agacement.

— T'en fais pas, la rassura Émile. Tu la connais : avec elle, il faut toujours que ce soit fait dans la minute...

Emma se détendit.

— Tu n'es pas avec les ouvriers ?

Émile arracha une tomate, qu'il mordit avec délectation.

— Bon Dieu, non ! Ils peuvent se débrouiller sans moi. De toute façon, ton père est là pour garder un œil sur eux.

Pourtant certaine qu'Émile n'était pas venu ici sans raison, Emma reprit sa cueillette comme si de rien n'était.

— Je voulais m'excuser pour l'autre jour, lâcha-t-il enfin.

— De quoi ? feignit-elle de s'étonner.

— Tu sais bien, quand on a parlé de… Enfin, tu vois bien, quoi !

Emma savourait le moment. Soucieuse de prolonger l'embarras de son grand-père, elle demeura silencieuse.

— J'ai été un peu brusque, reprit-il. Mais j'ai envie que tu sois heureuse, tu comprends ?

— Je sais, mais je n'ai pas envie que tu te mêles de mes sentiments. Je ne suis plus une gamine !

— Soit, mais tu pourrais choisir mieux que Louis. C'est vrai que ce n'est pas un mauvais garçon, il est même courageux… Mais tu sais d'où il vient.

— Et alors ? Ce n'est pas parce qu'il n'a pas de famille qu'il est à jeter aux orties ! Quand tu l'as engagé, tu ne t'es pas posé la question, tu as simplement vu qu'il savait manier la fourche, non ?

— Mais enfin, c'est un môme de l'Assistance ! Il ne peut pas prétendre à plus que ce qu'il a !

Désormais très agacée, Emma reprit ostensiblement sa cueillette, Émile lui emboîtant le pas.

— Tu es incorrigible ! s'exclama-t-elle. À t'entendre, on serait fichu quand on n'a pas eu de parents. Et moi ? Avec une mère qui a foutu le camp et un père qui a dû m'embrasser deux fois dans sa vie, j'en ai eu, des parents ?

— Tu exagères un peu, ton père est quand même là, et il ne s'est pas si mal occupé de toi quand l'autre est partie.

Emma s'immobilisa pour fixer son grand-père.

— Je ne veux pas reprendre cette discussion. J'aime Louis, et rien ne m'en fera démordre !

— Tu sais, je ne suis pas certain que ton père approuve.

— Je m'en fiche. Quand on voit comment il a réussi sa vie avec sa femme, il n'a rien à dire…

Émile posa alors une main sur l'épaule d'Emma.

— Soit, n'en parlons plus. Tu feras comme tu voudras. De toute manière, je serai toujours là.

Ils échangèrent un sourire.

— Tu me jures de ne plus me parler de ça ? demanda Emma.

Émile attrapa le panier rempli et prit la jeune fille par le bras.

— Juré, ma petiote. Allez, viens, sinon la Margot va faire tout un foin !

Comme ils avançaient tous deux au même pas, Emma se mit à rêver qu'Émile était en train de l'emmener à l'autel, où l'attendait Louis. Ils reprendraient le domaine, le feraient prospérer, auraient des enfants, sa mère serait revenue et elle lui aurait pardonné. Entre ses parents de nouveau réunis, Louis qui l'aimait, ses gamins épanouis et son grand-père vieillissant, elle serait heureuse...

Émile quitta sa petite-fille devant la grange, et continua vers les écuries pour aller s'assurer que les chevaux ne souffraient pas de la chaleur. À la requête d'Emma, il promit de venir à la cuisine saluer les femmes qui ne l'avaient pas encore vu.

Emma s'apprêtait à reprendre son chemin quand elle aperçut le facteur arriver à vélo en provenance de Vieilmanay. Quand il fut à sa hauteur, elle prit le paquet de lettres qu'il lui tendait.

— Alors, Gus ? On doit transpirer, avec cette chaleur ! Vous prendrez bien un petit verre de vin frais ?

— Oh non ! répliqua le bonhomme, je suis encore loin d'avoir fini ma tournée, et c'est vrai que je n'avance pas bien vite...

Puis, reprenant son élan, il lança soudain :

— Mes condoléances, ma petite.

Interloquée, Emma regarda le facteur s'éloigner, puis jeta un œil au courrier. Elle comprit l'étrange phrase de Gus en découvrant l'enveloppe, assez épaisse et bordée de noir, qui lui était adressée. Elle venait de Nairobi, au Kenya, où elle avait été postée plus d'un mois auparavant.

L'angoisse la saisit. Ce courrier devait concerner sa mère, évidemment. Comme les lettres qu'elle lui expédiait régulièrement, elle hésita à le jeter directement dans un coffre du grenier sans s'en préoccuper davantage, mais, cette fois, comme elle en devinait le contenu, elle ne put s'y résoudre. Il lui fallait le lire.

Retenant ses larmes, elle se précipita dans la cuisine. Elle posa le panier de tomates sur la table, ainsi que le reste du courrier qui ne lui était pas adressé, puis grimpa à l'étage en ignorant les reproches de Margot.

Elle s'enferma dans sa chambre et s'assit sur le lit, le regard embué, fixé sur l'enveloppe. Son cœur battait fort dans sa poitrine, il lui semblait être au bord de l'asphyxie.

— Maman, murmura-t-elle. Non…

Une violente douleur au ventre lui arracha d'abord un petit cri plaintif, puis elle éclata en sanglots. Après avoir décacheté l'enveloppe et pris une profonde inspiration, elle lut enfin, par bribes :

Maître Saulnier notaire à Nairobi… immense douleur… décès… Madame Jeanne… le 8 juin 1935…

Comme elle n'avait pas le courage d'aller plus loin, Emma reposa la lettre sur le lit et demeura prostrée, le regard posé sur l'un de ses premiers tableaux, un bouquet de coquelicots. Elle ne pleurait déjà plus. Recroquevillée en elle-même, elle contemplait avec incrédulité et effroi l'immense vide qui l'habiterait désormais et qu'aucun espoir ni rêve ne parviendrait plus jamais à combler.

Son accablement dura quelques minutes encore, puis, d'un geste rapide, comme pour s'empêcher d'y succomber, elle lut la lettre de l'étude notariale qu'accompagnaient les quelques feuillets noircis de l'écriture nerveuse et serrée de sa mère.

Mademoiselle,

Selon les dernières volontés de votre mère, je vous transmets cette dernière lettre qu'elle m'a remise en mains propres quelques heures avant son décès. Sur son insistance, je l'ai lue, afin, m'a-t-elle précisé, que je sois en mesure de vous faire connaître son contenu si elle venait à se perdre.

Ainsi qu'elle l'a souhaité, votre mère est enterrée dans le cimetière de Nairobi, où elle avait acheté une concession.

Cela n'occasionnera aucune dépense pour vous. En effet, avant de mourir, votre mère avait pris soin de régler les frais de la stèle et de l'inhumation.

Enfin, je garde en mes archives ses dernières dispositions testamentaires et divers écrits, dont elle m'a bien précisé qu'ils ne pourraient être consultés que par vous seule et ici même, à Nairobi.

Je vous serais reconnaissant de bien vouloir me faire savoir que vous avez reçu ce courrier.

Votre obligé,

Maître Saulnier.

P.S. : Du fait de la profonde sympathie que j'éprouvais à l'égard de votre mère, soyez persuadée que j'entretiendrai sa tombe avec soin.

Emma s'apprêtait à entamer la lecture de la lettre de sa mère, quand Hippolyte frappa à la porte.

— Qu'est-ce que tu fais ? On t'attend, nom de Dieu !

Emma répondit assez sèchement qu'elle descendrait dans quelques minutes.

— Ah ! les femmes..., put-elle entendre.

Puis, les bruits de pas déclinant, elle se mit à lire.

Emma ne descendit finalement qu'une heure plus tard pour rejoindre la table des convives, installée dehors, à l'ombre de la bâtisse. Il y avait là une trentaine d'hommes attablés, discutant et riant bruyamment. Son père et son grand-père s'étaient assis au centre de la table, face à face. Emma débarrassa plats et bouteilles, évitant soigneusement de croiser leurs regards, puis se rendit dans la cuisine sans prêter attention aux plaisanteries graveleuses des ouvriers.

— Je te remercie, grommela Margot d'un ton acerbe. C'était bien le moment de s'absenter !

— Fiche-moi la paix ! répliqua Emma. Je fais comme ça me chante.

Surprise par la rudesse de cette réponse, la vieille ne demanda pas son reste et s'éloigna en marmonnant.

Emma annonça alors aux femmes en cuisine qu'elle ne souhaitait pas servir à table, mais qu'elle préférait faire la vaisselle. Elles acceptèrent avec empressement. Après tout, il était bien plus amusant d'aller se faire gentiment agacer par les hommes que de rester cloîtrée dans cette cuisine où régnait une chaleur infernale…

Silencieuse, le visage fermé, l'œil sec, Emma commença sa vaisselle.

— Ah ! les salauds ! C'était donc ça, la vérité. Eh bien, ils allaient le payer cher, très cher !

3

À 22 heures, le battage était terminé. En quittant les lieux, la plupart des ouvriers emportaient de quoi manger. Certains grignoteraient à la fraîche devant la bâtisse qui leur était réservée, d'autres, plus courageux, rejoindraient à vélo Narcy ou la Charité pour y boire un coup. Quelques-uns, enfin, regagneraient leurs fermes alentour.

De leur côté, les femmes s'étaient égaillées depuis un bon moment déjà pour effectuer les tâches qui les attendaient chez elles : pour les unes, la traite ; pour d'autres, la lessive ou la couture, voire la préparation de repas pour leurs hommes. Elles ne seraient pas couchées avant longtemps, mais aucune ne s'en plaignait : tel était le lot habituel des épouses de paysans.

Emma s'était éclipsée en même temps que les autres femmes, après avoir annoncé à Margot qu'elle ne dînerait pas, contrairement à son habitude, avec son père et son grand-père. La servante, qui lui tenait encore rigueur de son absence au repas de midi, n'avait pas répondu.

Emma se fichait bien des états d'âme de Margot, et elle était même allée jusqu'à rabrouer Louis quand il lui avait suggéré de venir la rejoindre à la nuit tombée. Emma n'avait plus qu'une idée en tête : s'enfermer au grenier pour se plonger dans la lecture des lettres de sa mère, qu'elle regrettait amèrement d'avoir ignorées jusqu'à présent.

À la lueur d'une lampe à pétrole, après avoir classé les lettres chronologiquement en se fiant aux dates d'oblitération, elle avait commencé, le cœur serré, par parcourir la première, déjà vieille de trois ans.

Elle en était maintenant au troisième courrier en provenance de Paris, écrit quelques semaines après le soudain départ de sa mère. Comme elle lisait, Emma essuyait ses larmes d'un brusque revers de la main, se reprochant de se montrer si émotive et fragile devant la douloureuse réalité qui se révélait au fil des lignes. Une vie faite de solitude, de chagrin et d'égarement…

Elle n'avait pas à pleurer, tout cela était de sa faute. Si elle s'était montrée un peu moins crédule, sa mère ne serait pas partie ou, tout au moins, Emma l'aurait suivie. Au lieu de cela, elle avait refusé de voir, de comprendre, de partager.

Le sentiment d'avoir été seule coupable du désespoir maternel qui se traduisait là, sous ses yeux, en pleins et déliés lui donnait la nausée. Emma manqua de vomir tant la douleur qui lui fouaillait le ventre était violente.

Certains passages lui faisaient découvrir des facettes de sa mère tellement inattendues qu'Emma les lut plusieurs fois, pour s'en imprégner et construire ainsi le vrai souvenir qu'elle devrait garder d'elle, comme quand elle peignait et qu'elle voyait son sujet prendre forme, par petites touches, à partir d'une toile vierge.

Le temps passe, les jours s'enfuient… Mon avenir rétrécit… Je n'en attends rien puisque dans ma vie il n'y a jamais eu de printemps. Je ne me guéris pas. Je continue de m'interroger, ou plutôt d'interroger… le vide ! Aucun écho ne me répond. C'est comme si je m'éveillais d'un long évanouissement où tout me semble irréel, vague et indifférent… J'étais faite pour l'amour, mais il m'a été refusé.

Jeanne évoquait parfois des lieux dont Emma ignorait l'existence, comme ce jardin du Luxembourg où, écrivait-elle, « le bonheur se niche dans cette pluie de pétales blancs tombés du grand cerisier fleuri sur un gazon de velours »… Dans une autre lettre, elle se promenait dans le parc du château de Versailles, décrivant « les parterres du Trianon débordants de fleurs, pleins de papillons et d'abeilles » ou « l'incomparable fête des yeux que lui procuraient les massifs de rhododendrons en fleurs couverts de pétales mauves ».

Incrédule, Emma lisait et relisait. Où donc sa mère, qu'elle n'avait connue que silencieuse, triste et repliée sur elle-même, était-elle allée chercher cette manière de s'exprimer ? La méconnaissait-elle à ce point ? Avait-elle eu une autre vie, dont elle ignorait tout ?

Elle interrompit sa lecture et, séchant ses larmes, remit la lettre dans son enveloppe. Ce n'était pas la bonne manière de procéder. Une nuit ne suffirait pas à lire tout ce courrier et, surtout, elle prenait ainsi le risque de voir s'émousser sa détermination. L'heure n'était plus à l'émotion, aux sentiments ni aux regrets, mais à la vengeance, implacable et douloureuse pour ceux qui la subiraient.

Après tout, elle aurait bien le temps, plus tard, de lire ces lettres. Pour l'instant elle devait s'en tenir aux décisions qu'elle avait mûries l'après-midi, en faisant la vaisselle et en préparant le repas du lendemain.

Avant tout, il lui fallait taire le contenu de ce courrier testamentaire, ne pas en parler à son père ni à son grand-père, aussi coupables l'un que l'autre, tout en affichant une humeur égale pour ne pas éveiller leur méfiance. Puis, au fil des semaines, selon un plan qui se précisait peu à peu, agir méthodiquement, froidement et sans scrupule, pour que chacun d'eux avoue la vérité et paye pour les souffrances qu'il avait fait subir à Jeanne.

Ces décisions ne procuraient à Emma ni joie ni remords. C'était ainsi : elles découlaient naturellement de sa soudaine métamorphose, née de ses lectures. Après le temps de la surprise et du chagrin, la colère l'avait envahie, accompagnée d'une froide détermination à corriger le passé, à lui rendre son sens. L'idée de vengeance s'était imposée comme une évidence, une nécessité, comme la seule réponse possible à l'énormité des mensonges sur lesquels elle avait bâti sa propre vie, à la violence qui avait prévalu à l'encontre de sa mère et au gâchis qui en avait découlé.

Désormais, elle devait accepter d'être une autre Emma, imperméable aux sourires enjôleurs, aux mots apaisants et aux explications fumeuses que lui avaient servis et continuaient de lui servir son père et son grand-père.

Elle rangea les enveloppes, ferma le coffre, qu'elle enfouit sous un fatras de vieilleries, et regagna sa chambre en faisant le moins de bruit possible.

Elle s'y enferma, puis, à la lueur de la lampe de chevet, lut de nouveau la lettre testamentaire de sa mère, avant de la cacher au fond d'un tiroir de l'armoire. Elle éteignit et s'endormit d'un coup.

Les jours suivants, devant son père et son grand-père, Emma parlait avec volubilité, souriant, plaisantant, s'attachant à ne rien laisser paraître de ce qu'elle savait désormais à leur sujet. Ce cynisme lui procurait le plaisir trouble que peut susciter le mensonge calculé, sentiment d'autant plus étrange et réjouissant pour elle qu'elle s'était jusqu'à présent toujours montrée d'une totale franchise, au point, parfois, de passer pour une fille naïve.

Cette discipline de la dissimulation, cet exercice mental et physique lui était indispensable si elle voulait mettre sa vengeance à exécution dans les meilleures conditions.

À ses yeux, le plus troublant était encore de constater combien elle endossait facilement le rôle de ce nouveau personnage, n'éprouvant ni culpabilité ni honte, même quand il s'agissait de feindre des émotions. Que son grand-père se montrât tendre avec elle, elle l'encourageait à l'être encore davantage ; que son père se plaignît d'une rude journée, elle exprimait de la compassion à son égard.

Soucieuse de donner le change, elle n'avait pas modifié ses habitudes. Ainsi, elle continuait de peindre et soignait les chevaux ou apportait son aide à Margot, en cuisine, comme elle l'avait toujours fait.

Louis était la seule personne avec qui elle se montrait naturelle, quoiqu'elle lui eût aussi dissimulé la vérité. D'ailleurs, pourquoi la lui aurait-elle révélée ? Cela ne le regardait pas. Le plus important était que, dans ses bras, elle ne travestissait jamais ses émotions, ses jouissances ni ses rêves. Elle l'aimait sincèrement, et voulait qu'il en fût convaincu.

Le jour, elle s'efforçait, avec succès, de ressembler à celle qu'elle avait toujours été ; la nuit, elle redevenait elle-même, alimentant sa colère et sa haine par un fastidieux travail de remémoration des années passées, qu'il lui semblait avoir laissé filer avec trop de légèreté. Elle ressentait le besoin impératif de remonter le temps, afin de préciser des souvenirs qui pourraient venir conforter les révélations maternelles.

Peu familiarisée à ce genre d'exercice, elle l'avait donc entrepris très méthodiquement, avec distance et esprit critique, notant sur un cahier tout ce qui lui revenait en mémoire et avait valeur de témoignage à charge envers son père et son grand-père.

Quand tout le monde dormait, elle réintégrait le grenier, où, à la lueur de sa lampe, elle lisait, griffonnait et notait avec l'ardeur du néophyte.

Elle avait repris la lecture de toutes les lettres de sa mère, qui ne manquaient pas de références au passé. Au détour d'une phrase exprimant un sentiment – ou, le plus souvent, un ressentiment –, Jeanne citait la personne ou l'événement qui l'avait suscité. Ainsi, Emma voyait surgir des personnages dont elle découvrait un nouveau visage. Ses grands-parents maternels, sa grand-mère paternelle, mais aussi l'oncle Maxime, par exemple, occupaient dans ces lettres une place bien plus importante que celle qu'elle leur aurait spontanément accordée. De même, Hippolyte et Émile étaient dépeints par

Jeanne en des portraits haïssables, au-delà de ce qu'elle avait pu imaginer.

Mais le plus bouleversant, pour Emma, restait de voir se révéler la véritable personnalité de sa mère, à des années-lumière de celle qu'elle lui avait toujours prêtée.

Au fil de ses lectures, elle découvrait ainsi une femme curieuse de tout, universaliste et courageuse, qui avait voyagé et vécu dans divers pays – les lettres provenaient successivement de Paris, d'Italie, de Savoie, de Pologne et d'Afrique – sans jamais se plaindre. Des confidences plus intimes révélaient également une femme passionnée, aimant avec une ardeur égale tel ou tel homme rencontré par hasard. Jeanne avait donc été une femme libérée, qui ne celait rien de ses désirs, de ses fantasmes et de ses illusions. Certains textes étaient parfois si romantiques, si pleins de tendresse et d'amour, qu'Emma finissait par en pleurer, songeant à quel point elle aimerait ressembler à sa mère.

Enfin, et ce n'était pas la moindre de ses surprises, sa mère lui apparaissait comme une femme inquiète, s'interrogeant sur elle-même et questionnant la vie avec une exigence qu'elle ne lui soupçonnait pas.

La renaissance maternelle qui s'opérait sous les yeux d'Emma était si violente, si inattendue que, toutes les nuits, elle regagnait sa chambre, les pensées en débandade, comme si elle venait d'encaisser une volée de coups, et s'allongeait sans pouvoir trouver le sommeil. Comment avait-elle pu passer ainsi à côté de sa mère, ne pas voir qui elle était vraiment ? Quel hasard ou quels événements avaient fait qu'elle avait tant méconnu celle qui lui avait pourtant donné la vie ?

Ces interrogations ne manquaient pas d'agir comme un révélateur sur l'existence passée d'Emma elle-même, d'où sa préoccupation constante à rappeler ses souvenirs et à construire, ou plutôt reconstruire sa vie, en plongeant le plus loin possible dans le passé. Ainsi en revenait-elle souvent à ce 23 février 1932, le jour où sa mère avait définitivement déserté le domaine.

Emma avait appris son départ de la bouche d'Hippolyte, qui, assis dans la cuisine, hébété, tenait dans sa main le petit mot que Jeanne avait laissé en évidence sur la table. Elle l'entendait encore dire : « Eh bien ! Si je m'y attendais… »

Du haut de ses quinze ans, Emma avait interprété ces mots comme l'expression d'un profond chagrin ; ce n'est que plus tard qu'elle comprit son erreur. Son grand-père, quant à lui, avait été beaucoup plus direct, la prenant aussitôt à part, dans son bureau, pour lui faire entrer toutes sortes d'évidences dans la tête : Jeanne n'était qu'une déséquilibrée, une paresseuse et une mauvaise mère. Bien sûr, Emma l'avait cru.

Remontant le cours des mois et des années, Emma se rappelait facilement certains faits fortement ancrés dans sa mémoire, notamment le souvenir de sa mère pleurant à la lecture des lettres qu'elle recevait de l'oncle Maxime, soi-disant en Afrique à cette époque. Parfois, Jeanne en lisait même quelques passages à sa fille, comme pour l'associer au souvenir de cet homme mythique, parti brusquement lui aussi, en janvier 1922. Emma se souvenait de l'émotion qui l'étreignait chaque fois à l'écoute de ce que racontait dans ses lettres l'oncle Maxime, et quand elle recherchait, dans le vieux dictionnaire de la maison, la carte d'Afrique et celle de Nairobi, la ville où il était censé vivre.

Elle se remémorait aussi la détestation qu'elle éprouvait, déjà à l'époque, envers Hippolyte, à cause de ses absences répétées et de l'indifférence qu'il témoignait à son égard envers sa mère, à qui elle reprochait de se montrer préoccupée davantage par le sort de l'oncle Maxime que par celui de sa propre fille.

Enfin, elle se rappelait avec douleur le dépérissement, lent mais inexorable, de sa mère, devenue dans les derniers temps l'ombre d'elle-même, maigre, épuisée et indifférente. Emma en souffrait, ne sachant plus vers qui se tourner pour se sentir un tant soit peu protégée, avant de se réfugier finalement sous l'aile protectrice d'Émile.

Naturellement, à mesure qu'Emma remontait dans les temps les plus anciens, ses souvenirs s'estompaient de plus en plus, au point qu'elle finissait par ne plus savoir démêler le vrai du phantasme ou de l'illusion ; à tel point que le souvenir d'Hippolyte se confondait parfois, dans sa mémoire, avec celui de Maxime et d'Émile. Tantôt un visage inconnu traversait son esprit – l'un de ses grands-parents, peut-être ? elle n'en était pas certaine –, tantôt s'imposait une scène de la vie quotidienne – une dispute, des bribes de conversation, une rencontre –, à la maison, dehors ou ailleurs, sans qu'elle réussît à la situer précisément.

Quoi qu'il en soit, elle n'avait aucun souvenir d'avant 1922, comme si un mur s'était dressé pour lui interdire l'accès à cette zone d'ombre. Heureusement, comme elle disposait désormais de la lettre testamentaire de sa mère, elle parvenait à resituer peu à peu les étapes de son passé, à préciser la date de tel événement ou le rôle de tel personnage dans la saga familiale. Progressivement, tout prenait sens.

À la fin du mois d'août, le temps se gâta. Il faisait tellement lourd que chaque journée se concluait par un orage, suivi de pluies diluviennes. Hippolyte et Émile s'en inquiétaient, prévoyant une terre dure à travailler dans les semaines à venir. Toutefois, les moissons ayant été prolifiques, ils éprouvaient aussi quelque satisfaction.

— Voilà une année qui se termine bien !

Tout occupée à manigancer le sort qu'elle leur réservait, Emma se fichait éperdument de leur enthousiasme.

Pour que tout se déroulât comme elle l'envisageait, elle savait qu'elle devrait occuper bientôt une place centrale dans le domaine, et se mettre au courant de tous les aspects de sa gestion. Aussi, l'air de rien, n'hésitait-elle pas à questionner Émile et Hippolyte sur l'intendance de la ferme, ce dont elle ne s'était jamais souciée jusqu'alors. Elle s'intéressait aux rémunérations du personnel, à la manière dont on les embauchait, à l'achat des animaux et à leur revente, à l'entretien des bâtiments et du matériel, aux relations commerciales avec les fournisseurs...

Pris au jeu, Émile se mit bientôt à associer Emma à ses décisions.

— C'est bien, ma petiote ! ne cessait-il de dire. Il faudra bien qu'un jour tu prennes la relève.

Dès lors, il ne négligeait jamais de l'emmener avec lui à la foire ou chez des fournisseurs, l'initiant aux arcanes de la négociation. Il lui expliquait les mystères de l'établissement des cours des céréales et du lait, les us et coutumes régissant les tractations avec les grossistes, ou encore la meilleure manière de faire des économies dans la gestion quotidienne du domaine.

Il la conviait plus souvent dans son bureau, lui dévoilant peu à peu une part de ses « petits secrets ». En fait de secrets, il s'agissait surtout de combines comptables, de « trucs » destinés à tirer le plus grand profit des activités de la ferme : paiements en liquide illicites, déclarations de revenus tronquées ou encore « arrangements » avec le notaire, Me Blanchard, lequel apparaissait au fil des révélations comme la cheville ouvrière de tout le système.

En élève appliquée, Emma écoutait et enregistrait soigneusement, s'intéressant au moindre détail, jusqu'à en savoir suffisamment pour se sentir en mesure de gérer un jour le domaine à la place d'Émile. Certaine que cette perspective lui ferait plaisir, elle décida, un jour de septembre, d'aborder cette éventualité avec lui.

À bord de la voiture, ils rentraient tous deux de la Charité, où ils étaient allés faire quelques achats. Émile évoquait l'acquisition prochaine d'un tracteur, quand Emma l'interrompit.

— Dis, si tu me laissais prendre quelques initiatives ? On verrait bien comment je me débrouille. Qu'en penses-tu ?

— Tu aimerais ?

— Et comment ! Savoir, c'est bien, mais mettre en pratique, c'est encore mieux, non ? Et puis quoi, je suis ta petite-fille ! ajouta-t-elle, cajoleuse.

Il se tourna vers elle.

— C'est incroyable. Si on m'avait dit qu'un jour tu te serais préoccupée de tout ça…

Elle sourit.

— Pourquoi ? J'ai donc l'air si bête ?

— Pas du tout ! Mais, à te voir peindre et baguenauder toute la journée, on n'avait pas l'impression que tu pourrais t'intéresser à l'exploitation.

— C'est mieux de connaître ceux avec qui on vit, répondit-elle avec une ironie qu'elle était la seule à pouvoir apprécier.

Émile acquiesça.

— Je veux bien te confier des choses à faire, mais je crains que ton père n'en fasse une maladie.

— Il fera ce que tu lui diras, tu sais bien comment il est.

— Qu'est-ce que tu veux dire par là ? demanda Émile en riant.

— Tu le sais bien, dit Emma dans un sourire.

— Tu trouves qu'il manque un peu de personnalité, c'est ça ?

— « Un peu » ? Beaucoup, oui ! Je crois ne l'avoir jamais vu prendre une décision sans ton accord.

— C'est sûr qu'il n'a pas beaucoup de couilles, le pauvre garçon…

Ils roulèrent un moment sans rien ajouter. Un vague sourire aux lèvres, Emma voyait défiler la forêt de la Bertranges, se félicitant de voir Émile abonder dans son sens.

— Il était déjà comme ça avec maman ? demanda-t-elle d'un ton détaché.

Émile haussa les épaules.

— Il l'a toujours été, mais je ne lui en veux pas, c'est un bon garçon.

— C'est drôle, reprit Emma, j'ai toujours eu l'impression que tu lui passais tout.

— C'est mon fils, et on pardonne tout à ses enfants.

— Tu étais pareil avec l'oncle Maxime ?

— Mais cesse donc de poser des questions ! répliqua Émile, soudain agacé.

Comprenant qu'il ne dirait plus rien, Emma n'insista pas. À quoi bon ? Elle connaissait la raison de son irritation.

Quelques jours s'écoulèrent. Les pluies avaient fait leur réapparition, mais elles ne faisaient que mouiller superficiellement la terre, durcie par la trop forte chaleur des semaines précédentes. Cela n'inquiétait pas Émile outre mesure, sa préoccupation étant alors de vendanger les quelques arpents de vigne qu'il cultivait à flanc de colline, au pied du bois des Quatre-Vents. La piquette qu'on en tirait était infâme, mais c'était là l'une des traditions familiales auxquelles Émile refusait de déroger.

La besogne ne prenait qu'une journée et faisait la joie de tous les participants. La tâche n'était pas trop fastidieuse et offrait l'occasion, en soirée, d'agapes arrosées dans la grange. Surtout, ce jour-là, Émile distribuait quelques gratifications supplémentaires en remerciement du travail accompli tout l'été.

Le 20 septembre, la famille au grand complet et les employés sédentaires, réquisitionnés la veille –

excepté Louis, parti en ville –, se réunirent dans la cuisine dès le lever du jour pour y avaler leur premier casse-croûte.

Margot, avec Louise et Albertine, deux jeunes filles de ferme, s'activait en silence autour de la table où les hommes, Émile et Hippolyte inclus, avaient pris place. Sollicitées sans cesse, elles virevoltaient de l'un à l'autre, apportant les plats de charcuterie et de fromage, servant le vin et le café, débarrassant les assiettes.

Comme à son habitude, Margot maugréait contre Emma.

— Évidemment, elle n'est jamais là pour nous donner un coup de main !

Maligne, Margot s'exprimait assez fort pour qu'Émile l'entendît et prît son parti. Pas dupe, il l'envoya paître.

— Tais-toi donc, vieille pie ! À son âge, on a besoin de dormir.

Si cette compréhension à l'égard d'Emma, exagérée aux yeux de Margot, avait le don d'excéder la servante, elle irritait davantage encore Hippolyte, d'autant que celui-ci se sentait désormais dépossédé de ses prérogatives au profit de sa fille.

À voir Émile, au cours des dernières semaines, inviter la seule Emma dans le bureau, l'emmener ici ou là pour traiter des affaires ou la consulter à tout bout de champ, Hippolyte en concevait désormais un ressentiment de plus en plus difficile à contenir.

Aussi, alors que ce n'était presque jamais arrivé jusqu'à présent, Hippolyte, à cran, commençait-il à s'opposer publiquement à son père, ou à lui adresser des reproches, parfois virulents, à n'importe quel sujet.

Ce matin-là, quand il avait entendu Émile absoudre Emma, il explosa :

— Merde ! quand cesseras-tu donc de la protéger ? Si elle n'est pas encore levée, c'est que c'est une paresseuse, voilà tout ! De toute manière, tu n'as pas à l'excuser : c'est moi, son père, et je m'en vais de ce pas lui dire son fait.

Le silence se fit soudain autour de la table. Chacun guettait la réaction du « patron », qui n'attendit pas. Alors même qu'Hippolyte n'avait pas encore quitté la table, Émile, le visage livide, dit d'une voix sifflante, presque douce :

— Tu gardes ton cul sur cette chaise. Et tu fermes ta gueule !

Le regard planté dans celui d'Hippolyte, il attendit, les poings serrés sur la table, prêt à bondir. Comme Hippolyte baissait les yeux sans bouger, les conversations reprirent aussitôt. La messe était dite, le fils resterait assis, obéissant à la loi du père.

Emma arriva quelques instants plus tard, sourire aux lèvres, et fit le tour de la table pour saluer les ouvriers avant d'embrasser son père, l'air peu amène.

— C'est à cette heure-ci que tu descends ? lâcha-t-il, les lèvres serrées.

Elle s'apprêtait à répondre quand Émile l'interpella.

— Viens donc t'asseoir à côté de moi, ma petiote. Je crois que ton père est mal luné, ce matin.

Emma prit place entre Émile et Armand, le plus âgé des employés de la ferme. Surprise par la réflexion de son grand-père, elle le dévisagea avec insistance. Il lui décocha un sourire en haussant les épaules.

— Alors, prête pour la vendange ?

Elle acquiesça, puis se mit à manger, se promettant d'en savoir davantage un peu plus tard.

Le repas terminé, Hippolyte et les ouvriers quittèrent la cuisine pour chausser leurs sabots sur le seuil.

— Bon Dieu ! s'exclama l'un d'eux, l'air est frais et humide !

Personne ne s'en plaignait pourtant : rien n'était pire que de récolter le raisin sous la chaleur.

Emma, qui demeurait assise, retint Émile.

— Que se passe-t-il ? Pourquoi papa fait-il la gueule ?

— Ce n'est rien. Il voulait aller te tirer du lit, et je l'en ai empêché, c'est tout.

— Ce n'est pas ce que tu as fait de mieux..., intervint Margot en maugréant.

— Mêle-toi de ce qui te regarde, toi ! répliqua Émile. Je fais ce que je veux chez moi, et je n'ai pas besoin de tes conseils.

La servante haussa les épaules avant de s'en retourner à l'évier avec les assiettes sales.

— Je ne le sais que trop !

Ignorant Margot, Émile prit affectueusement Emma par les épaules.

— Je sais ce qu'il a, le gamin : il ne supporte pas nos petites complicités. Mais ne t'inquiète pas, il se fera une raison…

Emma sourit et se leva, satisfaite de voir que les deux hommes commençaient à s'opposer.

Ils rejoignirent les autres, qui attendaient dans la cour. En passant devant Margot, Emma croisa son regard désapprobateur.

— Tu fais fausse route, lui lâcha la vieille femme.

Emma ne chercha pas à comprendre le sens de cette remarque. Ce serait pour plus tard.

La joyeuse troupe se mit en marche et gagna les hauts des Quatre-Vents avant même que le soleil apparût derrière la colline. Hommes et femmes avançaient, avec au bras des paniers contenant casse-croûte, vin frais et serpettes. On chantait, jacassait, plaisantait.

— Pas de doute, avec le soleil qu'il y a eu tout l'été, la récolte sera bonne !

À quelques mètres devant le groupe, Hippolyte marchait d'un pas nerveux, ressassant son altercation avec Émile. Il ne lui pardonnait pas cette énième humiliation, qui venait s'ajouter à celles des dernières semaines.

Il n'était plus un jour, désormais, sans qu'Hippolyte ressentît la brûlure de la colère en songeant à son père, plus un jour sans que sa jalousie envers Emma vînt perturber son sommeil. « Ah ! la garce ! Me mépriser à ce point après tout ce que j'ai fait pour elle ! Bon Dieu, depuis que sa mère a fichu le camp, je l'ai pourtant élevée comme il faut, non ? »

Oh ! bien sûr, il s'était sans doute montré trop faible, voire indifférent, mais comment cela aurait-il été possible autrement, avec ce putain de passé qui l'avait tant malmené ? Y songer le rendait malade : sa gorge se serrait et s'asséchait, son ventre devenait douloureux, réveillant de sales souvenirs de guerre. Ces maux lui rappelaient cette saloperie d'angoisse qu'il avait éprouvée en attendant dans la tranchée, juste avant l'offensive, une angoisse à en dégueuler.

Son anxiété s'apaisa lorsqu'il arriva devant la vigne. Comme à l'accoutumée, la perspective de travailler anesthésiait son cerveau. Avec un peu de chance, ses mauvaises pensées pourraient le laisser tranquille jusqu'au soir.

Émile prit en main l'organisation de la vendange : les uns couperaient les grappes, les autres rempliraient les deux cuves apportées la veille et disposées, à chaque extrémité de la vigne, sur des tombereaux.

— Si on se presse un peu, il n'y faudra pas la journée !

Quand ce serait fini, Armand et Norbert porteraient les cuves jusqu'à la coopérative de Châteauneuf, qui disposait d'un pressoir. En attendant, Émile retournerait à la ferme pour s'occuper de ses chevaux.

L'équipe se mit au travail avec entrain. On se dépêchait pour avoir terminé avant que le soleil fût trop chaud. Les petits groupes, qui s'étaient formés en fonction des affinités, progressaient le long des plants en bavardant. Puis, à intervalles réguliers, un homme se relevait et rejoignait une cuve pour y vider un panier de grappes.

De temps à autre, l'un d'eux débouchait une bouteille de piquette puis en avalait quelques gorgées avant de la passer à son voisin. Il arrivait aussi que l'un ou l'autre se relevât en se tenant les reins :

— Dame ! Que la terre est basse !

C'était l'occasion de quelques plaisanteries bienveillantes sur le temps qui passe, la vieillesse qui s'annonce et les handicaps qui l'accompagnent. Dénués d'amertume, ces propos illustraient simplement la condition de paysan qui était la leur : tous étaient liés à la terre, et tous y reposeraient un jour.

Pour s'épargner une explication avec son père, Emma avait pris soin de se mêler à un groupe différent du sien. Néanmoins, malgré ces précautions, il lui arrivait de croiser son regard, froid et haineux. Indifférente parce qu'elle avait désormais le sentiment de dominer la situation, Emma prenait un malin plaisir à lui adresser en retour des sourires radieux, certaine qu'ils le déstabiliseraient bien plus sûrement que si elle entrait dans son jeu.

Hippolyte, qui ne s'y trompait pas, recevait chacun des sourires d'Emma comme une déclaration de guerre : non seulement elle se fichait de lui, mais elle lui signifiait en outre qu'elle voulait en découdre. Ruminant sa rage, il disparaissait alors derrière la vigne et, reprenant la coupe, se jurait qu'elle allait le lui payer. « Elle va voir ce qu'elle va voir, la garce ! Je lui tomberai dessus aussitôt que je le pourrai et je lui demanderai des explications. »

Ce manège se prolongea toute la matinée, jusqu'à ce que la majorité décidât de se mettre à l'abri d'un pêcher pour casser la croûte. Hippolyte choisit ce moment pour se rapprocher d'Emma.

— Tu pourrais venir faire quelques pas avec moi ? Il faut que je te cause.

À son ton cassant, tout le monde comprit que l'algarade du matin allait trouver sa conclusion, mais, par révérence envers les patrons et leurs « histoires » personnelles, chacun fit comme si de rien n'était.

Plutôt ravie du face-à-face qui s'annonçait, Emma accepta avec une docilité exagérée.

— Bien sûr, papa.

Puis, d'un ton de petite fille modèle :

— Veux-tu que je te prépare une tartine de pâté ?

— Bon Dieu, non ! Il sera toujours temps de manger après, répliqua Hippolyte, la voix chevrotante de colère.

Emma le suivit sur le chemin du bois des Quatre-Vents. Ils n'eurent pas franchi une centaine de mètres qu'Hippolyte s'arrêta et la dévisagea.

— Écoute-moi, petite péronnelle. Je vois clair dans ton jeu, à toujours faire la sainte-nitouche avec ton grand-père et à t'arranger pour que je sois mis au rancart. Mais je te conseille d'arrêter, parce que je pourrais bien me fâcher. Ah ! elle serait belle, la ferme, si je n'étais pas là ! Et toi, où serais-tu ? À l'orphelinat, pardi ! Si tu crois qu'Émile a la moindre considération pour toi, tu te trompes, ma petite ! Pour lui, il n'y a que l'argent et ses chevaux qui comptent. Le reste, il s'en fout !

Tandis qu'il éructait, Emma le considérait avec répugnance. Oui, il la dégoûtait bel et bien : non seulement il dénigrait son propre père, mais il mentait en outre avec l'assurance du bonimenteur aguerri. Elle aurait pu le faire taire, bien sûr, mais le moment n'était pas encore venu. Il lui fallait continuer à simuler.

— Calme-toi, papa ! Je n'ai pas du tout l'intention de te déposséder de quoi que ce soit, je sais ton importance dans la marche du domaine. Mais grand-père a envie de m'initier au travail, c'est plutôt une bonne chose, non ? C'est au moins l'assurance que la Vernières continuera d'exister... Je t'aime bien, tu le sais. Je sais aussi ce que tu as fait pour moi, et…

— Et quoi ?

— Rien. Pourquoi se bouffer le nez ? Ce serait plus simple qu'on s'entende, non ?

— Arrête de vouloir m'endormir ! Tu ne crois quand même pas que je vais me laisser avoir ? Je ne sais pas ce que tu mijotes, mais je suis certain que tu as une idée derrière la tête.

Emma éclata de rire.

— Quelle idée ? Prendre la direction du domaine et mettre la main sur l'héritage ? Mais, mon pauvre papa, je me fiche de tout ça, je suis heureuse comme je suis.

Hippolyte se roula une cigarette. La respiration sifflante, il continuait de marmonner sans qu'Emma comprît ce qu'il disait. Quand il l'eut allumée, il aspira une profonde bouffée avant de reprendre :

— Tu es bien comme ta mère, tiens ! Toujours à agir par en dessous…

À ces mots, Emma eut de la peine à contenir sa colère et l'envie de lui administrer une gifle, mais elle devait se maîtriser, encore et toujours.

— Laisse donc maman où elle est, répliqua-t-elle sèchement.

— Si seulement je le savais, bougonna Hippolyte, j'irais te la chercher par la peau du cul, oui ! et il faudrait bien qu'elle m'explique !

Pour la première fois depuis l'arrivée du faire-part lui annonçant la mort de Jeanne, Emma dut fournir un effort considérable pour ne pas déballer la vérité. Pour masquer sa confusion, elle détourna le regard et fit un pas, comme pour signifier qu'elle souhaitait rentrer.

— Restons-en là ! lâcha-t-elle avec difficulté. Je veux que tu cesses de te faire du mouron, je n'ai aucune raison de t'en vouloir.

Hippolyte lui emboîta le pas.

— Je veux que tu changes d'attitude, dit-il. Et que tu t'occupes de tes affaires.

Continuant sa marche, Emma garda le silence. À quoi bon relancer la dispute, maintenant que les dés en étaient jetés ? Et puis, elle n'était plus totalement maîtresse de la situation, désormais : la logique d'affrontement qui s'était mise en place devait aller jusqu'à son terme.

En silence, ils franchirent les derniers mètres qui les séparaient de la vigne. Hippolyte, apparemment apaisé, affichait enfin un large sourire.

Répugnant à se remettre au travail – elle n'avait guère la tête à cela –, Emma annonça qu'elle rejoignait la ferme, où elle avait à faire, ce à quoi personne ne vit d'inconvénient. Qu'elle en profitât seulement pour prévenir Émile que la vendange serait bientôt terminée et qu'il pouvait déjà déboucher les bouteilles pour fêter l'événement !

En marchant, Emma découvrait que sa fuite avait été dictée par un besoin irrépressible de se replonger dans la correspondance de sa mère. S'y ajoutait l'envie d'ajouter sur son « cahier d'accusations », comme elle l'avait nommé, les derniers détails en date qui viendraient compléter les portraits à charge d'Émile et Hippolyte.

Elle évita les écuries, où son grand-père devait encore traîner, puis pénétra dans la maison par la porte principale, pour échapper à la surveillance de Margot. Grimpant les escaliers sur la pointe des pieds, elle parvint au grenier, où elle s'enferma.

Se sentant alors en paix, elle poussa un soupir de soulagement, ouvrit le coffre, saisit un paquet de lettres et s'installa dans son fauteuil habituel.

Précautionneusement, elle décacheta la première enveloppe après en avoir vérifié la provenance : Venise. Comme elle avait déjà consulté le dictionnaire, Emma savait maintenant où se trouvait cette ville. Elle avait même tenté de l'imaginer, à sa façon, en s'appuyant sur l'article et l'illustration à l'encre de Chine de la place Saint-Marc. Ce fut en vain. Comment pouvait-elle se représenter des gondoles, des canaux et des ruelles, alors qu'elle n'avait jamais voyagé au-delà des frontières du canton ?

Le papier lui semblant très fragile, elle déplia la lettre délicatement.

La gondole qui nous porte côtoie les grands cuirassés gris fer ancrés dans le bassin de Saint-Marc. Ils semblent déserts. On n'y entend nul bruit. Seul un fanal à la lueur verte y met une note de vie.

Qu'elles nous paraissent grandes et hautes, ces machines de guerre ! Notre barque mince est écrasée de leur masse sombre...

Mais tout à coup reparaît à nos yeux la ville illuminée, toute rose et or, comme frissonnante sur les eaux. Ses lumières semblent venir à nous sur les courtes petites vagues qui entourent notre gondole telles des paillettes.

Le parfum violent de mon bouquet m'étourdit. J'ai sur les genoux un flot d'œillets rouges et de tubéreuses. Parfois, je les porte à mon visage, et il me semble que je voudrais mourir dans ces effluves vertigineux.

Une voix murmure :

— Je vous aime...

Je rêve. Ma main prisonnière entre des doigts nerveux est libre, brusquement. Qu'y a-t-il ? Mon compagnon me tourne le dos. Poliment, je le force à s'expliquer.

— Non, vous ne pensez pas à moi.

— Qu'en savez-vous ?

— Je le sens, vous m'échappez sans cesse. Par bonté, vous me laissez votre main, mais vous pensez à autre chose.

C'est trop vrai. Je n'ose l'avouer. Il est jaloux de ma pensée même, et je ne la connais pas. Aucun amour n'occupe mon cœur. J'aime tout ce qui m'entoure : l'eau sombre et pailletée, le ciel d'un bleu de nuit profond, Venise qui vibre sous la clarté, la serenata *dont j'entends, lointaines, les mandolines, et surtout ce parfum qui contient tout cela, ce parfum d'œillets rouges et de tubéreuses, ce parfum meilleur qu'un baiser, ce parfum dont je voudrais mourir...*

Il est jaloux d'un parfum !

Emma relut ces lignes plusieurs fois, imaginant les eaux claires de la lagune, la gondole, les lumières de la ville, mais surtout le visage de cet amoureux transi. Elle enviait sa mère d'avoir été ainsi courtisée avec romantisme et délicatesse, tout en lui en voulant néanmoins d'avoir repoussé cet amoureux qui, dans l'esprit d'Emma, était naturellement beau, riche et élégant. Elle remit la lettre dans son enveloppe, et la rangea.

Quelques jours plus tôt, elle aurait pleuré. Aujourd'hui, elle souriait au contraire, comme si ces quelques lignes lui restituaient un bonheur auprès duquel elle était passée sans le voir, le bonheur d'avoir côtoyé une femme exceptionnelle, si différente, si forte – si talentueuse, aussi.

Ce qui émouvait Emma plus que tout était ce style, tout à la fois si concis et si plein de sens, et elle se réjouissait encore une fois de voir que sa mère avait su échapper à l'enfer de la Vernières pour vivre en femme libre.

Emma fut tentée d'ouvrir une autre lettre, elle aussi en provenance de Venise, mais s'y refusa. Non seulement elle devait reparaître à la ferme, mais elle désirait aussi fragmenter son plaisir, le faire durer le plus longtemps possible pour qu'il l'accompagne jusqu'au terme de sa vengeance.

Elle referma donc la malle et descendit au rez-de-chaussée, évitant une nouvelle fois la cuisine. Sa discussion avec Margot viendrait plus tard.

Elle gagna les écuries, certaine d'y trouver Émile. Elle l'aperçut en tenue de cavalier dans le box de Valentine, une jument de trois ans qu'il venait d'acquérir. Curieuse de l'observer sans qu'il la vît, elle s'approcha en silence de la porte à claire-voie et s'immobilisa, silencieuse. Émile, qui lui tournait le dos, caressait le chanfrein de l'animal en lui susurrant des mots tendres.

— Toi, au moins, tu es tranquille, tu n'as pas de soucis ni de sombres pensées. Une bolée d'avoine, et te voilà satisfaite, hein, ma belle ?

En continuant à lui débiter ses fadaises affectueuses, Émile frottait parfois sa tête contre celle de la jument. Emma le regardait, réprimant son dégoût de voir cet homme, si méprisable avec les autres hommes, exprimer ainsi des sentiments à un animal. Révoltée, elle se manifesta finalement et afficha un grand sourire un peu forcé.

— Dis donc, tu as l'air de l'aimer, celle-là !

Émile sursauta.

— Bon Dieu ! Tu étais là ? Je ne t'ai pas entendue venir.

Emma sourit.

— Tu étais trop occupé à lui conter fleurette…

Retrouvant vite son assurance, Émile sortit du box.

— Qu'est-ce que tu veux, ma petiote… Je l'aime, cette bourrique. D'ailleurs, je l'ai aimée tout de suite, dès que je l'ai aperçue à la foire. Ça ne s'explique pas.

Il prit Emma par le bras et l'attira vers les trois autres box, tous occupés.

S'arrêtant devant chacun d'eux, il caressait le chanfrein ou les naseaux de l'animal en le complimentant, débitant chaque fois le pedigree du cheval à l'intention d'Emma, qui feignait de s'y intéresser. Elle n'avait jamais aimé les chevaux : elle les trouvait impressionnants et imprévisibles. Quand elle était encore gamine, Émile avait bien tenté de la familiariser avec eux et de lui enseigner la monte, mais, devant ses pleurs de frayeur, il avait fini par renoncer.

— C'est drôle que tu les aimes autant, dit-elle. À ma connaissance, tu es le seul, dans la région. Les autres ne les respectent que parce qu'ils tirent bien leurs charrettes.

Émile l'entraîna vers la sortie.

— Je les aime depuis que je suis tout petit. Ils sont intelligents, crois-moi, bien plus qu'on le pense. Et puis, ils sont fidèles : avec eux, on n'a jamais de surprise. Quand ils vous ont adopté, c'est pour la vie !

— D'où t'est venue une telle passion ? De ton père ?

Il émit un petit rire un brin méprisant.

— Mon père ? Tu parles ! Il se foutait des chevaux comme de sa première chemise ! Pour lui, le cheval n'était qu'un bourrin qui devait trimer et, si ce n'était pas le cas, il était bon pour l'abattoir.

Ils marchèrent quelques minutes en silence et arrivèrent devant la mare, en bordure de la propriété. Là, ils s'arrêtèrent. Emma ramassa quelques cailloux pour les lancer dans l'eau l'un après l'autre. Elle aimait les ondes créées par l'impact et qui allaient en s'élargissant, jusqu'à disparaître totalement.

— Tu parles rarement de tes parents, dit-elle.

— Pourquoi en parlerais-je ? s'étonna Émile. Personne ici ne les a vraiment connus, pas même tes oncles.

— Je ne sais pas. C'est important, des parents, dans une vie, non ?

Émile s'assit sur le rebord du muret qui entourait le plan d'eau.

— On peut s'en passer, crois-moi. Regarde ta mère : tu as fini par l'oublier…

La repartie d'Émile prit Emma par surprise. Pour qu'il ne devinât pas son exaspération, elle se tourna vers la mare. De toutes ses forces, elle serra le caillou qu'elle tenait en main, se retenant de le lui lancer au visage.

Émile reprit :

— Remarque, son attitude ne m'a jamais étonné. Avec les parents qu'elle avait, elle aussi… Bien braves, mais bêtes à bouffer du foin. Tu te souviens d'eux ?

Reprenant le contrôle d'elle-même, Emma fit un effort pour répondre.

— Vaguement. J'étais encore petite quand ils sont morts, et puis je ne les voyais pas souvent.

Émile se leva.

— Tu n'as pas perdu grand-chose, lâcha-t-il en guise d'oraison funèbre. Allez, je vais jeter un coup d'œil à la vigne, je suppose qu'ils ne vont pas tarder à finir. Tu viens ?

— Non, répondit Emma. Je reste ici un instant encore, puis j'irai aider Margot à préparer le repas de ce soir.

— Alors à tout à l'heure, ma petiote, dit-il en s'éloignant d'un pas assuré.

Emma le regarda marcher jusqu'à ce qu'il eût disparu derrière la haie qui bordait la maison des ouvriers, puis elle s'assit, songeuse. Léonce, Anna, ses grands-parents maternels... Elle tenta de se rappeler leur visage, en vain. Ils avaient disparu depuis si longtemps. En 1923, au mois de juillet. Stupidement. Mais, se dit-elle, y a-t-il une façon intelligente de mourir ? Ignorant les vraies circonstances du drame, Emma se souvenait seulement qu'ils étaient tombés dans un silo à blé, où ils avaient péri étouffés. Subsistaient de ces années des souvenirs imprécis de gestes de tendresse que lui prodiguait sa grand-mère maternelle. Emma se revoyait plongeant dans la maie pour y saisir une plaquette de chocolat dont Anna lui donnait quelques carrés, ou bien elle revoyait sa grand-mère lui préparer un bol de fraises trempant dans du vin. De Léonce, rien – une vague présence chaleureuse, peut-être.

C'est alors que, dans le flot de ses pensées, une évidence s'immisça soudain, énorme, bouleversante : dans sa correspondance, jamais sa mère n'évoquait ses parents. D'ailleurs, d'aussi loin qu'elle se souvînt, elle ne lui avait jamais parlé d'eux. Emma se fixa un instant sur cette constatation, comme s'il se fût agi d'une révélation essentielle, sans pour autant savoir qu'en penser.

Elle se redressa puis reprit le chemin de la ferme. Lorsqu'elle pénétra dans la cuisine, Margot était assise à la grande table, épluchant des pommes de terre. Emma s'attabla en face d'elle pour l'aider. Elles n'échangèrent pas un seul mot jusqu'au retour joyeux des autres. La vendange étant terminée, il s'agissait maintenant de fêter l'événement !

La mine renfrognée, Hippolyte traversa la cuisine sans un mot, lançant au passage un regard noir à Emma, puis grimpa à l'étage.

Sa rancœur, quelque peu atténuée après leur explication, l'avait de nouveau saisi, obsédante au point qu'il avait dû fournir un effort considérable pour paraître s'intéresser aux propos des autres vendangeurs.

Chacune de ses pensées le ramenait à Emma, ravivant sa détestation à son égard. Son aisance, son sourire, son intelligence, sa beauté nourrissaient son ressentiment, véritable raz de marée contre lequel il ne pouvait opposer aucune digue.

Parvenu dans sa chambre, il s'y enferma puis ouvrit la fenêtre. Il aspira profondément l'air frais qui pénétrait dans la pièce et s'affala dans le fauteuil, proche de la cheminée. Que lui arrivait-il ? Pourquoi éprouvait-il une telle haine à l'égard de sa propre fille ? Soit, elle essayait manifestement de le supplanter auprès d'Émile, mais cela ne justifiait pas l'hostilité qu'il avait envers elle.

Hippolyte se fit la réflexion que le plus insupportable n'était pas de s'interroger de la sorte, mais bel et bien de ne pas savoir comment répondre. Mais pourquoi aurait-il su ? Au fond, il n'était qu'un imbécile, c'est ce qu'Émile lui avait toujours fait comprendre, non ? Et ce, depuis qu'il était tout petit. Émile le comparait sans cesse à son frère, Maxime, tellement plus vif et plus intéressant…

Jeanne n'avait guère été plus flatteuse à son égard. La preuve : elle avait fini par se tirer ! À bien y réfléchir, elle était même infiniment plus assassine qu'Émile. C'est par son regard qu'elle le jugeait, ce regard méchant, fait de mépris et d'indifférence. Chaque fois qu'elle désapprouvait ses propos ou ses attitudes, elle le lui décochait, tandis que sa bouche exprimait le profond dégoût qu'il lui inspirait. Hippolyte n'avait jamais supporté cette arrogance, au point d'ailleurs de lui administrer une claque de temps à autre, quoiqu'il sût pertinemment que cette manifestation de violence n'était que l'aveu de sa propre défaite...

Oui, songea-t-il en s'enfonçant davantage dans le fauteuil, comme pour disparaître totalement au monde, sa vie n'avait été jusqu'ici qu'un champ de ruines : une mère qu'il n'avait pas connue, morte en mettant Maxime au monde, un frère qui l'avait humilié, un père qui l'avait toujours dédaigné, une femme qui l'avait plaqué, et maintenant sa fille qui le narguait en lui rappelant tous ces désastres !

Exaspéré, Hippolyte se redressa pour trouver dans sa poche sa blague à tabac. Il se roula une cigarette et l'alluma. Oui, cela devait prendre fin sur-le-champ ! L'imbécile allait se rebeller, montrer de quoi il était capable, à sa fille comme à son père – surtout à son père, dont il avait été trop souvent le complice consentant et muet, allant jusqu'à...

Refoulant le souvenir qui affleurait, il se figea d'un coup. Cette pensée était si énorme, insoutenable, destructrice... La gorge nouée, il se leva et alla s'asseoir sur le rebord de la fenêtre. Il ne fallait surtout pas penser à cela, jamais plus, il se l'était juré. Ce souvenir devait demeurer enfoui au plus profond de sa conscience.

Il tira nerveusement sur sa cigarette, s'efforçant de songer à autre chose. Alors, ses pensées se fixèrent de nouveau sur Emma. Il lui fallait se débarrasser de sa présence, d'une manière ou d'une autre, l'effacer de son quotidien, l'éloigner du domaine. Oui, voilà la solution ! Il lui fallait trouver une raison pour qu'elle n'habitât plus ici. Ainsi, il pourrait reprendre une vie normale, retrouver auprès de son père la place qui lui était due et continuer de partager avec lui les secrets qui les liaient. Cette réflexion le réconforta. Ne lui restait qu'à trouver le bon prétexte.

Ragaillardi par sa décision, il descendit rejoindre les autres, dont il entendait les exclamations et les rires joyeux. Lui aussi allait trinquer au nouveau cru, au repos de la terre et aux perspectives heureuses de l'année à venir, qu'Émile ne manquerait pas d'évoquer. Oui, il allait boire ! Ensuite, il bondirait dans la voiture pour s'en aller finir la nuit au café de Châteauneuf. Là, il serait certain de trouver une femme compréhensive.

4

La fête s'était prolongée jusque tard dans la nuit. Avant le dîner, Émile avait fait un discours, remerciant chacune et chacun pour l'excellent travail effectué au cours des mois passés, puis il avait dessiné ce que devrait être à ses yeux l'année à venir – un meilleur cru que la précédente, bien entendu.

Certes, on entendait un peu partout des bruits de bottes : Hitler se montrait agressif envers les juifs, et Mussolini frappait l'Éthiopie. Tout cela n'arrangeait pas les affaires, soit, et sans doute faudrait-il encore prévoir des variations soudaines des cours du blé et de la viande, ainsi qu'un renchérissement des fournitures. Mais ils pouvaient se rassurer : cela ne serait pas si différent de ce qu'ils avaient vécu jusqu'alors. Et puis, le monde avait toujours été secoué par de fortes crises. Qu'ils se rappellent la dernière guerre : on avait prédit la fin du monde, et que s'était-il passé ? Rien ! La France s'était relevée, et eux continuaient de cultiver la terre, jour après jour, pour nourrir les citadins. La terre était éternelle, et les paysans seraient toujours là.

Son discours terminé, Émile avait distribué les enveloppes tant attendues, n'omettant personne, pas même Louis, qui venait de rentrer de la ville. Bien entendu, aucun ouvrier n'avait osé ouvrir la sienne devant les autres et « monsieur Émile », mais plusieurs d'entre eux étaient sortis discrètement, au fil de la soirée, pour découvrir à combien le patron estimait leurs efforts.

Durant l'intervention d'Émile, Emma n'avait cessé de chercher le regard de Louis. Elle n'avait pas passé une seule nuit avec lui depuis longtemps, et cela lui manquait. Elle avait besoin de faire l'amour, de se sentir prise par lui, au sens le plus animal du terme, de subir sa loi ; de jouir, enfin, pour se sentir exister vraiment.

En retour, Louis lui lançait des œillades assez expressives pour qu'elle comprît qu'il était aussi frustré qu'elle. Cependant, Emma ne pouvait s'empêcher de penser que le désir de son amant n'avait rien de semblable au sien : à coup sûr, il n'y mettait pas autant de sens et de sentiment. Comme beaucoup d'hommes, il ne faisait l'amour que pour se soulager et exprimer en même temps sa domination sur elle. Cette réflexion la fit sourire… Pauvre Louis ! Si c'était le cas, il se trompait lourdement : jamais un homme, en fût-elle folle amoureuse, ne parviendrait à la contraindre. Elle était libre et le resterait, comme l'avait été sa mère depuis sa fuite.

Décidée à l'attirer vers elle, Emma passa alors ostensiblement devant lui en se dirigeant vers la porte et, d'un regard appuyé, lui fit entendre qu'elle allait l'attendre à l'extérieur. Elle rejoignit ensuite le bouquet d'arbres, à quelque distance de la maison. Là, fondue dans l'obscurité, elle pouvait surveiller l'entrée éclairée de la cuisine sans être vue.

Elle s'adossa à l'écorce profondément nervurée d'un chêne et attendit, frissonnant sous la caresse de la brise nocturne, fraîche et odorante, qui lui apportait les senteurs de la terre humide récemment labourée, auxquelles se mêlaient les effluves acides du fumier entreposé à quelque distance du domaine.

Elle tendit l'oreille au silence trompeur de la nature, distinguant tout près d'elle des craquements de brindilles causés par quelque animal en maraude ; plus loin, les coassements des grenouilles au bord de la mare et le froufrou d'un vol d'oiseau, tandis que perdurait, ailleurs, le ululement d'une chouette.

Comme elle courait la campagne et les bois depuis fort longtemps, Emma avait acquis très tôt une oreille de chasseur qui lui permettait d'identifier aisément la nature d'un bruit. L'avantage essentiel qu'elle en retirait était qu'elle n'avait jamais peur : même au beau milieu de la nuit, seule dans les champs ou dans une forêt, elle pouvait marcher sans éprouver nulle crainte, à l'inverse de bien des femmes du pays, qui lui contaient l'effroi éprouvé à la seule idée de faire quelques pas dans l'obscurité.

L'attente se prolongeant, Emma finit par s'allonger dans l'herbe, ne quittant pas des yeux la porte de la cuisine. Elle avait toujours apprécié le contact froid de la terre humide sur son dos, son parfum et le fourmillement de vie qu'elle abritait. Elle était sa plus fidèle compagne, le début et la fin de toute chose.

La porte de la cuisine s'ouvrit enfin. Emma reconnut aussitôt la silhouette massive de Louis. Amusée, elle demeura un moment silencieuse, pour voir s'il aurait l'idée de venir la trouver ici. Elle le regarda hésiter, puis il fit quelques pas dans sa direction.

Emma, ravie, y vit le signe qu'ils étaient faits l'un pour l'autre. Elle l'interpella à voix basse.

— Louis ! Ici, droit devant toi !

Louis la rejoignit et s'allongea à côté d'elle.

— Bon Dieu ! dit-il. Tu as de ces idées !

— Eh bien quoi ? répliqua-t-elle, un brin provocante. On est bien, ici !

Louis haussa les épaules.

— Tu parles, juste devant la maison ! Imagine qu'il y en ait un qui ait envie de pisser...

— Cesse donc de te faire du mouron, répondit-elle en se penchant sur lui pour l'embrasser.

Louis ne tarda pas à s'échauffer et, bientôt oublieux des risques, il roula sur Emma, qui releva sa jupe.

Le désir à fleur de peau, ils ne tardèrent pas à jouir de concert, étouffant leurs gémissements dans un baiser, puis Louis réajusta ses vêtements à la hâte, comme s'il craignait d'être surpris.

— Pourquoi tu te dépêches tant ? se plaignit Emma, frustrée.

— Tu me vois, le cul à l'air, sous l'œil d'un des gars en train de…

— En train de quoi ? demanda-t-elle en riant.

— Ben, de…

— De quoi ? insista-t-elle.

— Ne me fais pas chier avec tes questions !

À ces mots, elle songea aux hommes qu'avait rencontrés sa mère, à leur manière sans doute élégante et raffinée de converser avec elle après l'amour. En comparaison, Louis paraissait bien fade. Combien elle aurait aimé qu'il l'entreprît avec grâce, lui parlât avec attention et répondît à ces provocations avec humour et ironie…

Contrariée, elle se releva, remit sa jupe en place et suggéra à Louis d'aller retrouver les autres dans la cuisine.

Pris de court, Louis était demeuré allongé.

— Qu'est-ce qu'il te prend ? On est bien, là, non ?

Sans répondre, Emma continuait d'ajuster ses vêtements, hésitante quant à l'attitude à adopter. Certes, Louis la décevait, mais elle comprenait qu'il ne pouvait en être autrement. Après tout, il ne connaissait rien des fantasmes et des désirs que suscitait en elle la lecture des lettres maternelles. Comment pouvait-il, dans ces conditions, répondre à son attente ?

Alors, consciente de se montrer injuste à son égard, elle se rassit à ses côtés. Il lui prit la main.

— Je te trouve gentille, dit-il, et je suis content qu'on s'aime.

— Oui, moi aussi, rétorqua laconiquement Emma, dont la frustration se transforma soudain en colère.

Nom d'un chien ! Pourquoi s'était-elle entichée de lui ? N'était son talent à lui faire l'amour, elle ne voyait rien d'autre en lui, en cet instant, qui méritât son attention ! Parmi les hommes qu'elle était amenée à croiser, elle avait pourtant la certitude d'avoir déniché la perle rare – il était gentil, lui donnait du plaisir et se montrait toujours empressé –, mais qu'en serait-il quand ses attraits féminins ne l'intéresseraient plus ? Sans doute irait-il, comme les autres, traîner du côté de Châteauneuf pour y retrouver des femmes piquantes ? Alors, elle reproduirait ce qu'avait fait sa mère avec Hippolyte : elle se réfugierait dans le rêve avant de ficher le camp.

Ce constat amer la révolta. Non, elle ne serait pas une réplique de Jeanne ! Jamais elle n'accepterait la compagnie d'un homme qui ne la comblerait pas !

— Écoute-moi, dit Louis d'une voix plus douce qu'à l'ordinaire. Je sais que je ne suis pas un phénix. Je n'ai pas de famille, j'ai décroché mon certif, mais de justesse, je suis juste bon à manier la fourche et à conduire les bêtes, et je ne sais pas causer. Mais je voudrais que tu saches que j'ai envie de tout faire pour te rendre heureuse.

En entendant ces mots, Emma fondit en larmes et se réfugia dans les bras de Louis. Quelle sotte elle faisait ! Il valait bien plus que ce qu'elle pensait. Éprouvant la sensation d'être vraiment heureuse pour la première fois depuis des années, elle l'embrassa avant de s'abandonner de nouveau à ses caresses.

Un peu plus tard, les ouvriers quittèrent la cuisine. Plusieurs d'entre eux s'attardèrent sur le perron pour évoquer avec Émile les tâches du lendemain. Emma et Louis les rejoignirent. Lorsqu'ils furent dans la lumière, Émile leur décocha un regard peu amène, mais ne fit aucune réflexion.

Feignant de ne pas s'en être aperçue, Emma se mit à discuter avec certains des ouvriers. Louis, de son côté, s'empressa de saluer tout le monde et se fondit dans l'obscurité, solitaire, et inquiet de la manière dont le vieux l'avait dévisagé. Avec son fichu caractère, il était bien capable de le foutre à la porte avec un coup de pied au cul en guise de dédommagement, et cette perspective ne l'enthousiasmait guère. Où irait-il chercher du travail ? Comment pourrait-il revoir Emma ? Sûr qu'avec son entregent Émile pouvait lui pourrir l'existence jusqu'en enfer !

Louis se sentit submergé par l'amertume. Il n'avait pas eu de chance, lui, et pas de parents assez riches pour pouvoir lui laisser un domaine comme celui de la Vernières. Il avait seulement eu droit à une famille d'accueil dans une ferme du Morvan et à des coups quand il ne travaillait pas assez vite et bien. Il se remémora la bicoque, du côté de Lormes, une sorte de bouge où l'on pataugeait sans cesse dans la boue, où la puanteur des cochons le disputait à celle de la soupe aigre que concoctait quotidiennement la maîtresse des lieux, une marâtre au cœur aussi dur qu'une bûche, qui n'avait accepté de le prendre à demeure qu'en échange d'une pension versée par l'État.

Il était arrivé là-bas un matin de décembre, à l'âge de dix ans, après que son père, déjà veuf, eut été emporté par un cancer. Un brave type un peu porté sur la bouteille, qui avait trimé toute sa vie comme commis de boucherie à Clamecy et l'avait élevé comme il avait pu.

Pour un peu, Louis se serait mis à chialer comme un enfant en repensant à lui. Combien il l'avait aimé, son père ! Même quand il rentrait dans leur petite pièce de location avec un coup dans le nez... Ce qui l'énervait le plus, alors, n'était pas son ébriété, mais l'entendre revenir sans cesse sur ses faits de guerre, sa vie de tranchée et les copains qu'il avait vus mourir dans ses bras. À l'écouter, Louis avait alors l'impression désagréable que sa vie s'était arrêtée avec la victoire de 1918, et que lui, son fils, n'y avait rien changé depuis. C'était sans doute vrai : après cette date, selon son père, le monde n'en avait plus valu la peine.

Ces souvenirs étaient trop lointains pour que Louis pût se rappeler précisément les raisons que son père invoquait. Une seule lui était restée en mémoire : ce monde qu'il avait défendu au risque de sa vie n'appartiendrait plus qu'aux riches, aux profiteurs de tout poil qui étaient restés à trafiquer sur les lignes arrière.

Lui et Louis en seraient exclus, qui étaient et resteraient les dindons de la farce.

Louis grimpa dans sa chambre et s'y enferma après avoir claqué la porte. Non, ce ne serait pas son destin ! Lui aussi profiterait de la vie, il se l'était juré sur le lit de mort de son père et tiendrait parole. Et Emma serait à ses côtés...

Pour couper court à toute discussion avec Émile, Emma était très vite montée dans sa chambre, elle aussi. Elle ne voulait pas l'entendre évoquer de plus belle sa liaison avec Louis, ce soir moins que jamais, alors que, pour la première fois, elle avait eu la sensation que le jeune homme lui était sincèrement attaché. De surcroît, elle jugeait que son grand-père n'avait plus aucun droit sur elle ni sur sa vie. Bientôt, même, ce serait l'inverse.

Étendue sur son lit, elle laissa vagabonder ses pensées quand une certitude s'imposa à elle : tous les événements récents, et au premier chef l'annonce du décès de sa mère, l'avaient profondément transformée. La petite fille sage, aimante et obéissante qu'elle croyait être encore quelques semaines plus tôt était devenue une adulte raisonnable, calculatrice et déterminée.

Ce qui la surprenait le plus était la rapidité de sa métamorphose et la facilité avec laquelle elle l'avait acceptée. Elle y voyait l'œuvre du destin, contre lequel on ne peut rien : les événements s'enchaînaient sans qu'on eût grand-chose d'autre à faire qu'accepter le rôle qui nous était dévolu.

Cette interprétation, selon laquelle les hommes étaient dépourvus de libre arbitre dans leur existence, ne la gênait pas. Elle répondait au contraire à sa vision spontanée des choses. Pour Emma, chaque individu avait sur terre une trajectoire à parcourir, qu'il devait respecter sans s'interroger sur le pourquoi ou le comment. Le but de sa vie serait de redécouvrir sa mère, de la réhabiliter en faisant payer leur faute aux responsables de ses malheurs. C'était ainsi.

D'aucuns auraient sans doute frémi, voire reculé devant les conséquences que ne manquerait pas d'entraîner la poursuite d'un tel objectif, mais Emma, au contraire, se sentait confortée dans l'idée d'affiner son projet de vengeance, de le justifier et d'en préciser les modalités, froidement et sans culpabilité.

Elle s'attacherait d'abord à détruire Hippolyte, puis Émile, selon un mode opératoire qui lui semblait à la fois efficace et cohérent : il lui fallait reprendre, mais en l'inversant, le processus qui avait amené sa mère à s'enfuir et elle-même à vivre jusqu'à présent sur un quiproquo. Emma allait ainsi contraindre ses futures victimes à remonter le temps, à avouer leurs fautes, à demander pardon et, enfin, à expier.

Fière de sentir en elle la force inébranlable de sa détermination, Emma esquissa un sourire. En cela, sans doute avait-elle hérité du tempérament de sa mère, et peut-être aussi de celui de son père.

Émile et Hippolyte étant montés se coucher depuis un bon moment déjà, Emma jugea qu'elle pouvait désormais gagner sans risque le grenier pour se plonger de nouveau dans la correspondance de sa mère.

Plus que l'envie, en cette nuit où tout basculait autour d'elle, elle en ressentait le besoin. Dans ces circonstances, il lui fallait communier de nouveau avec Jeanne, se sentir plus proche d'elle, s'approprier ses pensées et ses souffrances. En bref, elle désirait se nourrir de son esprit pour mieux l'incarner dans les semaines à venir.

Sans bruit, elle ouvrit sa porte, gagna le couloir puis l'escalier menant aux combles. Passant devant les chambres d'Émile et d'Hippolyte, elle surprit leurs ronflements. Dormez bien, pensa-t-elle, cela ne durera pas !

Après avoir refermé la porte, Emma respecta le cérémonial désormais bien rodé : elle sortit le courrier maternel, s'installa dans le vieux fauteuil, sous l'éclairage de la lampe à pétrole, et entreprit sa lecture. Elle choisit la lettre qui suivait chronologiquement la dernière qu'elle avait lue, elle aussi en provenance de Venise.

À la découverte des premières lignes, une joie teintée de tristesse la saisit : pour la première fois, sa mère s'adressait à elle directement.

Ma petite chérie,

C'est du haut d'une grande terrasse, brûlée par le soleil, que je t'écris. Déjà, les buissons bas, l'herbe rousse sont emplis de grillons énervés par la chaleur. Le ciel est d'une pureté que rien ne peut décrire. Un voile vaporeux, teinté de rose, flotte au-dessus des prés qui s'étendent très loin, plus verts, plus veloutés dans le soir. La calme rivière coule insensiblement, claire comme un long miroir entre les herbes fines et les grands roseaux. Des chiens aboient dans les fermes cachées que révèlent de légères fumées bleues au-dessus des arbres.

Je suis seule, assise sur la pierre brûlante, car le soleil fut chaud aujourd'hui. Un vrai soleil méridional qui fait embaumer les arbres ce soir.

Je suis seule, triste de ne pas pouvoir avoir de tes nouvelles – reçois-tu seulement mes lettres ? te laisse-

t-on les lire ? Que ne puis-je prendre tes douces petites mains et les réunir sous mes lèvres, comme je le faisais parfois avec toi lorsque tu étais petite !

J'aimerais tant que tu sois auprès de moi dans ce pays embaumé et chaud, avec ses maisons ocre enguirlandées de vignes, aux portes ouvertes le soir.

Ce matin, j'ai cueilli une première fleur de grenade, et tout le jour je l'ai pressée sur mes lèvres. Elle avait la pourpre vive de ta petite bouche, et je pensais à toi.

J'imagine que parfois tu penses aussi à moi. Peut-être même pleures-tu ? Je te vois entourée de paysages que je connais par cœur, mais je devine aussi à tes côtés une grande ombre noire qui me déplaît, qui fait tache sur cette vision… J'entends une voix forte et prétentieuse que tu écoutes peut-être, ravie. Alors je songe à toi, désemparée, le cœur inquiet et l'âme pleine d'angoisse.

Pardon de t'avoir abandonnée si cruellement à ces cœurs secs, à ces esprits malfaisants. Mais que pouvais-je faire, sinon les fuir en toute hâte ? Je garde chaque jour la conviction ancrée dans mon cœur que nous nous retrouverons un jour… Alors, je ne t'écrirai plus ma vie, je te la raconterai.

Maman.

En rangeant la lettre dans l'enveloppe, Emma avait le regard brouillé par les larmes. Prisonnière d'émotions contradictoires, elle détestait sa mère, s'en voulait, pleurant sur son absence et sur l'abandon dont elle avait été victime. Elle lui tenait rigueur de ne pas avoir pu partager avec sa fille ce qu'elle lui écrivait, de n'avoir pas pu l'étreindre et lui faire sentir la force de son amour maternel.

En dépit de ces frustrations, elle ressentait toutefois un vif désir de lui dire combien elle l'avait aimée, et combien elle l'aimerait toujours – combien elle l'admirait, aussi, pour son langage, si évolué par rapport à ce qu'elle avait coutume d'entendre à la Vernières, pour la justesse de ses perceptions et la finesse du regard qu'elle portait sur les choses et les êtres.

Emma se prit alors à imaginer les souffrances de sa mère, entourée d'hommes et de femmes aussi frustes qu'Hippolyte, Émile, Margot et les ouvriers agricoles. Combien il avait dû lui être difficile de se faire entendre, de se faire comprendre ! Combien elle avait dû se sentir étrangère, exclue de ce monde d'hommes où seuls comptaient le labeur et le silence !

Emma sécha ses larmes et respira profondément pour atténuer l'effervescence douloureuse qui l'étreignait. Elle se leva et fit quelques pas dans le grenier, indifférente aux objets qui y étaient entassés. La seule chose qui comptait était de renouer avec elle-même, de se réapproprier ses certitudes, de retrouver son énergie.

Elle comprit alors que le seul moyen d'y parvenir consisterait à ne plus se laisser submerger par ses émotions. Il lui faudrait se durcir, prendre de la distance et se rappeler, chaque fois que surviendrait un moment de faiblesse, que sa mère était morte, enterrée dans un coin de terre africaine, alors qu'elle-même vivait.

Cette décision la soulagea. Pourtant, alors qu'elle aurait dû quitter la pièce et aller se coucher, elle reprit place dans le fauteuil. La tentation était trop forte : que pouvait contenir la lettre suivante, elle aussi postée de Venise ? Sa mère s'adressait-elle encore à elle, ou bien racontait-elle une autre tranche de sa vie de femme libre ?

Emma hésita un instant, puis décacheta l'enveloppe. Quelques jours avaient passé depuis la précédente lettre.

Ma petite Emma,

Alors que je me promenais ce soir sur la place San Marco, avec un homme dont je te parlerai plus tard, un souvenir m'est revenu en mémoire, et j'ai eu l'envie irrépressible de t'écrire. C'était un soir de fièvre. Tu devais avoir sept ou huit ans, je ne me rappelle plus. Je revois encore, à la douce lueur voilée de jaune de la lampe posée sur la table de chevet de ta chambre, ton visage pâli, tes grands yeux sombres couleur de pétunia et cette fine bouche qui essayait de sourire mais dont les commissures s'abaissaient, tremblantes. Pauvre petite créature de douleur et d'amour, tu ne sauras jamais de quel élan mon cœur bondissait vers toi. Les doigts crispés d'impuissance et de misère, je regardais ta main diaphane posée sur le livre de contes entrouvert, cette main vers laquelle j'avançais insensiblement la mienne.

Je me rappelle aussi ce parfum de chrysanthèmes, âpre et frais, qui flottait dans la pièce bien close, le craquement du bois trop vert dans la grande cheminée et le bruit de cette branche agitée par le vent et qui venait égratigner la vitre.

Tout, j'ai tout gardé en mémoire, comme si cette soirée était encore devant mes yeux. Et j'ai peur, parfois, de revoir ainsi tous les moments où tu me fus si présente. Peur, très peur, toi qui envahis tant ma pauvre existence. Pourtant, cette bouche tremblante m'a dicté mon devoir, et ces paupières closes sur les larmes contenues ont éclairé ma route. Je mesure aujourd'hui combien tu es à la fois ma raison – ma déraison, devrais-je dire – et ma conscience.

Mais j'imagine aussi, aujourd'hui, combien tu dois me haïr. Car tu sais ce que je vaux, tu sais la pauvre femme sans courage que j'ai été, moi qui me croyais si forte. Je n'ai plus d'orgueil ni de volonté. Je me rends compte que tu as tout gardé dans tes petites mains frêles sur lesquelles je posais mes lèvres jour et nuit. En ces années que tu as sans doute oubliées, je t'ai tout donné de mon amour, tu as eu le meilleur de ma pauvre vie. Ah ! que je voudrais les retrouver, tes mains fraîches ! J'y poserais ma tête brûlante et je serais bien. Par moments, j'ai peur de devenir folle, tant je suis obsédée de toi... Je t'aime si fort, ma fille.

Maman.

Cette fois, Emma remit la feuille dans son enveloppe sans céder à son envie de pleurer, enterrant au plus profond d'elle-même le trop-plein d'émotions qui l'avait saisie en découvrant ces mots.

C'était décidé, son bonheur d'avoir été tant aimée et sa colère de n'avoir pu en profiter seraient enfouis quelque part dans son souvenir, mais ne viendraient plus jamais altérer son jugement ni, surtout, sa volonté de confronter son père et son grand-père à la vérité.

L'idée qu'ils avaient *tué* sa mère décupla sa rage. L'heure était à l'action. Après avoir tout remis en place, elle regagna sa chambre et régla son réveil à 6 heures le lendemain matin. Elle s'endormit en regardant la vitre, espérant qu'une branche viendrait elle aussi l'*égratigner*.

Elle se réveilla sans difficulté, légère, presque heureuse. Elle avait dormi d'un sommeil profond, qu'aucun rêve n'était venu troubler.

Contrairement à son habitude, elle s'attarda devant le miroir, nue. Elle se trouva belle, désirable, et songea un instant à Louis. C'est ce corps qu'elle lui offrait en gage d'amour.

Après une brève toilette, elle prit le temps de choisir la robe qui lui allait le mieux. Elle jeta son dévolu sur une robe blanche immaculée qui symbolisait à merveille le renouveau qu'elle sentait poindre dans sa vie. Elle l'enfila.

Elle descendit sur la pointe des pieds et pénétra dans la cuisine. Margot s'activait déjà devant la cuisinière. Une odeur âcre et sucrée de café bouilli emplissait la pièce. Les deux femmes se saluèrent sans effusions.

— Tu en veux ? demanda la vieille femme en désignant la cafetière.

Emma refusa, préférant se verser un bol de lait frais, trait la veille au soir. Elle but lentement, en observant la servante qui lui tournait le dos.

— Tu es tombée du lit ? demanda Margot.

Emma sourit.

— Non, je voulais me lever tôt.

— Drôle d'idée, avec le temps qu'il fait...

Emma tourna son regard vers la fenêtre. Il bruinait, et l'on devinait au mouvement des branches d'arbres un vent assez fort.

— Si tu sors, il faudra te couvrir.

Emma posa son bol vide dans l'évier et se dirigea vers la patère où étaient accrochés toutes sortes de vêtements sans propriétaires attitrés. Elle choisit une veste beige en velours côtelé, trop grande pour elle et assez lourde, qui se mariait très mal avec sa robe, mais c'était sans importance. Elle n'allait pas au bal !

Elle ouvrit la porte, informant Margot qu'elle reviendrait une heure plus tard environ.

— Où vas-tu traîner à une heure pareille ? s'inquiéta la servante.

— Je vais me promener.

Emma referma derrière elle et se dirigea vers le chemin de Malterre en direction du bois des Quatre-Vents.

Frissonnante, elle s'engonça dans la veste qui sentait l'humidité et la poussière, et avança d'un pas tranquille. Elle longea la mare, où elle s'arrêta un instant. Sous l'effet de la pluie, l'eau immobile, d'un vert sombre, était constellée de ronds s'élargissant et s'entrelaçant. Quelques joncs se balançaient sous le vent, tandis que des grenouilles, immobiles sur leurs feuilles de nénuphars, semblaient attendre que le temps passe.

Emma s'éloigna, pénétrant bientôt sous le couvert des arbres bordant le chemin de Malterre, puis marcha sur le rebord herbeux pour éviter les flaques boueuses qui s'étaient formées dans la nuit.

Machinalement, elle arracha une branche d'un noisetier enchevêtré dans la haie et, l'ayant dénudée de ses feuilles et des rares noisettes qu'elle portait, s'en servit pour remuer l'herbe devant ses pieds, à mesure qu'elle avançait, toujours sans y penser – peut-être, comme elle le faisait naguère, dans le souci de ne pas écraser les limaces ou les escargots qui foisonnaient ? Elle avait toujours eu horreur qu'on fît du mal à un animal, surtout si celui-ci était vulnérable.

Soudain envahie par l'apparition d'un souvenir ancien, Emma s'arrêta. Elle se revit se promenant avec sa mère, quelque part dans la campagne. Elle lui tenait la main, et toutes deux cherchaient quelque chose. Des champignons, des escargots ? Emma l'ignorait, certaine en revanche que la gamine qu'elle était à cette époque éprouvait une joie profonde.

Cette intrusion du passé, si rare, si soudaine, la bouleversa. Pour la première fois depuis longtemps – elle n'avait jamais songé ainsi à sa mère depuis son départ –, ce souvenir lui donnait la certitude réconfortante qu'il existait une permanence des sentiments et des émotions contre laquelle le temps, et peut-être la mort elle-même, ne pouvaient rien.

Elle reprit sa marche jusqu'à pénétrer dans le bois des Quatre-Vents. Quoiqu'il fût plus sombre et plus inquiétant, Emma s'y sentit aussitôt protégée, détendue. Cette futaie était son domaine depuis l'enfance. Ici, rien ne pouvait lui arriver. Le mal, la méchanceté et la souffrance en étaient exclus. C'était là un royaume de conte, le domaine de créatures mystérieuses, d'esprits invisibles qui n'œuvrent que pour le bien des hommes.

À défaut de les voir, Emma pouvait les entendre. Le moindre craquement, le frissonnement des feuilles, les plaintes des branches malmenées par le vent étaient leur langage, un parler secret qu'il fallait savoir interpréter et auquel il convenait de répondre par une attention soutenue et respectueuse. Pour Emma, ce que les créatures des Quatre-Vents avaient à dire était toujours de la plus haute importance puisqu'elles étaient charitables et ne souhaitaient que le bonheur des hommes.

La végétation aux essences mêlées semblait avoir retrouvé des couleurs après l'ondée. De fines gouttelettes d'eau s'écoulaient des frondaisons, glissant sur le sol en émettant chaque fois une tonalité différente, claire ou étouffée. Le brouhaha des feuilles continuant sous le vent se mêlait au pépiement des oiseaux qui sortaient peu à peu de leur torpeur. Cette cacophonie joyeuse réjouissait Emma, qui se mit à chantonner comme pour pactiser avec cette nature luxuriante, bavarde et heureuse.

La ritournelle au bout des lèvres, elle avança vers le haut du bois, où se trouvaient la mine et le puits qu'Émile lui avait fait connaître. De ce jour, sans qu'elle eût trouvé le temps d'y revenir, elle avait souvent repensé à ce lieu, s'étonnant de ne l'avoir jamais repéré auparavant. Elle y voyait un autre signe.

Se frayant un chemin dans l'entrelacs de plantes et de branches qui entouraient l'endroit, elle déboucha enfin dans la clairière, proche de la maison effondrée et du puits. Elle s'assit sur la margelle, troublée par l'ambiance alentour. Elle n'était plus la même : tout paraissait aujourd'hui plus sombre et mystérieux. Comparé à l'exubérance qui avait précédé, le silence était impressionnant.

Ces lieux lui semblaient encore habités, pleins d'une vie autre qu'elle n'aurait pu clairement définir. Malgré l'atmosphère inquiétante, Emma n'éprouvait aucune crainte. Elle se sentait pacifiée, au contraire, détendue et heureuse, comme si une aura mystérieuse et bénéfique la protégeait.

Elle porta un brin d'herbe à sa bouche pour le mordiller, puis se leva pour s'en aller se promener du côté des ruines. Cette demeure, ancienne à en juger par l'épaisseur de ses pans de murs, avait dû être très belle. On devinait encore les pièces, l'emplacement des cheminées et des fenêtres. Çà et là traînaient quelques vestiges de vie – une fourchette, le tiroir à cendres d'une cuisinière à bois, une chaise brisée… – qu'elle n'avait pas repérés la première fois. Des lianes de lierre, des sureaux envahissaient l'espace.

Elle caressa les pierres usées, s'accouda à une ouverture de fenêtre et imagina la vue qui devait s'offrir lorsque la maison était habitée. Pas grand-chose, à vrai dire, sinon des arbres. Ceux qui avaient vécu là, se dit-elle, devaient aimer l'isolement, la réclusion, même… ou tout simplement la tranquillité.

Elle revint au puits, cueillant au passage quelques fleurs blanches, jaunes et grenat dont elle ignorait le nom, et confectionna un petit bouquet en les mélangeant avec des herbes et des feuilles.

De nouveau assise sur la margelle, elle jeta un œil dans le trou béant. Apaisée, elle songea alors à sa vengeance, répétant son plan méthodiquement, comme s'il se fut agi d'une pièce de théâtre, un acte succédant à l'autre jusqu'au dénouement, qu'elle imaginait en apothéose.

L'espace d'un instant, un doute s'immisça pourtant dans son esprit : ne faisait-elle pas fausse route en s'attribuant ainsi un rôle de rédemptrice ? Quoique cela lui semblât parfaitement justifié, avait-elle pour autant le droit de se venger ?

Puis, jugeant ces interrogations incongrues, elle les repoussa aussi vite. Elle se sentait légère, n'ayant plus à se convaincre du bien-fondé de sa décision, ni à s'inquiéter des conséquences que ses futurs agissements auraient sur sa propre vie et sur celle des autres. C'était écrit comme une évidence. Elle le devait à sa mère et à elle-même.

À ses yeux, ses actes futurs, nécessairement violents, ne seraient que le solde du passé, le signe aussi qu'elle aurait quitté les rives d'une enfance douloureuse pour se diriger vers celles du bonheur. C'était son Styx, qu'elle traverserait en sens inverse, pour aller de la mort à la vie, de la souffrance à la joie, de l'enfance à la maturité.

Scrutant une dernière fois les profondeurs du puits, Emma y jeta son bouquet, se figurant naïvement que les fleurs éclaireraient cette sombre béance. Puis elle reprit le chemin de la ferme.

Comme elle arrivait à proximité, Émile et Hippolyte montaient dans la voiture. Elle les salua en passant.

— D'où viens-tu ? demanda son grand-père.

— Je suis allée me balader, répondit-elle l'air de rien.

— Tu veux qu'on t'emmène ? On va à la Charité faire des courses. C'est jour de foire.

Emma refusa.

— J'ai à faire, ajouta-t-elle en ouvrant la porte de la cuisine.

— Comme tu voudras…

Émile lança le moteur, et le véhicule quitta la cour. Emma le regarda s'éloigner, un mince sourire aux lèvres, et pénétra dans la pièce. Assise près de la cuisinière, Margot plumait un poulet.

— C'était bien ? demanda-t-elle sans relever la tête.

— Mieux que tu ne peux l'imaginer ! répliqua Emma en grimpant les escaliers.

5

L'automne s'était définitivement installé. Il pleuvait sans discontinuer, tandis qu'un vent en provenance du nord annonçait déjà l'hiver. Sous le ciel plombé, la campagne s'était assombrie. Dans les prés, les bêtes se rassemblaient en troupeaux sous les arbres, attendant la fin de ce déluge inhabituel. Les hommes n'étaient guère mieux lotis. La terre n'attendait pas et, malgré les intempéries, il leur fallait mener à bien les labours.

À la Vernières, il ne serait d'ailleurs venu à l'idée de personne d'arguer du mauvais temps pour ne pas effectuer son travail. Pour Émile, chacun devait accomplir les tâches qui lui revenaient, qu'il pleuve ou qu'il vente. Néanmoins, le soir, après que le « patron » eut réparti l'ouvrage du lendemain, les ouvriers se livraient régulièrement à d'âpres marchandages pour échapper aux corvées extérieures, les plus malchanceux négociant avec les mieux lotis pour échanger leurs attributions contre toutes sortes de compensations. Hippolyte ou Émile ne s'en mêlaient pas : libre aux ouvriers de marchander tant que quelqu'un était au poste le lendemain.

Depuis peu, Emma était associée à cette réunion quotidienne. Malgré l'avis défavorable d'Hippolyte, Émile l'avait imposée, prétextant qu'elle devait désormais être mise au courant de l'organisation du travail. La jeune fille se réjouissait d'être ainsi invitée : c'était non seulement la preuve qu'elle avait réussi à convaincre son grand-père de son utilité, mais cela lui donnait surtout le pouvoir de peser de tout son poids sur les décisions. Ainsi, elle ne se privait pas de donner son avis, sans toutefois jamais s'opposer ouvertement à Émile : il lui fallait ménager l'avenir. En revanche, dès qu'elle le pouvait, elle prenait l'exact contre-pied de ce que proposait son père – jamais de manière frontale, néanmoins, ce qui eût été maladroit. Méthodiquement, elle reprenait les arguments d'Hippolyte pour les retourner et aboutir à des conclusions toujours opposées aux siennes.

Hippolyte avait beau voir clair dans le jeu d'Emma, il lui manquait toutefois la vivacité d'esprit nécessaire pour rivaliser avec elle. La plupart du temps, il devait donc se contenter de ravaler sa rancune, quoiqu'il lui arrivât parfois de défendre son point de vue avec un tel acharnement que la discussion se muait alors en une franche dispute.

C'est ce qui arriva, un soir de la fin du mois d'octobre, dans le bureau d'Émile. Alors que la réunion avec les contremaîtres et les ouvriers venait de prendre fin, chacun d'eux avait rejoint la cuisine, où les attendait le repas préparé par Margot. Comme à l'accoutumée, Émile, Hippolyte et Emma étaient restés dans le bureau pour régler les derniers détails. À l'initiative de la jeune femme, ils en vinrent alors à parler de la nécessaire rénovation du domaine.

— À mon avis, commença-t-elle, il faut de toute urgence penser à nous équiper encore davantage en machines pour effectuer le travail. On y gagnerait en temps et en efficacité, pensez ! Alors qu'avec une carriole tirée par des chevaux il faut près de deux heures pour se rendre au chef-lieu, même avec une charge relativement modeste, on mettrait moitié moins de temps pour en transporter une bien supérieure avec un tracteur ! Et j'ai lu dans le journal que l'on pouvait désormais labourer avec une charrue fixée au tracteur, avec un gain de temps et de précision considérable. Pourquoi attendre ? De cette manière, on pourrait réduire le personnel – trop nombreux, je pense –, et ainsi amortir rapidement l'investissement grâce aux réductions de charges salariales. De même, il serait alors possible d'accélérer la cadence lors des moissons, et l'on pourrait donc étendre les terres à blé et réaliser un meilleur chiffre d'affaires. Ce ne serait pas du luxe, quand on voit la baisse régulière du prix du quintal imposée par les négociants !

Sitôt qu'elle eut terminé son exposé, Émile s'emballa.

— Eh bien ! ma petiote. C'est qu'il y en a, là-dedans ! Une vraie patronne, qu'on a là, et persuasive, avec ça ! Je me demande où tu vas pêcher tout ça, mais je dois avouer que c'est sacrément convaincant !

Émile se montra si enthousiaste qu'il alla jusqu'à proposer de trinquer à tant de clairvoyance. Il n'était pourtant pas coutumier du fait. Joignant le geste à la parole, il sortit de l'armoire vitrée trois verres et une bouteille de Cinzano. Le meuble contenait sur les étagères du haut, outre des verres et diverses bouteilles d'alcool, plusieurs récompenses obtenues dans les comices agricoles. Sans qu'on sût véritablement pourquoi, Émile vénérait ce meuble, au point qu'il demandait à Margot d'en faire les vitres et d'en astiquer le bois quotidiennement.

Hippolyte, qui s'était tenu coi, restait assis dans l'un des fauteuils, face au bureau. Émile lui tendit un verre.

— Alors, fils, qu'en penses-tu ? Sacrément intelligente, ta fille, hein ?

Hippolyte ne broncha pas. La colère l'étouffait. Comment supporter que sa propre gamine s'exprimât ainsi devant lui, comme si elle était déjà la patronne du domaine ? N'était-ce pas lui qui devait un jour être appelé à succéder à Émile ? Comment osait-elle contrarier les lois traditionnelles en vertu desquelles le fils prend nécessairement le relais du père ? Mais le pire n'était pas là : sa souffrance la plus vive et la plus intime était de deviner, derrière l'enthousiasme d'Émile, sa propre répudiation, alors même qu'il avait tout partagé avec son père, au point d'en être devenu le complice jusque dans l'horreur.

Hippolyte se leva alors brusquement, renversant au passage le verre d'alcool qu'il avait posé sur le rebord du bureau.

— Je vous laisse à vos petits arrangements ! lâcha-t-il avant de sortir en claquant la porte.

Surprise par une telle violence, Emma tressauta, mais se reprit très vite. Elle avait tout lieu d'être satisfaite : encore quelques scènes de ce genre, et elle serait la maîtresse du jeu.

Impavide, Émile prit le temps de vider son verre, puis, saisissant sa veste, il s'approcha de la sortie.

— Il commence vraiment à me casser les burnes, ce petit con ! lâcha-t-il d'un ton glacial. Je m'en vais lui botter le cul, moi ! Il va voir qui fait la loi, ici !

Désireuse d'apaiser la situation – il était encore trop tôt pour que les deux hommes s'affrontent –, Emma s'interposa.

— Je t'en prie, feignit-elle de le supplier, il est à cran. Il se sent un peu exclu, ce n'est pas facile pour lui, tu comprends ?

Émile haussa les épaules et, résigné, alla s'affaler sur le canapé.

— Il a de la chance de t'avoir, grommela-t-il. Sinon, je t'assure que je lui aurais remis les idées en place. Allez, viens donc t'asseoir à côté de moi, et parle-moi de tes projets...

Emma le rejoignit, avec aux lèvres un sourire d'autant plus franc qu'il lui était agréable de voir Émile se figurer que ce sourire lui était adressé, alors qu'il témoignait en réalité de sa propre jubilation à voir se refermer le piège qu'elle leur tendait.

Sitôt dehors, Hippolyte s'était précipité au garage et, empruntant la voiture de son père, avait filé en direction de Châteauneuf. D'ordinaire, il n'aurait pas osé agir ainsi : on ne plantait pas le vieux impunément, il le savait et, qui plus est, on ne prenait jamais son véhicule sans y avoir été dûment autorisé. Ce soir, pourtant, il s'en fichait éperdument : Émile pourrait gueuler tant qu'il le voudrait, cela n'avait aucune importance. Seul lui importait désormais de pouvoir rouler le plus vite possible en regardant défiler ce morne paysage aux tons crépusculaires. C'était le seul moyen qu'il avait trouvé pour se calmer et recouvrer ses esprits, sans quoi il ferait sans doute une connerie.

Il roula ainsi plus d'une heure, fonçant d'abord vers la Charité, puis traversant la Bertranges, avant de rejoindre Châteauneuf et enfin Donzy. Ce périple n'avait rien d'extraordinaire, Hippolyte en connaissait les routes par cœur, mais il eut néanmoins le mérite de l'apaiser. La campagne, uniforme et triste, offrant à sa vue une succession de champs labourés, de prés détrempés et de bosquets effeuillés, puis la forêt ombreuse avaient fini par chasser son affliction au profit de souvenirs plus agréables. Au fil des kilomètres, des séquences émouvantes, longues ou plus courtes, précises ou floues, s'étaient succédé, racontant toutes une histoire heureuse, celle de son enfance, la seule époque de sa chienne de vie où il avait eu la certitude d'éprouver la sensation du bonheur. Lorsqu'il souffrait ou perdait les pédales comme aujourd'hui, se remémorer ainsi son enfance était son ultime refuge, son Éden.

Là-bas, sur les rives de plus en plus floues de son passé, il n'y avait ni homme ni femme, mais des animaux, des insectes, des oiseaux, les seuls êtres vivants dont il n'avait pas peur. Il y était seul, en compagnie de ses rêves et de ses espoirs enfantins, entouré d'une nature luxuriante et amicale. Il courait dans les prés, roulait dans l'herbe, s'exposait au vent ou à la pluie, grimpait dans les arbres et chantait avec les oiseaux. Il s'y revoyait, s'extasiant du vol d'une coccinelle à laquelle il avait confié ses vœux, cueillant une branche de noisetier pour se confectionner un arc, se réfugiant sous la frondaison protectrice d'un chêne ou humant les senteurs de la terre mouillée.

Hippolyte était si absorbé dans ses pensées qu'il fut surpris d'être déjà arrivé au Café de la poste de Donzy. Une vague angoisse le saisit quand il prit conscience qu'il ne se rappelait pas le trajet qu'il avait emprunté. Comment pouvait-on être absorbé par ses pensées au point d'en oublier la réalité ? Repoussant cette fâcheuse interrogation, il sortit de la voiture et rejoignit le café en courant pour échapper à la pluie qui venait de reprendre.

Quand il entra, la bouffée d'air chaud et enfumé le réconforta. Il salua Marthe, la patronne, qui trônait derrière le bar comme une reine sur son empire, puis, comme d'habitude, s'attarda près du poêle en se frottant les mains au-dessus du foyer. Il avait besoin de ce rituel pour s'accoutumer aux lieux et s'y sentir bien. En comparaison avec la Vernières, ce troquet était un autre monde, où tout était permis.

— Fernand n'est pas là ? s'étonna-t-il.

— Il ne va pas tarder, répondit Marthe distraitement.

Cette réponse mit Hippolyte de mauvaise humeur : si le serveur n'était pas là, il n'était pas près de tenir Marthe dans ses bras ! Il s'approcha alors du zinc et commanda un ballon de rouge et un paquet de gauloises. Marthe remplit le verre à ras bord et lui tendit les cigarettes avec un sourire enjôleur.

Il en alluma une puis garda le silence un long moment, obnubilé par son envie de faire l'amour. Encore fallait-il attendre pour cela que Marthe se décidât à le lui proposer, c'était la règle. Il fallait être patient, voilà tout. Il se mit à l'observer.

C'était une sacrée belle femme, grande et fine, sans âge. À ce qui se disait, elle devait avoir pas loin de cinquante ans, mais on lui donnait beaucoup moins, sans doute à cause de ses cheveux coupés court et de son visage sans rides. Et aussi parce qu'elle avait un tempérament de feu, ce dont témoignaient tous les hommes passés dans son lit. Plusieurs fois, en partageant une cigarette avec elle après l'amour, Hippolyte l'avait interrogée sur son passé, mais il en avait toujours été pour ses frais, Marthe se fermant comme une huître à ses questions. Au mieux évoquait-elle une vie antérieure à Paris, aux Halles, où elle aurait tenu un café, mais cela restait si vague qu'il y avait toutes les raisons d'en douter. Hippolyte laissa ses pensées en suspens, convaincu qu'il n'en saurait jamais davantage.

— Les autres filles sont là ? demanda-t-il pour meubler le silence.

Marthe, qui essuyait un verre, éclata de rire et le dévisagea avec une tendresse non feinte.

— Comme si tu ne le savais pas !

Il lui adressa un sourire de connivence. Bien sûr, il savait ! « Ses » filles attendaient là-haut, disponibles, mais invisibles, selon une autre règle édictée par Marthe. C'est que, comme elle le lui avait expliqué un jour d'épanchement, elle tenait à soigner la façade : que tout le monde sût qu'elle employait des prostituées était une chose, mais que cela fût visible en était une autre. C'est qu'elle recevait aussi le gratin, ici ! Marthe tenait à sa réputation.

La clochette de l'entrée tinta. Un homme qu'Hippolyte ne connaissait pas entra et lança un vague bonjour avant d'aller s'asseoir au fond de la salle, près de la porte donnant accès à l'épicerie. À sa mise élégante, Hippolyte jugea qu'il n'était pas du coin, puis il détourna le regard. Ce type lui rappelait trop Maxime, qui se prétendait lui aussi plus raffiné que tous les bouseux du coin. Surpris de voir ainsi surgir son frère dans ses pensées, il avala son verre d'un coup, comme pour l'en chasser. Mais comment l'oublier, lui qui avait été à l'origine de la plupart de ses souffrances, de ses erreurs, et maintenant de sa culpabilité ?

— Redonne-moi la même chose ! lança-t-il brusquement.

Marthe le resservit et, comme elle se penchait vers lui, Hippolyte, enivré par son parfum de violette, se retint de l'embrasser.

— Tu n'as pas l'air dans ton assiette, dit-elle en baissant la voix.

— Mais si ! J'ai envie, c'est tout.

Elle le gratifia d'un autre sourire et s'en alla prendre la commande du nouveau client, qui fumait, l'air absent. Alors qu'elle revenait vers le comptoir, la porte s'ouvrit de nouveau. C'était Fernand. Ses vêtements ruisselaient.

— Salut, la compagnie ! lança-t-il gaiement.

— Ah ! te voilà enfin, s'exclama Marthe. Heureusement qu'il n'y a pas grand monde…

— Je te demande pardon, répliqua Fernand en déposant sa vareuse sur le dossier d'une chaise proche du poêle, mais ce putain de vélo a crevé dans la montée des Aubraies.

Marthe haussa les épaules.

— Toujours des excuses…

Hippolyte se détendit d'un coup. Fernand derrière le comptoir, cela signifiait que la voie serait bientôt libre pour monter… Il chercha alors le regard de Marthe, qui semblait préparer une boisson au mélange compliqué. Comme elle ne se décidait pas à le regarder, il la questionna :

— Qu'est-ce que tu prépares ?

— Un cocktail, répondit-elle sans lever la tête.

Quand elle eut terminé, elle apporta au client un verre empli du liquide bleuâtre. Hippolyte la suivait des yeux. Comme elle demeurait à discuter avec l'inconnu, il finit par éprouver un sentiment mêlé de jalousie et d'agacement. Bon Dieu ! elle savait pourtant qu'il l'attendait !

Après quelques minutes, elle revint, pour s'approcher cette fois d'Hippolyte.

— Allez, viens ! Je crois que tu as bien besoin de te détendre…

Hippolyte en négligea de finir son verre. Il se dirigea aussitôt vers la porte d'accès aux étages, barrée d'un rideau de velours satiné. Tandis qu'il le soulevait pour passer dans ce qu'il appelait « le saint des saints », Marthe se retourna pour dire à Fernand qu'elle en aurait pour un petit moment et qu'elle ne devait pas être dérangée. Ces mots mirent du baume au cœur d'Hippolyte. Pour une fois, elle semblait décidée à prendre son temps avec lui.

À la Vernières, Emma, qui venait de quitter Émile, se tenait dans la cuisine, où elle faisait bouillir de l'eau pour une tisane. Après le brusque départ d'Hippolyte, son grand-père lui avait dit tant de choses qu'elle éprouvait le besoin de mettre de l'ordre dans ses idées. Surtout, elle voulait comprendre pourquoi le long monologue, apparemment sincère, dans lequel il s'était lancé l'avait perturbée à ce point. Pêle-mêle, et sans qu'elle lui eût rien demandé, il lui avait d'abord raconté quelques bribes de son enfance – malheureuse, faute d'avoir jamais eu la moindre intimité avec ses parents –, puis il avait continué sur Charlotte, sa femme, morte après avoir donné naissance à Maxime. Qu'il lui mentît ou non – spontanément, elle penchait d'ailleurs pour la première hypothèse –, Émile avait eu un ton si empreint de franchise que les convictions d'Emma s'étaient mises à vaciller. Était-il vraiment le salaud qu'elle imaginait, ou bien sa mère l'avait-elle trompée elle aussi ? Comment croire, en effet, en écoutant Émile qu'il ait pu être le monstre que décrivait Jeanne ? Comment imaginer qu'il ait pu être l'auteur des horreurs décrites par sa mère, en l'entendant ainsi parler de sa propre femme, avec des termes encore si tendres après bientôt quarante ans de deuil ?

Pour la première fois depuis qu'elle avait reçu la lettre de sa mère, Emma hésitait à condamner Émile et son père, la franchise de l'un impliquant celle de l'autre. Ne s'était-elle pas trop précipitée en lisant le testament de Jeanne ? N'avait-elle pas pris la dénonciation maternelle trop au pied de la lettre ?

Tandis qu'elle versait l'eau chaude sur quelques feuilles de tilleul au fond d'une tasse, Emma comprit qu'il lui fallait d'abord vérifier toutes les assertions de Jeanne, et les recouper avec d'autres indices. Autrement, ne risquait-elle pas de devenir encore pire que ceux dont elle prétendait se venger ?

D'autres considérations présidaient également à cette soudaine indécision. Sans hésiter, Émile lui avait offert de l'aider autant qu'il le pourrait à s'initier davantage encore aux exigences que demandait la direction du domaine. Pour la préparer à l'avenir, il lui avait même proposé de venir le rejoindre quotidiennement dans son bureau, pour s'entraîner sous sa conduite à prendre les meilleures décisions. Il le lui avait répété à l'envi : il souhaitait bel et bien qu'Emma prît sa succession, et ce, malgré la réticence d'Hippolyte, qui selon lui n'était pas l'homme de la situation.

— C'est toi, l'homme, ici ! lui avait-il lancé en plaisantant.

De même, Émile n'avait pas hésité à répondre lorsque sa petite-fille l'avait interrogé sur les reproches qu'il adressait sans cesse à Hippolyte.

— Ton père, lui avait-il dit, a beaucoup de qualités, mais pas celles qui font un chef. Il est trop indécis et manque d'ambition.

Décidément, rien de ce que son grand-père lui avait dit ne semblait faux ou hypocrite. Non, une telle franchise ne pouvait être le fait d'un salaud.

Tenant son bol à deux mains, Emma buvait à petites lampées en soufflant de temps en temps pour refroidir sa tisane. Prenant soudain conscience du silence alentour, si dense qu'il lui sembla presque menaçant, elle tendit l'oreille, repérant quelques petits bruits familiers et rassurants : le tic-tac régulier du morbier, le claquement de la porte sous l'effet du vent, les grattements des souris çà et là, ou encore le crépitement des dernières braises dans la cuisinière.

Lorsque minuit sonna, elle jugea qu'il était grand temps d'aller se coucher. Une bonne nuit lui ferait du bien, et sans doute y verrait-elle plus clair le lendemain matin. Elle essuyait son bol quand l'idée lui vint de rejoindre Louis, ce à quoi elle renonça aussitôt. Cela pouvait attendre, et puis, elle n'avait pas envie d'affronter la nuit, le vent et la pluie pour une étreinte de quelques minutes.

Émile s'était glissé dans les draps depuis maintenant plus d'une heure, bien décidé à dormir, mais le sommeil ne venait malheureusement pas. Il souffrait d'insomnies depuis son enfance, depuis qu'une peur sourde s'était installée insidieusement en lui, sans qu'il eût jamais compris ce qui l'avait provoquée. Dans les premiers temps, il avait tenté de la juguler en se réfugiant dans les bras de Marcelline, sa mère, mais en vain. Sa mère, qui faisait chambre à part avec son mari Jules, se fichait bien des angoisses nocturnes de son fils ! Il suffisait de voir comme elle l'envoyait paître chaque fois qu'il tentait de la rejoindre dans son lit, la nuit :

— Mon garçon, disait-elle en le renvoyant sans ménagement, ce n'est pas ainsi que se conduisent les hommes. À ton âge, on n'a plus peur !

Le ventre secoué de spasmes douloureux, le petit Émile regagnait alors son lit, où il pleurait jusqu'à ce que le sommeil s'emparât enfin de lui. Cette souffrance renouvelée presque toutes les nuits n'avait pas non plus été tempérée par son père. Bien qu'il fût un brave bougre, l'homme n'aurait même pas eu l'idée de prendre son fils dans ses bras. Le plus important à ses yeux était la santé des bêtes, le cours du blé et, surtout, la satisfaction de son épouse. Jamais, au grand jamais, il n'aurait pris une décision ou fait un geste qui eût pu l'agacer. Il voulait plus que tout avoir la paix.

Dans ces conditions, le « petiot » qu'il était n'avait plus eu qu'à attendre l'arrivée de Margot à la ferme, en 1881 – il avait alors onze ans ; elle, seize –, pour trouver enfin un peu de réconfort auprès d'une femme. Dès le soir de son arrivée, elle l'avait accueilli dans son lit, d'abord pour le tranquilliser. Plus tard, elle lui avait appris à être un homme.

Les souvenirs qui affluaient mirent Émile mal à l'aise, qui ne voulait plus penser à tout cela. Il alluma et se leva pour gagner son bureau. En s'asseyant, il concentra son attention sur la soirée qui venait de s'achever. Il repensa au brusque départ d'Hippolyte. Sur l'instant, il s'était senti agressé. Surtout, il avait eu la très désagréable impression de voir son pouvoir remis en cause. Jusqu'à ce jour, personne ne lui avait tenu tête ni n'avait osé, *a fortiori*, le provoquer. Puis, les heures passant, Émile avait fini par ne plus s'en soucier. Après tout, l'attitude d'Hippolyte correspondait en tous points à ce qu'il était, un garçon sans personnalité, influençable et bon à rien. Le jugement d'Émile ne datait pas d'hier. Malgré ses efforts, il n'avait jamais pu apprécier Hippolyte. Dès ses premières années, il avait compris que ce gosse ne serait pas à la hauteur de la vie qui l'attendait. Ah ! si seulement il avait eu le quart des qualités de Maxime…

Son frère surgissait de nouveau dans ses pensées, et Émile en fut irrité. Il ne voulait pas non plus repenser à lui : qu'il restât où il était, il l'avait bien mérité ! Pour chasser ce corps étranger qui risquait de lui gâcher la nuit, Émile préféra se remémorer son échange avec Emma. Décidément, cette gamine avait l'étoffe des grands : il avait trouvé celle qui lui succéderait et ne laisserait pas le domaine partir à vau-l'eau.

Elle n'avait heureusement pas hérité des défauts de sa mère. Elle avait même tout pour elle : l'intelligence, la beauté, le chien, la volonté, la vivacité d'esprit et l'imagination. Émile se plaisait à égrener toutes ces qualités car, le faisant, c'est à lui qu'il pensait. Oui, il était bien à l'origine de cette exception ! Il n'avait aucun doute sur le fait que c'est de lui qu'elle avait hérité son caractère. En la regardant, c'est lui qu'il voyait. Le seul défaut d'Emma, en somme, était peut-être qu'elle n'eût pas été un homme...

Émile sourit pour lui-même, fier d'avoir réussi à inspirer une génération future, ce qui lui semblait pourtant ne pas être donné à tout le monde. Combien d'hommes et de femmes mouraient sans s'être reconnus dans leurs descendants ? S'il avait la chance de vivre assez longtemps, lui partirait au moins avec la satisfaction de voir le domaine mené d'une main experte. Il aurait la joie de voir prospérer ce qu'il avait initié, de voir son domaine se moderniser et les gens profiter du progrès – bref, il pourrait contempler son œuvre.

Émile aimait se propulser ainsi dans l'avenir. C'était pour lui tout à la fois une manière de se prouver qu'il restait jeune et que, ce faisant, il pouvait encore s'offrir le luxe de faire un doigt d'honneur à la mort. C'est dans ses fanfaronnades qu'il puisait cette énergie qui ne lui faisait jamais défaut, dans cette manière de se considérer comme différent des autres, supérieur à la piétaille, ce peuple que les Blum et Jaurès, qu'il exécrait, ne cessaient d'invoquer.

Pour lui, le peuple était l'armée des impuissants, des incapables, des geignards. Il n'avait aucune confiance en eux, jugeant que la plupart baissaient leur froc à la moindre occasion. Requinqué par ces quelques évidences fortes qu'il ne cessait de ressasser depuis des années, Émile se servit un petit verre de marc puis ouvrit son livre de comptes. Il devait s'y mettre : il le savait, le progrès avait un prix.

Hippolyte quitta le Café de la poste vers 2 heures du matin. Il fit quelques pas dans l'obscurité pour pisser avec satisfaction au bord d'une haie. La pluie avait cessé. Un vent d'est balayait la rue déserte et sombre. Le lourd silence de la nuit était parfois troublé par le ululement lointain d'une chouette ou par quelque aboiement. Il respira avec plaisir l'air frais qui charriait des odeurs âcres d'étable, puis reboutonna sa braguette. Il se dirigea vers la voiture d'un pas mal assuré, ce qui le fit sourire. Oui, il était soûl, et alors ? Il avait bien droit, lui aussi, à cette félicité du pauvre.

Il ne démarra pas tout de suite. Assis derrière le volant, il alluma d'abord une cigarette pour profiter de ce bien-être inhabituel qu'il sentait presque couler dans ses veines : celui de l'homme qui vient de « se vider les burnes » ! L'expression le fit sourire. Oui, il se sentait allégé. Les idées merdeuses qui lui pesaient quand il était arrivé s'étaient volatilisées. Plus de ratiocinations oiseuses ni de rancœurs imbéciles : désormais, l'avenir lui appartenait, et ni Emma ni Émile ne pourraient plus l'empêcher de vivre.

Il mit le moteur en route et déboîta pour s'engager sur la route de Narcy. Il repensait à Marthe. Un vrai volcan, l'incandescence faite femme ! Il fallait voir comme elle savait vous amener aux confins de la jouissance avant de vous faire patienter de plus belle ! Ah ! la salope ! Pour avoir du métier, elle en avait ! Et une vraie accoucheuse, en plus de ça ! Il ne savait pas comment elle s'y prenait, mais il suffisait qu'elle lui pose une question, même la plus anodine, pour qu'il se mette à jacasser comme une pie. Il ne parlait jamais autant qu'avec elle, et alors, tout y passait, de sa prime enfance à aujourd'hui.

Dès qu'il se trouvait dans les bras de Marthe, il n'était plus un recoin de son âme qu'il n'explorât avec la minutie d'un entomologiste. Qu'il hésitât un seul instant, et elle posait la question appropriée pour qu'il retrouvât le fil de ses pensées, ressuscitât des souvenirs enfouis, des émotions oubliées. Une vraie mère, songea-t-il, se rendant compte qu'il reniait ainsi Charlotte, sa propre génitrice. Mais comment pouvait-il en être autrement ? Sa mère était morte alors qu'il n'avait que deux ans. Même s'il reconnaissait pour lui-même qu'il n'était pas bien malin, Hippolyte se considérait toutefois assez lucide pour admettre que sa vie, depuis qu'il avait l'âge de comprendre, n'avait été qu'une sorte de chasse à la mère – autant dire un mirage.

Gamin, il avait d'abord cherché refuge dans la tendresse de Margot et joué à touche-pipi avec des filles de l'école, avant de prolonger sa quête impossible dans les bras de Jeanne, et enfin dans ceux de filles de hasard. Mais jamais il n'avait trouvé auprès d'elles le repos, ni de ces certitudes qui rendent plus fort. Chaque fois, enfant ou adulte, il s'était fracassé contre le mur de la désillusion. Ces filles, ces femmes lui avaient toutes échappé, filant comme l'eau au creux de la main. Hormis de rares plaisirs physiques et quelques emballements amoureux, il ne lui restait rien, sinon une sensation de vide, de flottement, qui le rendait étranger aux autres et à ce qui l'entourait.

L'ambition ne lui avait pourtant pas manqué. Il se souvenait encore de ces instants où il s'imaginait doté d'un destin de phénix : il allait être heureux, riche et adulé comme un prince de conte pour enfants. Mais, de tout cela, rien n'était venu. Il s'en rendait compte aujourd'hui : il avait eu pour seule dot le décès prématuré de sa mère, la guerre de 14, une histoire d'amour destructrice, le désamour d'un père puis la concurrence haineuse d'un frère. En un mot, la mort, toujours la mort.

Bientôt, Hippolyte fut à Narcy, où il obliqua vers Malmaisons, la dernière étape avant la Vernières. Longeant le cimetière, il dut détourner le regard, au souvenir de ses effrois enfantins, de ces spectres d'ancêtres qui, racontait-on, se levaient la nuit pour revenir sur les lieux où ils avaient vécu. Des fois qu'il verrait celui de sa mère marchant sur la route… Peut-être lui reprocherait-elle de n'avoir eu de cesse de l'oublier dans les bras d'autres femmes, de ne pas être venu plus souvent se recueillir sur sa tombe ? Lorsqu'il eut dépassé le cimetière, comme il se sentait mieux, il accéléra d'un coup. Il détestait tant sentir l'enfant enfermé au fond de lui se débattre ainsi pour accéder à la lumière.

Il entra dans le domaine à très faible allure. Il ne voulait surtout pas réveiller Émile, qu'il imaginait l'attendant sur le palier pour lui passer un savon. Il serait bien temps de s'engueuler avec lui au lever. Il s'engagea un peu trop vite dans le garage, si bien que l'aile gauche heurta l'auge en pierre qui longeait le mur. Hippolyte pila en jurant. Une angoisse soudaine le submergea, son cœur se mit à cogner à tout rompre. Nul doute que le fracas de la tôle avait réveillé Émile. Imaginant l'avoinée que son père allait lui passer, Hippolyte sortit du véhicule pour estimer les dégâts, pires qu'il ne l'imaginait : le pare-chocs chromé était replié sur le pneu, manquant de peu le déchirer. L'aile, quant à elle, avait tellement soulevé le capot qu'on apercevait, par l'ouverture béante, le radiateur et une partie du moteur.

Épouvanté devant l'ampleur des dégâts, Hippolyte demeura immobile, l'œil rivé sur la voiture informe, dont la tôle tordue évoquait une bouche exprimant la souffrance. Sortant de sa torpeur, il remonta dans le véhicule, recula et recommença la manœuvre. Quand il se fut garé, il éteignit les phares et demeura assis, s'attendant toujours à voir bondir Émile.

Quelques minutes plus tard, comme il en avait conclu que son père n'avait rien entendu, Hippolyte quitta le véhicule et referma la porte du garage. Demain, se dit-il pour se rassurer, est un autre jour. De toute manière, il ne pouvait rien faire. Au pire, il prendrait en charge les réparations.

Le lendemain, Hippolyte fut le premier debout. Il avait mal dormi, s'était réveillé à plusieurs reprises en anticipant une réaction violente d'Émile. À peine habillé, il gagna le garage, dans l'espoir que les dégâts lui paraîtraient moins importants que la veille. Il n'en fut rien : en l'état, la voiture ne pouvait plus rouler, et il faudrait sans doute faire appel à Gus, le maréchal-ferrant des Bertignaux, pour la retaper. Un instant, Hippolyte fut tenté d'aller sur-le-champ le trouver dans son atelier pour tout lui expliquer, mais il y renonça. Cela ne changerait rien.

De retour à la cuisine, il trouva Margot s'activant devant la cuisinière. Il la salua et s'attabla, l'air abattu. La servante lui apporta un bol de café.

— Eh bien ! Tu n'as pas l'air dans ton assiette.

— Pire que ça ! J'ai planté la voiture du vieux hier soir, en rentrant.

Margot haussa les épaules et s'assit en face de lui.

— Fallait s'y attendre, avec vos engins qui roulent tout seuls...

Hippolyte avala une gorgée de café brûlant et reposa le bol lourdement. Quelque gouttes giclèrent sur la table.

— Bon Dieu ! s'exclama-t-il. Faut donc que je fasse toujours des conneries ?

Margot posa une main sur son avant-bras.

— Calme-toi, je vais essuyer.

Elle passa un coup de lavette et se rassit, le chiffon humide encore en main.

— Tu as peur de la réaction d'Émile, hein ?

— Tu le connais, dit-il tête baissée, affaissé sur lui-même. Déjà qu'un rien le met dans tous ses états, imagine quand il apprendra...

Margot l'observa un moment avant de se redresser avec une moue de mépris. Silencieuse, elle alla se poser devant l'évier, où elle se mit à laver des couverts.

Quelques minutes plus tard, Émile descendit. Comme chaque matin, il était rasé de frais et arborait un air satisfait. Il lança un bonjour à la cantonade et s'assit. Tandis que Margot remplissait un autre bol de café, il déplia son couteau, coupa une tranche du pain posé en permanence en bout de table, et se fit une tartine de beurre.

— Alors, couillon ? commença-t-il en croisant le regard d'Hippolyte. Je peux m'en servir ou pas ?

Hippolyte, malgré ses efforts, ne parvint pas à dissimuler son affolement. Pire, il était incapable de mettre bout à bout les quelques mots qu'il s'apprêtait à bredouiller. Il demeurait tétanisé, submergé par cette même honte venue de l'enfance et qui l'avait toujours paralysé lorsqu'il se sentait pris en faute.

Émile secoua la tête avec un sourire narquois.

— Cesse donc de me fixer comme ça avec tes yeux de merlan frit ! Tu crois que je n'ai rien entendu et que je ne suis pas allé voir ?

— Je ne t'ai pas entendu, s'entendit répondre Hippolyte, devenu écarlate.

Émile éclata de rire et s'adressa à Margot, qui posait le bol de café devant lui.

— T'entends ça ? Il ne m'a pas entendu descendre ! Mais on s'en fout, pauvre con ! Ce qui compte, c'est que *ma* voiture est bonne pour la casse…

— Mais…, bafouilla Hippolyte.

— Ferme-la ! coupa Émile. Je vais m'occuper de ça. En attendant, je ne veux jamais plus que tu la prennes, surtout pour aller où tu vas, c'est compris ?

Comme Hippolyte secouait de nouveau la tête d'un air anéanti, Émile plongea sa tartine beurrée dans le café et mordit dedans avec appétit.

— Allez, file ! reprit-il, la bouche pleine. Va rejoindre Armand, il y a à faire !

Partagé entre la colère et l'humiliation, Hippolyte se leva puis claqua la porte derrière lui. Comment pouvait-il accepter d'être ainsi traité comme un gosse, à quarante-quatre ans, et de se conduire comme un gamin qui a volé de la confiture ? Il cessa aussitôt ses interrogations, conscient qu'elles ne le mèneraient nulle part. Il n'y avait qu'une explication, le vieux avait raison : il ne valait pas tripette !

Le 1er novembre, l'hiver s'installa d'un coup. Ce matin-là, alors que la température demeurait relativement clémente depuis des semaines, il gela à pierre fendre pour la première fois de l'année. Dès l'aube, Émile était allé réveiller quelques ouvriers, dont Louis, pour leur demander de préparer l'étable et d'y ramener toutes les vaches.

Moins matinale, Emma perçut plus tard ce brusque changement de temps en s'éveillant : une fine pellicule de givre scintillant sous les rais du soleil recouvrait le contour des vitres. Elle paressa quelques instants sous sa couverture ramenée jusqu'au menton, le regard tourné vers la fenêtre. Le ciel était d'un bleu limpide, presque aveuglant. Bien qu'elle n'aimât pas cette lumière trop vive qui atténuait les contrastes, cela lui donna l'envie de se remettre à peindre. Elle ne s'y attarda pas, cependant, n'étant pas assez apaisée pour cela. Trop d'interrogations, de désirs contradictoires et de ressentiments l'agitaient encore pour qu'elle puisse communier avec la nature. Encore moins aujourd'hui, en ce jour de fête des morts, où, comme chaque année, elle allait se rendre au cimetière avec Émile, Hippolyte et Margot.

Le simple fait d'y songer la mit de mauvaise humeur et elle se leva. Après une rapide toilette, elle descendit, après avoir pris soin de se vêtir chaudement.

Attablée dans la cuisine, Margot épluchait des pommes de terre. Elles s'embrassèrent, puis Emma se servit un bol de café.

— Tu te rappelles qu'on va au cimetière en fin de matinée ? demanda Margot.

— Comment je ferais pour oublier ? répliqua vivement Emma en s'asseyant.

Margot la dévisagea.

— Tu n'as pas l'air de bonne humeur, toi.

— J'ai de bonnes raisons.

— On en a tous, répondit Margot en enveloppant les épluchures dans un papier journal. Surtout quand il s'agit des morts, ça rappelle trop de souvenirs, et souvent pas les meilleurs.

Elle se leva, jeta les épluchures dans le feu puis revint avec une casserole pour y mettre les pommes de terre. Ensuite, elle remplit la casserole d'eau et la posa sur la cuisinière en la recouvrant. Tandis qu'elle sirotait son café, Emma la regardait aller et venir, s'imaginant à sa place dans quelques années. Cette idée l'épouvanta.

— Tu n'as jamais eu envie d'une autre vie ? demanda-t-elle soudain.

Margot se retourna avec un sourire discret.

— Voilà une drôle de question, ma fille ! Que crois-tu donc ? Que j'ai toujours été une vieille femme renfrognée, percluse de rhumatismes ? J'ai été jeune, moi aussi ! Et comme toi, sans doute, j'ai rêvé à une autre vie, mais, vois-tu, il y a quelque chose de plus fort que nos songeries, c'est le destin ! Quand on vient d'où je viens, le mieux qu'on ait à faire est de prendre la vie comme elle se présente.

— Je te trouve bien mélancolique.

Margot s'approcha de la table, s'essuyant les mains sur son tablier, et s'assit face à Emma. Son menton tremblait comme si elle était au bord de pleurer. Emma tendit la main vers elle. Margot la saisit. Une larme coulait le long de sa joue.

— Si tu savais, ma petiote... Si tu savais.

Bouleversée, Emma serra franchement la main décharnée de la servante.

— Allons, Margot ! Tu ne vas pas te mettre à pleurer, maintenant. Toi, toujours si vaillante, si forte !

Margot s'essuya les yeux d'un revers de manche et détourna la tête.

— Il y a ce qu'on montre et ce qu'on est.

— Pourquoi tu n'en parles jamais ?

La servante retira sa main de celle d'Emma et rassembla les quelques résidus d'épluchures qui traînaient sur la table.

— Pourquoi raconterais-je quoi que ce soit sur moi ? Je ne suis qu'une employée, ici.

Emma avala d'un trait le reste de son bol et reposa celui-ci avec vigueur, comme pour souligner ce qu'elle allait dire.

— Eh bien moi, cela m'intéresse. Imagine : je vis avec toi depuis que je suis née, et je ne sais rien de toi !

— Que veux-tu que je te raconte ? C'est d'une banalité…

— Et alors ? On se voit tous les jours, cela mérite bien que je te connaisse un peu mieux, non ?

Absorbée par ses pensées, Margot fit tomber machinalement les saletés sur son tablier, qu'elle ramena ensuite sur elle.

— Tu sais, commença-t-elle, je suis arrivée ici en 1881, à la mort de ton arrière-grand-père Jules. Tu vois que cela ne date pas d'hier. J'étais bien contente, à l'époque, je venais d'une famille d'accueil qui m'avait recueillie à l'Assistance. J'avais seize ans, et pour la première fois j'allais occuper un emploi pour lequel je serais payée. C'est ton arrière-grand-mère, Marcelline, qui m'a accueillie. Une sacrée femme, je te le dis ! Mais dure, avec une pierre à la place du cœur… Je la revois encore le jour où elle m'a engagée : « Mon mari a eu la mauvaise idée de mourir, m'a-t-elle dit. Il va falloir que je reprenne la ferme en main. C'est pourquoi j'ai besoin de quelqu'un qui prépare les repas, fasse du ménage et s'occupe du gamin » – Émile, ton grand-père. Il n'avait que onze ans, mais c'était déjà un sacré garnement, crois-moi !

— Déjà son sale caractère, hein ?

Margot sourit.

— C'est peu de le dire ! Mais, dans le fond, il n'était pas méchant. Je crois surtout qu'il souffrait beaucoup de la perte de son père et de l'indifférence de sa mère. Je me le rappelle, toujours à chercher ses jupons, et elle qui le rembarrait en lui disant que ce n'était pas le moment.

Elle soupira et se leva.

— Enfin, dit-elle, c'est tellement loin, tout ça.

Emma tendit la main comme pour la retenir.

— Je t'en prie, continue. J'ai besoin de savoir !

Margot gagna la cuisinière, épousseta son tablier et souleva le couvercle de la casserole de pommes de terre. L'eau bouillait. Elle reposa le couvercle et remit une bûche dans le foyer.

— Qu'as-tu besoin de savoir ? Tout ça, c'est du passé.

Emma se leva à son tour pour s'approcher de Margot.

— Si tu as connu mes arrière-grands-parents, tu as forcément rencontré aussi les parents de ma mère.

Margot la dévisagea.

— Bien sûr, quelle question ! Mais ce n'était pas la même génération. Eux, ils étaient de la génération de ton grand-père.

— Peut-être, mais personne n'en parle jamais, ici. Tiens, même quand on va au cimetière, on ne se rend jamais sur leur tombe. Tout ce que je sais, c'est qu'ils sont morts ensemble.

Margot détourna la tête et, attrapant le bol d'Emma resté sur la table, le lava dans l'évier.

— Ça, ma fille, je n'ai rien à te dire à leur sujet. Si tu veux en savoir davantage, interroge ton père ou ton grand-père.

— Tu parles ! Chaque fois que j'ai posé des questions, je me suis fait envoyer aux pelotes ! Dès que je dis une chose qui concerne ma mère, c'est comme si j'évoquais le diable en personne…

Margot, le visage fermé, saisit un torchon et essuya le bol. Un bref silence s'était installé, quand Emma reprit :

— Toi non plus, tu ne veux rien dire, hein ? Mais bon Dieu, pourquoi tout le monde la ferme dès qu'il s'agit d'elle ? C'est ma mère, j'ai le droit de savoir ce qui s'est passé !

Margot posa le bol sur une étagère au-dessus de l'évier et se dirigea vers la porte.

— Il faut que j'aille chercher du bois.

— Je t'accompagne.

Elles sortirent et gagnèrent l'appentis, à quelques pas de là. L'air était glacial et un silence de mort régnait alentour. Maintenant, quelques nuages bas et gris venant de l'ouest masquaient le soleil. Au loin, la colline menant aux vignes était recouverte de givre. Perché sur le toit de la grange, un corbeau croassait avec insistance.

— Ça tourne à la neige, marmonna Margot. On ferait bien de se rendre au cimetière sans tarder.

Les bûches étaient empilées le long d'un mur de l'appentis. Margot en disposa plusieurs sur les bras tendus d'Emma, puis en prit une dans chaque main.

— Ça suffira bien, dit-elle.

Alors qu'elles quittaient l'appentis, Émile s'approchait, venant de l'étable.

— Faudrait pas tarder à se rendre au cimetière, dit-il, il y a encore beaucoup à faire !

— On vous attendait, dit Emma en s'avançant vers la cuisine.

— Ton père ne viendra pas…

Emma, suivie d'Émile et de Margot, entra dans la cuisine pour se débarrasser des bûches en les laissant choir sur le sol, devant la cheminée. Puis, débarrassant la vieille femme des siennes, elle les empila avec soin sur le côté de l'âtre. Ensuite, elle épousseta lentement ses avant-bras, toujours en silence. Quand elle eut fini, elle demanda enfin :

— Pourquoi il ne vient pas ?

Émile, qui se lavait les mains, haussa les épaules.

— Ce que j'en sais… Tu le connais : une vraie tête de pioche !

— Vous vous êtes disputés ? demanda Emma, soudain sur le qui-vive.

— Mais non, répliqua Émile. Il a hâte d'en finir avec l'installation des vaches, voilà tout ! « Les morts peuvent attendre, qu'il m'a dit, pas les animaux ! »

Au ton de sa voix, Emma eut l'intuition que son grand-père mentait. Elle faillit le questionner de nouveau, mais se retint. Après tout, plus les deux hommes s'opposaient, mieux c'était pour elle.

Tandis qu'Émile ressortait pour aller démarrer la voiture tout juste réparée, les deux femmes s'habillèrent chaudement. Lorsqu'elles furent prêtes, elles le rejoignirent au garage, sans avoir échangé un seul mot.

Sur le pas de la porte de l'étable, Hippolyte regarda la voiture s'éloigner. Cela le détendit, il allait enfin avoir un moment de tranquillité. Il posa sa fourche contre le mur extérieur et alluma une cigarette. Il aspira la première bouffée avec délectation, puis laissa vagabonder de peu joyeuses pensées.

Depuis qu'il avait endommagé la voiture, ses rapports avec son père s'étaient détériorés encore davantage. Ils ne s'adressaient plus la parole que pour le travail, et encore. Exaspéré par ce constat, Hippolyte fit quelques pas en direction de la mare. Là, comme lorsqu'il était enfant et qu'il fuyait ses angoisses de solitude, il espérait que l'hivernale beauté de la nature viendrait une nouvelle fois le distraire de ce ressentiment qui ne lui lâchait plus le ventre depuis... depuis ce jour où... Il désirait tant échapper aux images affreuses qui le hantaient qu'il se surprit à grogner de rage.

— Pas question que je me laisse anéantir, se répéta-t-il à voix haute pour se donner du courage. C'est du passé, tout ça, et le passé n'a plus rien à foutre dans ma tête ! Il doit disparaître à tout jamais dans la nuit de l'oubli !

Mais ce n'étaient que des mots. Hippolyte savait que ces souvenirs infects s'étaient incrustés dans sa tête comme des coucous dans un nid étranger et qu'il ne pourrait rien faire pour les en déloger. La partie était perdue.

Comme il était parvenu devant la mare, son esprit fut un instant distrait par la beauté du lieu. Une fine pellicule de glace recouvrait la surface de l'eau, et quelques joncs emprisonnés semblaient avoir jailli çà et là des profondeurs encore mouvantes, comme pour échapper à cette geôle translucide. Sur la berge opposée, le saule pleureur, figé sous le givre, abritait quelques canards désorientés qui cancanaient à tue-tête. D'une pichenette, Hippolyte jeta son mégot sur la surface gelée puis, désabusé, reprit le chemin de l'étable : il n'était plus un enfant que le spectacle de la nature suffisait à distraire ; il était un homme paumé qui éprouvait la pénible impression d'être enfermé dans une prison aux murs invisibles où il se cognait chaque fois qu'il souhaitait s'en échapper. Prenant soudain conscience du froid piquant, il hâta le pas. Il avait encore une stalle à nettoyer et à aménager ! Au moins ses angoisses le laisseraient-elles en paix pendant ce temps...

Devant le double battant de l'étable, il croisa le vieil Armand, qui en sortait en poussant une brouette de fumier. Ils échangèrent un regard. Il le salua, mais le vieux ne répondit pas. Hippolyte lui en tint rigueur. Encore un qui lui faisait la gueule sans qu'il eût jamais compris pourquoi... Armand était arrivé à la ferme avant même la naissance d'Hippolyte, qui l'avait donc toujours vu au domaine, mais jamais de sa vie d'enfant puis d'adulte il n'avait réussi à lier avec lui la moindre connivence. L'homme était toujours resté à distance, se cantonnant aux seules relations de travail. Une chose rassurait néanmoins Hippolyte : Armand avait toujours eu la même attitude à l'égard d'Émile. Il n'y avait guère qu'avec Margot qu'il se montrait plus amène. Entendant une vache meugler, il prit sa fourche et entra dans l'étable. Considérant le travail qu'il lui restait à effectuer, il en conclut qu'il en aurait encore pour une heure environ.

En pénétrant dans le cimetière, Emma éprouva la sensation agréable de venir assister à une réunion de famille. C'était ainsi depuis la lointaine première fois où elle y était entrée avec sa mère, pour assister à l'enterrement de ses grands-parents maternels, en juillet 1924. Elle se souvenait de l'intense chaleur, mais surtout de l'immense tristesse de Jeanne, qui écrasait sa frêle main alors qu'on descendait Léonce et Anna dans la fosse. Elle avait mal, mais n'osait s'en plaindre, comprenant que le moment était inopportun. Elle se rappelait aussi avoir pleuré, moins pour le chagrin que lui causait le décès de ses grands-parents que par mimétisme. Tout semblait si triste. Ces gens habillés de noir, les reniflements de quelques-uns dans l'assistance, la voix monocorde du prêtre lisant un passage de la Bible…

Suivant de quelques pas Émile et Margot qui marchaient côte à côte, Emma s'arrêtait parfois pour lire des ex-voto et calculer l'âge des défunts. Si certains noms lui évoquaient de vagues souvenirs, d'autres résonnaient familièrement dans sa mémoire, alors même qu'elle ne les avait pas connus. Elle aimait cet écho post-mortem qui ne cessait de retentir dans l'oreille des vivants comme un cri d'immortalité lancé par les absents.

Elle fut tirée de ses songeries par Émile, qui, immobile devant la tombe de ses parents, l'appelait.

— Arrive donc, on ne va pas passer la journée ici !

Emma s'avança vers lui. Comment pouvait-il être si naturellement abject, respectueux de rien, pas même de ceux qui lui avaient donné la vie ? Décidément, plus le temps passait, plus elle le détestait.

Ils demeurèrent un moment devant la stèle. À voir Émile se dandiner sur une jambe puis sur l'autre, Emma devina qu'il avait l'intention de quitter les lieux le plus vite possible, mais peut-être n'osait-il pas, à cause de Margot qui marmonnait des prières, les yeux fermés et les mains jointes.

La scène amusa Emma. Elle connaissait fort mal le passé d'Émile, mais elle l'imaginait en cet instant redevenu un petit garçon en train de quémander un peu d'affection à sa mégère de mère. Et sans doute ne supportait-il pas d'entendre ce que celle-ci lui répondait encore au-delà du temps : « Lâche-moi les jupons ! Fiche-moi le camp, je n'ai pas de temps pour toi ! »

N'y tenant plus, Émile finit par donner le signal du départ.

— On ne va pas prendre racine ici, il y a à faire !

Un peu hébétée, Margot sembla sortir d'une profonde torpeur. Sans protester, elle emboîtait le pas à Émile quand Emma suggéra d'aller se recueillir sur la tombe de Léonce et Anna.

Agacé, Émile la dévisagea.

— Mais enfin, la plupart de nos aïeux sont enterrés ici ! s'exclama-t-il. On ne va pas faire une halte devant toutes les tombes !

— Non, répliqua sèchement Emma, mais devant celle de mes grands-parents, si !

Surpris par la véhémence de la jeune fille, et comprenant que Margot l'approuvait, Émile abdiqua.

— Bon Dieu, vous faites chier ! lança-t-il. Je vous attends au café. Mais, je vous préviens, je ne patienterai pas jusqu'à la Noël !

Lorsqu'il se fut éloigné, Emma et Margot échangèrent un sourire.

— T'y vas fort, ma fille ! Tu vas nous le mettre de mauvaise humeur…

— Si tu savais comme je m'en fous, répliqua Emma en prenant le bras de la vieille femme. Allez, emmène-moi sur leur tombe. Je ne me rappelle même plus où ils sont enterrés.

Emma se cala alors sur le pas de Margot, qui marchait à petites enjambées, engoncée dans son manteau, la tête rentrée dans les épaules. Emma la regarda à la dérobée. Elle paraissait si fragile… Dans un élan de tendresse, elle lui prit le bras. La vieille femme se rétracta légèrement puis tourna son visage vers elle, souriante.

— Je peux encore marcher toute seule !

— Je sais, mais ça me fait plaisir.

Elles avancèrent ainsi jusque dans un coin du cimetière. La tombe, une simple dalle sur laquelle étaient gravés une croix et les noms des défunts, était ceinte d'une chaîne tendue entre de petits piliers. La pierre piquée par le lichen n'avait visiblement jamais été entretenue.

Tandis que Margot se recueillait de nouveau, Emma fit le tour de la sépulture, révoltée qu'elle eût été à ce point négligée par Émile. Elle le prenait pour une injure faite à sa mère et à elle-même, mais plus largement au respect, à l'attention particulière que doivent témoigner les vivants envers les morts. À leur manière, les morts avaient contribué au progrès des générations qui leur avaient succédé. Rien de ce qui se faisait sur cette terre n'aurait été possible sans eux. Ils étaient l'un des maillons de la chaîne humaine qui fait que chaque génération nouvelle peut grandir, s'enrichir et se bonifier.

Comme Emma reprenait sa place auprès de Margot, l'envie s'imposa de nouveau d'en savoir plus sur ce couple qu'elle n'avait pratiquement pas connu – elle n'avait que sept ans lors de leur disparition –, mais qui avait donné la vie à sa mère, donc à elle-même. Elle se tourna vers Margot, qui marmonnait une prière en égrenant son chapelet.

— Tu les as bien connus, toi ?

— Bien sûr. À partir du moment où ton père est tombé amoureux de Jeanne, et jusqu'à leur mort. À cette époque, on les voyait souvent. Ils avaient leur ferme aux Bernigaux...

— Parle-moi d'eux, je t'en prie. J'ai besoin de savoir.

— Que veux-tu que je te dise ? C'étaient des gens bien, sans histoires et travailleurs. Ils n'ont pas eu de chance, c'est tout.

— Comment ça ?

Margot sembla hésiter, puis se lança.

— Mon Dieu, non, ils n'ont pas eu de chance. Aussi bien de leur vivant que pour leur mort, d'ailleurs. Encore qu'ils soient passés ensemble, ce qui à mes yeux est une bénédiction…

Comme elle s'arrêtait de nouveau, Emma la dévisagea avec insistance, lui suggérant de continuer. Le regard toujours fixé sur la stèle, Margot secoua la tête, l'air affligé, puis reprit :

— À l'époque, j'ai eu plusieurs fois l'occasion de discuter avec Anna. Je ne dirai pas qu'on était liées d'amitié, mais enfin on s'aimait bien. Elle me faisait alors pas mal de confidences sur son couple, mais aussi sur ta mère. Pour tout dire, d'après ce qu'elle racontait, Jeanne n'avait jamais été une gamine commode. Ses parents l'aimaient profondément, ça, j'en suis certaine, mais ils ne la comprenaient pas. Anna se plaignait de son caractère impossible, de ses sautes d'humeur, de ses rêves de grandeur… Et surtout, je me le rappelle encore, elle répétait qu'elle ne comprenait souvent rien à ce que lui disait sa fille.

— C'est-à-dire ?

— Rien n'était simple, avec elle. Anna me disait que Jeanne possédait un langage qui ne ressemblait en rien à celui de ses parents. D'après ta grand-mère, ta mère employait toujours des mots compliqués, comme si elle était sortie de l'école départementale ! Anna s'en amusait en l'appelant « l'institutrice », et j'avoue que j'étais assez d'accord avec elle. Parfois, quand Jeanne parlait, on l'écoutait comme si, comment te dire ? comme si elle avait été une étrangère venue de

Chine ou d'ailleurs. La plupart du temps, bien sûr, on se moquait d'elle – d'où, sans doute, cette mélancolie qui a fini par avoir raison de sa tête...

Songeant alors aux lettres de sa mère, si bien écrites, Emma imaginait sans peine le désarroi qu'avait dû être celui de ses grands-parents.

— À cela, continuait Margot, s'ajoutait le fait qu'ils n'arrivaient jamais à lui faire entendre raison. Ni eux ni personne, d'ailleurs. Je le constatais tous les jours quand elle habitait à la Vernières. Une vraie tête de pioche ! Enfin... Tout ça, c'est le passé.

Margot saisit soudain l'avant-bras d'Emma.

— Je crois qu'on ferait bien d'y aller, si tu ne veux pas qu'on s'en retourne à pied. Ton grand-père doit bouillir sur place, et puis j'ai froid.

Elles se mirent en route, remontant leur châle jusqu'au menton pour se protéger de la brise glaciale qui balayait le cimetière.

— Tu me reparleras d'eux ? demanda Emma. Cela me fait du bien. En t'entendant, j'ai parfois l'impression que maman est toujours parmi nous...

Elles avancèrent en silence jusqu'à la sortie du cimetière. Emma referma la grille, qui grinça, puis elles s'engagèrent sur le bout de route menant au village.

— Il me faudrait des heures pour tout te raconter à propos de ta mère, reprit Margot, mais je te dirai un jour tout ce dont je me souviens, je te le promets. Je le lui dois bien. Elle a assez souffert comme ça, la pauvre...

— J'imagine, dit Emma, désireuse de relancer la conversation. Ça n'a pas dû être facile pour elle, si elle était comme tu l'as décrite.

Margot émit un petit ricanement et s'appuya plus fortement sur le bras de la jeune fille.

— Tu serais bien en peine d'imaginer ce qu'il lui a fallu endurer jusqu'à ce qu'elle fiche le camp.

Quoique excédée par cette manie qu'avait Margot de lâcher ses confidences au compte-gouttes, Emma ne la relança pas, soucieuse de ne pas la perturber.

Elles venaient d'entrer dans le village et descendaient la rue principale vers la petite église, en face de laquelle se trouvait le café où les attendait Émile. De lourds nuages gris stagnaient au-dessus de la campagne qui s'étendait au loin vers Vieilmanay. Des volutes de fumée sortaient des cheminées et, déchirées par le vent, se dispersaient avant de se fondre dans la grisaille du ciel. Une sensation de désarroi et de tristesse pesante, presque douloureuse, étreignit Emma.

Elles s'arrêtèrent devant le café. Par la devanture, on voyait plusieurs hommes qui buvaient en parlant de façon démonstrative. Parmi eux se tenait Émile, qui se tourna vers elles pour indiquer d'un geste d'agacement qu'il s'était impatienté. Ses yeux croisèrent alors ceux de Margot. Il fixa longuement son regard, puis tourna la tête.

— Avant qu'on entre, dit soudain Margot, je voudrais que tu saches que, si ta mère a tant souffert, jusqu'à vouloir se sauver d'ici, c'est que ceux qui étaient censés l'aimer ont fait tout le contraire. Et Dieu sait si je leur en veux…

Emma fixa la vieille servante avec insistance.

— De qui parles-tu ?

— Allons, ma fille, ne te fais pas plus bête que tu ne l'es. Tu ne le sais que trop bien.

Puis, désignant Émile d'un hochement de tête discret :

— Lui, là, qui se pavane. Ton père, aussi, et quelques autres…

Emma tenta de retenir Margot qui s'avançait vers la porte du bistrot. Sans s'arrêter, cette dernière lui tapota affectueusement la main.

— Ne t'en fais pas. Un jour, je te dirai. De toute manière, ils ne l'emporteront pas au paradis, crois-moi !

6

Emma était dans sa chambre depuis maintenant une heure, allongée sur le lit, tout habillée. Prétextant une migraine, elle avait quitté son père et son grand-père juste à la fin du dîner. En fait, depuis son retour du cimetière, elle avait tenté de s'isoler, mais sans jamais y parvenir, Émile n'ayant eu de cesse de la solliciter pour toutes sortes de tâches : elle avait dû d'abord lui donner un coup de main pour nourrir les chevaux, puis l'accompagner à l'étable afin de vérifier que les litières des vaches étaient prêtes, et enfin préparer la paie des ouvriers, qui leur était versée en début de mois.

Emma aurait pu trouver plus tôt une excuse pour se libérer, mais elle ne le souhaitait pas vraiment. Après les révélations de Margot, elle désirait plutôt marquer son grand-père à la culotte, pour déceler, traquer même, le moindre détail qui la conforterait dans sa haine.

Elle en avait besoin. Haïr n'était pas si facile. Cela requérait même, au contraire, une énergie inouïe et qu'il fallait sans cesse renouveler. Une grimace, un ricanement, une attitude désagréable ou une parole malheureuse y suffisait provisoirement, mais la vengeance, Emma s'en rendait compte, était un tonneau des Danaïdes qu'il fallait sans cesse remplir.

Sans le vouloir, Émile lui facilitait la tâche, qui ne manquait jamais une occasion de se faire détester. Pas une heure ne passait sans qu'il n'adressât un reproche à quelqu'un. Il lui suffisait de croiser un ouvrier au mauvais moment pour qu'il l'invective, souvent de manière très désobligeante. En d'autres temps, Emma n'y prêtait pas attention – comme on disait, cela faisait partie du personnage –, mais, maintenant qu'elle *savait,* son regard sur lui avait changé. Elle ne lui trouvait plus d'excuses : il n'était plus qu'un condamné, qui ne bénéficierait jamais de circonstances atténuantes.

À l'observer ainsi sans concession, et bien que l'intéressé affirmât le contraire, Emma comprenait que son grand-père n'avait aucune considération pour elle. Au fond, elle n'était pour lui qu'un faire-valoir, un alibi. D'ailleurs, s'il l'avait jugée devant témoins plus compétente qu'Hippolyte, c'était moins pour ses talents propres que pour faire bisquer son père, opposer le fils à la petite-fille et, ainsi, demeurer maître du jeu. Pour Emma, le procédé était répugnant en ce qu'il excluait toute forme d'amour pour quiconque. Fondamentalement, Émile ne se préoccupait que d'affirmer son autorité, voire sa supériorité.

À ce sujet, Emma songea à la manière brutale dont il avait parlé récemment à un jeune ouvrier sous prétexte que celui-ci ne répandait pas la paille assez uniformément sur le sol de la grange. Lui arrachant la fourche des mains et tout en le couvrant d'insultes, il lui avait montré comment il fallait s'y prendre. Pareil avec Hippolyte, qu'il avait rudoyé devant les autres parce qu'il était censé avoir déjà révisé, graissé et rangé tous les outils qui serviraient à la belle saison. Toujours avec un ton de mépris qu'il ne dissimulait même plus, il avait trouvé le moyen de lui rappeler l'accident de voiture, en dénonçant son inaptitude à conduire, qui, selon lui, allait de pair avec son incapacité à diriger des hommes.

C'est pour des raisons inverses, en quelque sorte, qu'Emma détestait Hippolyte. Comment un homme pouvait-il s'aplatir ainsi devant les injures quotidiennes, fussent-elles paternelles ? Cette lâcheté aiguillonnait d'autant plus le ressentiment de la jeune fille qu'elle y voyait l'une des raisons pour lesquelles sa mère avait déserté la Vernières.

Emma fut tirée de ses réflexions par le vacarme des deux hommes qui rejoignaient leur chambre respective. Elle les entendit échanger un vague salut en se séparant à l'étage, puis les portes claquèrent. Encore une heure d'attente, songea-t-elle alors, et la voie serait libre pour se rendre au grenier et lire quelques lettres de sa mère. Elle en avait plus que jamais envie. Les récentes allusions de Margot, mais aussi son impatience à pénétrer la personnalité de Jeanne, à se l'approprier, l'y encourageaient.

Comme elle frissonnait, elle s'enroula sans se déshabiller dans la couverture et s'abandonna à d'autres pensées. S'il n'avait fait si froid, elle aurait volontiers couru jusqu'à la chambre de Louis pour se blottir dans ses bras.

Une demi-heure plus tard, certaine qu'Émile et Hippolyte dormaient profondément, elle se leva et monta au grenier. Malgré le châle qu'elle avait jeté sur ses épaules, elle se sentait encore glacée, mais sans doute n'était-ce pas dû au seul courant d'air froid qui balayait le couloir : l'impatience de découvrir un nouveau pan de la personnalité de sa mère, la crainte, aussi, de devoir affronter de nouvelles révélations y étaient probablement pour beaucoup.

Lorsqu'elle se fut installée, Emma respira profondément, cherchant à faire régner le calme en elle, puis décacheta la lettre suivante dans l'ordre chronologique. Encore une fois, celle-ci avait été postée de Venise.

Ma fille chérie,

Hier après-midi, en compagnie de Mario, nous allâmes assister à une fête typiquement vénitienne. À la

Dogana, mêlés au peuple, nous contemplâmes le bassin de Saint-Marc, noir de foule, de gondoles, d'embarcations de toutes sortes. De là, au milieu d'un silence religieux et impressionnant, nous entendîmes s'élever le chœur de deux cents enfants, chantant des hymnes à la gloire du Campanile. Puis le moment solennel approcha : le silence se fit plus grand encore. Timidement, un son monta, puis grandit, heurtant l'éther d'une aile vibrante. Les cloches du Campanile ! Enfin, une voix sombre de contralto, pleine, puissante, d'un velours profond, chaude comme une caresse, se mêla aux autres, emplissant toute l'atmosphère de son timbre admirable, émouvant, immense : la Marangona ! la grande cloche tant aimée des Vénitiens.

Moi, j'avais les yeux pleins de larmes, la main perdue dans celle de Mario, qui la pressait sans cesse. J'aimais me sentir mêlée à cette foule heureuse, comme une petite Vénitienne. Le cœur de la ville battait avec le mien. Je partageais son bonheur, j'étais émue de joie et je pensais à toi, si loin de moi, perdue dans cette campagne dont j'ai maintenant oublié jusqu'au moindre relief. J'aurais tant aimé qu'à ce moment magique entre tous tu me tins aussi l'autre main et l'étreignîs avec force. J'aurais tant aimé en cet instant redevenir ta maman…

Las, la fête continuait, et tu n'étais pas là… Je n'y pouvais rien. Sans doute le destin ?

Quoi qu'il en soit, je décidai de tout te raconter, ce que je fais, maintenant, confortablement allongée sur des canapés, aux pieds de Mario, qui lit le journal.

Aux quatre coins du Campanile flottaient de grandes bannières de velours et d'or, des tentures de velours rouge s'accrochaient aux fines colonnettes. Venise, toute pavoisée, avait son air de fête incomparable. Puis ce furent de nouveaux hymnes, quasi religieux, le lâcher de deux mille pigeons voyageurs représentant deux mille villes d'Italie. Ils noircirent le ciel un instant, puis, après un léger flottement, s'éparpillèrent, chacun prenant une direction différente sous les applaudissements de la foule enthousiaste.

Avant l'inauguration, on avait tiré vingt et un coups de canon. Après, les déflagrations se succédèrent sans interruption. Certains lançaient des sortes de fusées qui éclataient en milliers de petits papiers multicolores emportés par le vent qui venaient se poser sur l'eau mouvante.

L'ébranlement de la masse des gondoles, le cortège des bissone *d'argent et d'or, avec dragons à l'avant et rameurs costumés depuis l'Antiquité jusqu'au* XVIe *siècle, tout cela ne peut se décrire. Venise est Venise. Venise est unique.*

Le soir, une foule intense occupait la place. J'étais un peu en dehors, contemplant l'émerveillante splendeur de Saint-Marc, teinté des plus tendres nuances, du lilas au rose, du bleu au vert, comme un bijou étincelant.

Sous la cloche de l'horloge flamboyaient des feux qui, ainsi qu'au Campanile, répandaient une fumée de pourpre ardente. Le Campanile lui-même semblait de fer rougi. Il s'élevait comme une flèche de métal en fusion vers le ciel surmonté de l'Ange d'or, qu'un projecteur faisait apparaître comme une éblouissante vision, une céleste et merveilleuse apparition.

À 22 heures, ce fut l'illumination fantastique de toute la place, éclairée de milliers de lampes électriques. La foule poussa une clameur de joie et applaudit frénétiquement. J'entendais autour de moi des « Santa Virgine ! » et des « Gesù ! » d'admiration. Puis l'obscurité se fit, et, la Marangona s'étant mise à sonner de nouveau, la place s'illumina.

Enfin, Mario et moi prîmes une gondole particulière, à deux rameurs, merveilleux bijou de bois sculpté, de ferrures, de cuivres ciselés et de coussins moelleux sur lesquels demeurait une écharpe de soie oubliée.

Nous allâmes sur le Grand Canal écouter les sérénades. De là, le Campanile, tel un fuseau de pourpre, dominait Venise illuminée. Aux fenêtres du palais voisin de la Salute brillaient d'étranges lueurs d'un bleu féerique, phosphorescences de saphirs et d'émeraudes. Et, tandis que les voix pures montaient vers le ciel obscurci, le palais des Doges, comme un bouquet d'œillets roses, semblait reposer sur l'eau pailletée d'or.

Je t'en prie, ma chérie, promets-moi, même si nous ne devons jamais nous revoir, de venir mettre un jour tes pas dans les miens. De vibrer à tant de beauté et de munificence. De sentir battre ton cœur comme le mien. De m'aimer, bien que je t'aie abandonnée. Je t'aime.

Maman.

Avant d'éteindre, Margot avait lancé un dernier coup d'œil circulaire sur la cuisine : tout était en ordre. C'était ainsi chaque fois qu'elle regagnait sa chambre, dans le bâtiment réservé aux ouvriers. Jamais elle n'aurait accepté de laisser une tâche en plan pour le lendemain. Quand la journée était terminée, tout devait être lavé, rangé, astiqué. Ce soir, elle avait même nettoyé le foyer de la cuisinière avant d'y entasser du bois sec pour lancer le feu le lendemain matin.

Cet attachement à la besogne bien faite trouvait sa source dans la morale exigeante que lui avaient inculquée ses parents d'adoption – ouvriers aux forges de Chesnay, puis minotiers après que les forges eurent fermées –, selon laquelle on doit sans condition viser la perfection dans son travail. Mais, au-delà, cet amour du travail bien fait était aussi un élément nécessaire à l'équilibre mental et physique de Margot. Si d'aventure elle jugeait avoir bâclé une tâche, même la plus minime, elle pouvait s'en trouver parfois durablement perturbée.

Elle ferma la porte à clé, releva le col de son manteau puis s'enfonça dans l'obscurité, marchant aussi vite qu'elle le pouvait. Le vent glacial lui piquait le visage. Le ciel étant dégagé, une pâle lueur lunaire venait éclairer l'allée. Malgré son impatience d'arriver, elle demeurait prudente, scrutant le sol pour ne pas heurter une pierre affleurante qui la ferait chuter. Cette éventualité la faisait frémir, consciente qu'elle ne pourrait pas se relever toute seule.

Depuis quelques mois, en effet, ses douleurs articulaires s'étaient aggravées, au point qu'elle ne parvenait plus à se baisser ou à porter une charge quelconque sans fournir un effort considérable. Dure à la douleur, elle ne se plaignait pourtant jamais. Ce n'était pas que l'envie lui en manquait, mais à quoi cela aurait-il servi ? Tout le monde se fichait bien de ses maux !

Si l'indifférence dont elle était l'objet lui pesait, elle n'en voulait cependant à personne. Fataliste de nature, elle considérait que c'était là son destin. Sa vie n'avait jamais été un chemin de roses et ne le serait jamais...

Comme elle entra dans la bâtisse, une bouffée d'air chaud vint la réconforter. Enfin rendue, se dit-elle en ouvrant son manteau, et sans incident ! S'aidant de la rampe, elle monta au premier et gagna sa chambre, au fond du couloir.

Lorsqu'elle eut repoussé la porte, elle alla s'affaler dans le fauteuil, lumière éteinte, et soupira d'aise, un court instant. Son ressentiment contre l'absurdité de l'existence refit bientôt surface. À quoi bon vivre encore à soixante-dix ans quand on ne peut plus profiter de rien et qu'on dépend de plus en plus des autres ? Ce constat lui était d'autant plus intolérable qu'il réveillait des souvenirs d'une époque où elle était encore en pleine possession de ses moyens.

Épuisée, elle s'octroya un temps de récupération et laissa vagabonder ses pensées. S'abandonner aux caprices de son esprit était pour elle un passe-temps agréable et toujours plein de surprises. Souvent, ses réflexions la ramenaient longtemps en arrière, lui restituant des visages ou des événements oubliés…

Ce soir, pourtant, la magie n'opérait pas. Son cerveau lui refusait obstinément un voyage dans le passé, la ramenant sans cesse au cimetière et à sa conversation avec Emma. Elle n'en fut pas surprise : l'événement était d'importance. C'était la première fois qu'elle avait laissé s'exprimer sa rancune envers Émile et Hippolyte. Que lui avait-il pris d'entrouvrir ainsi à la gamine la porte des secrets de la Vernières, ne serait-ce que par allusions ? Que s'était-il passé pour qu'elle osât découvrir un pan de cette affreuse vérité qu'elle s'efforçait de conserver enfouie au fond d'elle-même depuis si longtemps ?

À court d'explication, Margot supposa que, la mort approchant, sa conscience se refusait au silence et lui imposait de transmettre son fardeau à plus jeune qu'elle, pour qu'elle puisse disparaître sans culpabilité. Sans doute avait-elle pressenti que seule Emma saurait infliger à Émile et Hippolyte le châtiment qu'ils méritaient. C'était une adulte, désormais, et loin d'être idiote, par-dessus le marché ! La preuve, son manège avec les deux hommes : pas un jour sans qu'elle les flattât à tour de rôle avant de les opposer, ni sans qu'elle fût aux aguets concernant le passé de la famille.

Sinon, pourquoi poserait-elle si souvent des questions au sujet de sa mère, de ses grands-parents, de Maxime ?

Intuitivement, Margot avait la conviction qu'Emma en savait plus qu'elle ne le laissait paraître. Fine mouche, peut-être même avait-elle découvert des indices sur les drames successifs qui avaient émaillé la vie de la Vernières ?

Après son immobilité prolongée dans le fauteuil, Margot fut obligée de se lever à cause d'une douleur au dos. Elle étouffa un gémissement et gagna son lit.

Après un passage sur le pot, elle entreprit de se déshabiller, vite, pour ne pas laisser à la souffrance le temps de s'installer. Sa chemise de nuit enfilée, elle s'allongea, ramenant l'édredon jusqu'à son menton. Frissonnant, elle regretta de ne pas avoir pensé à emporter la brique qu'elle laissait en permanence dans le four de la cuisinière.

Se recroquevillant alors pour se réchauffer, elle entama une prière, par laquelle elle demandait à Dieu de l'éclairer. Devait-elle en dire davantage à Emma ? Laisser sa rancœur s'exprimer ? Faire payer les coupables de tant de souffrances et de haine ? Ou bien, au contraire, se taire, ce qui revenait à pardonner ? Cette dernière éventualité lui parut incongrue. Non, décidément, Dieu ou pas, elle ne le leur pardonnerait jamais !

Soudain, tandis qu'une apaisante chaleur commençait à irradier ses membres meurtris, Margot entendit la porte s'entrouvrir, puis se refermer. Elle en conçut un vif plaisir : il s'était enfin décidé à revenir ! Ragaillardie, elle se poussa vers le fond du lit pour lui laisser de la place. Sans un mot, il s'allongea à ses côtés et la prit dans ses bras, où elle s'abandonna.

— Alors, tête de mule ? lui souffla-t-elle à l'oreille. Te revoilà ! Il t'en aura fallu, du temps.

Il rit en la serrant contre lui.

— Pas si longtemps que ça, va ! Un mois à tout casser. En trente ans, c'est pas grand-chose…

Margot l'embrassa sur la joue.

— C'est encore trop, salopiaud !

— Ma foi, tu n'as pas tort. La preuve, c'est que me voilà !

Ils gardèrent le silence. Margot exultait. Elle se revoyait, jeune fille, courant le rejoindre dans sa chambre, la nuit, puis se jeter dans ses bras pour faire l'amour encore et encore. Dieu ! qu'elle avait aimé s'offrir à lui, lui donner tout le plaisir qu'il désirait ! Il paraissait si beau, si intelligent aussi, si drôle, qu'elle se serait damnée pour lui. Elle ne l'avait pas regretté.

De son côté, il s'était toujours montré fidèle, prévenant et généreux. Dans les bons comme dans les mauvais moments, jamais il ne lui avait fait défaut. Sans aucun doute, leur amour était la plus belle chose qui lui avait été donné de vivre.

Émue à cette pensée, Margot se serra contre lui et replia sa jambe sur son ventre, comme jadis. Elle sentit aussitôt son sexe tressauter.

— Je crois bien que tu banderas encore dans la tombe ! plaisanta-t-elle.

Il tourna la tête vers elle pour l'embrasser tendrement sur la bouche.

— Tu n'as qu'à être moins belle !

Ils demeurèrent immobiles et silencieux durant un long moment encore, puis Margot s'écarta doucement.

— Il faut dormir. Sinon, demain, je ne tiendrai pas le coup.

Il acquiesça d'un hochement de tête.

— Dors, ma belle. On parlera demain.

— Tu voulais me dire quelque chose ?

— Oui, j'ai réfléchi. Faisons ce qu'on s'est toujours juré de faire un jour ou l'autre. Grâce à la petite, l'heure est venue. Je la crois suffisamment finaude pour entendre la vérité et réagir comme il le faut. Mais doucement, il faut la ménager.

Elle chercha sa main sous la couverture et la serra dans la sienne, pour lui faire entendre qu'elle était d'accord, qu'il pouvait compter sur elle. Ils s'endormirent ainsi, apaisés, comme ils le faisaient une trentaine d'années plus tôt.

Installée dans le fauteuil du grenier, Emma venait de terminer la lecture d'une nouvelle lettre de Jeanne en provenance de Venise. Comme chaque fois, elle se sentit épuisée. Suivre sa mère dans ses lointaines pérégrinations exigeait d'elle de constants efforts de concentration et d'imagination. Non seulement elle devait se mettre à sa place, mais il lui fallait aussi se représenter les lieux et les personnages qu'elle évoquait. Elle désirait tant s'identifier à elle que cet exercice ne la rebutait pas, mais elle savait aussi en mesurer les limites. Trois ans s'étaient écoulés depuis son départ… Comment était-elle, physiquement, au moment d'écrire ces lignes ? Gardait-elle encore sur son visage, dans son regard, dans ses attitudes, les stigmates de sa souffrance, si visibles durant les quelques semaines qui avaient précédé sa fuite ? Ou bien avait-elle au contraire retrouvé le sourire ? Se maquillait-elle ? S'habillait-elle différemment ? Et Venise ? À quoi pouvait ressembler cette ville dont sa mère vantait la beauté dans chacune de ses phrases ?

Emma se laissa aller contre le dossier. En cette heure tardive, il régnait un silence profond, presque inquiétant, parfois troublé par le sifflement du vent. Au-dessus de sa tête, quelques tuiles mal arrimées claquaient les unes contre les autres ; quelque part dans la maison, un volet cognait contre un mur, sans compter cette multitude de petits bruits impossibles à identifier précisément, craquements, frottements et bourdonnements qui laissaient deviner une vie animale invisible.

Emma se redressa et approcha la lettre du halo tremblant de la lampe à pétrole. Comme elle l'avait fait pour les lettres précédentes, elle pensait qu'elle devait relire celle-ci encore et encore, si elle voulait avoir la moindre chance de percer le mystère maternel.

Ma chérie,

Hier, je suis allée me promener à la Villa Pisani avec Mario. Ce fut un moment inoubliable de beauté et d'extase…

Nous tenant par la main, nous suivons l'allée humide sous les grands arbres roux, et voici qu'apparaît dans la lumière orangée du crépuscule le jardin fleuri, le verger aux vignes lourdes de raisins noirs entre les feuilles violettes, les grenades éclatées sur le sang de leur cœur, le jardin à l'odeur persistante de chrysanthèmes et de citronnelle… Sur le mur grimpent des rosiers aux fleurs de carmin foncé. C'est alors que Mario s'approche doucement du mur. Il semble qu'il veuille bondir sur un papillon fugitif qui se chauffe sous un dernier rayon de soleil, mais, de ses doigts minces écartés en aile, sans un mot, avec un sourire de jeune faune, il m'offre un bouton de rose.

Lorsque nous fûmes arrivés au sommet de la tourelle grise, nous découvrîmes le grand jardin, dont les arbres dorés semblaient garder un peu de soleil sur leurs cimes. Il en montait un âcre parfum de buis et de feuilles mortes. Le ciel était bleu pâle, avec des nuées roses déchirées.

Mario s'était assis plus bas que moi sur les marches, sa tête blonde appuyée au balustre de fer. Je ne voyais que son corps étroit et musclé. Ainsi, tout le jardin, comme une coupe de bronze, semblait vouloir m'offrir cette tête exsangue où les yeux seuls, pareils à des fleurs, vivaient intensément. La douce offrande ! Et que j'eusse désiré presser contre mon épaule ce visage sensible comme un astre pâle au lointain rayonnement ! Les deux fleurs bleues de ses yeux me fixaient en silence. Nos regards se confondirent.

Soudain, une voix, d'en bas, appela. Il tourna la tête et cria : « Elle dit qu'elle ne veut plus s'en aller ! » C'était le gardien. Il insista pour que nous partions, ce que nous fîmes à regret. Il y avait tant de promesses en suspens…

Plus tard, alors que la nuit était tombée sur Venise, nos pas nous menèrent jusqu'à la Piazetta. Accoudés tous deux au parapet de marbre encore tiède, nous demeurâmes sans mot dire, serrés l'un contre l'autre, regardant l'eau aux reflets scintillants, le profil de la Dogana, la silhouette pâle de San Giorgio, les bateaux illuminés, et toute la vie nocturne du port, peuplé de mouvantes embarcations, de lumières glissant au ras des flots, et aussi le lacis de mâtures au sommet desquelles brillait un feu solitaire. Nous écoutâmes les mille bruits de rames, de chaînes jetées dans les barques et le vacarme de l'ancre d'un vapeur qu'on remontait avec précipitation. La main de Mario avait recouvert la mienne. Il la tenait toute dans ses longs doigts. Je voyais se détacher sur le ciel sombre son pâle et fin visage, empreint d'une tristesse désespérée. Sentant mon regard, il tourna la tête. Ses grands yeux sombres se figèrent sur moi dans une prière muette, puis deux bras m'attirèrent et, tandis qu'il me pressait étroitement contre lui, il murmura : « Il y a cette nuit un bateau qui part pour les Indes. Voulez-vous que nous le prenions ? »

De lui, rien ne me surprenait; pourtant, cette fois, je sentis toute la folie de ce cœur passionné, toute la profondeur de cet amour qui se livrait si peu et qui brûlait dans ses yeux où se reflétait un mirage oriental. Mais non, je ne voulais pas, ce soir du moins, partir pour les Indes... Même avec lui. Venise me suffisait, et toute cette magie dont je me sentais prisonnière. Non, je ne voulais pas m'évader de cet enchantement dont je me grisais.

Je ne dis rien, ce qui revenait à refuser. La tête appuyée contre son torse, je respirais l'odeur de la marée de Venise, son odeur d'eau morte que j'aime. Tout proches de mon visage, je devinais le sien et sa bouche mince, sinueuse, comme celles que peignait Léonard de Vinci. Tout proches aussi étaient ses yeux sombres, à la courbe orientale, ces yeux qui m'adorent en silence. Sa main enserra la mienne. Je relevai la tête. Son regard était perdu dans un rêve, et je savais qu'il m'emmenait avec lui vers un pays de mirages où nous serions tous les deux, seuls. À très bientôt, ma fille chérie.

Maman.

Emma reposa la lettre sur l'accoudoir du fauteuil. Elle pleurait de ne plus pouvoir aimer sa mère.

Décembre était arrivé. À mesure que les jours passaient, l'hiver devenait de plus en plus rude. Désormais, il gelait chaque nuit et, au matin, toute la campagne semblait emprisonnée dans le givre et la glace. Néanmoins, la besogne ne manquait pas, et tout le personnel de la ferme était à pied d'œuvre dès l'aurore. Hippolyte, qui ne pouvait plus quitter le domaine, s'était jeté à corps perdu dans le travail, tentant d'oublier son enfermement et, surtout, Marthe et ses caresses. Il y parvenait à grand-peine, son crâne lui semblant être une autre prison, prison de ses angoisses, de ses peurs et de ses regrets.

C'était devenu proprement insupportable, au point qu'il devait sans cesse se maîtriser, domestiquer ses pensées, apprivoiser ses angoisses, et parfois même contenir des pulsions colériques, voire suicidaires. S'il n'y prenait garde, s'il laissait filer son esprit, c'était alors un tel charivari dans sa tête qu'il pouvait se retrouver tétanisé et dans l'incapacité de travailler.

Ce matin, alors qu'à l'abri sous le hangar il entreprenait une révision de la faucheuse, travail fastidieux requérant beaucoup d'attention et de précision, ses idées noires le harcelaient de nouveau, tels des loups autour de leur proie. Il les imaginait tournant autour de lui, puis se rapprochant un peu plus chaque fois qu'il relâchait sa garde. Tour à tour, ses pensées venaient lui rappeler l'absence de sa mère, son enfance malheureuse, ses souvenirs de tranchées, avec son cortège de morts et de peurs, sa haine pour Jeanne, son frère Maxime, son père, ou encore ces horribles moments de janvier 1922 où…

Soudain, comme les dents de la Faucheuse se couvraient de sang sous ses yeux, un flot d'angoisse le submergea. Au bord d'étouffer, il se redressa et fit quelques pas en cherchant à aspirer le plus d'air possible. Il n'en pouvait plus, c'était trop lourd à supporter, il lui fallait trouver la porte de l'oubli… Sinon, il allait crever !

Hébété, il marcha jusqu'à la mare, cherchant vainement du regard un réconfort quelconque, puis revint. Incapable de reprendre son travail, il gagna alors le cellier, sachant qu'il y trouverait le remède à ses souffrances. Depuis des mois qu'il luttait contre ses fantômes, seule la boisson lui procurait assez d'euphorie pour oublier. L'oubli ne durait que le temps de l'ivresse, certes, mais c'était toujours cela de gagné.

Il descendit précipitamment la volée de marches qui menait à la cave, alluma la lampe à pétrole et referma à clé derrière lui. Il ne voulait pas se laisser surprendre, d'autant qu'il était demeuré jusqu'alors suffisamment discret, croyait-il, pour que personne ne soupçonnât son nouveau vice. Les effluves d'alcool et de terre battue mêlés à celui des vieux fûts de chêne lui évoquèrent ces lointains moments où, enfant, il accompagnait

Émile dans ce cellier pour y tirer du vin. Déjà à l'époque, il tentait vainement de se faire valoir auprès de lui en essayant de l'intéresser à ce qu'il était, ou croyait être : un petit garçon obéissant, curieux de tout et, surtout, en demande de tendresse de la part de ce monument qu'était son père à ses yeux. Mais, balpeau ! ce dernier ne le voyait même pas… Il n'était déjà rien d'autre qu'une simple présence.

Hippolyte s'assit pour se servir confortablement un premier verre de vin rouge mousseux, qu'il avala d'un trait. L'alcool le réchauffa très vite, lui procurant bientôt le bien-être espéré. Encouragé, il but alors un deuxième verre, puis un troisième, tout aussi vite. Le vin lui parut bien vite amer, mais cela importait peu : il ne guettait rien d'autre que cette onde de chaleur qui remonterait du ventre et irradierait son corps jusqu'à le plonger dans un état cotonneux où les angoisses n'auraient plus prise sur lui.

De ses beuveries précédentes, Hippolyte avait retenu qu'il lui fallait boire beaucoup, et vite, pour avoir une chance d'échapper à ses démons. Aussi but-il de nouveau, puis encore et encore, tant et si bien que, quelques minutes plus tard, il finit par s'affaler contre le tonneau, à proximité du robinet.

Heureux de constater que l'alcool lui procurait toujours cet effet, il fixait la flamme dansante de la lampe quand il se sentit chavirer d'un coup. Le sol tanguait de façon si irréelle que c'en était drôle.

Allait-il demeurer longtemps assis, ou bien finirait-il par lâcher prise et s'allonger ? En tout cas, il se sentait bien, invulnérable, hors de portée de ses angoisses et de ses peurs. Les canons boches pouvaient bien tonner dans sa tête, des corps chuter autour de lui, d'autres s'élever vers le ciel, accompagnés de grandes gerbes de terre, le spectre de son frère pouvait bien lui sourire d'outre-tombe, Jeanne se moquer de son impuissance, tout lui était égal, désormais. Le vin, qu'il avalait maintenant au goulot de la bouteille, l'éloignait de tout cela et du reste, de ses pleurs d'enfant solitaire, de sa haine des autres, de son manque d'estime de soi. Hippolyte n'existait plus, ni à ses yeux ni à ceux du monde. Il n'était plus qu'un rafiot ballotté dans la tempête, une chose sans forme, une... S'affaissant lourdement sur le sol, il oublia.

Emporté dans un maelström de pensées sans queue ni tête, il riait maintenant de sentir le froid humide de la terre contre sa joue, cette même terre que celle contre laquelle il s'était retrouvé plaqué lors d'offensives imbéciles, la même que celle qui accueillerait son corps pourrissant, et celle qui avait probablement enseveli son frère et, avec lui, ses derniers espoirs d'une vie meilleure. Celle, aussi, dont il avait fouaillé les entrailles en la labourant. Hippolyte riait de ces coups sourds venus de nulle part, de ces cris venant de si loin qu'il finissait par se figurer qu'ils étaient ceux de damnés l'appelant du tréfonds de l'enfer. C'était si drôle de les entendre crier ! Ah ! que les flammes de Satan devaient les faire souffrir !

Soudain, un fracas épouvantable et une violente douleur aux pieds le tirèrent de sa torpeur. L'enfer s'était trouvé un visage : dressé devant lui comme la statue du Commandeur, son père crachait sa colère.

— Pauvre con ! hurlait-il. J'aurais pu le tuer, regarde : la porte s'est écrasée sur sa jambe !

Hippolyte le dévisagea, hoqueta, puis vomit un long jet de vinasse acide venu des profondeurs de son estomac, qui aspergea le bas du pantalon d'Émile.

— Putain ! J'en aurai donc jamais fini avec lui !

Les yeux embués par la douleur que lui causaient ses spasmes et sa blessure aux pieds, Hippolyte devina la présence d'Emma dans le flou. Ses traits déformés par la lueur de la lampe, un rictus mauvais au coin des lèvres, elle ressemblait à un cerbère prêt à porter le coup fatal. Cette vision d'horreur suscita chez Hippolyte un tel effroi qu'il vomit derechef. Pour finir, heureux de les avoir ainsi souillés, il ricana. Oui, ils méritaient bien sa bile à l'odeur de haine !

C'est alors qu'il aperçut d'autres personnes, des ouvriers aux visages ébahis. Il se sentit soulevé du sol et porté dans l'escalier. Il aurait sans doute pu se mettre sur ses jambes et grimper tout seul au moins vers la sortie, mais il s'y refusait. « Qu'ils me portent donc ! pensait-il, et qu'ils portent avec moi le poids de leurs fautes ! » Puis il sombra dans une sorte d'indifférence comateuse, se fichant bien de ce qui pourrait désormais lui arriver. Sans cette cruelle douleur aux pieds, il se serait même trouvé totalement bien.

Il ne sortit véritablement de sa torpeur que lorsqu'on l'installa sur son lit. Encore dans les limbes de l'ivresse, il regardait ceux qui l'entouraient avec un sourire de contentement : Émile, le visage fermé, Emma et son habituel rictus méprisant au coin des lèvres, Margot, enfin, penchée sur lui et qui posait sur son front une compresse froide. Ah ! comme ils avaient l'air stupides, ces gens qu'il était censé aimer !

— Tu entends ce que je dis ? demanda sèchement Émile.

Hippolyte acquiesça d'un hochement de tête.

— On a envoyé un gars chercher le médecin. Ton pied est salement amoché, la porte est tombée dessus quand on l'a défoncée.

Hippolyte opina.

— Je sais, j'ai mal !

Émile haussa les épaules.

— Mais, bon Dieu ! qu'est-ce qui t'a pris ? Tu sais que j'aurais pu te tuer, couillon ? Et maintenant, qu'est-ce qu'on va faire, hein ? Avec tes conneries, c'est deux bras en moins pour...

Émile se tut, et Hippolyte comprit pourquoi en voyant Emma lui presser le bras à sa manière, à la fois douce et ferme – comme la salope qu'elle était, se dit-il.

— Laisse-le ! dit-elle. Cela ne sert à rien de lui parler, dans son état...

Ils sortirent, laissant Margot le veiller. Hippolyte chercha vainement son regard. Elle vaquait sans qu'il comprît bien à quoi, mais toujours le dos tourné. Convaincu qu'elle ne voulait pas lui témoigner la moindre attention, il ferma les yeux, puis s'endormit sans même s'en apercevoir.

Emma quitta la chambre sous le prétexte d'aller chercher des œufs au poulailler. Elle souhaitait goûter son plaisir seule et loin des jérémiades de son grand-père qui pestait contre son soûlard de fils. Décidément, le hasard la servait au-delà de ses espérances : non seulement Hippolyte s'adonnait à la boisson – ce qu'elle venait de découvrir –, mais, en outre, grâce à son immobilisation forcée, il lui offrait la possibilité de s'affirmer davantage auprès d'Émile, et d'élargir ainsi le fossé qui séparerait bientôt irrémédiablement les deux hommes.

Emma se délectait également de n'être pas affectée par l'accident et la déchéance d'Hippolyte. Devant le spectacle de ce dernier avachi dans le cellier, elle n'avait éprouvé aucune commisération, pas l'ombre d'un chagrin. Au contraire, elle s'était même surprise à le mépriser et à donner raison à sa mère, encore une fois : cet homme ne valait décidément pas tripette !

Enfermée dans le poulailler, elle saisissait maintenant les œufs sous le cul des poules pour les poser dans son panier d'osier, vaguement écœurée par les relents aigres de la fiente tapissant le sol. Elle faisait ce geste machinalement, l'esprit trop occupé par ce qu'elle devrait entreprendre dans les jours suivants à l'encontre d'Hippolyte. Il n'était plus temps de finasser : d'une manière ou d'une autre, elle devait passer à l'acte, et cela était d'autant plus urgent que la rupture semblait désormais consommée entre les deux hommes. Connaissant l'orgueil d'Émile, elle savait qu'il ne pardonnerait jamais à son fils d'avoir sombré dans l'alcool, et qu'il l'excuserait encore moins de l'avoir humilié en s'exhibant ainsi aux yeux des ouvriers. Quant à Hippolyte, elle l'imaginait aisément s'abîmer chaque jour davantage dans la mélancolie…

En refermant la porte du poulailler, elle eut l'intuition soudaine de ce qu'elle devait faire. En peu de mots, il s'agissait de s'attaquer au plus faible et d'accélérer sa chute.

Dès qu'il eut laissé Hippolyte à son sort, Émile avait rejoint les écuries et sellé Valentine, convaincu qu'une grande virée à cheval atténuerait sa colère. Sentant son énervement, la jument s'était montrée rétive, et Émile avait dû serrer le mors le plus fort possible pour qu'elle ne tortillât pas du cul. À force d'alterner cajoleries et coups de gueule, il était enfin parvenu à la calmer, juste avant de s'engager dans la forêt des Bertranges.

Maintenant qu'ils suivaient l'allée forestière menant à Murlin, l'animal semblait tout à fait apaisé. Émile relâcha les rênes et contempla la forêt effeuillée, figée par le froid, assombrie par le ciel plombé, silencieuse et inquiétante à l'image de son humeur et de ses pensées.

Hippolyte lui causait du souci. Si son fils continuait ainsi, Émile ne pourrait plus compter sur lui, ni surtout sur son silence : à perdre ainsi les pédales, il allait forcément dégoiser un jour ou l'autre sur le passé. À cette idée, Émile ne put réprimer l'angoisse qu'il avait mis tant de temps à domestiquer. Non, c'était inconcevable ! Ce petit con n'allait pas mettre à bas tout ce qu'il avait patiemment élaboré depuis des années pour « arranger » l'histoire de la Vernières. Il avait suffi de Maxime pour foutre le bordel, son second fils n'allait pas recommencer, tout cela parce qu'il manquait de couilles ! Il fallait faire quelque chose.

Toutefois, Émile avait beau retourner la question dans tous les sens, il ne voyait pas quelle décision prendre. Quoi qu'il imaginât, il en revenait toujours au même constat : Hippolyte tenait bel et bien entre ses mains l'avenir de la famille et celui du domaine.

Irrité de se découvrir si vulnérable, Émile fit partir Valentine au galop : mieux valait rentrer. Peut-être y verrait-il plus clair, confortablement installé dans son bureau ? En tout cas, le temps pressait désormais. Il lui fallait imaginer au plus vite une parade au danger – surtout face à Emma, qui ne devait en aucun cas apprendre la vérité.

Comme à l'accoutumée, Emma et Émile se retrouvèrent pour le dîner. Quand le grand-père arriva, en retard, Emma comprit à sa mine renfrognée qu'il était d'humeur exécrable à cause de la conduite d'Hippolyte. Cela l'arrangeait plutôt : il lui serait d'autant plus facile de faire valoir son point de vue. Sitôt assis, Émile laissa éclater sa colère.

— Nom de Dieu ! Qui est-ce qui m'a fichu un fils pareil ? Un ivrogne et un bon à rien, voilà ce qu'il est ! Ah ! on va aller loin, avec un tel zèbre ! Pas fichu de travailler, mais toujours partant pour biberonner et aller aux putes, j'en ai par-dessus la tête !

Emma, qui se retenait de sourire, posa une main sur la sienne pour le calmer.

— Tu ne me demandes pas comment il va ?

Il haussa les épaules.

— Je m'en fous ! Il peut bien être cloué à vie au lit, j'en serais débarrassé.

— Allons ! répondit doucement la jeune fille, ne te laisse pas aller à la colère, même si je la comprends. Il a des excuses, tu sais.

Émile souleva le couvercle de la soupière que venait d'apporter Margot.

— Des excuses ? Tu parles ! Il n'y a que toi pour lui en trouver. Je lui ai tout donné : s'il avait voulu, il aurait pu prendre ma suite et faire prospérer le domaine. Au lieu de ça, il préfère…

Emma lui prit la louche des mains et le servit.

— C'est vrai qu'il s'est mal conduit, mais peut-être qu'il a des ennuis ? J'imagine que le départ de maman…

— Ah ! non ! s'exclama Émile, ne parle pas d'elle ! Même si c'était une pas-grand-chose, elle n'a rien à voir dans tout ça. C'est lui, le fautif. C'est un raté, c'est tout !

Emma jugea inutile de s'indigner du jugement émis par Émile à propos de sa mère. Cela viendrait plus tard. Pour l'instant, il était plus pertinent de revenir sur Hippolyte.

— Peut-être a-t-il des défauts, mais que faire ? C'est ton fils !

— Je ne le sais que trop, dit Émile, et c'est le plus difficile à accepter. Je ne sais pas encore ce que je vais en faire, mais crois-moi, il peut toujours courir pour me succéder !

Emma allait répondre, quand Margot revint vers eux avec un rôti agrémenté de pommes de terre. Le plat était si chaud que la sauce grésillait encore.

— Je vous laisse le couper, dit-elle, j'ai trop à faire pour m'en occuper.

Puis elle tourna les talons sans attendre de réponse.

— Toujours aussi aimable, celle-là ! grogna Émile en découpant les premières tranches.

Lorsqu'il les eut servies, il reprit :

— Heureusement que tu es là, sinon, je t'assure que je revendrais tout et que j'irais en enfer s'il le fallait ! J'y serais encore mieux qu'ici.

Songeant qu'il y était déjà, Emma sourit.

— Allons, tu es sous le coup de la déception. Mais cela va se tasser. Tu n'as qu'à lui faire la leçon, il comprendra qu'il est allé trop loin. Je suis d'accord avec toi, il file un mauvais coton, mais cet incident devrait l'assagir.

Comme elle craignait de laisser transparaître sa duplicité, Emma prenait soin de garder les yeux baissés sur son assiette, affectant d'avoir du mal à couper sa viande. En mâchant, Émile la considéra longuement.

— Heureusement que nous t'avons, petite fille ! dit-il avec tendresse. Mais, tu auras beau argumenter, je ne veux plus de cet incapable dans mes pattes. Il fera ce qu'il souhaite, et j'ai bien réfléchi : c'est toi que je veux aux commandes, maintenant. Ici, tu es la seule en qui j'aie totalement confiance !

— Moi, je veux bien, mais que dira-t-il ? Il n'acceptera jamais que…

— Il acceptera, ou bien il n'aura qu'à ficher le camp. Ce n'est pas la besogne qui manque, dans la région.

— Si tu penses que c'est bien…, répondit Emma.

— J'en suis convaincu.

— Dans ce cas…

Quand ils eurent fini, Emma se leva pour débarrasser les assiettes. Elle les porta à la cuisine sans se presser, savourant son triomphe. L'affrontement entre les deux hommes, désormais inévitable, serait, au regard du passé dont ils étaient tous les deux comptables, nécessairement violent.

Revenue avec un ramequin de fromage blanc, Emma servit Émile et s'assit.

— Tu n'en prends pas ? s'inquiéta-t-il.

— Non, je n'ai plus très faim. Tous ces événements me contrarient.

Il lui tapota la main en souriant.

— Ne t'en fais pas, ma belle ! Je vais m'occuper de lui.

— Ne sois pas trop brusque. D'après le médecin, il souffre d'un sérieux hématome, au point qu'il lui a confectionné une attelle. Il paraît qu'il ne pourra pas remarcher avant plusieurs semaines.

— Tant mieux ! répondit Émile, goguenard. Comme ça, il ne pourra plus filer quand je lui dirai ses quatre vérités !

Sur ces mots, il se leva et posa un baiser sur le front d'Emma. Elle le dévisagea, l'air suppliant.

— Attends demain pour le voir. Il n'est pas en état d'entendre ce que tu as à lui dire.

— Ne t'inquiète pas, j'ai du travail. De toute façon, il ne va pas se sauver !

Lorsqu'il eut quitté la salle à manger et qu'elle eut entendu la porte de son bureau se refermer, Emma se détendit. Jugeant soudain le fromage blanc fort appétissant, elle s'en servit plusieurs cuillerées, qu'elle sucra abondamment. Elle se laissait aller à la gourmandise pour célébrer son succès. Désormais, il ne restait plus qu'à parfaire la tâche qu'elle s'était fixée.

Après avoir aidé Margot à la vaisselle, Emma rejoignit la chambre d'Hippolyte à l'étage. Comme elle frappait sans obtenir de réponse, elle entrouvrit la porte. Allongé sur le lit, la jambe immobilisée, Hippolyte la fixa d'un mauvais œil.

— Qu'est-ce que tu viens foutre ici ?

Jugulant son exaspération, elle referma derrière elle.

— Je viens voir si tu vas bien et si tu as besoin de quelque chose.

Il ricana, puis lui tourna ostensiblement le dos, comme un gamin.

— J'ai surtout envie qu'on me fiche la paix. Surtout toi ! Si tu crois que je ne vois pas clair dans ton jeu, avec tes airs mielleux...

Elle s'assit sur le rebord du lit et remonta la couverture sur la jambe blessée de son père.

— Ne fais pas ta tête de caboche ! Je suis avec toi, dans cette histoire.

— Arrête de me prendre pour un con ! répliqua-t-il en se retournant brusquement. Tout ce qui t'intéresse, c'est de prendre ma place, rien d'autre. Je sais que tu me méprises. Tu n'as pas tout à fait tort, d'ailleurs : avoir un soûlot comme père, bon à rien et...

— Si tu cessais de gémir, coupa-t-elle, cela irait déjà mieux. Qu'est-ce que tu attends pour lui tenir tête ? Tu crois que je suis dupe de ce qu'il est ou prétend être ? Tu le connais depuis toujours, tu dois bien savoir quels sont ses points faibles ! Il n'a pas toujours été blanc bleu, non ?

Il l'observa un moment, silencieux et visiblement dérouté par ce qu'elle venait de dire, puis, se redressant, il s'adossa au montant du lit.

— T'as beau être ma fille, je ne te comprendrai jamais.

Exaspérée, Emma se leva et alla tirer les rideaux. Sa fille ? songea-t-elle. Oh que non ! Ce n'était pas à lui qu'elle ressemblait, et ce ne serait d'ailleurs jamais le cas.

— Me comprendre ou pas n'est pas le problème ! Ce qui compte, c'est de ne pas te laisser marcher sur les pieds.

Puis, se retournant, tout en prenant soin de rester dans la semi-obscurité, elle ajouta :

— Tu as bien quelques moyens de lui clouer le bec, non ?

Le regard vague, comme s'il tentait de rappeler ses souvenirs, Hippolyte murmura :

— Ça, c'est sûr que j'en ai, des choses à raconter…

Demeurant dans l'ombre, Emma s'assit sur la chaise placée à côté de la commode.

— Eh bien ! qu'attends-tu pour les lui dire ?

— Si seulement je pouvais !

— Qu'est-ce qui t'en empêche ? Je suis trop jeune pour m'en souvenir, mais je suis bien certaine qu'en ce qui concerne le départ de maman, par exemple, il ne doit pas être innocent, pas davantage que pour celui d'oncle Maxime, non ?

Hippolyte se tourna franchement vers elle, cherchant à distinguer son visage. Son air scrutateur amusa Emma. Il se méfiait d'elle.

— Pourquoi tu me parles d'eux ?

— Et pourquoi je n'en parlerais pas ? Même si je n'étais pas encore née, je me doute que cela n'a pas dû être facile, c'est tout ! Pour Maxime comme pour toi, puis pour maman. Surtout quand on connaît son caractère ! J'imagine qu'il a dû faire bien pire que de se soûler ou d'aller voir les filles.

À ces mots, Hippolyte détourna le regard et demeura silencieux. L'angoisse revenait, il la sentait s'immiscer sournoisement dans ses veines, irradiant ses membres meurtris, torturant son ventre, asséchant sa gorge. Il contracta tout son corps dans le vain espoir de la contenir, mais elle était trop violente. En évoquant Maxime et Jeanne, Emma venait de réveiller cette putain de souffrance. Oh ! bien sûr, qu'il pourrait jeter des pelletées de mauvais souvenirs à la face de son père, mais ce serait se condamner lui-même, se livrer une fois de plus pieds et poings liés à son despotisme. Il ne pouvait pas être coupable et accusateur en même temps, fût-il aussi victime !

— Fous le camp ! lança-t-il soudain. Sors d'ici ! Je ferai ce que j'ai à faire !

Réprimant le sourire qui lui venait aux lèvres, Emma se leva et contourna le lit sans lui jeter un regard.

— Comme tu voudras, répondit-elle. Mais, au moins, ne te trompe pas sur mes intentions.

Refermant derrière elle, Emma laissa son sourire éclater. Elle voyait en la panique d'Hippolyte, qui ne lui avait pas échappé, une preuve supplémentaire qu'elle était dans le vrai. Désormais, la suite des événements se déroulerait d'elle-même…

Hippolyte attrapa la carafe d'eau posée sur la table de nuit et s'en versa un grand verre, qu'il avala d'un trait. Ce geste, bien dérisoire au regard du calvaire qu'il vivait, pouvait peut-être le distraire un instant de sa douleur à la jambe et de celle que lui infligeaient ses souvenirs, fixés dans sa tête comme autant de chancres sur un arbre, dévorant peu à peu sa lucidité.

S'il avait pu au moins se lever, il serait sorti marcher dans la nuit jusqu'à épuisement. Peut-être même aurait-il tenté de rejoindre Marthe à vélo ? Au lieu de cela, il était là, cloué au lit, à la merci de ses agresseurs ! Oh ! il avait bien vu Emma tourner autour de son lit comme un vautour prêt à fondre sur lui. Même s'il n'était pas très malin, il comprenait maintenant de plus en plus clairement qu'elle savait des choses sur le passé familial.

Sinon, pourquoi aurait-elle évoqué de nouveau sa mère et son oncle ?

Il alluma une cigarette. Même si elle le terrorisait, une seule issue semblait possible : il devrait affronter son père, lui faire partager une partie de son fardeau et le contraindre à regarder la réalité en face. Les deux hommes devraient être aujourd'hui aussi solidaires que par le passé.

Comprenant qu'il ne pouvait plus tergiverser, Hippolyte décida de provoquer l'explication dès le lendemain. Comme cette décision le réconforta, son angoisse reflua quelque peu. Il se détendit alors, en attendant d'être emporté par le sommeil.

Emma avait eu envie d'aller se coucher, mais, trop énervée pour dormir, elle avait préféré gagner le grenier pour y retrouver sa mère.

Sitôt sous les toits, elle avait décacheté la lettre suivante dans la chronologie, impatiente de s'éloigner pour un temps de la Vernières, qu'elle voyait de plus en plus comme l'antichambre de l'enfer.

Ma chérie,

Hier, Mario et moi sommes allés nous promener. Lentement, d'un pas toujours plus las, comme si nous avions voulu retarder l'heure, la rendre moins rapide et moins inexorable. Nous nous sommes rendus sur la rive. Au parapet de marbre blanc du Jardin royal, nous nous sommes accoudés, serrés l'un contre l'autre. Mes bras nus sentaient l'humidité de la pierre, et mon visage s'imprégnait de la fraîcheur de l'eau proche. Nous étions si près d'elle, de cette eau admirable, obscure et lumineuse à la fois, emplie des reflets innombrables de tous les grands vapeurs ancrés dans le bassin de Saint-Marc.

La ligne des réverbères, sinueuse, suivait les quais jusqu'aux Giardini. Dans sa pâleur que rosissaient à peine les tremblantes lumières, San Giorgio s'élevait en face de nous. À la Douane de mer, un grand fanal d'or projetait dans l'eau comme une lame d'épée tordue. Les feux verts des gondoles, pareils à des lueurs de féerie, glissaient lentement. Partout, des lumières clignaient, s'ouvraient comme de grandes fleurs sans contours, et leurs reflets animaient l'eau noire et huileuse, lui donnaient une vie, la pailletaient d'or, de rubis et d'émeraudes.

Nous avions les yeux fixés sur les vaisseaux qui formaient de grandes masses sombres comme des monstres endormis sur la mer. Le vent apportait par bribes les phrases ailées et sonores lancées par la voix encore pure d'une chanteuse de quelque sérénade sur une gondole dont les lampions coloriés oscillaient au milieu du Grand Canal. Et, lointains, nous arrivaient aussi avec un bruit de cuivre les échos de la musique militaire sur la place Saint-Marc.

Pourtant, il nous semblait que le silence était grand, que nous étions seuls en face de ce peuple d'embarcations, de cette foule de lumières, de cette eau mobile et luisante dont l'odeur de varech montait, fraîche.

Les doigts de Mario saisirent alors les miens. Il pressait contre ma hanche son corps étroit et musclé et, en détournant mon regard, j'étais sûre de rencontrer le sien. Son calme profil, pur, pâle comme le marbre, se détachait sur la masse du jardin royal et ses yeux immenses semblaient deux taches d'ombre veloutée qui pourtant attiraient comme des abîmes mystérieux. Il me regardait sans un mot, longuement, les lèvres closes, mais la pression de ses doigts s'accentuait, et presque violemment il m'attirait à lui.

Devant nous, un vapeur illuminé fit jouer sa gémissante sirène, dont le son sourd et puissant retentit trois fois. On entendait des cliquetis de chaînes lourdes, des appels. Alors, Mario murmura: « Le bateau de Trieste part ce soir à 23 heures… »

Ce fut tout. Plus tard, il devait me dire de la même voix monotone, douce et lente : « Si nous étions partis ce matin pour les Indes… »

Comme un brouillard d'or passait devant mes yeux la vision de cette contrée fabuleuse où tous deux nous serions allés, confiants, à demi fatalistes, nous mêlant à ce peuple de bronze, assoupis dans notre bonheur, enivrés de lui, comme du parfum mortel des fleurs de là-bas.

Je ne répondis pas. Je poussai seulement un soupir. Regret ? Qui sait ? Peut-être. L'odeur des œillets rouges que je portais sur moi, mêlée au parfum âcre de la lagune, me grisait-elle un peu ? Comme son épaule était proche de la mienne ! Comme sa main était chaude autour de la mienne !

Tous les chants vénitiens d'amour et de douleur semblaient répandre dans la nuit leur plainte déchirante. Mes yeux à moi, soudain, s'embuèrent de larmes me cachant le port sombre et lumineux, le ciel étoilé, même le fanal jaune de la Dogana. Je ne voyais plus rien, et pourtant me semblaient tout proches le visage de marbre pur, les yeux de sombre velours, sa voix qui me dit avec un accent brisé : « Si tu m'aimes, dis-le-moi ! » Je t'embrasse, ma fille, le cœur plein de doutes et de souffrances en pensant à toi, seule là-bas, face à ce que je t'ai légué. Ne m'en veux pas trop…

Emma replia soigneusement les feuillets et les glissa dans l'enveloppe, qu'elle embrassa.

— Merci, maman, murmura-t-elle.

Ces lignes, venues de si loin et dont les descriptions ne lui évoquaient que ce que son imagination lui permettait, l'avaient réconfortée. Elles avaient éveillé en elle des désirs d'amour, de tendresse et de douceur qu'elle souhaitait partager avec Louis. Lors de sa lecture, elle n'avait pu s'empêcher de l'imaginer à la place de Mario. Il lui tenait la main, lui susurrant de ces mots choisis et délicats que sa mère rapportait.

Apaisée, elle se laissa aller dans le fauteuil. À quoi ressemblaient donc cette ville de lumières, ces canaux, ces gondoles ? Malgré ses efforts, elle ne parvenait pas à s'en faire une image précise.

Elle aurait tant aimé pouvoir s'identifier complètement à Jeanne, ressentir ses émotions, sentir les doigts de Mario effleurer les siens, se perdre dans la contemplation de l'eau, frissonner de bonheur. Cette impossibilité de percer le mystère de cette terre inconnue l'agaçait au plus haut point : encore une fois, sa mère lui échappait.

Emma fut tentée un instant d'ouvrir une nouvelle lettre, mais elle y renonça. Elle préférait prendre son temps et s'imprégner lentement, par étapes, de l'histoire d'amour qui se déroulait sous ses yeux, en saisir toutes les subtilités, se laisser emporter par la délicatesse des mots, la grâce des gestes et des regards échangés.

Elle songea de nouveau à Louis, son Mario. Avec lui, elle irait un jour à Venise ! Lui aussi prendrait sa main, l'embrasserait délicatement, lui susurrerait des mots tendres à l'oreille. Avec lui, elle respirerait les doux effluves des jardins et de la lagune. Avec lui, elle rêverait de contrées lointaines.

Brusquement, l'envie de lui faire partager ses rêves s'imposa. Il fallait qu'elle le voie sur-le-champ, pour lui dire qu'il était celui qu'elle avait choisi, pour demain et pour toujours ! Elle était certaine de son désir !

Alors qu'elle s'engageait dans l'allée menant à la demeure des ouvriers, le froid et le vent la firent frissonner. Elle hâta le pas, impatiente de faire l'amour, ce qui n'était plus arrivé depuis un moment. Cela tombait bien : ce soir, elle pouvait se donner à lui sans crainte de se retrouver enceinte, comme cela survenait trop souvent dans les fermes alentour. Elle pensa à quelques-unes de ces filles, croisées au hasard des foires ou à la coopérative, à qui cela était arrivé et qui considéraient leur enfant comme un fardeau. Trop jeunes, trop pauvres, elles portaient déjà sur leur visage les stigmates des souffrances à venir. Pour sa part, elle n'aurait un enfant que parce qu'elle l'aurait décidé. Il ne serait pas la conséquence d'une faute, mais d'un choix.

Tandis qu'elle passait la porte d'entrée, allégeant son pas pour ne pas être entendue, elle imagina son enfant avec Louis. L'image la fit sourire. Ce n'était pas demain la veille ! Pour cela, il devrait d'abord la convaincre qu'il était à la hauteur de ce qu'elle attendait d'un homme, qu'il était celui sur lequel elle pourrait s'appuyer sans crainte et qui saurait lui faire oublier son passé.

Parvenue enfin à la chambre, elle gratta à la porte. Louis ouvrit aussitôt. Elle se glissa dans la pièce obscure, referma, puis se réfugia dans ses bras. Silencieux, il la serrait contre lui avec une vigueur inhabituelle qu'elle apprécia. Comme elle sentait confusément qu'il ne pensait pas seulement à lui faire l'amour, elle l'enlaça par la taille et se plaqua contre son torse, humant avec plaisir l'odeur suave et sucrée de l'eau de Cologne qu'il utilisait de temps à autre.

Ils demeurèrent ainsi un long moment, debout, écoutant leurs cœurs battre à l'unisson. Le nez enfoui dans l'opulente chevelure d'Emma, Louis n'osait pas bouger, tant il était bouleversé par ce bonheur inattendu qui surgissait du fond de la nuit et de ses rêves.

Puis Emma le poussa lentement vers le lit pour lui faire comprendre qu'elle souhaitait le voir s'abandonner. Elle entreprit de le faire jouir. Cela arrivait rarement, mais elle en avait maintenant très envie. Son geste serait une offrande à l'amour qu'elle sentait poindre entre eux, et qu'elle désirait si ardemment voir s'affermir et se déployer au fil du temps.

Plus tard, elle se déshabilla et se blottit contre lui en remontant la couverture sur leurs deux corps allongés. Tandis qu'elle caressait son torse, elle s'aperçut que Louis s'était déjà assoupi, mais n'en conçut aucune amertume. C'était dans l'ordre des choses : le sommeil de son homme s'accordait parfaitement avec le silence, l'obscurité et la chaleur de leurs corps réunis.

Insensiblement, elle plongea dans un rêve. Elle se retrouvait aux côtés de sa mère, au bord d'une eau calme et étrangement translucide. Son oncle Maxime, nu, qu'elle voyait de dos, y nageait avec une grâce sensuelle. Puis celui-ci se retourna. Elle découvrit son visage avec netteté : c'était le sien. Il… Elle souriait.

Depuis qu'il s'était couché, Émile n'avait cessé de se retourner dans son lit. Ses insomnies de plus en plus fréquentes le minaient. La soixantaine largement dépassée, il s'apercevait que l'inquiétude, voire l'angoisse, le gagnait fréquemment au moment de dormir. Tout ce qu'il avait négligé, ignoré ou feint d'avoir résolu jusqu'ici, et qu'il croyait avoir oublié, lui revenait alors en mémoire.

Des hommes et des femmes, proches ou non, venaient maintenant lui demander des comptes, le renvoyant à ses grandes ou petites lâchetés, à ses trahisons, à ses infidélités et à cette violence dont son existence avait été constamment nourrie.

Ce triste constat prenait un relief d'autant plus cruel que son affrontement avec Hippolyte s'exacerbait chaque jour davantage. Devoir solder avec lui les horreurs qui les avaient à la fois réunis et séparés obligeait aujourd'hui Émile à ressusciter le passé, à reconsidérer les décisions qu'il avait prises, les actes qu'il avait posés, les souffrances qu'il avait imposées aux autres. Pire, il était contraint de remonter très loin dans le temps et d'évaluer, souvent avec effroi, sa part de responsabilité.

Énervé d'être ainsi pris en otage par ce qu'il avait toujours considéré comme le musée figé de sa vie passée, il se leva et se servit un verre de prune. C'était fort : cela l'aiderait sans doute à dormir.

Assis à son bureau, dans l'obscurité, il but l'alcool à petites gorgées, tentant d'y trouver quelque réconfort. Mais il n'était pas dupe : il sentait bien que les mauvais souvenirs frappaient de plus en plus fort et que la porte finirait par céder sous la pression un jour ou l'autre. Le pire à ses yeux était de redécouvrir ainsi sa fragilité, née de la froideur de sa mère et de l'indifférence paternelle, et qui s'était enracinée ensuite, au fil des années, face à la solitude, aux adultes qui l'avaient humilié au cours de sa jeunesse, à ses errements amoureux après la mort de Charlotte. Face à ses fils, enfin.

Imperceptiblement, cette vulnérabilité s'était muée en une haine profonde et insatiable à l'égard des autres, ceux qu'il avait jugés responsables de ses propres limites : ses parents, Margot, Maxime, Hippolyte, Jeanne, et Emma aujourd'hui.

Il croyait les avoir dirigés, dominés, méprisés, mais ils étaient toujours là, venant le traquer jusque dans sa tête. Néanmoins, Émile comprenait qu'il lui fallait continuer d'adopter un même comportement : s'il voulait survivre, il devait continuer d'imposer sa loi. Et c'est ce qu'il allait faire avec Hippolyte. Personne, fût-ce son propre fils, ne pouvait se mettre en travers de son chemin.

Son regard se posa sur la photo sépia de Charlotte, encadrée sur son bureau. Elle posait en robe de mariée, sur le parvis de l'église de Narcy illuminée par le soleil. Dieu, qu'il l'avait aimée ! Il se remémora leur première rencontre, durant l'été 1890, lors d'une chasse chez les Dupertuis, à Raveau, en lisière des Bertranges. Il faisait très chaud. Ils avaient fait connaissance en se réfugiant sous un arbre lorsque l'orage avait éclaté. Il se rappelait son rire cristallin, sa denture parfaite, et surtout sa sensualité quasi animale qui l'avait aussitôt conquis.

Ce coup de foudre réciproque les avait menés au mariage quelques mois plus tard. Sans surprise, Marcelline, sa mère, avait désapprouvé cette union contre nature. Pensez, elle n'était qu'une fille de garde forestier, sans le sou !

Pour la première fois, Émile s'était opposé à la figure maternelle. Il avait été brutal, sans concession, lui jetant au visage toute la détestation qu'elle lui inspirait. C'en était fini de l'esclavage dans lequel elle l'avait relégué, de sa froideur, de son insensibilité, de son autoritarisme, de la méchanceté dont elle avait fait preuve à l'égard de son mari ! Il l'avait même menacée de quitter la ferme si elle ne pliait pas. Il savait alors ce qu'il faisait... Pour une femme si soucieuse du qu'en-dira-t-on, il était inconcevable que son fils unique déserte le foyer. Alors, consciente qu'elle se heurtait à un mur, elle y avait mis ses conditions : elle ne débourserait rien au-delà du strict nécessaire et, quoi qu'il pût arriver par la suite, il ne devrait jamais compter sur son appui. Elle ignorerait pour toujours son fils et cette gamine dont il s'était entiché.

Pour montrer que ce n'étaient pas là des paroles en l'air, elle avait refusé d'assister au mariage, ce qu'il ne lui pardonnerait jamais, pas même après le décès de Charlotte et alors que, l'âge aidant, Marcelline s'était montrée plus tendre à l'égard d'Hippolyte et Maxime ; même après sa mort, survenue à l'orée du siècle.

Détournant le regard de la photo, Émile se redressa. Il pouvait maintenant aller se coucher.

7

Noël approchant, le domaine vivait au ralenti. Pour un temps, les hommes semblaient enfin oublier la terre, gelée en profondeur.

Émile avait d'ailleurs congédié quelques ouvriers, promettant de les reprendre au printemps. Les autres s'employaient à diverses tâches, le plus souvent à l'abri. On réparait des outils ou des machines, on refaisait des peintures, on s'occupait du bétail. Les moins chanceux se retrouvaient dehors à vérifier et réparer les clôtures, ou bien à débiter du bois dans les futaies environnantes.

Margot et Emma travaillaient ensemble à préparer la cuisine ou à entretenir les trousseaux. L'après-midi, elles faisaient des lessives ou s'installaient autour de la table de la cuisine pour coudre, rapiécer, repasser.

C'étaient pour elles autant d'occasions de bavarder. Elles y prenaient un vif plaisir, surtout depuis leur conversation au cimetière. Emma se réjouissait de ces moments d'intimité, rythmés par le tic-tac du morbier et le crépitement du feu dans l'âtre. Dans la chaleur apaisante de la cuisine, elle avait l'impression que le temps s'arrêtait, figé pour l'éternité. Le vaisselier, la grande pendule, la table et la maie, la cuisinière à bois et la grande table de chêne, qu'elle avait toujours connus au même emplacement, lui apparaissaient comme les témoins immuables de l'histoire de la famille. Ils étaient les garants de cette permanence des choses à laquelle elle était fortement attachée.

Emma se plaisait aussi à imaginer que sa mère avait vu cette pièce en l'état, qu'elle en avait gardé le souvenir au cours de ses pérégrinations, et que Maxime y avait été heureux...

Penser à ces deux figures emblématiques de son existence la ramena alors à son désir de connaître des détails de leur vie. Elle leva les yeux vers Margot, qui cousait en face d'elle avec application. Elle la dévisagea, songeant qu'elle était la mémoire vivante de la Vernières, et sans doute la seule à en connaître tous les secrets. Mais la faire parler n'était pas une entreprise facile. Plusieurs fois, déjà, depuis les premières révélations faites au cimetière, elle l'avait questionnée, mais la servante avait toujours esquivé – avec le sourire, mais fermement.

— Parle-moi, dit-elle soudain.

Margot releva la tête pour la regarder avec tendresse.

— De quoi, ma chérie ?

— Je ne sais pas, moi. De maman ? Tu as promis de me dire des choses à son sujet. J'ai tellement besoin de savoir…

Margot posa son ouvrage sur la table et fixa l'aiguille dans le tissu.

— Pourquoi veux-tu savoir ? Quel intérêt y a-t-il à réveiller le passé ? Tout ce que je pourrais te dire, tu ne l'as pas vécu. Contente-toi de ce que tu sais !

— Je t'en prie, insista Emma. Il y a comme un grand trou noir dans ma tête, et j'ai besoin de le combler.

Margot soupira.

— Ne me demande pas de te parler de ta mère. S'il y a des choses à dire sur elle, ce n'est pas à moi de te les raconter. Interroge plutôt Hippolyte. C'est ton père, tout de même !

Comme Emma ne put s'empêcher de pouffer, Margot la dévisagea, surprise.

— Pourquoi ris-tu ?

La jeune fille ne répondit pas, soutenant son regard. Au-delà du simple étonnement, la servante paraissait bel et bien inquiète. Alors Emma se résolut à biaiser.

— Pour rien. Parfois, je me demande s'il est vraiment mon père. J'ai tellement l'impression de n'avoir rien en commun avec lui…

Margot alla remettre du bois dans le foyer de la cuisinière. Elle éprouvait le besoin de réfléchir. Devait-elle dire ce qu'elle savait ? Devait-elle en rajouter au sujet de ce passé déjà si dramatique, si confus, si douloureux ? Même si elle avait décidé de quitter ce monde la conscience tranquille, elle hésitait encore. Emma méritait-elle qu'on lui infligeât la vérité ?

Margot revint s'asseoir.

— Es-tu prête à tout entendre ?

Emma planta son regard dans le sien.

— Il le faut, Margot.

La servante sortit un mouchoir et sécha les larmes qui commençaient déjà à perler.

— Par où commencer ? dit-elle après s'être mouchée. Il s'est passé tant de choses, ici, avant même ta naissance... Écoute, je ne te parlerai que de ce qui me concerne, le reste ne me regarde pas. Il faudra te débrouiller avec Hippolyte et ton grand-père.

— J'y compte bien, répliqua Emma en saisissant ses mains dans les siennes pour l'encourager.

Margot tourna les yeux vers la fenêtre, puis se lança si bien qu'Emma n'osa plus l'interrompre.

— Comme je te l'ai dit, je suis arrivée ici à l'été 1881. Ton arrière-grand-père, Jules, venait de mourir d'une vilaine maladie. Ton arrière-grand-mère, Marcelline, à la recherche d'une aide, m'embaucha. J'avais seize ans. Elle m'a alors demandé de m'occuper d'Émile, qui en avait onze. C'était un bon petit gars, plutôt gentil, mais terriblement malheureux. Marcelline se fichait de lui comme d'une guigne. Ce qui importait, pour cette femme, c'était le domaine, le travail, les rendements, les bêtes ; enfin, tout ce qui pouvait rapporter de l'argent. Elle ne manquait pas de qualités, note bien. Elle travaillait beaucoup, elle était toujours la première debout et la dernière couchée, mais elle avait un terrible défaut : elle n'aimait personne. En tout cas pas Émile, qui prit bien vite l'habitude de venir se consoler auprès de moi. Il passait son temps dans mes jupes, me suivait partout, et souvent venait me rejoindre la nuit sous prétexte qu'il avait peur et que sa mère le repoussait. J'ai accepté, puis, d'année en année, alors qu'il grandissait, eh bien… cela s'est transformé en autre chose. Vers ses seize ans, alors qu'il était devenu un beau gaillard, il est tombé amoureux de moi, et je dois dire que je n'étais pas non plus insensible à son charme. Alors je l'ai déniaisé, et l'on a fini par se fréquenter. Ça a duré jusqu'à ce qu'il rencontre Charlotte.

Secouée par les sanglots, Margot s'arrêta de parler et, ressortant son mouchoir, se moucha bruyamment. Éberluée, Emma la fixait. Margot avec Émile ? Cela paraissait si invraisemblable !

— Tu veux dire que toi et grand-père avez été amants ? demanda-t-elle sottement.

— Eh oui, ma petite fille ! Et pas qu'un peu ! Et je peux te dire qu'il était sacrément accroché à moi ! Si tu savais toutes les déclarations qu'il me faisait… C'était grâce à moi qu'il avait découvert la vie, grâce à moi qu'il était devenu un homme. Il ne l'oublierait jamais… Il voulait même se marier avec moi, c'est te dire ! Et j'avais beau lui montrer que ça n'aurait aucune chance d'arriver, que je n'étais qu'une vulgaire fille de ferme et lui, le fils d'une riche propriétaire, il insistait, en disant qu'il ferait ce qu'il voudrait et que sa mère devrait se plier à ses exigences. Il était si convaincant que j'ai moi-même fini par le croire ! Que veux-tu, je n'avais guère que cinq ans de plus que lui... Ensuite, lorsqu'il fut devenu adulte, la différence d'âge s'estompa, et j'ai commencé à rêver, moi aussi. Je sortirais enfin de ma triste condition, je serais maîtresse des lieux à ses côtés, j'aurais de beaux habits, des enfants qui auraient plus de chance que moi, ce que je sais ? Tout ce à quoi une fille de vingt ans peut prétendre quand la chance semble pointer son nez !

Emma l'écoutait, le cœur battant. Margot avec son grand-père ! Ces deux-là s'étaient donc aimés ! Elle était d'autant plus bouleversée que sa mère ne lui en avait pas parlé dans sa lettre testamentaire. Probablement l'ignorait-elle.

Emma aurait aimé faire une pause à cet instant, juste le temps de digérer cette confidence. Toutefois, sa curiosité fut la plus forte : et si ce secret en cachait d'autres, encore plus inavouables ?

— Et après ?

Margot haussa les épaules.

— La vie a remis les choses en ordre. On est restés collés l'un à l'autre jusqu'à ce qu'il rencontre ta grand-mère Charlotte. Je l'ai su le jour même, c'était lors d'une réception chez des gens de Murlin. Marcelline m'avait demandé de venir servir, et j'ai tout de suite compris en voyant les regards qu'ils échangeaient. Dès lors, je n'ai plus eu que mes yeux pour pleurer.

— Il t'a avoué tout de suite qu'il était amoureux d'elle ?

— Penses-tu ! Il a biaisé ! Et moi, pauvre gourde, je le croyais… Et puis, un soir, alors que je le harcelais de questions, il a fini par me dire la vérité. Oui, il était tombé amoureux d'elle ! Il n'y pouvait rien, mais il ne fallait pas que je m'inquiète, il prendrait toujours soin de moi, etc. À cette époque, j'ai manqué partir, mais Marcelline m'a convaincue de rester. Elle devait en avoir vraiment envie puisqu'elle m'a même augmentée !

— Mais, Émile et toi, comment vous avez fait après ?

Les yeux toujours embués, Margot sourit.

— Que veux-tu qu'on ait fait ? Lui n'avait plus qu'à vivre sa nouvelle passion, et moi, à la fermer et oublier…

Emma fît le tour de la table pour venir s'asseoir à côté de Margot. Elle l'embrassa et posa ses mains sur ses cuisses décharnées.

— Ça a dû être dur.

— Oui, j'en ai bavé. Je lui en voulais. À mes yeux, il n'était qu'un patron qui avait abusé d'une pauvre fille. Je me sentais humiliée, salie, déshonorée. D'ailleurs, cette sensation n'a jamais totalement disparu, même si je l'ai toujours cachée. Que veux-tu, je l'aimais ! Je n'avais pas compris que nos différences étaient insurmontables. Je croyais que l'amour pouvait tout, y compris bouleverser l'ordre des choses.

— Et après ?

Margot caressa la joue d'Emma.

— Tu ne crois pas que c'est suffisant pour aujourd'hui ? J'ai besoin d'un peu de tranquillité, tu comprends ?

Emma l'embrassa et se leva.

— Je file dans ma chambre. Je descendrai plus tard te donner un coup de main pour le repas.

Puis, se retournant vers Margot avant de disparaître dans l'escalier, elle ajouta :

— Merci de ta confiance.

Margot se sentait lasse, et incapable de se remettre à son ouvrage de couture tant ses mains tremblaient. Elle les posa à plat sur la table, mais cela n'y changea rien. Elle en conçut une profonde tristesse. La vieillesse faisait son œuvre, la Faucheuse rôdait.

Elle se prit à songer pour elle-même aux années qu'elle venait d'évoquer. Tout cela lui paraissait si lointain ! Pourtant, les souvenirs de ce temps et les sensations qui les accompagnaient demeuraient présents – perturbants et douloureux, aussi. On a beau vieillir, la jeunesse, avec son cortège de rires, de légèreté et d'insouciance est toujours là, enracinée en soi. Margot aurait tant voulu oublier ces instants de bonheur…

Oui, elle avait été heureuse avec Émile. Elle se revoyait avec lui, s'aimant çà et là dans le domaine, le jour ou la nuit, au gré de leur désir. Toujours imaginatifs pour échapper à la curiosité des autres et à la vigilance de Marcelline, la reine mère, qui n'aurait pas supporté que son fils se commît avec une employée.

À l'époque, Émile était bien plus aventureux qu'elle. Combien de fois ne l'avait-il pas entraînée dans des étreintes passionnées au nez et à la barbe de sa mère et du personnel, vivant cela comme un défi ? Et Margoton, comme il la nommait, de le suivre les yeux fermés, uniquement préoccupée par sa passion et le rêve fou d'échapper à sa condition. Quelle gourde elle avait été !

Elle se leva pour se verser un café, certaine qu'elle mourrait avec cette blessure d'amour-propre. Dominant le tremblement de ses mains, elle réussit à remplir un bol sans en renverser et le ramena à table.

Émile… Pour lui en vouloir, elle lui en voulait ! Il lui avait trop menti, sans compter la manière humiliante dont il l'avait rejetée après avoir rencontré Charlotte. De ce jour, sa rancune n'avait jamais faibli, se nourrissant d'elle-même, au contraire, au fil des années, jusqu'à se muer en haine. Il y avait de quoi : Émile lui avait volé à la fois sa virginité, ses rêves et ses ambitions, trop de trésors pour que son geste restât impuni.

Après avoir avalé une gorgée de café, elle reposa vivement son bol, trop chaud. Jetant un coup d'œil à la pendule, elle s'étonna qu'il fût déjà si tard. Il fallait songer à se remettre au travail, le dîner n'allait pas se faire tout seul. Pourtant, elle ne bougea pas, jugeant qu'elle pouvait s'octroyer quelques minutes encore. Ah! Émile… Elle n'en avait pas fini avec lui. Aujourd'hui, elle se sentait prête à solder le passé. Il devait payer. C'est pourquoi elle avait fait ses confidences à Emma, avant les suivantes, plus tard, encore plus horribles. Elle dirait la vérité, à sa manière, par bribes. Elle serait le vent et la pluie qui, sans hâte, érodent la falaise. Puis le destin ferait son œuvre.

Emma était trop bouleversée pour demeurer dans sa chambre. Il lui fallait bouger, faire quelque chose qui lui permît d'oublier la répulsion que lui inspirait Émile, de se laver de toute la vilenie de cet homme qui lui collait à la peau comme la souillure du fumier.

Les confidences de Margot avaient révélé un pan de la personnalité d'Émile qui le noircissait davantage encore à ses yeux. Cherchant une échappatoire à la nausée que lui inspirait tant de laideur, elle se précipita au grenier, avide de lire quelques lignes de sa mère. Elle trouverait là sans doute un peu d'amour, de beauté et d'émotion qui viendraient compenser l'horreur de son quotidien.

Ma fille chérie,

Ce soir, je suis seule, délicieusement seule, égoïstement. Pourquoi aimé-je tant la solitude ? Je ne sais. Elle m'est chère comme une présence, aussi chère que celle de Mario, que tu connais déjà.

C'est le seul moment où je puis lui parler, seule à seul. Lui ouvrir mon cœur, lui livrer mon âme. Il me semble que nous lisons dans le même livre, celui de notre vie, qui pourtant ne s'ouvrira jamais... Nos deux visages sont tout près l'un de l'autre. Je sens son souffle sur mes lèvres, je vois ses chers yeux proches des miens. Sa bouche frôlant la mienne. Solitaire, je l'ai enfin à moi. Je l'aime follement, mais jamais il ne le saura. Je ne peux le dire qu'au divin silence qui palpite comme une aile autour de moi, à la divine nuit fraîche et douce qui me caresse et m'enveloppe. Et à toi, ma fille chérie. Eh oui ! Dire qu'un jour, ce parfum délicieux d'amour ne sera plus qu'un de ces rêves anciens auxquels on songe les yeux fermés. Pourquoi ? Pourquoi ? Est-ce que je sais si Mario ne m'aimera pas toujours ? Pourquoi douter ainsi ? Je ne peux pas songer à la fin de mon rêve. Mario m'aimera... Il m'aimera. Serait-ce possible qu'un jour ses douces lèvres ne cherchent plus les miennes, que ses yeux caressants n'aient plus de tendresse pour moi ? Ah ! cela n'est pas possible, parce que de toute ma volonté je le garderai, ce doux amour.

Je prie pour qu'il ne me croie pas. Pour que son cœur n'écoute pas ce que je lui dis de trop sage, pour que son regard cherche en mes yeux tout ce qui y vit de passion pour lui. J'ai soif de la vie fraîche comme une eau pure, et je ne veux pas la voir couler entre mes doigts. Je tends ma bouche vers elle pour la boire, la savourer...

Pourtant, je m'éloigne de lui, mes yeux se détournent des siens, et je ne peux plus que le railler parce que, sinon, ma tête se poserait sur son épaule, mon regard se perdrait dans le sien... Eh oui ! il va falloir nous quitter un jour prochain. Je le sais déjà, même si lui l'ignore encore. Il ne me restera plus alors que ma solitude pour avoir la sensation de le voir... près de moi. Il sera sans doute endormi. Son visage sera reposé, ses yeux clos, et sa bouche ne laissera passer qu'un souffle léger. Il rêvera, et moi, à genoux auprès de lui, je poserai mes lèvres sur sa main hâlée. Sans l'éveiller...

Pardon, ma petite Emma, de te prendre ainsi à témoin de mes émois amoureux, mais tu es bien la seule à qui je puisse les confier. Oh ! comme je préférerais que tu fusses là pour m'écouter, et ce soir, peut-être, pour me consoler.

Je t'en prie, ma chérie, promets-moi, même si nous ne devons jamais nous revoir, de venir mettre un jour tes pas dans les miens. De vibrer à tant de beauté et de munificence. D'écouter l'écho de mes pensées entre ces murs. De sentir battre mon cœur contre le tien. De m'aimer bien que je t'aie abandonnée. Je t'aime.

Maman.

— Oui, je te le promets, murmura Emma en rangeant la lettre. Un jour, je découvrirai les lieux que tu as habités. Mais je te promets aussi que je ne le ferai qu'en t'ayant vengée.

Pendant qu'elle prononçait ces mots, elle entendait une petite voix intérieure lui dire qu'elle n'était qu'une bécassine de paysanne, pas une aventurière. Une femme seule qui, une fois en bas, devrait de nouveau affronter son triste quotidien, supporter la vue des monstres qui l'entouraient, et mentir.

Elle se leva, rageuse. Quand donc parviendrait-elle à se libérer de ses chaînes ? Laissant la question sans réponse, elle gagna le palier et descendit rejoindre Margot…

Ce 24 décembre, la neige était tombée à gros flocons dès l'aurore. Comme le sol était gelé depuis plusieurs jours, elle avait tenu, recouvrant le sol d'une couche épaisse. Lorsque Emma s'éveilla, elle découvrit un paysage blême et laiteux, qui se confondait au lointain avec la grisaille du ciel. L'impatience de sortir la prit. Comme naguère, à l'école communale, cette substance, à la fois si légère et si compacte, l'attirait. Elle avait envie d'entendre la neige craquer sous ses pas, de faire des boules et de les jeter au loin en sentant la morsure du froid sur ses mains. Comme lorsqu'elle était gamine, elle lèverait les yeux vers le ciel avec l'espoir d'apercevoir le père Noël surgissant des nuages, assis à l'avant de son traîneau.

Après sa toilette, elle s'habilla promptement et dévala l'escalier. S'arrêtant à peine pour embrasser Margot, elle sortit et courut dans le champ qui s'étendait devant la demeure. Peu lui importaient le froid, les flocons poussés par le vent d'est qui lui fouettaient le visage et la monotonie blafarde du paysage. Elle était heureuse.

Tandis qu'elle s'éloignait vers un bosquet d'arbres décharnés, laissant derrière elle la trace profonde de ses godillots, Hippolyte la regardait de sa fenêtre, avec envie et rancœur. Comment cette gamine faisait-elle pour être si affranchie, libre et joyeuse ? Son étonnement le plongea dans une profonde perplexité. Il aurait dû la comprendre, se réjouir avec elle de ces premières neiges, la rejoindre pour faire une bataille de boules avec elle, mais, au lieu de cela, il demeurait là, derrière la vitre, à envier son enthousiasme.

Rebuté par ses réflexions, il boitilla jusqu'à son lit et s'assit. La perspective de descendre ne l'enchantait guère. Depuis l'avant-veille, alors qu'il avait recommencé à marcher, il s'y était refusé, effrayé à l'idée de devoir affronter le regard des autres, et surtout celui de son père, qu'il n'avait pas encore revu, mais avec lequel, il le savait, l'explication serait explosive.

Depuis des jours, pour mieux développer ses arguments, il retournait dans sa tête ce qu'Émile lui reprocherait… Ce ne serait pas suffisant, il le savait. Les mots étaient une chose ; le regard, la présence physique, en était une autre. De ce point de vue, il savait ne pas faire le poids face à Émile.

Lui revint à l'esprit une bagarre qui avait éclaté dans sa tranchée du chemin des Dames, juste avant un engagement, entre un lieutenant tout juste sorti de son école d'officiers et un sans-grade, le visage constellé de cicatrices infligées par des éclats d'obus. Alors que tout donnait l'avantage à l'officier, plus fringant, plus fort, beau parleur, l'issue du combat avait été inattendue. Par on ne sait quel miracle, le bidasse, dépenaillé, boueux et malingre, avait eu le dernier mot, rien qu'en plongeant son regard dans celui de l'autre. D'où il se trouvait, Hippolyte avait eu le loisir d'observer ses yeux : des yeux bleus, teintés de gris, aussi percutants que cent canons ! Comme ceux de son père.

Emma avait raison. Il devait l'affronter sans plus attendre. La gorge nouée, il se leva et descendit.

Émile pénétra dans l'écurie. Il se sentait bien : il aimait le froid piquant de l'hiver, la campagne recouverte par la neige, le calme alentour. C'était sa saison préférée. Quand il était gamin, elle annonçait Noël et ses cadeaux, les réunions de famille, la messe à l'église de Narcy, où tout le monde se congratulait. Même sa mère, d'habitude si taciturne, retrouvait le sourire à cette période de l'année.

Il se rappela le traîneau que Jules, son père, lui avait offert un soir de réveillon – il devait avoir une dizaine d'années –, et la joie et la fierté qu'il avait éprouvées, surtout quand ce dernier lui avait confié l'avoir fabriqué de ses propres mains, en cachette.

Émile avait toujours conservé et jalousement entretenu ce traîneau, comme la preuve irréfutable de l'amour paternel. De sa mère, il ne subsistait rien, sinon la certitude qu'elle l'avait détesté. Pour lui, Marcelline signifiait le vide, l'absence, la distance. Dans son souvenir, elle survivait comme un monstre froid, culpabilisateur et méprisant.

Comme il caressait Pauline, une jument prometteuse, ces pensées empreintes de tristesse et de nostalgie s'évanouirent. L'animal paraissait nerveux, frappant sans arrêt le sol de sa patte arrière droite. Émile lui chuchota quelques mots tendres à l'oreille, caressant son chanfrein, puis il la repoussa doucement vers le fond de l'enclos pour changer la litière. Ensuite, il remplit l'auge d'avoine et sortit nettoyer l'allée centrale donnant accès aux box.

Passant devant la porte de l'écurie, grande ouverte, il jeta un regard vers l'extérieur, et aperçut Emma dans le champ. Elle allait et venait, se penchait pour ramasser de la neige qu'elle roulait en boules avant de les lancer au loin. La pensée lui vint qu'il aurait aimé l'avoir eue comme fille à la place de ses deux fils.

À cette réflexion, sa colère à l'égard d'Hippolyte se réveilla. Maintenant qu'il marchait de nouveau, c'était le moment de lui dire ses quatre vérités et de mettre à exécution ce qu'il avait décidé. Feignasse, râleur, ivrogne, Hippolyte n'avait plus sa place à la ferme. Il lui imposerait de trouver un emploi ailleurs durant la journée. Afin de faciliter les choses, il était même prêt à lui donner un complément de salaire pour qu'il ne soit pas perdant.

Qu'il revînt le soir dormir à la ferme ne le gênait pas. Comme ils se voyaient peu en temps ordinaire, cela ne changerait pas grand-chose. Quant au surcroît de travail que cela ne manquerait pas d'entraîner, Émile n'était pas inquiet : il le répartirait sur l'ensemble des ouvriers.

Cette décision, qu'il avait mûrie au cours des derniers jours, ne lui coûtait guère. Il n'éprouvait plus rien pour ce raté, à peine une vague compassion. Or, si sa décision était irrévocable, il désirait néanmoins obtenir l'accord d'Emma. Peut-être était-elle plus attachée à Hippolyte qu'il ne le supposait, qui sait ?

Il l'appela donc. Emma se retourna, marqua un temps d'hésitation puis vint à sa rencontre. Emmitouflée dans une veste trop grande pour elle, une longue écharpe autour du cou, elle ressemblait à une pauvrette, malheureuse et abandonnée. Il l'embrassa.

— Il fait meilleur ici, dit-elle en pénétrant dans l'écurie. Tu voulais me parler ?

La prenant par l'épaule, Émile l'entraîna à l'intérieur, où la température était encore plus clémente. Emma s'approcha de Phénix. L'animal exhalait un souffle chaud et réconfortant. Elle lui caressa machinalement le chanfrein.

— Oui, commença-t-il d'un ton hésitant, je voulais te parler de la décision que j'ai prise il y a quelques jours.

Elle se tourna vers lui, le regard amusé.

— Tu sembles bien embarrassé ! C'est donc si important que ça ?

Cette manière de le questionner d'un ton détaché, mais direct, accentua le malaise d'Émile. Emma l'impressionnait, le déstabilisait. Face à elle, il éprouvait la même confusion que naguère devant sa mère.

— À vrai dire, il s'agit d'Hippolyte. Pour parler franc, je ne supporte plus ses conneries.

Elle éclata de rire.

— Si tu veux dire qu'il t'exaspère, ce n'est pas une révélation !

— Je sais, mais cette fois-ci la coupe est pleine. Qu'il aille voir les filles, je peux le comprendre ; qu'il bousille ma voiture, passe encore ; qu'il boive, ça le regarde ; mais qu'il ne fiche plus rien, ça, non ! Je ne le tolère plus !

— Ça m'agace tout autant que toi.

— Tant mieux ! s'exclama Émile, soudain soulagé, car je vais lui proposer d'aller travailler ailleurs.

Dissimulant sa jubilation, Emma s'adossa au mur du box, les poings enfoncés dans les poches. Ainsi, la brèche entre les deux hommes s'élargissait encore un peu plus. Restait à attiser le ressentiment d'Émile envers Hippolyte, et la confrontation serait inévitable.

— Pourquoi aurais-je à y redire ? lâcha-t-elle avec une feinte indifférence. Je fais le même constat que toi : il est devenu inutile. Peut-être qu'en travaillant ailleurs il retrouvera un peu de gaîté et de cœur à l'ouvrage ?

— Tu es d'accord, alors ?

— Tout à fait. Étant entendu qu'il continuera à habiter à la ferme.

— Bien sûr ! J'ai même l'idée de le dédommager pour...

— Quoi ? s'exclama Emma. Tu vas lui donner de l'argent, alors qu'il n'a rien fait pour le mériter ? Donne-le au moins à ceux qui travaillent ! Tous les employés ici le mériteraient plus que lui...

Émile garda le silence, désarçonné par la réaction de la jeune fille, tellement plus radicale que lui. Il s'approcha du porche, grand ouvert, tournant le dos à Emma. Il n'en revenait pas. Lui qui se croyait sans pitié...

— Tu ne lui donnerais rien ? demanda-t-il, fasciné par le paysage neigeux.

— Évidemment ! Il n'a qu'à se débrouiller ! Tu ne vas quand même pas lui offrir une prime pour sa paresse ?

— J'avais seulement en tête de lui faciliter la vie pour qu'il accepte plus facilement ma décision.

— Tu fais comme tu veux, mais je ne pense pas que ce soit la bonne manière. Tu veux que je lui en parle ?

— Non, je vais m'en occuper moi-même ! répliqua vivement Émile.

Emma se détacha du mur pour se diriger vers la sortie. Elle marqua un temps d'arrêt en passant devant son grand-père.

— Je préfère ne pas être là quand vous vous expliquerez. Je repasserai tout à l'heure. En attendant, je vais faire un tour.

Impatiente de se retrouver seule, elle fit quelques pas en direction du champ enneigé.

Dans la cuisine, Hippolyte sirotait son café. Il n'avait rien mangé. La pensée d'avaler quelque chose l'écœurait tant il avait peur. Affronter son père lui semblait au-dessus de ses forces, et sa gorge lui paraissait si nouée qu'il ne se sentait pas capable d'articuler deux mots.

Alors, pour se distraire de son angoisse et se détendre, il observa Margot, qui s'affairait sans lui prêter attention. Il admirait ses gestes, rapides et précis, cette façon qu'elle avait d'économiser son énergie en effectuant ses tâches à un rythme toujours égal.

Malgré ses soixante-dix ans, elle paraissait encore suffisamment vaillante pour en remontrer aux plus jeunes. Pourtant, songea-t-il, Dieu sait combien elle avait abattu de travail ! Depuis qu'il était gamin, il l'avait toujours vue dans cette cuisine, passant de la préparation des repas à la lessive, nettoyant, frottant, récurant, sans jamais se plaindre. Silencieuse, aussi. Rarement donnait-elle un avis sans qu'on le lui eût demandé. Tout juste se contentait-elle de morigéner l'un ou l'autre quand il arrivait en retard aux repas ou ne la complimentait pas pour la qualité de ses plats.

Hippolyte n'avait jamais entretenu de rapports chaleureux avec elle, comme Maxime naguère, ou Emma aujourd'hui. Ils étaient demeurés étrangers l'un à l'autre, se contentant d'échanger des propos sans intérêt.

Quand il était plus jeune, elle lui avait certes témoigné quelque affection en le mettant en garde contre telle ou telle de ses bêtises, en le défendant contre les excès d'autorité d'Émile ou de sa grand-mère Marcelline, dont il se rappelait qu'elle ne l'appréciait guère. Mais à mesure qu'il avait grandi, elle s'était éloignée de lui jusqu'à l'ignorer, au point qu'il lui avait parfois semblé qu'elle le méprisait. Ils n'en avaient jamais discuté, mais il était certain qu'elle lui avait préféré Maxime, toujours exubérant, souriant et risque-tout – tout son contraire. Lui, la peur ne l'avait jamais quitté depuis l'enfance, depuis la mort prématurée de sa mère, pensait-il. Ensuite, sa mélancolie s'était aggravée au fil des années, au point qu'il avait fini par craindre tout le monde. Et la guerre n'avait rien arrangé… Avec ses tranchées, ses cortèges de morts, le fracas des armes, l'obscurité, les odeurs mêlées de terre, de sueur et de sang, il avait connu l'effroi qui fait vomir tripes et boyaux. À son retour, la peur s'était quelque peu estompée, jusqu'au jour où…

Refusant de penser à ces événements dramatiques, il avalait une énième gorgée de café, lorsque Margot rompit le silence.

— Sors donc marcher un peu, cela te ferait du bien.

— Je ne vais pas tarder, répondit-il, il faut que je voie Émile.

— Ah ! J'espère que ça se passera bien.

— Il n'y a pas de raison. Je veux juste lui dire que je vais reprendre le boulot.

Margot mit une bûche dans le foyer de la cuisinière et jeta dans une poêle les oignons qu'elle venait d'émincer. Tandis qu'elle les remuait avec une cuillère en bois, elle reprit :

— Je ne veux pas t'effrayer, mais je connais ton père. Prépare-toi à ce qu'il te passe une sacrée avoinée !

Hippolyte sentit son ventre se nouer. Sûr, il n'allait pas le féliciter, mais ce ne serait ni la première ni la dernière fois ! Il y avait tant de ressentiment entre eux, tant de violence, aussi, de jalousie et de secrets morbides…

Désireux de gagner un peu de temps, Hippolyte se roula une cigarette.

— Je voudrais tellement que tout s'apaise entre nous, lâcha-t-il.

Margot, qui lui tournait le dos, haussa les épaules.

— Ça, mon garçon, ce sont des vœux pieux. J'ai trop vécu pour croire à de telles fadaises. Quand ça commence mal, c'est pour la vie !

— Mais bon Dieu ! s'exclama Hippolyte, soudain en colère, je ne lui ai rien fait ! Je n'ai pas été un plus mauvais fils que Maxime ! J'ai même toujours fait ce qu'il souhaitait !

Margot retira la poêle de la cuisinière et la posa près de l'évier. Une agréable odeur d'oignons grillés emplissait la pièce. Elle s'assit à la table.

— Écoute-moi bien, dit-elle en baissant la voix. Il ne s'agit pas de savoir si tu as été un bon garçon et un bon fils. Tu n'as été ni pire ni meilleur qu'un autre. Ce qui compte, dans la vie, c'est l'amour qu'un parent se découvre pour son enfant au moment de la naissance : il est là ou il ne l'est pas, il n'y a pas d'explication. Un père ou une mère peut détester son enfant, et un enfant peut haïr ses parents, sans qu'on sache trop pourquoi. Crois-tu que l'amour soit une chose naturelle, qui existe d'emblée ?

Très étonné, Hippolyte dévisagea Margot. C'était bien la première fois qu'il l'entendait lui débiter un si long discours.

— Moi, je l'ai toujours aimé, dit-il.

D'un geste inhabituel, Margot posa sa main sur celle d'Hippolyte.

— On se fiche que tu l'aies aimé, mon garçon. L'important, c'est ce que lui a ressenti dans son cœur quand tu es né, et depuis. Et je crains fort que ce ne soit pas de l'amour…

Hippolyte éprouva une soudaine envie de pleurer. Cette évidence, si simple, si vraie, lui avait fait l'effet d'une gifle.

— Ce n'est pas juste…

Margot ramassa les bols et les couverts qui traînaient sur la table, puis les porta à l'évier pour les laver.

— Il y a tellement de choses qui ne sont pas justes en ce monde, dit-elle d'un ton navré. Oui, tellement…

Hippolyte éteignit sa cigarette, se leva, s'approcha de Margot et l'embrassa.

— Toi non plus, on ne t'a pas aimée ?

Margot esquissa un sourire.

— Certains, oui ; d'autres, non… Je n'ai pas eu à me plaindre.

Hippolyte se dirigea vers la porte en boitillant.

— J'ai eu cette chance, dit-il. Jeanne m'a aimé. Maxime aussi, peut-être. Emma, parfois. Ça équilibre les choses.

Adressant un sourire à Margot, il enfila une veste et sortit. Par la fenêtre au-dessus de l'évier, la servante le suivait des yeux. Hésitant, il regarda autour de lui avant de prendre le chemin de la mare.

— Pauvre garçon, murmura-t-elle au bord de pleurer à son tour.

Hippolyte s'approcha d'Emma, qui lançait des cailloux sur la surface gelée du plan d'eau. Elle le salua d'un hochement de tête.

— Ça va mieux, on dirait.

— Oui. J'ai encore un peu mal quand je marche, mais ça passera. Tu es là depuis un bon moment, non ? Tu n'as pas froid ?

— Depuis quand tu te préoccupes de moi ? répondit-elle, étonnée.

Hippolyte sourit.

— J'ai envie de savoir comment tu vas, voilà tout !

— Bien ! répliqua-t-elle avec vivacité.

La soudaine gentillesse d'Hippolyte la mettait mal à l'aise. Ce n'était pas le moment…

— Et toi ? reprit-elle. Qu'est-ce que tu fais ?

— Je vais parler avec le vieux, tu sais où il est ?

— Où veux-tu qu'il soit ? À l'écurie, en train de faire des mamours à ses canassons !

Hippolyte se baissa et, ramassant de la neige, en fît une boule.

— Au moins, il a une passion. Ce n'est pas comme moi…

— Tu parles ! Dans sa vie, il aura caressé plus de chevaux que de femmes !

Hippolyte jeta la boule de neige au loin sur la glace.

— Je te trouve bien sévère à son égard. D'habitude, tu es plus tolérante, surtout quand il te fait miroiter un bel avenir ici…

Emma ne répondit rien. Hippolyte était si prévisible ! Immanquablement, il allait se répandre en reproches jaloux, lui rappeler que c'était lui l'héritier, etc. Surpris par le silence de sa fille, Hippolyte reprit :

— Tu vois, tu ne réponds rien. Tu sais que j'ai raison. Tu t'es arrangée pour m'écarter de lui, c'est ça, hein ?

Réprimant difficilement son irritation, Emma le fixait.

— Tu m'énerves. Je me fous de prendre ta place. Ce serait bien inutile, d'ailleurs, puisque tu n'en as plus aucune ici !

Sur ces mots, elle tourna les talons et s'éloigna en direction de la ferme, se fichant bien désormais de ce qui pourrait arriver.

Hippolyte ne chercha pas à la retenir. À quoi bon ? L'hostilité d'Emma à son égard était bien trop forte. D'ailleurs, il n'avait pas envie que leurs relations s'améliorent. Trop de non-dits, de mensonges, de haines ressassées et de rendez-vous manqués les séparaient. Pourtant, et ce n'était pas la moindre de ses contradictions, il avait toujours eu la conviction de l'aimer, dès sa venue au monde. Il se rappelait avec précision ces premiers instants – il se trouvait alors encore au front – où, apprenant par une lettre de Jeanne que sa fille était née, il s'était juré d'être un bon père et de la protéger jusqu'à son dernier souffle.

Cependant, ne s'était-il pas leurré en se faisant cette promesse ? Ne l'avait-il pas faite uniquement pour exorciser sa peur de mourir ? Pour se conformer à la superstition commune à tous les combattants, selon laquelle un père ne peut disparaître sous les obus si son enfant vient de naître ?

Il avança en direction de la ferme. Où était l'amour, dans tout ça ? songea-t-il. Un sentiment de tristesse l'étreignit. Décidément, il aurait tout raté. Il suivit du regard le vol d'un corbeau tournoyant dans le ciel de manière inhabituelle. C'est drôle ! se dit-il. Voilà qu'il se prend pour une buse, celui-là !

Une fois dans l'écurie, il fut surpris par l'obscurité qui tranchait avec la vive lumière du jour. Il se sentit vaguement écœuré par l'odeur acide de fumier.

Émile était dans le box de Valentine. Il s'approcha.

— Ah ! te voilà, toi ! lança son père tout en continuant à étaler de la paille dans l'enclos. Tu dois être reposé, depuis le temps que tu te prélasses…

Hippolyte ne répliqua pas. Fatigué par sa jambe douloureuse, il s'accouda au muret.

— Je veux reprendre le boulot, dit-il. Je venais voir ce qu'il y avait à faire.

Émile prit appui sur sa fourche et le dévisagea, un sourire méprisant aux lèvres.

— Je ne veux plus que tu travailles ici.

Décontenancé, Hippolyte s'approcha de la porte du box.

— Comment ça ? Tu me vires ?

— Tu as bien compris, répliqua Émile en reprenant son travail.

Hippolyte ricana, l'angoisse au ventre. C'était impossible ! Son propre père ne pouvait pas l'éconduire comme un vulgaire saisonnier.

— Tu plaisantes, j'espère ? Je suis ton fils. Tu ne peux pas me renvoyer comme ça, j'ai des droits, ici !

Interrompant son travail, Émile le fixa de nouveau.

— Des droits ? Tu me fais rigoler! Tu n'en as aucun, juste celui de fermer ta gueule et de déguerpir.

Hippolyte émit un petit rire bref, comme s'il se fût agi d'une plaisanterie.

— Ben voyons, pourquoi se gêner ? C'est simple, tu me dégages et je m'en vais ? Non, mais tu te crois où ? Il n'en est pas question ! Je suis ici chez moi, et tu ne pourras pas me déloger !

Émile ne se démonta pas. Il s'attendait à une telle résistance. Remplissant l'auge d'avoine, il ajouta :

— Oh, ne te fais pas de bile, tu pourras toujours habiter ici. J'ai même prévu de te donner un peu d'argent pour te faciliter les choses. Tu vois, il n'y a pas de quoi fouetter un chat !

Ulcéré par la désinvolture de son père, Hippolyte pénétra alors dans le box en se précipitant sur lui. Le saisissant au cou, il le plaqua contre le mur. Valentine, effrayée, commençait à hennir et à battre le sol de violents coups de sabot.

— Tu n'es qu'une ordure ! s'écria Hippolyte. Quand je pense à toutes ces fois où j'ai fermé ma gueule sur tes saloperies, à toutes ces couleuvres qu'il m'a fallu avaler pour toi ! Je vais te tuer, tu m'entends ?

— Tu crois que tu me fais peur ? répliqua Émile en le repoussant violemment. J'en ai maté des plus coriaces que toi, va !

Déséquilibré, Hippolyte bouscula Valentine, qui le renvoya brutalement contre le mur. De son côté, emporté par son élan, Émile chuta sur le sol. Voyant la jument qui lançait maintenant des ruades en hennissant, il se releva et, s'accrochant à la bride, tenta de la calmer.

— Fous le camp d'ici ! cria-t-il à Hippolyte. Elle va nous tuer !

Le dos douloureux, Hippolyte se releva péniblement. Ignorant l'avertissement de son père, il avançait vers lui en le couvrant d'injures. Il n'avait plus peur, désormais. Ce père pour lequel il s'était tant renié lui-même, il allait le tuer, là, dans cette fange animale et puante qui lui ressemblait, et ainsi se venger de toutes ses humiliations, de ses peurs, de ses complexes. En poussant un cri guttural libérateur, il se jeta sur Émile.

Emma coupait du bois pour Margot dans l'appentis. Alertée par les hennissements furieux de la jument, elle se précipita vers l'écurie.

Arrivée devant le box de Valentine, elle ouvrit. Émile et Hippolyte étaient aux prises, tandis que la jument, affolée, piétinait rageusement le sol. Bouleversée par cette scène de brutalité, par les vociférations des hommes et le souffle rauque de l'animal furieux, Emma oublia tout en une seconde : sa haine, ses préventions, ses ressentiments. Attrapant les brides, elle s'y pendit de tout son poids pour obliger Valentine à incliner la tête.

— Arrêtez ! hurla-t-elle. On va tous se faire tuer !

Mais les deux hommes, emportés par la haine, n'entendaient plus rien. Roulant sur le sol, ils échangeaient des coups de poing en s'injuriant. Couverts de paille et de purin, le visage tuméfié et sanguinolent, chacun tentait d'avoir le dessus.

Comprenant qu'elle ne pourrait interrompre le combat, Emma tira Valentine vers l'extérieur de l'enclos. Paniquée, la jument piaffait, se déplaçant comme elle le pouvait pour éviter les deux adversaires.

Profitant d'un moment où les deux hommes se trouvaient dans un recoin du box, Emma parvint à attirer la jument vers la porte, quand celle-ci lança une dernière ruade. Atteint de plein fouet au visage, Hippolyte fut projeté d'un coup contre le mur, au pied duquel il s'affaissa.

Témoin de la scène, Émile poussa un cri d'effroi, puis s'affala à son tour sur le sol, exténué.

8

Tout à son effort pour entraîner Valentine vers la sortie, Emma ne s'était aperçue de rien. C'est à son retour dans le box qu'elle découvrit l'horrible spectacle. Recroquevillé sur lui-même, défiguré, les vêtements déchirés, couverts de saletés, Hippolyte gisait dans la paille. À ses côtés, Émile pleurait.

— Il est mort ?

Émile acquiesça d'un hochement de tête. Pourtant, elle se pencha sur le cadavre comme pour une ultime confirmation. La partie supérieure du crâne, à moitié fracassée, laissait apparaître ici et là des lambeaux de cervelle : les yeux disparaissaient à moitié sous un amas de peau gonflée et tuméfiée : la mâchoire inférieure, déboîtée, pendait de travers, dessinant une bouche démesurément ouverte, comme si Hippolyte poussait un long cri muet.

Prise d'une violente nausée, Emma vomit sur le corps sans vie. Malgré son désir de fuir, elle ne parvenait pas à se relever. Le ventre secoué de spasmes violents, elle continuait d'évacuer sa bile.

Quand elle se fut un peu calmée, elle se tourna vers Émile, affalé à côté d'elle. Des larmes coulaient le long de ses joues tuméfiées et se mélangeaient au sang de ses blessures.

— Ce n'est pas de ma faute, dit-il, éploré.

Ses pleurnichements réveillèrent la colère d'Emma.

— Cesse de geindre comme un gamin ! lui lança-t-elle en se relevant. Tu ferais mieux de te secouer et de penser aux conséquences de tes actes !

— Je t'en prie, répondit-il en tendant la main vers elle, ne me laisse pas ! Je t'assure, je ne voulais pas, mais…

— On se contrefiche de tes regrets ! répliqua-t-elle. Il est trop tard, maintenant, il vaudrait mieux réfléchir à ce qu'on va faire.

Sortie de l'écurie, elle se dirigea vers le champ. Le froid était mordant. De lourds nuages gris obscurcissaient l'horizon. Peut-être allait-il neiger de nouveau ? Elle marcha droit devant elle, forçant le pas, pour oublier, ne serait-ce qu'un instant, le cadavre désarticulé d'Hippolyte, le sang maculant les murs du box, les odeurs mêlées de sueur animale et de purin dont elle se sentait imprégnée.

Suivant les traces de Valentine, qui couraient le long de la haie – sans doute était-elle partie vers les Tuileries –, Emma avança, grelottant, seulement préoccupée de mettre un pied devant l'autre et décidée à ne revenir que lorsqu'elle aurait recouvré un peu de lucidité.

Émile s'était relevé avec difficulté. Son corps et son visage couverts d'ecchymoses le faisaient souffrir. Il était décidé à agir. Les propos d'Emma l'avaient douché et incité à bouger.

Elle avait raison, rien ne servait de pleurer ! Il lui fallait maintenant s'assurer qu'Emma et lui donneraient aux gendarmes la même version du drame, si d'aventure une enquête était ouverte. En tout cas, il n'était pas question de raconter qu'il s'était battu avec Hippolyte, cela engagerait sa responsabilité. Tout cela devait être présenté comme un accident. Rien ne devait venir ternir sa réputation.

Il sortit, sans jeter un regard au cadavre de son fils. À quoi bon s'émouvoir sur ce petit salaud qui avait voulu le tuer ? Et puis, s'il y était passé, ce n'était qu'un hasard ! Émile aurait très bien pu être la victime.

Franchissant le porche, il s'arrêta sur le seuil pour s'accoutumer à la lumière. Il jeta un regard alentour dans l'espoir d'apercevoir Emma. Ne la voyant pas, il fit quelques pas en direction de la mare, réfléchissant aux dispositions qu'il devait prendre. D'abord, s'assurer que, hormis Emma et lui, personne n'avait été témoin de la scène. Ensuite, accréditer l'idée qu'il s'agissait là d'un accident. Déjà, l'histoire prenait corps dans son esprit : Hippolyte était entré dans le box de Valentine. Pour une raison inexpliquée, il avait alors mis la jument en furie, laquelle lui avait balancé un coup de sabot mortel. À cet instant, Émile se trouvait sous l'auvent, de l'autre côté du bâtiment, pour y prendre un ballot de paille. Alerté par les hennissements de l'animal, il s'était précipité à l'écurie en même temps qu'Emma, pour voir ce qui s'y passait. Et c'est là qu'ils avaient découvert le cadavre...

Tout cela se tenait parfaitement – à deux détails près, il en avait conscience. Il lui faudrait justifier ses propres blessures, difficilement imputables à la jument, et, surtout, Emma et Margot devraient valider sa version.

De retour à la ferme, Émile gagna directement sa chambre en évitant la cuisine, où il risquait de croiser Margot. Il se déshabilla puis fit le recensement de ses blessures devant la psyché. Deux d'entre elles étaient difficiles à masquer : au visage, sa lèvre inférieure et l'arcade droite étaient enflées. En revanche, la longue estafilade qui courait sur sa cuisse droite serait aisément dissimulée. Les autres marques de lutte, quelques hématomes et contusions sur le corps, disparaîtraient quant à elles assez vite.

Jugeant qu'il n'y avait là rien de dramatique, Émile décida d'aller chercher le médecin lui-même, ce qui lui permettrait de tester son alibi : il avait fait le coup de poing, la veille au soir, dans un troquet de Donzy... Puis il nettoya ses plaies avec un antiseptique et confectionna un pansement sur la blessure à la cuisse. Dur à la douleur, il réprima néanmoins quelques gémissements, surtout quand il lui fallut enfiler son pantalon.

Lorsqu'il fut habillé, il se planta à nouveau devant le miroir : excepté son visage tuméfié, tout semblait à peu près normal.

Satisfait, il se versa alors une petite prune, qu'il avala d'un coup. Cela le réconforta et lui fit voir avec optimisme sa prochaine discussion avec Emma et Margot. Son histoire se tenait, et il se faisait fort de la leur imposer.

Il s'apprêtait à sortir quand la porte s'ouvrit à toute volée sur Emma. Émile sursauta, mais se reprit aussitôt.

— Bon Dieu ! D'où tu sors ?

— J'ai fait un tour et j'ai ramené Valentine, répliqua-t-elle en refermant. Je l'ai mise avec Pauline, en attendant.

— Tu as bien fait.

Elle s'affala dans le fauteuil. La longue promenade qu'elle venait de faire l'avait épuisée. Il se regarda encore dans la psyché, inquiet de savoir si les hématomes au visage avaient encore gonflé.

— Tu… tu es allée revoir Hippolyte ?

— Non.

Comprenant que la jeune fille souhaitait rester là, il se resservit une prune.

— Donne-m'en une ! lui demanda-t-elle. J'ai besoin de me réchauffer.

Il lui apporta son verre et alla s'asseoir à son bureau.

— Qu'a dit Margot ?

— Je ne l'ai pas encore vue. J'ai préféré aller me promener, ça m'a permis de réfléchir.

Émile hocha la tête. Mieux valait caler son histoire avec Emma avant d'aller sonner le tocsin, se dit-il.

— Et alors ?

Emma le dévisagea en sirotant son alcool. Oui, elle avait réfléchi, en particulier à l'histoire que son grand-père lui servirait probablement pour expliquer le drame et se dédouaner de ses responsabilités. Cette version des faits, il lui demanderait naturellement de la confirmer, en échange de quoi il l'associerait davantage encore à la gestion du domaine. Ensuite, chaque jour durant, avec la constance du salaud qu'il était, il salirait la mémoire d'Hippolyte comme il l'avait fait avec sa mère. S'exonérant de la moindre culpabilité, il reprendrait le cours de sa vie sans se soucier du quart comme du tiers, convaincu que le temps efface tout...

— J'en suis vraisemblablement arrivée aux mêmes conclusions que toi. Il s'agit d'un regrettable accident, voilà tout. C'est bien ça, n'est-ce pas ?

Comme Émile esquissait un sourire, une douleur à la lèvre lui arracha une plainte.

— En effet, je crois que c'est comme ça qu'il faut voir les choses, répondit-il.

Il lui exposa ensuite sa propre version, n'omettant aucun détail sur les agissements des uns et des autres. Ainsi, conclut-il, comme il s'agira d'un accident, personne ne viendra fourrer son nez dans nos affaires et il ne restera plus qu'à porter le deuil.

— Et pour tes blessures au visage ? demanda Emma d'un ton ironique.

Il sourit.

— Tu ne te rappelles pas que j'ai fait le coup de poing, hier soir, dans un café de Donzy, et que je suis revenu amoché ?

Emma ne répliqua pas, histoire de l'inquiéter. Il la relança.

— Alors ?

— Je m'en souviens, effectivement.

Satisfaite, Emma quitta son siège et fit quelques pas dans la pièce, pour se réchauffer. Ils venaient de passer un pacte tacite, mais pour des raisons différentes : lui, pour échapper aux soupçons et sauver son honorabilité ; elle, pour pouvoir assouvir sa vengeance.

— Je crois qu'il est temps d'aller prévenir Margot, dit-il en se levant à son tour, et de vous occuper du cadavre. Pendant ce temps, je vais aller chercher le médecin.

— Elle ne croira pas un traître mot de notre histoire…

Émile haussa les épaules.

— T'inquiète ! Elle la fermera, comme elle l'a toujours fait.

Lorsqu'ils entrèrent dans la cuisine, Margot était attablée, en train d'entrelarder le rôti qu'elle s'apprêtait à faire cuire pour le repas de Noël.

— Ah ! vous voilà, s'exclama-t-elle. Vous tombez bien...

Découvrant le visage tuméfié d'Émile, elle s'interrompit.

— Qu'est-ce qui s'est passé ?

Emma s'assit en face d'elle, tandis qu'Émile se servait une tasse de café.

— Margot, il est arrivé un accident... Hippolyte a pris un coup de sabot de Valentine... Il est...

La servante demeura un instant à dévisager Emma.

— Comment ça ? finit-elle par articuler. Il est... mort ?

Emma acquiesça d'un hochement de tête, avant de lui raconter comment cela s'était prétendument passé : attirés par les hennissements de la jument, elle et Émile s'étaient précipités, ils l'avaient découvert inanimé dans le box, mais ne savaient pas comment c'était arrivé ni ce qu'il faisait là.

Du revers de son tablier, Margot essuyait ses larmes.

— Mon Dieu! Un soir de Noël... Dire qu'il est sorti d'ici, il y a quelques minutes à peine...

Elle se tourna vers Émile qui buvait son café, appuyé contre l'évier.

— Ah ! toi, avec tes chevaux de malheur ! Ce sont eux aussi qui t'ont mis le visage dans cet état ?

Émile ne répondit pas. Elle se leva, secouant la tête comme si elle s'obstinait à refuser la réalité, et jeta une bûche dans l'âtre.

— Tu t'es battu avec lui, c'est ça ? dit-elle en tisonnant les braises.

— Ça m'est arrivé hier soir au café de Donzy, déclara-t-il.

Elle se retourna. Leurs regards se croisèrent.

— C'est ce qu'il faut dire, n'est-ce pas ?

Émile et Emma gardèrent le silence. Margot haussa les épaules.

— Il est toujours là-bas ?

— Oui, riposta Émile avec empressement, trop heureux de s'être assuré la complicité tacite de la vieille femme. Ce serait bien que tu y ailles avec Emma et que vous vous occupiez du corps… Je vais aller chercher le médecin.

Margot attrapa une pèlerine et sortit, accompagnée d'Emma. Surprise par le froid, elle hâta le pas.

— Le malheureux, dit-elle, qu'est-ce qu'il avait besoin d'aller voir ces vilaines bêtes ? Et la Valentine, par-dessus le marché, la plus méchante de toutes !

Emma la suivait, soulagée. La messe était dite, Margot jouerait le jeu. Arrivée dans l'enclos, la servante s'agenouilla et, secouée par les sanglots, posa la main sur l'épaule du cadavre.

— Dans quel état elle t'a mis, la sale bête ! Ce n'est pas possible… À croire qu'elle s'est acharnée sur toi…

Se relevant avec difficulté, elle dévisagea Emma.

— Comment ça s'est passé ?

Emma ne répondit pas.

— Mon Dieu ! reprit Margot. À voir l'état de ses vêtements et ses blessures, ils ont dû se battre comme des chiffonniers !

Pour éviter son regard, Emma considéra le cadavre comme si elle découvrait un aspect des choses qui lui aurait échappé.

— Dis-moi ce qu'il s'est réellement passé, demanda de nouveau Margot, je suis certaine que tu le sais.

— Non, je t'assure. Je me promenais dans le champ quand la bagarre a eu lieu. Quand je suis arrivée, c'était déjà fini.

— Pauvre gars…, marmonna Margot en sortant du box. Reste là, je vais chercher un drap propre pour l'envelopper.

Lorsqu'elle fut dehors, Émile passait en voiture devant elle. Elle lui lança un regard peu amène. Va donc chez le docteur, songea-t-elle. Tu pourras lui servir l'histoire que tu voudras ! Mais tu ne l'emporteras pas au paradis…

En chemin, elle repensa aux dernières paroles d'Hippolyte, à son inquiétude, aussi, lorsqu'il l'avait quittée pour aller voir Émile.

Montée à l'étage, elle choisit dans l'armoire à linge un drap propre, impeccablement repassé, et revint à l'écurie, furieuse de s'être laissé embobiner. Quelle gourde elle était ! Avoir une si belle occasion de se venger, et la laisser passer! En même temps, elle se rendait compte que sa complicité n'était pas fortuite. Elle ne serait jamais du genre à vendre ceux qu'elle avait aimés...

De retour à l'écurie, elle poussa Emma, debout au milieu du box, et recouvrit le cadavre avant de réciter une prière. Quand elle eut terminé, elle se planta devant la jeune fille.

— Je ne sais pas ce que vous avez mijoté, tous les deux, mais méfie-toi, ma petite. Dieu connaît la vérité et fera tout pour qu'elle éclate.

Puis, sans rien ajouter, elle sortit du box.

— Tu ne restes pas ?

— Je préfère ne pas vous écouter raconter vos sornettes au docteur, répondit Margot sans se retourner.

Dehors, elle prit le chemin du logement des ouvriers : elle souhaitait prévenir Armand. Quelques flocons de neige voletaient dans l'air glacé. Le paysage de grisaille, le silence, le froid et la terre gelée, tout la renvoyait à son propre désespoir, à ses regrets et à cette idée désormais indéracinable qu'elle avait raté sa vie en se taisant, et en restant à la Vernières, ce lieu maudit, ce vestibule de l'enfer.

Elle s'arrêta sur le perron pour reprendre son souffle et retenir les larmes qui affleuraient de nouveau. Cela n'en finirait donc jamais ? Maxime, Jeanne, maintenant Hippolyte...

Une heure plus tard, Émile revenait de la Charité avec le docteur Colliard qui venait d'y ouvrir son cabinet après avoir terminé ses études à Paris. Comme il l'avait expliqué à Émile durant le trajet, ce serait la première fois qu'il ferait un constat de ce genre.

Ils avaient longuement parlé de la manière dont s'était déroulé l'accident. Un mauvais concours de circonstances, avait expliqué Émile. C'est que les chevaux étaient des animaux imprévisibles ! Dans la foulée, il en avait profité pour expliquer d'où venaient ses ecchymoses : c'était de sa faute, il avait le coup de poing facile, surtout quand il avait bu. Il en avait même plaisanté : cela tombait vraiment mal, pour un peu, on pourrait croire qu'il s'était battu avec son fils ! Colliard n'avait pas insisté. À la Charité, Émile bénéficiait d'une excellente réputation, et il aurait fallu qu'il eût l'esprit sacrément mal tourné pour imaginer cet homme en train de rosser son fils à mort.

Quelques ouvriers, qui avaient eu vent de l'accident par Armand, se tenaient rassemblés devant le porche de l'écurie et discutaient à voix basse.

Agacé, Émile leur demanda de s'éloigner, puis il accompagna le médecin jusqu'au box. Emma s'y tenait accroupie à côté de la dépouille. Après l'avoir saluée, Colliard releva le drap et examina soigneusement le cadavre.

— À ses blessures, on dirait que la jument l'a piétiné, dit-il.

— Possible, répondit Émile. Elle a dû être prise d'un coup de folie. De toute manière, je vais la faire abattre…

Son examen terminé, le médecin se releva.

— Je crois que ce serait préférable, en effet. Elle pourrait recommencer.

Croisant le regard d'Emma, il hocha la tête et sortit. Avant de le suivre, Émile recommanda à la jeune fille de demeurer à côté du corps en attendant la venue des employés des pompes funèbres. À la Charité, il était convenu avec le patron de l'entreprise qu'ils viendraient le jour même s'occuper de la toilette du mort avant de revenir le lendemain avec le cercueil.

— Et pour la messe ? demanda Emma.

— Je vais envoyer Armand.

— Non, je préfère y aller moi-même.

— Comme tu voudras, répondit Émile, avant de rejoindre le médecin qui l'attendait dehors.

— Je vais vous signer le permis d'inhumer, dit ce dernier. Vous avez un endroit où l'on peut s'installer ?

— Dans mon bureau, proposa Émile. On y sera tranquilles, et on pourra prendre un petit remontant. Avec tous ces événements, j'en ai besoin…

Les deux employés des pompes funèbres arrivèrent un peu plus tard. Avec l'aide de quelques saisonniers, ils transportèrent le défunt dans sa chambre, où ils pratiquèrent la toilette mortuaire.

Malgré leur insistance, Margot avait refusé de les seconder.

— Je ne veux pas avoir le malheur sur ma tête, avait-elle bougonné.

Emma s'était également défilée, prétextant qu'elle devait aller à Narcy pour prévenir le curé du décès d'Hippolyte et organiser les funérailles avec lui. Les croque-morts n'avaient rien dit, mais, à leurs regards, elle avait compris qu'ils désapprouvaient son attitude, la tradition voulant depuis la nuit des temps qu'une fille participât à la dernière toilette de son père.

Mais Emma se fichait bien de leur réprobation et de leurs mines faussement éplorées. Pour la comprendre, il aurait fallu qu'ils connussent la vérité.

Arrivée au presbytère, elle frappa à la porte, espérant que le curé pourrait la recevoir immédiatement. Comme personne ne répondait, elle gagna l'église dans l'espoir de l'y trouver. L'église était vide, silencieuse et obscure. Une vague lueur filtrait par les deux petits vitraux au teintes foncées, situés de chaque côté de la nef. L'un représentait saint Antoine tenant Jésus dans ses bras ; l'autre, saint Gabriel terrassant le démon.

Malgré le froid glacial, Emma s'assit sur le premier banc, face à l'autel. Elle éprouvait le désir de s'isoler du monde extérieur, ne serait-ce qu'un court instant. Peu encline à la dévotion, elle ne songea même pas à prier : elle souhaitait seulement se libérer de ce sentiment inattendu de culpabilité qui l'oppressait depuis qu'elle avait quitté la ferme.

En dépit de toutes les bonnes raisons qu'elle avait de haïr Hippolyte, comment pouvait-elle se montrer si indifférente à sa mort ? Comment avait-elle pu demeurer si insensible aux derniers événements, au point d'inventer une histoire à dormir debout pour justifier son décès ? Et le tout sans la moindre émotion ni le moindre regret…

Comment une telle chose était-elle possible, alors que l'homme qui venait de mourir dans des conditions atroces était censé être son père ? Toutes ces dernières années, malgré ses mensonges, il s'était créé des liens entre eux, certes conflictuels, mais réels. Et elle l'avait aimé – mal, bien sûr, mais elle l'avait aimé.

Comme elle croisait le regard plein de bonté de saint Antoine, l'idée de pardonner s'immisça dans ses pensées. Pourquoi vouloir se venger ? N'était-il pas temps d'arrêter cette folie qui ne menait à rien ? Était-elle plus heureuse, maintenant qu'Hippolyte était mort ? Non. Alors, pourquoi s'acharner maintenant sur Émile ?

Elle le sentait, ses convictions vacillaient. La sérénité la gagnait. Malgré l'horrible vérité, elle décidait de faire table rase du passé et pardonnait à Émile. Oubliant tout, elle s'engagerait dans une nouvelle vie auprès de lui, de Margot et des autres. Elle reprendrait le domaine, se marierait avec Louis, aurait des enfants. Elle ne garderait comme souvenir de sa mère que celui de son bonheur à Venise, et chasserait de sa mémoire le fait qu'elle l'avait abandonnée. Elle…

Soudain, elle se redressa sur son siège, comme pour se libérer de ces pensées émollientes. Cet avenir, fait de compassion forcée et de saintes intentions, lui donnait la nausée. Ce n'était là guère plus que de l'apitoiement sur soi. Après tout, Hippolyte et Émile avaient menti, brisé des vies et un amour ! Elle ne devait rien à ces deux hommes, sinon d'avoir vécu sur une illusion, de s'être bernée sur ce qu'elle était réellement. Cela ne méritait de sa part ni compréhension ni regrets, et encore moins de la culpabilité ! Si elle devait regretter quelque chose, ce serait de ne pas avoir tué elle-même Hippolyte, en lui rappelant les monstruosités dont il était coupable ! Elle n'avait aucune pitié à avoir. Elle était sa victime et celle d'Émile.

Une sourde colère l'envahit, dirigée contre elle-même. Pourquoi s'interroger ainsi, alors que sa décision était prise de faire payer Émile ? C'était assez ! Elle n'était pas de la trempe d'Hippolyte : elle n'avait pas peur, elle n'esquiverait pas la mission vengeresse qu'elle s'était fixée, dût-elle le regretter et en souffrir toute sa vie…

Telle devait être sa ligne de conduite : aucune faiblesse, aucun repentir ! Et même Dieu, s'il existait, devrait admettre qu'elle était dans son droit.

Rassérénée, Emma sortit de l'église sans faire le moindre signe de croix. La neige avait recommencé de tomber en bourrasques cinglantes, poussées par un vent de nord-est. Elle jeta un œil sur la petite rivière en contrebas, gelée. Quand elle était gamine, elle jouait là avec des filles du coin, en attendant d'assister à la messe.

Elle regagna le presbytère. Cette fois, Adrienne, la servante du curé, lui ouvrit. C'était une femme de soixante-quinze ans, tout en rondeurs, qui ne faisait pas son âge. L'œil vif, le sourire aux lèvres en permanence, on la sentait heureuse de vivre.

— Emma ! Que viens-tu faire ici par un temps pareil ?

— Je viens voir le curé.

Adrienne leva les yeux au ciel.

— Mon Dieu ! Tu sais comme il est, à courir par monts et par vaux ! Il m'a dit qu'il faisait le tour des fermes pour trouver des enfants de chœur pour la messe de minuit !

— Eh bien, quand il reviendra, tu lui diras qu'Hippolyte est mort. Il s'est pris un coup de sabot.

Adrienne la dévisagea, interloquée par la brutalité de la nouvelle, mais aussi par le ton sur lequel Emma la lui avait annoncée. Elle se mit à pleurer.

— Ce n'est pas possible... Ma pauvre enfant ! Ton propre père ! Mais c'est que je n'ai pas le moyen de le prévenir avant qu'il revienne ! Peut-être faudrait-il qu'il le bénisse...

— Ce n'est pas grave, coupa Emma en enfourchant son vélo. Qu'il vienne quand il pourra. De toute façon, ils l'ont déjà mis en bière, il ne va pas s'envoler !

Emma partit, pressée de rentrer avant que la route ne devienne impraticable. Choquée par sa désinvolture, Adrienne demeurait sur le seuil de la porte, à la regarder s'éloigner.

— Il n'y a plus de respect pour rien..., marmonna-t-elle avant de refermer.

Quand Emma arriva à la ferme, la nuit commençait à tomber. Elle avait pu rouler sans encombre, la neige ne tenait pas encore sur la route. En revanche, malgré ses mitaines recouvertes de gants, elle avait les mains gelées.

Abandonnant son vélo sous le hangar, elle gagna la cuisine. Margot s'y trouvait en compagnie de plusieurs ouvriers venus se recueillir sur la dépouille d'Hippolyte. Quelques-uns étaient attablés, buvant un café, d'autres se tenaient debout devant la cheminée, le chapeau à la main, la mine défaite.

Ils présentèrent leurs condoléances à la jeune fille. Chacun y allait de son commentaire... Ils aimaient bien le défunt, le pauvre gars n'avait pas eu de chance, les chevaux étaient des bêtes imprévisibles...

Emma n'écoutait pas. S'il n'en était tenu qu'à elle, elle aurait fichu tout le monde dehors pour profiter de la tranquillité et de la chaleur des lieux.

L'arrivée de Louis lui mit un peu de baume au cœur. Alors qu'il lui serrait la main en lui présentant ses condoléances, elle lui chuchota à l'oreille qu'elle passerait le voir dans la soirée.

Puis elle rejoignit Margot, assise à l'écart. Tête inclinée et les yeux fermés, elle égrenait son chapelet. Emma comprit qu'elle refuserait de lui parler. Néanmoins, elle lui demanda :

— Tu n'aurais pas vu Émile, par hasard ? Il faut que je lui parle.

Margot secoua la tête.

— Quand tu le verras, tu lui diras que le curé passera quand il pourra.

Puis, agacée par les mines contrites et les chuchotis attristés, Emma monta au premier avec l'intention de lire quelques lignes de sa mère. Prévoyante, elle prit avec elle une couverture rangée dans l'armoire à linge. La porte du grenier refermée, elle alluma la lampe à pétrole et s'installa dans le fauteuil en s'emmitouflant. La lettre était postée de Venise.

Emma chérie,

Je vais quitter Venise… ma Venise ! Je vais également quitter Mario, bien que cela nous coûte à l'un et à l'autre. Mais il le faut. Il est marié et se doit à sa famille. Que ferait-il à suivre une impénitente voyageuse qui ne cesse de fuir son passé ?

Tant d'émotions, de souvenirs aussi me submergent en cet instant !

C'est le soir. Assise sur le rebord de la fenêtre de ma

chambre, j'embrasse d'un dernier regard éperdu ce cher décor familier : la nuit sereine, immuable, divine, le ciel infini sur lequel se détache, comme une mosquée de rêve, la Salute, toute blanche, et là-bas, immobile et pâle, le Campanile de saint Georges. De rares lumières tremblent sur les quais, le fanal jaune de la Dogana se reflète dans l'eau noire. Rien ne bouge, le silence mystérieux couvre Venise de son long voile. C'est la dernière fois que je revois tout cela. La dernière…

Ma main s'accroche désespérément au rebord de la fenêtre. La tubéreuse, que j'ai mise là la nuit à cause de son violent parfum, me grise. Mes yeux se reposent sur le calme des choses. Trois heures sonnent, je ne sais où. Suis-je donc demeurée ici si longtemps ? Je ne sais plus. Un glissement sur l'eau, le fer argenté d'une gondole qui passe… Une lueur verte comme un feu d'émeraude, la silhouette noire du gondolier qui s'incline. Elle est passée. De nouveau le silence, l'invraisemblable silence. Le parfum éperdu de la tubéreuse. Jamais plus je ne pourrai quitter cette fenêtre.

Il s'est donc levé, ce jour du départ ! À quel moment me suis-je glissée dans mon lit pour me réveiller dans mon linceul de mousseline blanche au son innombrable des cloches matinales ? Le dernier lever de soleil… L'air est frais ce matin comme une brise de montagne. Là-bas sur la lagune, au Campo-Santo, on doit voir toute la chaîne blanche des Alpes vénitiennes. Le ciel ressemble à quelque grande aile d'ibis rose. Sur la nappe d'argent aux reflets d'aurore, déjà de longs cygnes noirs passent comme des ombres chinoises. Au bord du nuage, au-dessus de la ville couleur d'améthyste, une dentelle de pourpre se dessine, pâlit, dore et flamboie. Le soleil paraît. La silhouette sombre de la ville s'éclaircit. On distingue les maisons, les palais et les quais. Les Giardini se colorent et les grands bateaux noirs, les yachts blancs, se découpent sur la moire irisée de la mer. J'ai vu bien des matins semblables au son des mêmes cloches, dont les voix vibrantes et câlines comme les voix humaines d'Italie m'ont remué le cœur pareillement.

J'en reverrai peut-être d'autres, oui, mais je ne reverrai jamais celui-là. Ce parfum, moins enivrant que celui de cette nuit, mais plus frais, comme le parfum qui s'éveille, jamais plus cette fleur ne l'exhalera pour moi. Elle sera morte et desséchée comme seront fanées ses sœurs, là-bas dans la petite boutique où je l'ai achetée à une fillette brune, tout intimidée.

Une dernière fois, ce matin, je suis entrée dans Saint-Marc. Avec un regard de pieuse adoration, j'ai contemplé le scintillement de ses mosaïques d'or, les flammes jaunes des cierges, les marbres polis, le visage de cire d'une petite Vénitienne agenouillée dans un angle obscur. Un reflet de soleil, venu de je ne sais où, caressait l'ovale aminci de son jeune visage. Ses lèvres pures remuaient imperceptiblement. Elle priait les yeux fermés, et l'ombre de ses épais cils noirs entourait ses paupières d'un cerne léger. L'adorable petit visage de Madone !

L'heure me pressait. J'ai dû quitter Saint-Marc. Au sortir de cette obscurité pailletée d'or, l'éblouissante lumière de la place me fit fermer les yeux. Comme un tapis soyeux et mouvant, mes amis ailés couvraient les dalles brûlantes, là où sans doute une main avait jeté du maïs. Ils se pressaient, roucoulaient, s'envolaient pour aller se poser plus loin avec un long bruissement d'ailes. Mes chers pigeons, bleus et roses, je vais donc vous quitter, vous aussi ?

Je ne peux résister. Il faut que je revoie mes tubéreuses. Enfin m'y voici. J'emporte dans mes bras une grande gerbe de mes fleurs si chères, auxquelles ma petite amie à l'éblouissant sourire a voulu joindre gracieusement des roses à la soie d'or pâle colorée par un chaud reflet. Il n'y a qu'à Venise que j'ai vu de semblables roses.

Un déjeuner troublé, pressé, en compagnie de Mario. Un vrai repas d'adieu. Je recueille les cyclamens et les œillets qui ont embaumé notre petite table ces derniers jours. Je ne veux pas que d'autres en jouissent après mon départ.

Allons ! Le jour est levé, maintenant. Il me faut quitter ce petit hôtel au clair jardin odorant. Je ne reverrai jamais plus descendre le soleil sur ce mur couleur safran. Je ne reverrai plus jamais Mario qui m'attend en bas pour m'accompagner à la gare. J'oublierai. Sans doute.

Maman.

Emma replia la lettre et la glissa dans son enveloppe, hésitante. Allait-elle lire la suivante et découvrir la nouvelle destination de sa mère ? Elle y renonça, préférant, à l'instar de Jeanne, prolonger encore un peu le bonheur que lui procurait cette ville inconnue, si étrange, lointaine et secrète.

Elle se leva et sortit. Passant devant la chambre d'Hippolyte, dont la porte était entrouverte, elle aperçut quelques ouvriers qui se recueillaient autour du cadavre. Elle hésita, puis finit par entrer. Elle n'avait aucune envie de s'associer à cette veillée, mais seulement de voir comment les employés des pompes funèbres avaient arrangé son visage pour qu'il fut présentable. Déférents, certains ouvriers se poussèrent pour qu'elle pût se recueillir au pied du lit.

Le travail effectué était remarquable. Ils avaient enveloppé le haut de la tête dans une sorte de gaze qui redessinait l'ovale du crâne, si bien qu'il était impossible d'imaginer qu'une partie de l'os avait été broyée. Par un procédé qu'elle ignorait, ils avaient également redessiné le visage en le recouvrant d'une sorte d'enduit qui dissimulait en même temps les ecchymoses. Les yeux étaient toujours enflés, sans que cela fût choquant. Pour respecter la tradition, on l'avait revêtu du costume noir qu'il mettait dans les grandes occasions ou pour aller au bal. On lui avait enfilé une chemise blanche immaculée au col amidonné autour duquel était nouée une cravate grise. Enfin, il portait des chaussures noires vernies dont elle ne connaissait pas l'existence. Sans doute une vieille paire, datant de son mariage et qui avait dû être conservée au grenier ? C'était bien la première fois qu'elle voyait Hippolyte si élégant et détendu. Les mains jointes sur la poitrine et tenant un chapelet – une idée de Margot, sans doute –, on lui aurait donné le bon Dieu sans confession...

Soudain écœurée, Emma recula discrètement pour s'en aller. Elle en avait assez vu. Jetant un regard sur ses voisins aux mines éplorées, elle eut envie de leur crier la vérité, de leur raconter quel salaud il avait été, mais à quoi bon ? Maintenant qu'il était mort, cela n'avait plus guère d'importance...

Il n'y avait plus personne dans la cuisine, excepté Margot, qui arrosait le rôti en train de cuire. Emma s'approcha d'elle et se servit une tasse du café qui réchauffait en permanence sur la cuisinière.

— Quand vont-ils le mettre en bière ?

— Demain matin à la première heure, répondit la servante en s'essuyant les mains sur son tablier.

Sans jeter un regard à Emma, elle se mit à fourrager dans la maie.

— Tu me fais la tête ? demanda la jeune fille.

Margot se redressa, le regard froid.

— Je ne te fais pas la tête, je suis triste et inquiète, voilà tout.

Emma s'appuya contre l'évier et but son café à petites gorgées.

— Inquiète de quoi ? Il y a eu un accident regrettable, c'est tout.

La servante s'approcha de la cuisinière, un pot de beurre à la main, et en découpa un morceau qu'elle fit fondre dans une poêle.

— Cesse de me prendre pour une imbécile ! Tu n'as pas besoin de me rappeler ce que je dois dire. Mais un malheur en entraîne toujours un autre, voilà ce qui m'inquiète.

Comme Emma gardait le silence, elle reprit :

— Quant à toi...

— Eh bien quoi, moi ?

— Je ne sais pas ce que tu mijotes, mais ça ne doit pas être bien joli. En tout cas, je te conseille d'en rester là, il y a eu assez de dégâts comme ça !

Emma passa son bol sous l'eau, le mit à égoutter sur le bord de l'évier et s'essuya les mains avec un torchon. Quand elle eut fini, elle enfila une veste et gagna la porte.

— À quelle heure se met-on à table ? demanda-t-elle, la main sur la poignée.

— Quand vous voudrez, c'est prêt !

Emma sortit en claquant la porte. Quelques flocons épars poussés par un vent glacé lui piquèrent le visage. La fine couche de neige qui recouvrait la cour crissait sous ses pas. Elle entreprit de faire le tour de la ferme et de réfléchir à la situation nouvelle, maintenant qu'Hippolyte était mort. Émile et elle avaient passé une sorte de contrat, Margot avait suivi... D'ailleurs, Emma ne comprenait pas très bien cette attitude. La rancœur qu'elle éprouvait envers Émile aurait dû la pousser à l'envoyer paître et à dénoncer son mensonge ! Cette incohérence était troublante : Margot avait-elle, elle aussi, de bonnes raisons de se taire ? Qu'avait-elle cherché à lui faire comprendre en lui demandant d'en « rester là » ? Était-ce une menace, un simple conseil ? Qu'imaginait-elle en lui disant que ce qu'elle prévoyait de faire n'était « pas bien joli » ?

Après quelques minutes de marche, Emma avait tellement froid qu'elle préféra revenir par l'étable. La bouffée de chaleur qu'elle reçut en plein visage en y entrant lui fit du bien. Elle suivit l'allée centrale, caressant ici et là le cul d'une vache. Certaines étaient couchées sur le flanc, d'autres, debout. La plupart mastiquaient en émettant une sorte de ronflement régulier. Des odeurs de pisse et de bouse envahissaient ses narines, mais cela ne la dérangeait pas, au contraire. Elle connaissait ces odeurs depuis l'enfance, et cette permanence des choses avait sur elle un effet apaisant.

Quand elle fut réchauffée, elle se précipita dehors pour courir jusqu'à la salle à manger. Émile était déjà attablé.

— Ah ! te voilà, dit-il. Margot ne cesse de râler après toi…

Emma s'assit et se versa un verre d'eau. Comme il n'y avait plus que deux couverts, la table lui parut immense. Toutefois, le plus troublant était de se retrouver en face d'Émile et d'imaginer ce qui se passait dans sa tête. Sans doute était-il certain d'avoir désormais toutes les cartes en main ? La mort d'Hippolyte, pour pénible qu'elle fût, le libérait du poids d'un lourd passé. Il n'y avait plus de témoin – hormis Margot, peut-être, mais qu'avait-il à redouter d'elle puisqu'il venait de s'assurer une fois de plus de sa fidélité ? Dans ces conditions, la vie pouvait reprendre son cours... Son honorabilité, sa puissance, son avenir ne seraient plus menacés, d'autant moins qu'il avait passé un contrat avec sa petite-fille, ce qui lui garantissait une impunité définitive... Oui, sans doute Émile se rengorgeait-il à l'idée qu'il était redevenu le maître du monde.

Amusée par la naïveté de son grand-père, Emma déplia sa serviette sur ses cuisses. « Si tu savais, se dit-elle en songeant à lui... Ton plus grand ennemi est assis en face de toi. Tu crois me tenir, mais tu te trompes. C'est moi qui contrôle la situation. Il n'y a pas une seule minute sans que je songe à te punir pour tout le mal que tu as fait... Et cela ne saurait tarder. »

— À quoi penses-tu ? demanda Émile.

Emma s'empourpra, comme s'il venait de lire dans ses pensées. Elle fit mine de se frotter le visage comme si elle était épuisée.

— À quoi veux-tu que je pense ? Mon père vient de mourir...

Il esquissa un sourire narquois.

— Pour ce qu'il te l'a montré...

— Ce n'est pas une raison.

— Je ne crois pas que cela te chagrine beaucoup, sinon tu n'aurais pas réagi comme tu l'as fait. Remarque, je ne te le reproche pas : ça prouve que tu es faite du même bois que moi.

— C'est vrai, répondit-elle sans avoir l'impression de mentir.

La seule différence était que cette « brutalité », car c'était bien ce dont Émile parlait à demi-mot, permettrait à Emma d'aller jusqu'au bout de sa vengeance.

Margot entra d'un pas pressé, en tenant le plat avec un torchon. Elle le lâcha sur la table. Quelques éclaboussures de sauce zébrèrent la nappe immaculée.

— Désolée, lâcha-t-elle d'un ton revêche, c'est brûlant !

Après un regard circulaire sur la table pour vérifier qu'il ne manquait rien, elle tourna les talons et claqua la porte en lançant un « Joyeux Noël ! » ironique.

Emma et Émile se servirent sans mot dire, l'un comme l'autre sachant désormais que le moindre échange serait de pure forme.

Émile, qui mangeait de bon appétit malgré les récents événements, préférait faire le compte des avantages que lui offrait la nouvelle situation engendrée par la disparition d'Hippolyte. Qu'il envisageât les choses avec tant de détachement ne le gênait pas. Il s'en amusait, au contraire, comme si tout ce qui venait de se passer le confortait dans son idée ancienne que les sentiments ne comptaient guère. L'amour, qu'il fût filial, paternel ou maternel, dédié à un ami ou à une femme, voire à Dieu, n'était en fait qu'une illusion, une tentative ridicule de masquer la seule vraie réalité des hommes : leur solitude devant la vie comme devant la mort. Le reste n'était à son sens que du bavardage, une mise en scène. Son père ne l'avait aimé qu'une fois, sa mère, jamais, Charlotte, le temps de concevoir deux fils avec lesquels il ne s'était jamais entendu. Quant à sa relation avec Margot, cela n'avait été au fond qu'une initiation sexuelle, un refuge de tendresse pour un adolescent solitaire. Restait Emma, qu'il regardait à présent à la dérobée. Il n'avait jamais existé d'amour entre eux, mais une admiration réciproque due au fait qu'ils se ressemblaient dans leur façon d'envisager l'existence, en mettant en avant les valeurs d'autorité, de travail et d'ambition. Rien de plus, mais ce constat amer, au lieu de causer à Émile quelque regret ou souffrance, le dynamisait au contraire, puisqu'il lui donnait raison. Sa relation avec Hippolyte en témoignait : qu'il fût mort ne l'atteignait en rien. C'était ainsi. Et qu'il fût son fils – ce qu'il avait toujours récusé, même s'il savait en être le géniteur – n'y changeait rien.

Le tintement d'une fourchette tombant sur le sol le fit sortir de sa réflexion. Il prit conscience qu'il n'avait pas adressé un seul regard à Emma depuis de longues minutes. Il l'avait oubliée.

— Excuse-moi de t'avoir réveillé, lui lança-t-elle, mordante, en se baissant pour ramasser le couvert.

— Je ne dormais pas, répliqua-t-il. Je songeais au bel avenir qui s'offre désormais à nous. À toi, en particulier, qui vas évidemment hériter du domaine sans être obligée d'en passer par Hippolyte.

Emma, qui avait fini de manger, se leva en emportant son assiette vers la cuisine.

— Ce n'est pas le moment d'en parler. Hippolyte mérite tout de même qu'on évite ce sujet jusqu'à son enterrement.

Émile haussa les épaules, arborant volontairement un large sourire.

— Comme tu voudras, ma petite fille, mais je sais bien que c'est là l'essentiel de tes préoccupations.

Elle se retourna et, posément, lui lança un regard appuyé avant de disparaître. Émile ne put réprimer une vague sensation d'inquiétude : c'était la première fois qu'elle le dévisageait ainsi. Mais il ne s'attarda pas sur cette impression, qu'il jugea excessive. Emma était en colère, et probablement bouleversée. Pas de quoi fouetter un chat !

Il reprit une part de rôti et sauça le plat avec une tranche de pain, l'un de ses péchés de gourmandise.

Assise devant l'âtre où brûlait un grand feu, Margot vit Emma grimper directement à l'étage, chagrinée qu'elle ne lui eût pas souhaité une bonne nuit. Elle y voyait le signe que la jeune fille avait mal interprété sa récente attitude et ses remarques. C'était d'autant plus regrettable qu'elles étaient également déchirées entre deux désirs contradictoires, celui de se venger et celui de pardonner. Tout au moins voulait-elle le croire, car le comportement, les regards et les rares paroles de la jeune fille disaient le contraire. Colère, haine et violence, Margot le sentait, obscurcissaient son âme et, sans doute, son jugement.

Comme pour contrebalancer ce portrait désagréable et inquiétant, Margot songea à la petite fille qu'elle avait connue dès sa naissance. Ce qui l'avait d'abord charmée chez elle était son ouverture au monde : les yeux toujours grands ouverts, les pupilles sans arrêt en mouvement, comme si Emma ne voulait rien rater de la vie qu'elle découvrait. Elle avait babillé, puis parlé très tôt, sans doute impatiente de partager ses émotions et ses points de vue avec ceux qui l'entouraient. Dieu ! qu'elle était bavarde ! Une vraie pipelette, toujours aux aguets, donnant son avis sur tout, et gaie comme un pinson, avec ça ! Le portrait craché de sa mère, il fallait l'avouer, mais aussi de son père : ces deux-là, qui avaient tout eu pour eux, pour finalement ne rien en faire… Oh ! non pas parce qu'ils n'en étaient pas capables, mais parce que le destin, cette saloperie de destin, le leur avait interdit.

Margot tisonna les braises. Tout cela était si loin, si irréel, si flou aussi. De ces lointaines années, il ne lui restait plus que de vagues impressions, un malaise diffus et, pour finir, des remords. C'était un lourd bagage qu'elle avait transporté jusqu'à ce jour sans rechigner, avec le reste de ses chagrins, de ses frustrations et de ses colères. Elle aussi haïssait Émile, elle aussi voulait lui faire payer le prix fort de ses trahisons. Pourtant, il s'agissait de savoir si cela en valait la peine.

Margot se releva péniblement, puis recouvrit de cendres le tas de braises. Elle jeta un œil dans la salle à manger : Émile était parti se coucher. Pour la première fois, elle renâcla à débarrasser la table. La vaisselle attendrait le lendemain matin. De toute façon, comme elle était toujours la première à se lever, personne ne s'en apercevrait…

Elle se couvrit les épaules d'un châle, éteignit, puis, la lampe à pétrole au bout du bras, trottina jusqu'à la maison des ouvriers. La neige, qui avait cessé de tomber, crissait sous ses chaussures, ce qui la renvoya à quelques souvenirs d'enfance. Elle se sentit soudain heureuse. Cela tombait bien : ce soir, elle voulait être prête à l'accueillir lorsqu'il arriverait. Il saurait écouter ses hésitations, et sans doute les comprendrait-il…

Emma s'était effondrée tout habillée sur son lit, épuisée. Les derniers événements de la journée et le dîner avaient eu raison de son énergie. Durant quelques minutes, elle avait fermé les yeux, sans penser à rien, en un moment agréable où elle sentait qu'à son insu tout se remettait en place autour d'elle.

Maintenant, elle allait beaucoup mieux. Elle se réappropriait son rôle dans le drame qui se déroulait à la Vernières. Elle discernait également plus nettement celui des autres acteurs vivants, Émile, Margot, Armand et Louis, mais aussi celui des morts ou des disparus, Maxime, Jeanne, et maintenant Hippolyte. Inexorablement, elle les voyait se placer sur l'échiquier, prêts pour la confrontation finale.

Cette théâtralisation de sa vengeance n'était pas le seul fruit de son imagination ; elle répondait chez elle à un besoin profond de « diriger » sa propre vie, de maîtriser ses choix, mais aussi ceux des autres. En cela, elle ressemblait beaucoup à son grand-père. C'est pourquoi elle était sûre de gagner la partie qu'elle était plus que jamais fermement décidée à engager.

Son plan, encore à l'état d'ébauche, commençait néanmoins à se préciser, et sa réalisation n'était pas exempte d'une certaine symbolique : la mort d'Émile se devrait de ressembler au crime qu'il avait commis.

Elle se redressa et remonta l'oreiller derrière son dos. À vrai dire, elle devrait plutôt parler de « ses » crimes, se dit-elle, puisque tout le monde avait été un jour sa victime, à commencer par Hippolyte, son propre fils. Penser à ce dernier lui permit de vérifier qu'elle n'éprouvait rien quant à sa disparition, qui lui paraissait au contraire de plus en plus étrangère, extérieure, lointaine, au même titre qu'un fait divers dans le journal. Sa mort, pour horrible qu'elle fût, ne l'avait pas touchée.

En revanche, qu'elle n'eût pas eu le temps de lui dire pourquoi elle le haïssait, ni pourquoi elle avait décidé de se venger, lui causait une souffrance intolérable. Elle aurait voulu mesurer sa stupeur en découvrant qu'elle savait tout de lui, qu'elle connaissait tous les aspects de sa culpabilité, et, surtout, qu'il ne méritait aucune circonstance atténuante. Elle aurait été si heureuse de voir son visage se décomposer à mesure qu'elle lui aurait raconté tous les drames, petits ou grands, dont il avait été l'acteur principal et qui lui avaient valu, à elle, de vivre sur un mensonge. Cette frustration était une raison supplémentaire d'en vouloir à Émile : en favorisant la mort d'Hippolyte, il lui avait en quelque sorte volé sa vengeance.

Comme l'évocation des agissements de ces deux hommes l'écœurait, Emma se leva. Malgré le froid, elle ouvrit la fenêtre et demeura debout, face à l'obscurité, laissant l'air glacé l'envelopper et lui piquer la peau. Aucun bruit n'était perceptible, comme si toute forme de vie avait été ensevelie sous la neige. Elle referma, puis enfila un gilet, désireuse de savoir où sa mère s'était rendue après avoir quitté Venise…

Avant d'ouvrir la nouvelle lettre, elle relut la précédente. Elle gardait en effet de sa dernière lecture un sentiment d'insatisfaction. Était-ce un mot, une idée, une image, un sentiment exprimé par sa mère qui l'avait troublée ? Elle l'ignorait encore, mais, sa lecture effectuée, elle comprit : elle avait été choquée par le fait que sa mère écrivait, sans exprimer l'ombre d'un regret, qu'elle ne reverrait plus jamais Mario. Pour Emma, c'était intolérable. À force d'imaginer cet inconnu exprimant ses sentiments à Jeanne, l'embrassant, la caressant, lui faisant l'amour, elle s'était substituée à sa mère et avait fait de Mario l'objet de ses propres fantasmes. Si Jeanne le quittait, alors elle devait le quitter elle aussi. Or, elle ne pouvait s'y résoudre : Mario était devenu, dans son esprit, le complément de Louis, celui qui possédait la part de sensibilité amoureuse que son amant ne détiendrait jamais, et qui la faisait rêver. À cette pensée, elle soupira, puis, ouvrant la lettre, se résolut enfin à abandonner Mario.

Ma chérie,

Après Venise, voici Beaulieu, entre Nice et Menton. Beaux lieux, où les plaisirs suivent partout mes pas… Hélas ! les amours n'y sont pas ! Mario est resté à Venise, et il me prend déjà à le regretter. Son regard caressant, ses bonnes manières, sa fougue nocturne, tout me manque. Alors, à quoi bon ces merveilleux jardins dont j'enivrais ma vue ce matin sous la pluie de pétales blancs et roses que me versaient les églantines enguirlandant la porte ? Je regardais les bougainvilliers fulgurants, pourpres et carmin sur la façade de la villa où je loge, la pelouse aux corbeilles de cyclamens, aux bouquets de somptueuses pivoines, l'immense gerbe de rosiers blancs. Le long de l'allée se mêlaient les parterres de tulipes et d'anémones de velours violet, l'éclatant vermillon des sauges et, au-dessus des murs, les panaches d'or des mimosas.

Oui, à quoi bon ces routes d'éblouissant soleil et d'ombres bleues bordées de jardins fleuris, d'arbres couverts de jeunes feuilles sous un ciel bleu, si l'amour n'est point là pour guider mes pas ? Mario… Pourquoi donc l'ai-je abandonné sur ce quai de gare ? Pourquoi donc ne l'ai-je pas convaincu de me suivre ?

Au réveil, souvent je pense à lui, alors que je vois filtrer la lumière par les fentes des persiennes et entends le chant des coqs et les mélodies des pinsons.

Fenêtres ouvertes, la mer bleue, sans rides, le battement d'hélice sur l'eau calme, le silence où, un à un, s'égrènent les coups d'une horloge. La mer ici est loin, et, vue de si haut, paraît immobile. Il me semble alors être au bord du Léman, ce beau lac paisible à la lumière si transparente. Je sais aujourd'hui que ce sera ma prochaine destination. Les amis chez qui je loge y possèdent une propriété et m'ont proposé de m'y installer le temps qu'il faudra pour oublier Mario… Ah ! qu'il était séduisant ! Mince, les cheveux noirs, les yeux également, un visage fin et mobile, intelligent et passionné...

Il causait avec animation, et par moments son regard venait me chercher. Pénétrant, insistant, il pesait alors sur moi, intensément. Ses yeux étaient ardents. Il me semblait chaque fois que leur flamme me brûlait, et je ressentais alors un étrange émoi qui me faisait presque défaillir.

Ses yeux d'ailleurs me rappellent les tiens, qui éclairent de leur flamme splendide et profonde la nuit de mon passé. Je les revois, tes yeux, telle la première fois où, te promenant, je les admirais au tournant de ce chemin blanc de soleil où les murs du jardin jetaient une lumière bleue. Je n'ai vu qu'eux dans ton pâle visage, qu'ils semblaient brûler de leur feu sombre.

Tes yeux s'ouvraient comme deux portes sur la nuit, immenses, profonds, d'une douceur si émouvante, d'une tendresse si rare que j'en demeurais saisie, troublée et émue. Sache que tes yeux ont hanté mes nuits et m'ont suivie le long des chemins, au soleil, à l'ombre des pins, sur les gondoles et au bord de la vaste mer. Ce jour où je les découvris, je sus que l'infini de l'amour était entré en moi et que je te porterais en moi jusqu'au dernier souffle.

Maman.

Sa lecture terminée, Emma demeura dans le fauteuil, frustrée, la lettre à la main. Comme elle s'y attendait, la lettre ne l'avait pas éclairée sur la séparation de sa mère avec Mario : aucune justification, aucun regret, pas un souvenir, rien qui aurait pu lui donner un début d'explication. Son insatisfaction était à son comble. La vie de sa mère, ses pensées les plus secrètes lui échappaient. Pour la première fois, Emma songea qu'elle courait peut-être après une chimère.

Rangeant la lettre, elle sentit qu'elle devait trouver un exutoire à sa déception, se reposer, aussi, en cette veillée de Noël qui n'en finissait pas. Aurait-elle eu le courage d'affronter la neige et le froid qu'elle serait allée à la messe de minuit. Au moins les chants, les lumières, les visages heureux des fidèles et la mine réjouie des enfants de chœur l'auraient-ils distraite. À propos, le curé n'était pas encore passé. Peut-être faudrait-il aller le chercher ?

Quittant le grenier, elle gagna l'escalier et descendit dans la cuisine plongée dans l'obscurité. Elle n'avait pas envie de dormir à côté d'un mort… Quelques dernières braises rougeoyaient encore sous la cendre. Elle s'assit et, tisonnant l'amas incandescent, se mit à pleurer doucement.

Le morbier, qui sonnait une heure du matin, la tira brutalement de sa torpeur, lui faisant oublier ses pensées. Elle se sentait affreusement seule. Une inquiétude inexplicable la fit regarder autour d'elle, comme si une menace invisible était tapie dans la pièce. Était-ce l'obscurité, le silence, le sifflement du vent s'engouffrant dans le conduit de cheminée ? Elle se leva. S'approchant de la fenêtre, elle jeta un œil au-dehors, sans distinguer quoi que ce fût. C'était l'une de ces sombres nuits d'hiver sans lune qui dévorent tout relief et toute trace de vie.

Soudain, elle frissonna. Il lui avait semblé distinguer un mouvement furtif, une ombre mouvante. Se plaquant contre le mur, elle se rappela quelques articles d'almanach racontant le passage nocturne de rôdeurs dans les fermes, à la recherche de quelque butin. Son imagination s'emballa. L'un d'eux, plus malin que les autres, aurait conçu de visiter les fermes en cette nuit de Noël, leurs occupants étant censés assister à la messe de minuit. Un rire nerveux lui échappa : quelle tête ferait ce visiteur en se retrouvant nez à nez avec un cadavre à l'étage ?

Elle attendit un instant, le cœur battant, essayant de se convaincre que son angoisse n'avait pas lieu d'être, qu'elle s'affolait d'un rien, que... lorsqu'un léger grincement la tétanisa. On ouvrait la porte. Une silhouette se glissa à l'intérieur. Rencognée entre l'évier et la cuisinière, la respiration bloquée, Emma se retenait de hurler. Soudain, une allumette craqua : dans la lumière de la flamme apparut le visage de Louis.

Prête à le gifler, Emma se précipita sur lui pour finalement l'enlacer et fondre en larmes.

— Imbécile ! Qu'est-ce que tu viens faire ici ? Tu m'as fichu la trouille de ma vie !

— Et moi donc, chuchota-t-il en l'étreignant.

Ils demeurèrent immobiles et silencieux, échangeant seulement des caresses et des baisers. Comme elle était frigorifiée au contact humide et froid de la neige fondue qui recouvrait la veste de Louis, Emma la déboutonna pour se blottir contre le torse de son amant, respirant son odeur où se mêlaient les effluves d'eau de Cologne et de savon. Désormais oublieuse du cadavre qui reposait à l'étage et d'Émile, qui devait dormir juste au-dessus, elle lui caressa le dos, les fesses, le sexe. Entrouvrant sa chemise de flanelle, elle embrassa sa peau, la mordilla, la lécha, avide de lui arracher des gémissements de plaisir. Ce corps, dont elle connaissait les moindres contours, elle voulait le sentir sur elle, se fondre en lui, jusqu'à en étouffer, ici, maintenant, pour oublier tout, et renaître. Elle songea se laisser aimer sur la table de la cuisine, sur le sol, voire debout, comme cela était déjà arrivé une fois, à la va-vite, dans l'écurie… Mais, ce soir, elle avait beaucoup mieux à lui offrir : elle voulait l'accueillir en elle au grenier, en lui confiant son secret. Lui dire qu'elle croyait à leur histoire d'amour, qu'elle la défendrait envers et contre tout, qu'elle se fichait bien de ses origines… Elle voulait lui dire tout cela, et d'autres choses encore.

— Viens…, chuchota-t-elle en saisissant sa main. Allons au grenier !

— C'est de la folie ! répliqua Louis en résistant. Ton grand-père va nous entendre… Et puis ton père qui…

— On s'en fiche d'eux ! Je t'en prie, j'ai envie maintenant. Il faut que je te montre quelque chose…

Louis se sentait faiblir, mais la peur lui nouait le ventre. Que se passerait-il s'il se retrouvait nez à nez avec le vieux ? Quant à faire l'amour dans l'antichambre d'un mort…

— Allez, viens ! insista Emma. De toute façon, tu avais l'intention de monter, en venant ici, non ?

— Je sais, mais je me rends compte que c'était une folie.

— Eh bien, sois donc fou ! lui dit-elle en l'entraînant vers l'escalier.

S'étant défait de leurs chaussures, ils grimpèrent la volée de marches menant à l'étage, puis se dirigèrent vers le grenier. En passant devant la chambre d'Émile, Emma éprouva un vif plaisir : non seulement elle transgressait l'interdit qu'il lui avait imposé, mais en outre elle le narguait. Louis, en revanche, marchait la tête rentrée dans les épaules, craignant à chaque pas de se retrouver face à Émile. Après plusieurs haltes imposées par Emma pour détecter le moindre bruit suspect, ils arrivèrent enfin dans le grenier. Louis craqua une allumette, puis enflamma la mèche de la lampe à pétrole. Quand la flamme aux reflets jaunes et bleuâtres fut à son maximum, il jeta un coup d'œil autour de lui, avec le vague sentiment de violer l'intimité de la famille qui l'employait.

Même si les meubles, les vêtements et tous les objets étaient entreposés en désordre, il devinait qu'ils étaient de qualité et qu'ils avaient dû coûter fort cher. Il ne put alors réprimer un sentiment de jalousie en se rappelant les vieilleries entassées par son propre père, et qu'il avait jetées à sa mort. Dans ces familles, songea-t-il, la richesse s'exprime jusque dans les rebuts…

Emma remarqua son embarras. Elle le connaissait assez pour percevoir son amertume à la découverte de cette caverne d'Ali Baba.

— Un jour, lui dit-elle, je me débarrasserai de toute cette antiquaille, en les donnant à ceux qui en ont besoin.

Louis acquiesça d'un hochement de tête, tout en ouvrant une armoire où étaient impeccablement empilés des draps de lin et du linge de maison de bonne facture.

— Ce serait bien, en effet. Avec tout ce qui se trouve ici, on pourrait installer plusieurs familles dans un château ! Quand je vois l'équipement dont on dispose dans nos chambres…

Emma s'assit dans le fauteuil. L'envie de faire l'amour avec Louis s'était brusquement envolée. Sa remarque sur leur condition respective lui rappelait les propos d'Émile. Et s'il avait raison ? Si l'amour ne pouvait pas gommer les différences de milieu ? Elle ne sut qu'en penser, constatant seulement qu'elle n'avait jamais manqué de rien, qu'elle appartenait à une famille connue qui employait du personnel et qu'elle avait toujours disposé du confort moderne auquel on pouvait prétendre.

Repoussant cette réflexion, elle proposa à Louis de venir prendre sa place dans le fauteuil. Elle s'assoirait sur ses genoux. Alors, elle se laissa aller contre lui, la tête sur son épaule. Ils se tinrent cois de longues minutes, comme pour s'approprier les lieux ensemble.

Sans doute à cause de la neige qui étouffait le moindre bruit au-dehors, le silence semblait plus profond que d'ordinaire. Les animaux, les oiseaux et les insectes avaient déserté la planète, plus de souris en train de gratter ou de cavaler sur les poutres, plus de pigeons roucoulant sur le toit ni d'insectes virevoltant. Le bois des charpentes ou du parquet ne craquait plus, la pierre semblait figée. Même l'air était immobile.

L'oreille collée contre le cou de Louis, Emma percevait le rythme régulier de ses pulsations, le léger chuintement de sa respiration. Le temps s'était arrêté. Elle était heureuse.

Louis, pour sa part, vivait une expérience nouvelle. La peur qui l'oppressait à leur arrivée avait lentement reflué et, les yeux clos, il approchait maintenant les confins de pensées tumultueuses et confuses. Habitué d'ordinaire à les maîtriser, à les retenir quand elles venaient le mettre mal à l'aise ou lui faire peur, il acceptait de s'y perdre pour la première fois. Il en tirait un plaisir inédit, éprouvant la troublante sensation d'occuper davantage d'espace, de découvrir un ailleurs inconnu qu'il portait en lui sans le savoir. En outre, il se sentait rassuré par la douce pression du corps d'Emma, sa respiration, son odeur savonneuse, si familière.

Puis il perçut le contact léger des lèvres de la jeune fille sur les siennes, les effleurements de ses mains cherchant à éveiller son désir, la chaleur de sa peau contre la sienne… Indifférent au froid, à la mort qui rôdait à quelques pas de là, à la peur d'être surpris, à l'inconfort de leur position, il fit alors l'amour à Emma avec une fougue inhabituelle, et pourtant discrète, attentif qu'il demeurait à ne pas perturber l'instant de grâce qu'ils partageaient.

Blottis l'un contre l'autre, recouverts de quelques vêtements étalés sur leurs corps nus, ils revenaient lentement au monde quand, soudain, leurs regards se croisant, ils pouffèrent de rire. Ils venaient de sceller leur amour…

— Qu'est-ce que tu voulais me montrer, tout à l'heure ? demanda-t-il.

Après une hésitation, Emma lui conta l'histoire de sa mère : sa rencontre avec Hippolyte, les malheureuses années qu'elle avait vécues à ses côtés, sa prétendue folie, son départ définitif et, enfin, l'abondant courrier qu'elle avait reçu au cours de ces dernières années, et qu'elle ne lisait que maintenant. Emma ne dit rien toutefois de la lettre testamentaire arrivée durant l'été, son intuition lui soufflant qu'il était encore trop tôt pour associer Louis à son projet de vengeance.

Quand elle eut fini, elle se tut, guettant avec inquiétude la réaction de Louis.

— À la manière dont tu parles de ta mère, je sens que tu l'as aimée et que tu l'aimes encore, dit-il après un long moment de silence. Je ne l'ai pas connue, mais, si ça avait été le cas, je suis certain que je l'aurais appréciée, oui ! Ça devait être une sacrée bonne femme !

Elle l'étreignit et l'embrassa dans le cou.

— Tu as raison, je crois que vous vous seriez plu.

Après un nouveau silence, le froid devenant de plus en plus rude, ils se rhabillèrent.

— Je vais rentrer, dit Louis, c'est plus prudent. Et puis, savoir que ton père repose à côté…

Emma lui sourit.

— Je t'accompagne. Je préfère dormir avec toi.

— Tu ne crois pas que tu pousses un peu ? Découcher alors qu'Hippolyte… Le vieux risque de mal le prendre !

— T'inquiète, je sais ce que je fais. Il n'a plus rien à dire. Beaucoup de choses ont changé, et ce n'est pas fini…

Louis la dévisagea avec insistance, comme pour l'inviter à poursuivre.

— Nous serons bientôt ensemble, dit-elle en prenant la lampe à pétrole.

— Mais…

— Ne cherche pas à savoir, coupa-t-elle en posant son index sur la bouche de Louis. Tu sauras tout le moment venu.

Quelques instants plus tard, ils sortaient de la maison pour s'enfoncer dans la nuit froide.

En les entendant passer devant sa porte, Émile ne quitta pas son lit. L'envie ne lui en avait pas manqué, depuis qu'ils s'étaient rendus au grenier plus d'une heure auparavant, mais à quoi cela aurait-il servi ? Il avait vécu assez d'émotions dans la journée pour ne pas se précipiter au-devant d'un conflit avec Emma et ce couillon de Louis. Il préférait ronger son frein et réfléchir au moyen de gérer cette mésalliance.

Émile n'était pas stupide : considérant leur accord tacite, il savait qu'il n'avait plus l'autorité suffisante pour obliger Emma à se séparer de ce crétin.

Qu'elle baisât avec Louis ne le gênait pas plus que cela. Si elle y trouvait son plaisir, il n'avait rien à y redire, mais imaginer qu'elle pût en être amoureuse lui était intolérable. Dans ce cas, connaissant le caractère entier de la gamine, il était évident qu'elle voudrait l'épouser, ce qui *de facto* ferait de l'autre l'héritier de la Vernières. Il n'en était pas question ! Ses parents et lui-même n'avaient pas trimé comme des diables depuis des décennies pour qu'un jour sa terre, ses chevaux, ses bâtiments et sa fortune tombent dans les mains d'un déshérité, sans famille et sans talent.

— Plutôt crever ! marmonna-t-il en allumant.

Non, le jour où il quitterait cette putain de terre, il voulait au moins avoir la satisfaction de transmettre ses biens à qui le méritait.

Après avoir avalé le verre d'eau qu'il disposait toujours sur sa table de chevet, il se leva et s'approcha de la porte-fenêtre qui donnait sur le balcon. La nuit était très noire. Pris d'une soudaine envie de pisser, il ouvrit, et, pieds nus dans la neige, se soulagea. « Bon Dieu, qu'il caille ! songea-t-il. Il doit geler en profondeur… » Refermant rapidement, il fut heureux de retrouver la chaleur de son lit. Non, se répéta-t-il, il ne laisserait pas échapper ainsi sa fortune dans les mains d'un bon à rien.

Soudain, une idée d'une évidence désarmante germa dans son esprit. Dès le lendemain de l'enterrement d'Hippolyte, il irait rendre visite à maître Blanchard, et verrait avec lui comment faire pour la mettre en œuvre.

Cette pensée suffit à l'apaiser. Émile éteignit et s'endormit aussitôt, sans même une pensée pour son fils.

9

Le lendemain matin, la neige avait cessé de tomber. Une couche épaisse, gelée par un vent du nord, recouvrait la campagne. Levée très tôt, Margot avait déneigé le perron en l'aspergeant de grands seaux d'eau chaude. Arrivé un peu plus tard, Émile railla son initiative. Tout cela était bien inutile : dans quelques heures, ce serait de nouveau gelé… Ravalant son agacement, Margot lui servit son café et s'assit en face de lui pour éplucher des patates.

— Avec un temps pareil, les croque-morts vont avoir du mal à venir jusqu'ici pour la mise en bière, dit-elle. Pourtant, il ne faudrait pas qu'ils traînent trop : on ne peut pas laisser le cadavre de ce pauvre Hippolyte comme ça, il va finir par…

— T'inquiète, l'interrompit Émile, j'y ai pensé. Hier soir, j'ai ouvert sa fenêtre : avec ce froid, pas de risque qu'il se décompose, si c'est ça que tu crains.

Margot le dévisagea avec colère.

— Ce que tu peux être mufle ! Tu n'as donc de respect pour rien ?

Émile ricana. Décidément, songea-t-il, la vieille n'avait pas changé : toujours à cheval sur les principes ! Ne pas dire ci, ne pas dire ça, c'était déjà la même chose quand ils fricotaient ensemble, elle était toujours à lui faire la morale...

— Un mort, c'est un mort ! répliqua-t-il, attentif à se montrer le plus provocateur possible. Il se fout bien qu'il fasse chaud ou froid !

Margot se leva pour jeter dans le feu les épluchures rassemblées clans une feuille de papier journal.

— Maintenant qu'il n'est plus là, tu pourrais au moins le respecter. C'était ton fils, tout de même !

Comme Émile continuait de siroter son café, elle reprit :

— Ça ne te suffit donc pas de l'avoir tué, il faut encore que tu le salisses !

— Bon Dieu ! s'exclama Émile en reposant brutalement son bol. Qu'est-ce que tu racontes ? Il s'est tué tout seul en voulant me flanquer une correction !

— Un jour, c'est Dieu lui-même qui va t'en mettre une bonne, marmonna-t-elle, et, crois-moi, tu ne l'auras pas volée, avec tout le mal que tu as fait autour de toi !

— T'aimerais bien me voir crever, hein ? rétorqua Émile, hors de lui. Évidemment, tout est de ma faute et toi, la sainte-nitouche, tu n'aurais fait que regarder ! Tu me fais rire, tiens ! Autant que je me rappelle, je ne t'ai jamais entendue la ramener, jamais !

Secrètement heureuse de le voir sortir de ses gonds, Margot se tourna vers lui, le sourire aux lèvres.

— C'est vrai que je n'ai jamais rien dit, que j'ai couvert toutes tes saloperies depuis que tu es gamin, mais je n'en suis pas fière pour autant. J'ai été lâche, c'est tout, lâche parce que... je t'ai toujours aimé.

Émile la dévisagea, l'air égaré, le souffle coupé. Sa colère s'était envolée d'un coup.

— Tu m'as toujours aimé ? Où vas-tu chercher des choses pareilles ?

— Dans mon cœur, répliqua Margot. Évidemment, tu ne peux pas savoir ce que ça veut dire, toi, le dur à cuire, la brute de travail...

Elle se tourna vers la cuisinière et se moucha bruyamment. Puis elle reprit :

— J'aurais toutes les raisons de te haïr, mon pauvre Émile, de me venger de ta méchanceté, des souffrances que tu m'as infligées, de ton mépris... Mais je ne te ferai pas ce plaisir : d'autres s'en chargeront à ma place, et ce jour-là, crois-moi, je ne verserai pas une larme sur ton sort !

Émile s'apprêtait à répondre quand le ronronnement d'un moteur à l'extérieur attira son attention. Il sortit sur le perron. Le véhicule des pompes funèbres, un Citroën Type 23 noir flambant neuf, entrait dans la cour. Deux hommes costumés et coiffés d'une casquette grise en descendirent pour serrer la main d'Émile, avec l'air affligé de circonstance.

Émile se proposa de les aider à monter le cercueil à l'étage.

— Vous en faites pas, m'sieur, expliqua l'employé, ce serait plutôt une gêne que vous nous aidiez. On a l'habitude !

— Dans ce cas, je vous laisse faire, dit Émile, ravi d'échapper à cette corvée. On boira un coup quand vous aurez fini !

Il s'apprêtait à rejoindre les écuries quand l'un des gars l'interpella.

— Vous ne voulez pas vous recueillir avant qu'on referme le...

— Pour ça, demandez donc à la femme qui est dans la cuisine.

Il continua son chemin, laissant les deux hommes perplexes.

— Il ne devait pas l'aimer beaucoup, marmonna l'un des croque-morts.

— T'occupe, c'est pas nos affaires ! Viens plutôt m'aider à sortir le cercueil.

Ils le montèrent au premier étage avec la dextérité des professionnels, sans érafler le mur ni cogner la rampe. Margot, qui avait accepté de veiller Hippolyte une dernière fois, les suivait en marmonnant une prière.

Avant d'entrer dans la chambre mortuaire, elle frappa à la porte d'Emma. Comme elle n'obtenait pas de réponse, elle insista.

— Emma, ma petite, dit-elle, on met Hippolyte en bière. Tu devrais venir lui faire tes adieux...

Pensant que la gamine devait dormir profondément, Margot ouvrit. Le lit était vide. Elle haussa les épaules. Tant pis, elle n'irait pas la chercher où elle savait la trouver : il faisait bien trop froid, et puis elle n'avait pas envie de se retrouver les quatre fers en l'air en glissant sur une plaque de verglas...

L'affaire fut rondement menée. Après quelques minutes de recueillement, casquette à la main, les deux hommes s'affairèrent sous le regard de Margot, qui débitait son chapelet. En deux temps, trois mouvements, le cadavre, déjà raide, fut transféré dans le cercueil posé sur le sol, puis allongé délicatement dans son enveloppe de satin blanc.

Ils s'apprêtaient à refermer le couvercle quand Emma déboula dans la chambre, hors d'haleine.

— Ne refermez pas tout de suite ! dit-elle. Il n'a pas encore été béni.

Les deux hommes s'interrompirent, gênés, comme s'ils venaient d'être pris en faute.

— Mais, mademoiselle, balbutia l'un d'eux, c'est qu'on ne peut pas le laisser comme ça...

— On se débrouillera nous-mêmes ! coupa Emma. Venez le chercher demain à 9 heures pour la cérémonie.

— Mais, risqua l'employé, c'est qu'on a dit au m'sieur tout à l'heure que...

— Faites ce que je vous dis, interrompit sèchement Emma.

— Dans ce cas, on se sauve. Avec ce froid, c'est qu'on a encore pas mal de clients à faire...

Tandis que les deux hommes s'éclipsaient, Emma lança un regard mauvais à Margot.

— Tu aurais quand même pu le leur dire.

— Leur dire quoi ? s'énerva Margot. Qu'il n'avait pas la bénédiction du curé ? Qu'est-ce que ça peut bien faire ? Pour ce qu'il croyait en Dieu... C'est de la bénédiction des hommes dont il aurait eu besoin !

Sur ces mots, elle passa devant Emma en la bousculant, et descendit. Demeurée seule, Emma jeta un coup d'œil sur Hippolyte. L'idée saugrenue qu'il avait tout entendu lui traversa l'esprit. Mal à l'aise, elle quitta la chambre à son tour, en prenant soin de fermer la porte derrière elle.

Arrivée en bas, elle entendit le camion démarrer : les croque-morts avaient refusé de rester boire un verre. D'après Margot, vu la façon dont Emma les avait traités, ils avaient préféré prendre le large en vitesse.

Emma haussa les épaules et sortit.

Inquiet de ne pas voir venir le curé, Émile était allé le chercher en voiture. La route étant recouverte de neige gelée, le voyage avait été un enfer jusqu'à Narcy. Énervé par cette virée, Émile n'avait pas laissé le choix à l'abbé : il devait venir dare-dare bénir Hippolyte avant qu'on l'enferme une bonne fois pour toutes dans le cercueil.

Le prêtre, qui avait mauvais caractère et n'était déjà plus tout jeune, lui avait rétorqué que seul Dieu pouvait lui forcer la main quand il n'était pas disposé à faire quelque chose. Or, précisément, il n'avait guère envie de faire une dizaine de kilomètres pour aller bénir un mort qui, de toute façon, le serait encore lors de la cérémonie d'inhumation ! Par un froid pareil, avait-il ajouté, il serait bien mieux dans son presbytère, devant l'âtre, à lire des psaumes en compagnie de sa servante Adrienne. En guise de réponse, Émile avait saisi la capeline du prêtre et la lui avait tendue, en lui promettant de le ramener ensuite.

Il était près de 14 heures quand Émile et le prêtre arrivèrent à la ferme. Renfrogné, l'ecclésiastique n'avait pas prononcé une seule parole de tout le trajet. Dès qu'il fut sorti de la voiture, il gagna la cuisine d'un bon pas, désireux de ne pas s'éterniser. Émile, peu enclin à assister à la bénédiction, avait prétexté un bruit anormal dans le moteur pour y jeter un œil.

Quand le curé entra, Margot et Emma finissaient de ranger la vaisselle du déjeuner.

— Ah ! vous voilà, l'abbé, lança Margot.

Le curé ôta sa capeline et monta à la suite d'Emma avec sa petite mallette contenant un aspersoir, une croix et une étole – ses « outils », dit-il. Margot était restée en bas, considérant qu'elle en avait assez fait pour Hippolyte.

La cérémonie fut expédiée : quelques prières en latin, une giclée d'eau bénite et un signe de croix suffirent pour que l'abbé déclarât que le père d'Emma était fin prêt pour se présenter au tribunal de Dieu. De toute façon, avait-il ajouté, le bougre était bien trop brave pour que cela ne fût pas une simple formalité.

Comme Emma lui répondit que rien n'était moins sûr, le curé demeura perplexe. Toutefois, pressé qu'il était de rejoindre ses pénates, il se garda bien de demander des explications. Malgré sa hâte manifeste, il ne put néanmoins échapper au traditionnel « canon » qu'Émile offrait à tous ses visiteurs.

Très vite grisé par le vin, le curé finit par révéler à Émile et aux femmes réunies autour de lui les derniers potins de la région, évoqua une possible guerre avec l'Allemagne, puis, sans doute par opportunisme, lâcha quelques compliments sur Hippolyte, ce pauvre petit gars qu'il avait connu haut comme trois pommes. Quand il eut terminé, il avala un nouveau verre cul sec, puis rappela à Émile sa promesse de le ramener. Il ne fallait pas traîner : il arriverait tout juste pour dire sa troisième messe de Noël de la journée.

Quand Émile et le curé furent partis, Emma et Margot montèrent à l'étage pour rabattre le couvercle du cercueil. Cette fois, c'en était bel et bien fini d'Hippolyte. La servante essuya une larme, de convenance plus que de chagrin, tandis qu'Emma, indifférente, fixait les vis du cercueil en éprouvant un vif soulagement. Le défunt n'était plus visible, et cela lui était tout de même plus supportable. D'ailleurs, pour marquer aussitôt qu'il n'appartenait déjà plus à la maison, Margot changea les draps et refit son lit.

Après un après-midi sans grand relief que les deux femmes avaient passé à repriser dans la cuisine, Émile revint d'on ne savait où, et, sitôt le repas expédié, s'enferma dans son bureau. Emma, quant à elle, après avoir hésité à rejoindre Louis dans sa chambre, décida plutôt de monter se coucher. Elle avait besoin de solitude pour réfléchir plus à son aise à la suite de ses entreprises vengeresses.

Comme à son habitude, Margot fut la dernière à quitter la cuisine, après s'être assurée que tout était en ordre : les braises étaient correctement enfouies sous la cendre, la cuisinière, rutilante, et aucune vaisselle sale ne traînait. Par souci du détail, elle déplaça une boîte à sucre qui lui semblait être décentrée sur le linteau de la cheminée, puis sortit, une lampe à pétrole à la main.

En arrivant dans sa chambre, elle grelottait. Décidément, plus les jours passaient, plus elle déclinait. Elle avait beau se répéter que tout cela était normal au regard de son âge, rien n'y faisait : elle n'acceptait pas de vieillir.

Comme la pièce était glacée, elle se glissa prestement entre les draps. Poussant un soupir de satisfaction, elle éteignit, puis remonta sur elle l'édredon de plumes. Recroquevillée, elle voulait attendre de se réchauffer, mais s'endormit presque dans l'instant, oubliant même de réciter sa prière du soir.

Il était environ une heure du matin quand elle fut réveillée en sursaut par le grincement de sa porte. Elle n'éprouva aucune crainte : son bel Armand venait simplement dormir à ses côtés. Sans même prendre la peine d'allumer, elle se poussa vers le fond du lit pour qu'il profitât de la chaleur. Lorsqu'il fut allongé, elle vint se coller à lui, la tête calée sur son épaule encore musculeuse, et l'embrassa dans le cou. Il lui rendit son baiser puis, avec douceur, la caressa jusqu'à ce qu'elle gémît dans ses bras.

Après un temps de silence, elle se glissa contre lui.

— C'était bon, tu sais, lui chuchota-t-elle à l'oreille. Dommage que je n'aie plus la même carcasse qu'à vingt ans, sinon je t'en aurais fait voir !

Il éclata d'un rire joyeux et ronflant d'emphysémateux, puis, l'enlaçant, lui posa un baiser sur le front.

— Bah ! dit-il. Satisfaisons-nous de ce que l'on est ! On n'a pas trop à se plaindre…

— Tu as peut-être raison, mais ce n'est pas ce qui me tracasse le plus…

Comme elle laissait sa phrase en suspens, Armand garda le silence. Il la connaissait, sa Margot ! Pas la peine de la forcer : ce qu'elle avait à dire viendrait en son temps. Il repensa alors à toutes ces années passées ensemble, plus ou moins au nez et à la barbe des autres. Leur histoire d'amour, commencée après que Margot eut été lâchée par l'autre salaud d'Émile, était la plus belle chose qui lui fût arrivée dans sa putain de vie. Oui, une putain de vie, faite de labeur, de silence et d'abnégation...

Armand avait toujours trimé comme un âne, déjà à la ferme parentale. Sitôt l'école finie, ses parents l'avaient mis au travail, considérant qu'il n'avait pas à perdre son temps à apprendre des fadaises. « Ce n'est pas parce que tu sauras où se trouve le Tonkin que tu sauras faire pousser le blé ! » lui avait dit son père. Cela ne lui avait d'ailleurs pas pesé, Armand trouvant normal de se former au rude métier de la terre. C'était pour lui dans l'ordre des choses. Un jour, pensait-il, il reprendrait le domaine et agirait de même avec ses enfants. Seulement, le destin lui avait joué un sale tour...

— À quoi penses-tu ? demanda Margot.

Armand haussa les épaules.

— À ce fichu passé... Si toutes ces merdes n'étaient pas arrivées, on aurait aujourd'hui notre chez-nous sans avoir à dépendre de ce salaud.

Elle le serra contre elle.

— À quoi bon remuer le passé ? Cela devait être ainsi, voilà tout.

— N'empêche, ça fait quand même mal !

Oh ! oui, ça faisait mal. Un père qui se pend et une mère qui en perd la boule, vacherie de vie ! Surtout qu'Armand n'avait jamais compris pourquoi. Rien n'avait laissé prévoir un tel drame, rien ! Il avait eu beau chercher, il n'avait rien trouvé dans la vie de son père qui justifiât son acte. L'homme était un travailleur, il ne buvait pas, ne fréquentait pas. C'était un homme bien, et tous ceux qui le connaissaient l'avaient confirmé. Personne n'avait eu d'explication à lui donner, pas même sa mère, qui, peu après, en avait perdu la raison. Ce mystère l'avait toujours poursuivi. Encore aujourd'hui, il ne se passait pas une journée sans qu'il y repensât.

De ce jour maudit, tout était allé de travers. En reprenant la ferme, il s'était aperçu très vite qu'il ne s'en sortirait pas : son père s'était trop endetté, et sa mère, avant de glisser lentement vers la mort, un soir d'avril 1886, était devenue une charge trop lourde.

Plusieurs années durant, il avait lutté, seul contre tous, mais avait dû finir par rendre les armes. C'est là que ce salaud d'Émile était apparu, tel un vautour, avec sa prestance et sa belle gueule. Apprenant qu'Armand était ruiné, il lui avait proposé de racheter sa ferme et d'éponger ses dettes, en échange de quoi il le prendrait comme commis à la Vernières.

— Je sais que ça fait mal, reprit Margot, mais c'est inutile de ressasser. Ce qui est arrivé n'est pas ta faute, oublie et vivons ce qui nous reste à vivre le mieux possible...

Il haussa les épaules.

— Je sais que c'est toi qui as raison, mais je ne me résoudrai jamais à accepter, jamais ! Encore moins quand je repense à cette ordure qui a fait de nous des esclaves et des complices...

Margot lui caressa le torse.

— Cesse de tout voir en noir ! C'est vrai que c'est une ordure, j'ai même été payée pour le savoir, mais c'est grâce à lui que nous nous sommes rencontrés et aimés.

— Pourquoi faut-il que tu lui trouves sans cesse des excuses ? s'emporta soudain Armand. Il s'est toujours fichu de nous, comme de tout le monde, d'ailleurs ! Il n'y en a eu que pour lui : le pognon, les filles, le pouvoir, tout cela en répandant le malheur, la haine et la mort autour de lui ! Je veux qu'il paye pour tout ça, tu m'entends ? Je veux le voir en baver à son tour, lui faire comprendre ce que c'est que de ne rien avoir à soi, de trimer pour bouffer, de fermer sa gueule parce qu'on n'est pas bien né...

Margot ne répondit pas, attendant qu'Armand se calmât. Elle en profita pour rassembler ses arguments : il lui fallait absolument le convaincre, et cette nuit même, avant que n'arrivât le nouveau drame qu'elle pressentait.

— Tu es prêt à m'écouter ? demanda-t-elle alors avec douceur.

Comme il ne répondait pas, elle reprit :

— Ne m'interromps pas, surtout. Je souhaiterais aller jusqu'au bout de mes pensées, et tu sais combien c'est difficile pour moi. Je voudrais d'abord que tu te mettes dans ta sale caboche que je ne trouve aucune excuse à Émile. C'est le diable en personne ! Je sais tout le mal qu'il a fait autour de lui, je connais sa violence, son égoïsme, sa méchanceté. Un livre ne suffirait pas à raconter tout ce que j'ai vu, enduré – et couvert, aussi. Mais, que veux-tu, je l'ai aimé, c'est vrai, et, quoi qu'on dise, je sais qu'il m'a aimée aussi. Durant ces années, je l'ai connu attentif, généreux et joyeux. Il l'est d'ailleurs resté quand il a connu Charlotte... À l'époque, il n'était pas méchant pour un sou, même avec toi. S'il t'avait racheté, il respectait son engagement. En fait, tu le sais bien, c'est à la mort de Charlotte que tout a commencé à aller de travers. Quelque chose s'est cassé en lui. C'est à ce moment qu'il est devenu odieux avec tout le monde. Avec moi, d'abord, qu'il traitait comme une putain, avec Maxime et Hippolyte, plus tard avec Jeanne, et avec toi aussi, et tout le personnel... Personne n'y a échappé. C'est ce qui me fait dire qu'il n'est pas entièrement fautif : lui aussi a souffert. Je me rappelle comment le traitait sa harpie de mère, combien il a été choqué par la disparition de Charlotte, et je sais de quoi je parle.

Il n'y avait pas une nuit sans qu'il vienne pleurer dans mes bras, menaçant sans cesse de se suicider. Je ne peux pas oublier tout ça...

— Et alors ? objecta Armand d'un ton agressif.

— Tais-toi, lui dit-elle en lui caressant le visage, je n'ai pas fini... Vois-tu, j'ai beaucoup réfléchi ces derniers mois. Comme toi, j'ai toujours pensé qu'il devait payer et que nous devions nous venger. Et puis, il y a quelques semaines, j'ai commencé à changer d'avis.Sans t'en parler. D'abord, parce que je n'étais pas certaine d'avoir raison, mais aussi parce qu'il fallait que j'arrive à surmonter ma propre haine. Ça m'a pris du temps, mais j'y suis parvenue. Pas toute seule, d'ailleurs : Emma, sans même s'en rendre compte, m'a beaucoup aidée. Maintenant, elle me fait peur. J'ignore ce qu'elle manigance, mais je suis certaine d'une chose, c'est que ce sera bien pire que tout ce que nous aurions pu imaginer. Bien pire aussi que tout ce qu'Émile a pu faire.

— Qu'est-ce qui te fait dire ça ? demanda Armand en se tournant vers elle. Elle n'a pas l'air si méchante, pourtant !

— Oh ! c'est vrai qu'on lui donnerait le bon Dieu sans confession, mais j'ai mes antennes ! Je suis certaine qu'elle trame quelque chose, et ça, je ne le veux pas. On a connu assez de malheurs, ici ! C'est pour ça que je voudrais qu'on pardonne à Émile, toi et moi. Je le souhaite aussi parce que je ne veux pas que nous quittions cette terre avec la haine au cœur. Pour ça, Dieu nous punirait. Je voudrais aussi qu'on réconcilie la petite avec son grand-père, parce que je veux que nous soyons pleinement heureux, toi et moi, et que c'est la seule manière d'y arriver. Parce qu'il faut aussi qu'Emma apprenne à aimer avant de haïr, même si sa pauvre maman l'a abandonnée et qu'elle n'a pas eu de père. Je l'aime, cette petite. Rappelle-toi, lorsqu'elle est née, je t'avais dit que je l'aimerais comme ma fille...

Margot s'interrompit, au bord des larmes. Il lui avait été difficile, et douloureux, d'en dire autant, mais il le fallait. Elle se le devait à elle-même, aux autres, et enfin à Dieu, en qui elle croyait de toutes ses forces.

Sentant ses larmes couler sur son épaule, Armand l'enlaça. Il n'aimait pas la voir triste, sa Margot, et puis, ce qu'elle venait de dire l'avait ému, surtout quand elle lui avait fait comprendre que leur propre amour devait aider les autres à s'aimer. Eh bien, soit, il la suivrait ! Pour marquer son consentement, il l'embrassa sur la joue, sans dire un mot.

— Merci, murmura Margot. Je savais que tu me comprendrais...

Rassurée, elle se pelotonna contre Armand et, les yeux grands ouverts, adressa une prière muette à ce Dieu qui l'avait accompagnée sa vie durant. Elle sentait sa présence, là, autour d'elle, dans l'obscurité. Elle lui sourit, fière d'accomplir la mission qu'il lui avait confiée. Elle s'endormit très vite, impatiente d'être au lendemain.

La messe d'enterrement ne put commencer à l'heure, ceux qui souhaitaient y assister ayant été retardés par la neige. Pressé d'en finir, Émile n'avait cessé de harceler le curé pour qu'il commençât, mais celui-ci avait refusé, prétextant qu'Hippolyte méritait d'avoir une belle assistance pour quitter ce monde.

Assis au premier rang, face à l'autel, Émile rongeait son frein, évitant de regarder le cercueil disposé sur des trépieds, à sa gauche. Il ne cessait de se retourner, s'exaspérant de la lenteur avec laquelle l'église se remplissait.

Il avait du mal à juguler sa colère. S'il n'en avait tenu qu'à lui, il aurait fait l'impasse sur la messe. À quoi cela rimait-il ? Pas plus que lui, Hippolyte ne croyait en Dieu, et quand bien même ce Dieu existerait, il y avait peu de chances pour qu'il accueillît le bougre à bras ouverts. Pour lui, ces bondieuseries n'étaient qu'une supercherie pour jobards. On naît, on vit, on meurt, pas de quoi en faire tout un plat, pas de quoi se poser des questions inutiles ou perdre son temps à espérer. Mécréant il était, mécréant il resterait ! Voilà pourquoi il portait un regard amusé aux statues, icônes désespérantes et vitraux triomphants de l'église.

En cet instant, sa seule préoccupation était de reprendre le contrôle des événements. Il fallait remettre tout le monde au pas à la Vernières, préparer les employés à la prochaine saison et gagner de l'argent pour acquérir de nouveaux matériels plus performants. Peut-être achèterait-il même un nouvel étalon pour monter deux ou trois de ses juments.

Il fut tiré de ses pensées par le curé, qui invitait l'assistance à se lever. Après un brouhaha d'éternuements et de bruits divers, il y eut un moment de silence, puis s'éleva enfin la mélodie aigrelette de l'harmonium, invitant chacun à plonger dans la méditation.

Debout à droite du cercueil, Emma se crispa en entendant les premières notes de ce qui était censé être une marche funèbre. Cette musique lui semblait si peu en accord avec l'atmosphère de deuil et de mort qui régnait dans l'église qu'elle aurait volontiers hurlé au pianiste d'arrêter, d'autant que cette dissonance musicale soulignait celle de ses propres pensées et de ses émotions. En elle, pas de tristesse, mais au contraire une profonde satisfaction. Cette disparition ne lui causait aucun chagrin, et elle refusait de jouer la comédie. Si elle n'avait pas concouru à la mort d'Hippolyte, elle l'avait ardemment souhaitée, et elle aurait même pu en être l'instigatrice. En cet instant, tandis que jouait l'harmonium, son point de vue se résumait à cette simple évidence : Hippolyte n'avait eu que ce qu'il méritait !

Alors, bien loin d'écouter le curé qui ânonnait des prières en latin, Emma préférait imaginer l'avenir. Cette fois, elle serait le bras vengeur, elle déciderait de la manière, du lieu et du moment. Sa vengeance, elle la voulait propre, nette, et rapide. Symbolique, aussi. Au moment de mourir, il fallait impérativement que ce salaud d'Émile comprît pourquoi il avait payé. Enfin, sa mort devrait être considérée comme naturelle ou accidentelle. Ne restait plus qu'à imaginer la mise en scène.

Se tournant vers sa gauche, Emma croisa le regard de Margot, qui la dévisageait depuis un moment. Elle détourna les yeux pour échapper au reproche muet qu'elle lui adressait. Ce petit manège, qui durait depuis quelques jours, l'agaçait au plus haut point, convaincue qu'elle était que la servante voyait clair dans son jeu.

Margot priait avec ferveur, tentant ainsi d'approcher l'insondable mystère de Dieu. Il était là, proche, elle en était certaine. Il accueillait Hippolyte dans son royaume, bras écartés, paumes ouvertes, comme le représentaient les images de catéchisme qu'elle conservait pieusement dans son missel. Il lui souriait, la tête ceinte d'une aura lumineuse, et lui pardonnait.

Ce pardon suprême était pour elle sa seule vraie raison de croire, d'espérer un monde meilleur, précisément parce qu'elle savait qu'on ne pardonne rien dans celui des hommes. Parfois, emportée par son exaltation, elle glissait un œil vers Emma, espérant que celle-ci, sous l'effet de ses prières, témoignerait qu'elle avait elle aussi abandonné l'idée de se venger. Au lieu de cela, Margot ne percevait chez la jeune femme qu'une froide indifférence qui lui glaçait le sang.

La messe finie, certaine que ses prières n'avaient pas été exaucées, elle se résolut à lui parler. Dieu lui soufflerait au moment opportun les arguments pour la convaincre…

La montée au petit cimetière fut pour le défunt celle du Golgotha. La côte étant enneigée et gelée, le cheval, malgré ses efforts, ne parvenait pas à tirer le corbillard. À chacune de ses tentatives, ses sabots ferrés glissant sur le verglas, il se retrouvait de travers, hennissant comme un beau diable.

Agacé par ce raté qui pouvait mettre à mal l'image de la maison, l'un des croque-morts sollicita alors le concours des hommes les plus costauds pour soulager l'animal. Qui poussant, qui tirant, une bonne dizaine d'entre eux se mirent aussitôt à la manœuvre. Jusqu'à mi-pente, tout se passa plutôt bien, quoique l'un ou l'autre se retrouvât parfois les quatre fers en l'air, suscitant rires et plaisanteries. Le défunt devait savoir qu'il méritait l'enfer, et il n'avait visiblement pas envie d'y aller…

La situation se corsa un peu plus haut, quand, les hommes commençant à faiblir, le corbillard se mit de nouveau de travers et s'immobilisa par miracle contre le talus. Cette fois, excédé par ce spectacle ridicule, Émile requit l'aide d'une autre poignée d'hommes. Bon Dieu, cela commençait à suffire ! Hippolyte n'avait peut-être pas envie de se retrouver là-haut, mais il fallait bien qu'il y aille tout de même !

Quelques minutes plus tard, le corbillard fut enfin amené au sommet de la côte, sous le regard goguenard de ceux qui avaient choisi d'emprunter un chemin de traverse. Rageur, Émile demanda alors sèchement au curé de presser le mouvement. Mal lui en prit : l'abbé rétorqua qu'Hippolyte avait droit, comme tous les pécheurs, à des paroles réconfortantes avant de se présenter au tribunal de Dieu, et que cela prendrait le temps qu'il faudrait.

Ravalant son humiliation d'avoir été rembarré au vu et au su de tous, Émile gagna le premier rang de l'assistance, attendant que le cercueil fût disposé sur deux madriers au-dessus du caveau par les employés des pompes funèbres. Toutefois, le cureton ne perdait rien pour attendre : il n'aurait pas un fifrelin pour le denier du culte !

Soudain, alors que le prêtre entamait la lecture des textes consacrés aux défunts, la neige se remit à tomber à gros flocons. Poussés par les rafales, ceux-ci eurent tôt fait de décourager les meilleures âmes. À l'arrière de l'assistance, les rangs furent vite clairsemés. Devant, engoncés dans leurs vêtements, serrés les uns contre les autres, les gens commençaient aussi à s'impatienter, qui soufflant dans ses mains, qui battant la semelle. Même Margot, appuyée au bras d'Emma, en oubliait de marmonner ses prières.

Prenant conscience qu'il ne pourrait réciter tous les textes liturgiques, l'abbé prit alors prétexte du temps pour conclure :

— Puisque Dieu me demande d'accélérer, je vous demanderai seulement un moment de recueillement tandis que je bénis Hippolyte une dernière fois.

Le signe de croix effectué, les deux croque-morts se précipitèrent sans même attendre l'autorisation d'Émile. En quelques secondes, les madriers furent ôtés, et le cercueil disparut dans la fosse. Toujours à la hâte, les hommes firent alors glisser la pierre tombale sur l'encadrement en granit, tandis que les femmes disposaient les fleurs autour. Il fallait se dépêcher si l'on voulait encore pouvoir rentrer chez soi. Avec une neige et un froid pareils, sûr que les routes allaient devenir rapidement impraticables…

Le cimetière se vida en quelques minutes, chacun s'égaillant dans une direction ou une autre pour prendre sa voiture ou son attelage. Avec une magnanimité inhabituelle, Émile proposa même d'aller chercher la voiture garée à côté de l'église pour venir prendre Emma et Margot devant le portail.

En attendant, les deux femmes, pelotonnées l'une contre l'autre, se réfugièrent derrière la haie de buis délimitant l'entrée du cimetière pour se protéger du vent. Même si elle savait que l'instant était mal choisi, Margot décida de parler à Emma.

— Je voudrais que tu arrêtes, ma fille. Pendant qu'il en est encore temps.

Affectant la surprise, Emma se tourna vers la servante.

— Que j'arrête quoi ?

— De vivre dans la haine ! Abandonne tes mauvaises pensées, pardonne…

Emma détourna le regard : ce n'était pas le moment d'entamer une conversation avec Margot à ce sujet. Sa vengeance n'était plus qu'une question de temps et d'opportunité.

Margot se plaça face à elle et, lui serrant l'avant-bras, l'obligea à la regarder.

— Écoute-moi, Emma. Je ne sais ce que tu mijotes, mais mon intuition me dit que ça ne doit pas être chrétien. J'ai bien réfléchi : Émile a beaucoup de torts, mais il ne les a pas tous. Hippolyte, ta mère et moi aussi avons notre part de responsabilité. Je t'en prie, pardonne ! Il le faut, si tu veux être heureuse. Je l'ai fait, moi aussi, même si j'avais comme toi l'idée de me venger…

— Laisse-moi ! s'exclama Emma en se dégageant. Je ne comprends pas ce que tu me racontes.

— Emma ! insista Margot. Pardonne pour Jeanne ! Je suis certaine qu'elle l'aurait souhaité elle aussi !

Emma ouvrit le portail.

— Allons sur la route, dit-elle, Émile ne va pas tarder.

Margot lui emboîta le pas, priant pour trouver les mots qui toucheraient le cœur de la jeune fille, mais rien ne venait. Malgré le froid et la neige qui lui fouettait le visage, elle sentit les larmes perler à ses paupières et un sentiment d'impuissance l'envahir.

Elle s'apprêtait à reprendre la parole quand Émile arrêta la voiture à leur hauteur.

— Allez, les femmes ! On monte en vitesse !

Plusieurs véhicules ayant déjà emprunté la route avant eux, la chaussée était devenue praticable. Ils roulèrent en silence jusqu'à la ferme. Le regard tourné vers la campagne blanche, Emma songeait qu'en d'autres temps elle aurait eu envie de peindre ce paysage immaculé, et pourtant si triste. Pour rendre cette impression plus palpable, elle aurait travaillé sur les blancs et les gris, s'attachant à décliner leur grande variété de nuances qui faisaient se mêler, au loin, le ciel et la terre. Elle aurait tenté de fondre la blancheur laiteuse de la neige dans la grisaille du ciel pour gommer l'horizon et restituer la sensation d'infini que ce spectacle éveillait en elle…

Soudain agacée par ce qu'elle considérait désormais comme de la sensiblerie, elle détourna le regard. Aujourd'hui, tout cela appartenait au passé. Elle n'avait plus envie de peindre. En cette minute, elle n'éprouvait qu'un désir : retrouver sa mère. Aussi, dès qu'ils furent de retour à la ferme, elle se précipita au grenier, indifférente aux regards désapprobateurs d'Émile et Margot.

Ma fille chérie,

Ce n'était pas un clair matin d'été que celui qui m'amena au bord du lac Léman après une nuit de chemin de fer. Il pleuvait depuis l'aube. Une pluie incessante, irrémédiable, noyait tout le paysage. Des nuages gris tramaient au bas des montagnes entièrement cachées. Les jardins des petites gares offraient des parterres ruisselants aux yeux des voyageurs, les prairies étaient inondées, les sentiers qui grimpaient le long des pentes étaient autant de torrents en miniature... Cependant, lorsque la courbe de la voie me révéla tout à coup, entre les maisons des rives, l'eau calme du lac, je ressentis une joie extrême.

Après la courte halte entre les sapins, je descendis un petit chemin bordé d'arbustes ruisselants. Toutes les odeurs de la terre, de la verdure mouillée, m'environnèrent, tandis que la pure senteur des sapins, les frais effluves des potagers mouillés me pénétraient de leur souffle pur.

Mais, puisque tout déluge comporte une fin et un arc-en-ciel, après quelques jours de tempête, la lumière revint. Ce fut alors la transparence d'un air encore moite, la révélation des cimes peu à peu dégagées des nuées et qui se dressaient, légères et fines, sur le bleu d'un ciel rajeuni. Les fleurs des jardins secouèrent leurs gouttes d'eau, les roses se relevèrent, ayant abandonné dans l'herbe quelques pétales tombés, tandis que les dahlias rouvraient leur corolle éclatante sous le soleil. Et le lac étincela malgré les brumes lointaines qui se dissipèrent bientôt comme des fumées. À peine quelques vapeurs s'attardaient-elles sur le flanc des montagnes, les mouettes se posèrent sur l'eau d'argent, les cygnes neigeux reprirent leur nage lente vers les rives accueillantes où les barques se séchaient au soleil.

Je vis ici au long des jours quelques heures d'enchantement au bord de ce lac aux larges horizons. Toutes les nuances du ciel s'y reflètent avec la profondeur et l'irrégularité des échos. C'est parfois le calme immense d'une eau où les rives lointaines se répètent en profondeur, à ce point semblables qu'on ne saurait plus où se trouve leur bord, si quelque poisson, en un furtif éclair, ne traçait sur ce mirage des anneaux d'argent s'élargissant.

Mes amis possèdent ici une villa, sur le bord du lac, dont je profite avec allégresse sous les encouragements de mon amie. Il est temps maintenant de poser la plume, mais sache que tu ne quittes jamais mes pensées.

Maman.

Dans les jours qui suivirent l'enterrement, la vie semblait s'être éteinte à la Vernières. Hormis les traites régulières et quelques réparations à opérer çà et là, les ouvriers n'avaient plus grand-chose à faire. Alors, le plus souvent, ils se retrouvaient dans la salle commune de leur bâtiment et, s'installant devant la cheminée où ils avaient allumé un grand feu, tapaient le carton en buvant et fumant jusqu'à la tombée de la nuit.

Normalement, ils auraient dû venir manger à la ferme à cette heure-là, comme ils le faisaient à la bonne saison, mais il faisait tellement froid ces jours-ci qu'Émile avait accepté, à la demande d'Armand, qu'ils prissent leur repas ensemble dans la maison qui leur était réservée – au grand soulagement de Margot qui appréciait de ne plus voir sa cuisine souillée.

Ce soir-là, Louis venait de repartir, en compagnie d'Armand, avec la cocotte brûlante où grésillait encore un canard rôti, quand Émile, attablé avec Emma, appela Margot pour qu'elle les servît immédiatement. Il avait ses comptes à faire, et il n'acceptait pas qu'elle s'occupât des ouvriers à son détriment.

La servante, trop occupée à préparer une sauce, ne répondit pas. Ce n'était pourtant pas l'envie qui lui en manquait : depuis l'enterrement, la vie à la Vernières était devenue un enfer. Émile était plus despotique que jamais, non seulement avec elle, mais avec tout le personnel. Quoi qu'on fît, c'était mal fait ; quoi qu'on dît, c'était stupide. Rien ni personne ne trouvait grâce à ses yeux, pas même

Emma, qu'il rudoyait aussi pour des broutilles. Ce qui troublait le plus Margot était la patience avec laquelle la jeune fille encaissait les propos virulents de son grand-père. Cela ne lui ressemblait pas : d'ordinaire, vu son caractère entier, la petite aurait rué dans les brancards, mais là, rien. Or, une telle attitude de sa part ne pouvait que dissimuler des intentions peu louables...

Après avoir disposé un autre canard rôti dans un plat, Margot le porta à la salle à manger, où Émile et Emma attendaient en silence. Le silence lui sembla si hostile et lourd de menaces que la servante ne s'attarda pas.

— Ferme la porte, lui lança Émile avant qu'elle sortît, et attends que je t'appelle pour revenir. Nous avons à parler, Emma et moi.

Margot claqua la porte, ulcérée d'être ainsi traitée et de se sentir impuissante. La situation lui échappait. Désormais, elle n'avait plus aucun doute quant à la survenue d'un nouveau drame.

Émile se servit et poussa le plat vers Emma. Il se fichait bien de se montrer poli ou attentionné envers elle. Désormais, tout allait changer à la Vernières, pour elle comme pour les autres. Depuis l'enterrement d'Hippolyte, il avait réfléchi : tout devait redevenir comme avant, il était et serait le patron jusqu'à la fin. Et sa petite-fille, bien qu'elle sût la vérité sur la mort d'Hippolyte et possédât des prédispositions pour lui succéder, devrait elle aussi en passer par ses propres volontés, à commencer par sa manière d'envisager son avenir.

Qu'elle fréquentât toujours Louis entrait pour une grande part dans la colère d'Émile. Même s'il n'en avait rien dit, savoir qu'elle s'était rendue au grenier avec lui et qu'ils y avaient fait l'amour l'avait mortifié. Comment avait-elle pu s'autoriser un tel comportement, le provoquer à ce point ? Croyait-elle donc qu'elle avait le pouvoir de lui imposer ce moins que rien au prétexte qu'ils partageaient leur mensonge ?

Sa colère s'était muée en rage. Son orgueil avait été atteint, il se sentait humilié, et c'était la raison pour laquelle il avait décidé, ce soir, de n'accepter aucune concession. Emma obéirait, ou alors elle ne serait plus son héritière.

— Il faut que je te parle, dit-il sèchement alors qu'il terminait de manger.

Emma, qui avait à peine touché à son assiette, releva la tête et soutint son regard, ni surprise ni impressionnée. Depuis l'épisode du grenier, elle s'attendait à cette confrontation, certaine qu'Émile les avait entendus, elle et Louis. Mieux, elle avait déjà prévu ce qu'il lui dirait et ce qu'elle lui répondrait.

— Je t'écoute, répondit-elle tout aussi froidement.

— Je ne veux pas que tu continues de fréquenter Louis, et encore moins que tu oses l'amener ici, sous mon toit. J'attends donc que tu te sépares de lui. Je suis même prêt à lui trouver une place mieux rémunérée dans une ferme du canton. Sinon…

— Sinon ?

— Je te déshériterai ! Tu n'auras rien, c'est clair ? Jamais je ne céderai le domaine à ce pauvre type !

Emma ne put se retenir de sourire. Émile était décidément si prévisible… Elle feignit de réfléchir un instant avant de reprendre la parole.

— Inutile de monter sur tes grands chevaux, dit-elle d'un ton suave, je n'ai pas besoin de toi pour savoir que Louis n'est pas à la hauteur. Comment peux-tu croire un seul instant que j'aie l'intention de l'épouser ? Me prendrais-tu pour une gourde sans cervelle ? Je n'ai pas besoin de te faire de dessin : si je le fréquente, c'est tout simplement parce que j'y trouve du plaisir, ça ne veut pas dire que je compte lui donner les clés de la Vernières par un mariage.

Surpris, Émile la dévisagea. Sa colère ressassée depuis des jours s'évanouit d'un coup.

— Alors pourquoi l'as-tu défendu bec et ongles jusqu'à présent ? Pourquoi m'avoir dit que tu l'aimais ?

Son regard toujours rivé dans celui d'Émile, Emma but lentement son verre d'eau.

— Tu n'as rien compris. Je ne conteste pas ton opinion sur Louis, et encore moins ton refus de le voir un jour à la tête du domaine. Ce que je refuse, c'est que tu te mêles de ma vie intime.

Autant que je sache, tu ne t'es jamais gêné pour aller à Châteauneuf ou ailleurs rencontrer des filles… Y ai-je vu à redire ? Non. Tu en as besoin, comme tout homme… Eh bien, figure-toi que c'est la même chose pour moi ! La seule différence, vois-tu, c'est qu'il n'existe pas de bordels pour les femmes. On prend ce qu'on trouve, là où on vit…

Emma se retenait de rire, consciente de la crudité de ses propos et de l'effet qu'ils auraient sur Émile, qui la fixait, l'air égaré. Jamais de sa vie il n'avait entendu une femme parler de la sorte, et encore moins une gamine ! Il était si estomaqué qu'il ne savait s'il devait s'en offusquer ou au contraire l'admirer. Comme il ne disait toujours rien, Emma reprit, un sourire aux lèvres :

— Je t'en prie, ne feins pas d'être choqué ! Je vis ici depuis toujours. J'ai eu l'occasion de voir la manière dont les hommes satisfont leurs désirs, toi le premier ! Alors, si tu le veux bien, parlons plutôt de choses sérieuses : as-tu un parti à me présenter ? Quelqu'un que tu apprécierais voir à la tête du domaine et dans mon lit ? Je suis prête. C'est bien ce que tu veux, non ?

La tête défaite d'Émile valait pour Emma le spectacle le plus comique qu'il lui avait été donné de voir. Affalé dans son fauteuil, les yeux écarquillés, la bouche entrouverte, l'homme, d'ordinaire si sûr de lui, imposant et hâbleur, semblait avoir perdu l'usage du geste et de la parole.

— Eh bien ! Si j'avais cru que..., finit-il par balbutier en se redressant sur son siège.

Les mots ne lui venaient pas. Comment cette gamine, même s'il n'avait jamais nié son intelligence, avait-elle pu le mettre ainsi au pied du mur ? C'était un comble ! Lui qui croyait mener la danse, le voilà qui se retrouvait à devoir répondre à Emma. C'était tout juste s'il ne devait pas s'excuser de ne pas l'avoir comprise. Cette situation inattendue le troublait. Son amour-propre, il le ressentait douloureusement, en avait pris un coup, en même temps qu'il se sentait l'objet d'autres sentiments, plus contradictoires : la joie d'être compris par sa petite-fille, l'admiration qu'il éprouvait à son égard, mais aussi une méfiance grandissante devant tant de malice.

Pour reprendre l'avantage, car il se savait engagé dans un rapport de forces, Émile sourit, s'efforçant de paraître le plus décontracté possible.

— C'est bien, ma petite fille ! T'entendre parler ainsi me réjouit et me tranquillise. J'avoue n'avoir pas compris ça lorsque nous nous sommes parlé ces derniers temps, mais, puisque tu te dis prête à adopter une attitude conforme à ce que j'attends, j'ai effectivement une proposition à te faire...

Suspendant la suite de sa phrase, il la regarda, goûtant l'effet de ses paroles sur Emma. Comme il s'y attendait, celle-ci n'était pas parvenue à masquer son étonnement.

— Vraiment ? s'exclama-t-elle en donnant l'impression d'avoir été prise à son propre piège. Je serais heureuse de savoir à qui tu penses...

Émile se cala alors dans son fauteuil, un sourire aux lèvres.

— Eh bien, je pense que vous formeriez un beau couple respectable avec le docteur Colliard.

— Le docteur Colliard ? répéta-t-elle sous le coup de la stupéfaction. C'est impossible !

Émile éclata de rire.

— Pourquoi donc ?

— Je ne sais pas... Il est médecin, et je ne suis qu'une paysanne. Héritière, certes, mais une paysanne tout de même !

— « Une paysanne » ! répliqua Émile en se redressant sur son siège. Tu n'es pas une « paysanne », tu m'entends, mais une propriétaire terrienne, voilà ce que tu es ! Et riche, de surcroît, ce qui n'est pas son cas. Il a beau avoir fait des études, il est sans le sou et, crois-moi, il sera bien heureux d'en avoir le jour venu.

— Je veux bien ne pas être une paysanne, dit Emma dans l'intention de calmer son grand-père, mais enfin, épouser un médecin, ça fera jaser ! On dira que tu as des prétentions, que...

— Je me fiche de ce qu'on dira ! Nous sommes l'une des plus anciennes familles de la région, et sans doute l'une des plus riches, alors qu'y aurait-il de si incroyable que l'héritière du domaine de la Vernières épouse un docteur, tu veux me dire ?

Rien ! On n'a peut-être pas fait d'études, chez nous, mais on a travaillé, agrandi le domaine, employé des gens par dizaines ! Devrait-on en avoir honte ? Vaudrait-on moins qu'un docteur sous prétexte qu'il sait guérir un rhume ?

Emma leva les mains en signe d'apaisement. Va pour le docteur ! songeait-elle. De toute façon, jamais ce Colliard, qu'elle n'avait aperçu qu'une fois quelques jours auparavant, ne lui passerait la bague au doigt, et encore moins ne se glisserait dans son lit. Mais, puisque Émile le voulait, elle le voudrait, au moins pour un temps.

— Soit, lui lança-t-elle. Si pour toi une telle union est concevable, pourquoi pas ? Organise une rencontre un de ces jours, et je verrai. Après tout, le bonhomme ne manque pas de charme.

Cette proposition apaisa aussitôt Émile, qui se rencogna de nouveau dans son fauteuil.

— Tu sais, insista-t-il, c'est un gars bien. J'ai eu l'occasion de lui parler à plusieurs reprises, il est sérieux et posé. En plus, je peux te l'assurer, tu ne lui es pas indifférente : j'ai bien vu comme il te dévorait des yeux lorsqu'il est venu…

— Soit, répéta Emma. On verra bien.

Émile proposa alors qu'ils trinquent au projet, et leur servit du vin. Ils choquaient leurs verres quand Margot entra.

— Eh bien ! qu'est-ce que vous fêtez donc ?

— T'occupe ! répliqua Émile, ce sont nos affaires.

Vexée, Margot se retira aussitôt, mais elle avait retrouvé le sourire. Comme ces deux-là semblaient s'entendre comme larrons en foire, elle n'avait vraiment plus aucune raison de s'en faire…

10

Quelques jours avant le nouvel an, le temps s'était amélioré. Si le ciel demeurait plombé, il ne neigeait plus et la température s'était radoucie, sans toutefois repasser au-dessus de zéro. La neige n'avait pas fondu, et les chaussées étaient toujours recouvertes de verglas.

Cette longue période d'inactivité forcée finissait par ennuyer Émile, qui cherchait toutes les raisons possibles d'occuper le personnel. Heureusement, il n'en manquait pas : entre les réparations et l'entretien des machines ou des bâtiments, les ouvriers trouvaient toujours de quoi s'occuper.

Ce matin-là, Émile les avait mobilisés pour retaper le plancher en bois du grenier à foin, qui avait considérablement souffert au cours de la dernière saison. Les lattes, déjà anciennes, avaient cédé par endroits, et certains madriers montraient quelques signes de faiblesse. Or, avec le poids qu'ils avaient à soutenir quand le foin était rentré, il ne fallait prendre aucun risque. La réparation était d'autant plus impérative que cette partie du grenier se trouvait au-dessus de l'étable où était rassemblé le cheptel.

Quelques semaines plus tôt, en prévision de ces travaux, Émile avait fait livrer et entreposer sous le hangar plusieurs centaines de lattes provenant de la scierie de Murlin. Comme tout le personnel était réquisitionné, le travail avançait rapidement et dans la bonne humeur : là-haut, sous les toits, il faisait presque trop chaud, et puis cela valait toujours mieux que se retrouver dehors à réparer les clôtures…

Confiant dans l'efficacité de ses ouvriers, Émile passait seulement de temps en temps, puis repartait aussitôt vers les écuries pour s'occuper de ses juments, ses seules vraies compagnes.

Il n'avait jamais eu à se plaindre d'elles. Elles étaient même sa seule source de joie. Il suffisait qu'il les caressât et leur parlât pour qu'il se sentît pacifié, et même heureux de vivre, parfois. Pour lui, la plus vacharde d'entre ces juments valait bien le meilleur des hommes.

Les nourrir, les étriller, les caresser était son plaisir quotidien, un moment de grâce où il lui semblait se ressourcer, renaître à la vie. En comparaison, le reste de ses activités lui pesait. Diriger une bande de fainéants pour faire donner la terre lui paraissait bien décevant. S'il n'en avait tenu qu'à lui, il aurait passé le plus clair de son temps à les monter dans la forêt des Bertranges et à chercher les meilleurs étalons pour les faire saillir…

Lorsqu'il pénétra dans l'écurie, vers midi, les odeurs animales mêlées à celle de la paille et du crottin le ravirent, et c'est avec entrain qu'il se mit à vérifier tous les harnachements en cuir. Certains d'entre eux, trop usés, risquaient de céder, voire de blesser les bêtes.

Passant méticuleusement en revue les brides et les harnais, Émile pensa avec regret qu'il aurait été le seul à la Vernières à se consacrer aux chevaux. Depuis qu'il était gamin, tout le monde les avait négligés, et encore aujourd'hui : pas un seul des ouvriers qu'il employait ne s'y intéressait, Margot en avait peur, et Emma ne les aimait pas.

À l'évocation de sa petite-fille, les pensées d'Émile bifurquèrent d'un coup. Depuis leur récent dîner, il n'avait cessé de songer à elle. Même s'il le lui cachait, il lui vouait désormais une admiration sans limite : jamais de sa vie il n'avait rencontré une jeune fille si perspicace et décidée, au point qu'il se reprochait désormais de s'être montré stupide et borné à son égard. Comment avait-il pu imaginer qu'elle voudrait se marier avec ce crétin de Louis ? Comment n'avait-il pas compris qu'elle voudrait diriger le domaine avec un homme de qualité à ses côtés ?

Il n'en revenait pas non plus de voir combien Emma s'était montrée conciliante au sujet d'une éventuelle union avec Colliard, alors même qu'elle ne l'avait vu qu'une fois. Pour lui, c'était là un miracle : il y avait enfin quelqu'un dans cette famille qui relèverait le gant et saurait se montrer digne de sa succession !

Il s'en réjouissait tant qu'il n'avait pas hésité, l'avant-veille, à rendre visite à maître Blanchard pour réécrire une nouvelle fois son testament de manière plus explicite : hormis un petit pactole réservé à Margot, tout reviendrait maintenant à Emma. Émile avait paraphé le document d'une plume légère, fier de sa contribution au développement de la Vernières. Non seulement il avait amassé une jolie fortune, mais il la transmettrait en outre à sa petite-fille, dont il se plaisait à penser qu'elle valait largement plusieurs hommes. Il était d'autant plus satisfait que, à travers la consécration de la gamine, ce serait son œuvre qu'on admirerait.

Pourtant, l'inquiétude ne le quittait pas ; pire, il se méfiait. La personnalité tranchée d'Emma l'effrayait au point d'y voir une menace. Ne chercherait-elle pas à affaiblir son autorité, à le déposséder de ses biens ?

Ses réflexions ne le menant nulle part, Émile haussa les épaules et se détendit. Il voyait le mal partout… D'ailleurs, il ne devait pas être si inquiet puisque, depuis le fameux dîner, il lui avait ouvert le livre des comptes, pourtant l'un de ses secrets les plus intimes.

Là encore, elle l'avait bluffé : il ne lui avait pas fallu plus d'une heure ou deux pour faire le tour de la question. La vente du blé, le commerce des terrains et des animaux, les différents modes d'investissement, rien n'avait échappé à sa sagacité. S'agissant de la comptabilité, elle avait compris les mécanismes parfois complexes des marges, des bénéfices, des impôts et des taxes. Chacune des questions qu'elle posait avait un sens, chacune des réponses qu'il lui donnait était aussitôt comprise.

C'est alors qu'il l'aperçut par l'une des petites fenêtres aménagées dans le mur de l'écurie. Elle marchait dans la neige d'un pas régulier, la tête inclinée. Chaussée de bottes en cuir, vêtue d'un pantalon de velours et d'une veste de chasseur qu'il avait portée plus jeune, un foulard noué autour du visage, elle lui rappela Charlotte. Sans doute se dirigeait-elle vers le bois des Quatre-Vents ? Il eut envie de la rejoindre, mais y renonça. Elle avait bien droit à un peu de solitude.

Emma avançait, perdue dans ses pensées, les mêmes qui l'agitaient depuis son dîner avec Émile. Ce soir-là, elle l'avait haï comme jamais. Sa superbe, son orgueil, son sourire conquérant, tout avait concouru à renforcer son désir de le voir disparaître. En quittant la table, elle se rappelait avoir eu envie de vomir, tant le personnage l'avait dégoûtée, surtout lorsqu'il lui avait signifié qu'il la tenait par l'argent et que son amour pour Louis ne pesait rien face à ses prétentions de propriétaire terrien.

Emma marchait vers le bois des Quatre-Vents et la maison en ruine. Maintenant qu'elle en connaissait l'histoire grâce à la lettre testamentaire de sa mère, elle y allait de plus en plus souvent, en pèlerinage.

La couche de neige gelée craquait sous ses semelles. Le silence était parfois troublé par les froissements d'ailes de corbeaux qui s'envolaient en croassant. Plus elle avançait, plus elle en voulait à Émile : c'était ici, par sa faute, que sa mère, Maxime et Hippolyte avaient vu leur vie basculer et que la sienne, par ricochet, avait dévié. Il ne méritait aucun pardon, aucune compréhension. Il devait payer.

Quand elle arriva, elle ne reconnut pas l'endroit. Les décombres de la maison étaient enfouis sous une épaisse couche de neige. Seul le puits en émergeait. Elle s'avança jusqu'à lui, se pencha au-dessus de la margelle et plongea son regard dans le trou sombre et profond. Elle frissonna, saisie d'une soudaine angoisse en songeant à l'atroce histoire que lui avait racontée sa mère.

Soudain, ce fut une révélation. La réponse à la question qu'elle se posait depuis des semaines s'imposa à elle, là, sous ses yeux, évidente. Désormais, elle savait quel visage prendrait sa vengeance. Alors, reprenant le chemin de la ferme, elle se surprit à marcher d'un pas plus léger, à respirer plus librement.

Quand elle arriva à la Vernières, elle se sentait presque joyeuse. Elle n'avait plus qu'une envie :

grimper dans le grenier et lire une lettre de sa mère. Dans la cuisine, qu'elle traversa d'un pas rapide, Margot sélectionnait le linge à faire bouillir. En apercevant sa mine réjouie, la servante s'étonna.

— Eh bien ! On peut dire que le froid te profite, tu es resplendissante !

— C'est vrai, répondit Emma en gravissant les premières marches de l'escalier, j'adore le froid ! Tu sais bien que j'ai toujours été une fille de l'hiver, même si je suis née en été…

Tandis qu'Emma disparaissait à l'étage, Margot demeura songeuse. En reprenant le tri du linge, son inquiétude ne faisait que grandir. Ce n'était peut-être qu'une impression, mais le regard de la petite ne s'accordait pas avec son sourire, il était froid, distant, vide. Il exprimait tout le contraire de la joie.

Saisissant une brassée de vêtements, Margot l'immergea dans l'eau déjà frissonnante de la lessiveuse, où elle jeta des copeaux de savon, puis, revenant à Emma, elle se convainquit que son inquiétude n'était pas infondée. La petite avait de nouveau de sombres idées en tête, et la servante se promit d'en parler le soir même à Armand, le seul à pouvoir la tranquilliser.

Emma s'était enfermée dans le grenier. Elle voulait être seule avec sa mère, profiter de ce moment pour la lire et lui confier aussi son plan de vengeance. Affalée dans le fauteuil, elle s'abandonna à ses pensées. Ce qui la troublait le plus était de ne rien ressentir d'autre qu'une intense jouissance à envisager le châtiment d'Émile. Aucune trace d'appréhension ni même de culpabilité. C'en était presque déroutant : avait-elle donc un cœur de pierre, comme le lui avait dit Margot ? N'y existait-il aucune place pour la pitié et le pardon ? Émile ne pouvait-il pas bénéficier de circonstances atténuantes ? Emma repoussa ces questions décidément oiseuses. Depuis quelques mois, trop d'événements s'étaient succédé qui l'avaient profondément endurcie. Elle avait acquis une maturité, une force intérieure qui ne laissait pas de place au doute, et encore moins au pardon. Elle ne se faisait plus d'illusions : comme tout le monde, elle était seule face à son destin, seule au milieu des autres, ce qui lui donnait le droit de rendre sa propre justice. Elle ne se considérait redevable de rien envers personne, encore moins justiciable. Le mal qui avait été commis à la Vernières devait se payer, sans que quiconque eût à y redire.

Elle bâilla avec plaisir. Elle se sentait bien, prête à accueillir des confidences maternelles, à voyager à ses côtés. Tendant la main vers la malle qui contenait le courrier, elle en tira une nouvelle lettre, affranchie de Pologne.

Ma fille,

Voilà bien longtemps que je t'ai écrit, mais tant d'événements et de hasards se sont succédé que je n'ai pu poser une seule fois un regard calme sur ma vie. Me voici désormais en Pologne. J'imagine que tu ignores où ce pays se situe, mais tu sauras le trouver dans un dictionnaire, j'en suis certaine. N'est-ce pas ainsi qu'à l'époque tu découvris l'Afrique de ton oncle Maxime ?

C'est le soir de Noël que je suis arrivée après avoir quitté Poznan vers huit heures. Morne, interminable voyage par ce train omnibus, dans la nuit glacée et noire quoique toute blanche de neige. On s'arrêtait partout. À certaines stations, des fillettes montaient dans le train coiffées de leur fichu et portant une grosse théière, elles passaient dans les couloirs en offrant un verre de thé. Puis le train reprenait son allure modérée : Konin, Kutno... Je déchiffrais ces noms si slaves au fronton des gares où nous nous arrêtions. Puis mon regard se perdait de nouveau dans la blancheur obscure de la campagne déserte. J'ai si peur... Que dira-t-il ? Quelle figure fera-t-il en me voyant débarquer ? Allons ! me dis-je. Pas besoin d'avoir le cœur qui bat comme celui d'un oiseau à la vue des lumières innombrables qui, à l'horizon, annoncent Varsovie. Et quoi ? C'est donc vrai ! J'arrive dans ce Warszawa neigeux dont il m'a tant parlé, au cœur de la Pologne. Pourquoi me remémorais-je alors une lointaine arrivée à Venise, à l'aube d'un jour de mai ? Je voyais aussi les lumières de la ville se reflétant dans la mer. Et, comme aujourd'hui, j'étais attendue.

Tandis que le train s'arrête en gare, je ne peux réfréner mon impatience et me penche à la fenêtre pour le distinguer parmi la foule. Lui dire déjà par mon seul regard que j'ai envie de me perdre dans le bleu de ses yeux… J'aime à nouveau, ma fille… Je te raconterai dans une prochaine lettre.

Ta mère qui t'aime.

Quand elle eut terminé sa lecture, Emma se leva d'un coup. Elle n'avait pas envie d'accompagner sa mère en pensée dans un univers qui ne lui parlait guère. Varsovie, bien qu'elle ne la connût pas davantage que Venise, ne lui inspirait rien, sinon de vagues sensations de froid et de solitude. D'emblée, elle n'aimait pas ce pays, ni cet homme anonyme dont sa mère semblait follement éprise.

Elle allait partir quand, sur une impulsion subite et irraisonnée, elle rouvrit la malle et en sortit toutes les lettres d'un coup. Pour une raison qu'elle ne s'expliquait pas, elle ne voulait plus les garder ici, mais les transporter dans sa chambre, où elle les cacherait.

Réunissant toutes les enveloppes, décachetées ou non, elle les fourra dans un panier qui traînait et, après s'être assurée que personne ne se trouvait sur le palier, fila dans sa chambre, où elle s'enferma. Elle dissimula le courrier sous la commode : là, il n'y avait aucun risque qu'elles fussent découvertes. Margot ne venait jamais faire le ménage dans sa chambre, et personne ne viendrait regarder sous ce meuble.

Ensuite, elle descendit pour apporter son aide à Margot et faire la traite avec Louis, dont c'était le tour aujourd'hui.

Dans la cuisine, elle s'approcha du calendrier. C'était le dernier jour de l'année. Elle en fit part à Margot, qui répondit de manière inintelligible. Comme elle comprit que quelque chose la tracassait, Emma s'approcha et lui proposa de l'aider pour le repas. Margot accepta d'un hochement de tête, sans la regarder.

— Tu n'as pas l'air dans ton assiette, s'inquiéta Emma. Tes rhumatismes te font souffrir ?

— Oui, mes rhumatismes, et bien d'autres choses aussi.

Au ton sec de la réponse, Emma comprit que ces *choses* avaient à voir avec elle. Elle insista.

— Tu ne veux pas en parler ?

— Non ! s'exclama Margot. Pour me faire encore une fois traiter d'andouille…

Emma éclata de rire.

— Ce que tu peux être grincheuse, quand tu veux ! Dis ce que tu as à dire, ça te fera du bien.

Margot s'essuya les mains sur son tablier et se servit une tasse de café, sans même en proposer à Emma. Elle alla s'asseoir, comme elle le faisait de plus en plus souvent pour soulager ses jambes variqueuses.

Les yeux dans le vide, elle enveloppa la tasse de ses deux mains pour se réchauffer. Emma s'assit à côté d'elle.

— Alors, ça va donc si mal ?

Margot consentit enfin à la regarder.

— Je n'arrive pas à me tranquilliser. Que veux-tu, j'ai peur.

— De quoi ?

La servante haussa les épaules.

— Tu le sais bien ! Ce que je t'ai dit au cimetière…

À ces mots, Emma sentit son ventre se contracter.

Elle devait se maîtriser, contrôler ses paroles, ne pas partir en claquant la porte.

— Pourquoi t'inquiéter ? commença-t-elle. Je t'ai déjà dit que…

— Ne me prends pas pour une idiote ! la coupa Margot. J'ai bien vu ton regard tout à l'heure. Il ne riait pas, lui. Même qu'il fichait une sacrée trouille…

Emma secoua la tête, navrée.

— Tu vois le mal partout! J'ignore ce qu'avait mon regard, mais j'étais joyeuse. Est-ce un crime ?

Margot la dévisagea.

— Je suis certaine que tu vas faire du mal, et que ça concernera Émile. Tu mijotes un sale coup contre lui, avoue que je ne me trompe pas.

De la paume de la main, Emma frappa la table, très en colère. Elle détestait voir quelqu'un fouiller dans son âme, mais elle était surtout énervée à cause de cette impression désagréable d'avoir été découverte.

— Qu'est-ce que tu as encore imaginé ? Dis-moi !

— C'est à toi de me le dire, répliqua Margot en soupirant d'impuissance.

Emma se leva.

— Que veux-tu que je te dise ?

— Eh bien voilà, dit la vieille femme, je suis certaine que tu vas te venger sur Émile d'une manière ou d'une autre. Tu ne lui as pas pardonné le départ de ta mère, la mort d'Hippolyte et tout le reste.

Appuyée contre la maie, les bras croisés sur la poitrine, Emma gardait le silence. Elle fixait ses chaussures, l'air buté. Un temps, elle écouta le tic-tac régulier du morbier, avant de reprendre :

— Je ne comprends toujours pas ce que tu veux me dire.

— Qu'il te faut pardonner ! lança Margot avec force. Si Émile est responsable, tout le monde l'est ! Nous sommes tous coupables, dans cette histoire – dont tu ne connais pas tous les tenants et aboutissants, d'ailleurs. Regarde, moi, je veux lui pardonner !

— Tu veux lui pardonner ou tu lui pardonnes ? objecta Emma, ironique.

Margot demeura sans voix, furieuse de s'être montrée si imprécise.

— Je voulais dire que je lui pardonne, c'est la même chose !

Emma s'éloigna de la maie pour aller s'asseoir sur un tabouret de traite, face à la cheminée, où elle se mit à remuer les braises avec le tisonnier.

— Ce n'est pas pareil, et tu le sais.

Soucieuse de rectifier son propos, Margot s'approcha d'Emma.

— Écoute, j'ai autant de raisons que toi de lui en vouloir. Sa conduite...

— Non ! coupa sèchement Emma en se levant avec brusquerie. Lui, il ne t'a pas enlevé ta mère et ton père ! Lui, il ne t'a pas menti sur toute la ligne !

Elle gagna l'escalier, décidée à aller s'enfermer dans sa chambre, puis, une main sur la rampe, se tourna une dernière fois vers Margot.

— Je ne veux plus jamais que tu me reparles de tes craintes, lança-t-elle, plus jamais ! Si tu en as, c'est ton affaire ! En ce qui me concerne, je n'en ai aucune, et je ferai ce que j'ai à faire.

Sur ces mots, elle grimpa la volée de marches quatre à quatre et s'engouffra dans sa chambre. Margot sursauta en entendant la porte claquer. Soudain épuisée, elle se laissa choir sur une chaise et se signa, amère.

Si, lors du réveillon, les ouvriers en avaient profité pour aller ici et là fêter la nouvelle année,

Emma et Émile n'avaient même pas songé à se la souhaiter.

Margot et Armand, en revanche, avaient bu un petit verre de vin dans la chambre de la première, avant de se féliciter d'être encore de ce monde, et ensemble, en cette année 1936. Il n'y avait pourtant pas de quoi se réjouir : les nouvelles du monde n'étaient pas enthousiasmantes, et l'on sentait confusément qu'on s'acheminait vers une catastrophe. Hitler et sa nouvelle Allemagne faisaient partie de toutes les conversations, les uns défendant son courage et ses vertus anticommunistes, les autres professant pessimisme et résignation face à une guerre qui semblait désormais inéluctable.

Margot et Armand parlaient rarement politique entre eux, même si, comme tout le monde, ils partageaient les inquiétudes qui commençaient à poindre dans tous les esprits. Ce soir-là, ils évoquèrent pourtant un possible conflit. Armand était le plus fataliste des deux : il croyait dur comme fer que la guerre qui se profilait était inscrite dans le destin qui liait les deux nations. Selon lui, on allait payer pour l'humiliation que l'on avait fait subir à l'Allemagne au lendemain de la guerre de 1914. Margot, elle, se sentait moins concernée. À ses yeux, la guerre était une affaire d'hommes, une invention qui leur permettait de vivre leurs mauvais instincts. Elle n'avait pas envie d'en voir une nouvelle, la précédente lui avait suffi. D'une certaine façon, elle s'en fichait : la guerre resterait au loin, elle ne parviendrait jamais jusqu'à la Vernières. La seule chose qui comptait pour elle était qu'Armand était trop vieux pour aller se battre et qu'elle pourrait donc le garder auprès d'elle.

Ces mots gentils avaient constitué un bon prélude à leur nuit. Sitôt qu'ils se furent couchés, ils n'avaient cessé de se bécoter comme deux jeunes tourtereaux.

Émile avait quitté la ferme peu après le dîner, mais pas pour fêter la nouvelle année, dont il se contrefichait. Depuis la mort de Charlotte, il n'accordait plus aucune importance aux fêtes qui jalonnent la vie, selon lui autant d'attrape-nigauds qui encouragent la fainéantise et la boisson.

Seuls l'ennui et l'envie d'une femme l'avaient poussé à prendre la route jusqu'à Donzy. Arrivé au Café de la poste, il s'était assis au bar et avait discuté avec Marthe, la patronne. Il l'aimait bien : avec elle, rien n'était compliqué, et surtout pas le sexe. Pourvu qu'on payât, on en avait pour son argent ! En outre, et ce n'était pas négligeable pour Émile, elle avait de la conversation – assez, en tout cas, pour vous faire penser que vous n'étiez pas seulement un client, mais aussi un ami. S'ajoutait enfin à ces divers talents le fait que Marthe était au courant de tout ce qui se passait dans les environs, à tel point qu'Émile l'avait surnommée « la Gazette ».

Le café était bondé. Contrairement aux autres soirs, il y avait autant de femmes que d'hommes. Pour l'occasion, Marthe avait décoré l'endroit de quelques guirlandes et lampions colorés. Pour seconder Fernand, elle avait aussi engagé deux jeunes filles plutôt accortes pour servir en salle.

Émile était accoudé au bar, à vider des chopes de bière, depuis un bon moment. Il ne se faisait pas d'illusions, ce ne serait pas ce soir qu'il satisferait son envie de faire l'amour : Marthe ne cessait d'aller et venir, les deux serveuses n'avaient visiblement pas été engagées pour ce faire, et la plupart des femmes étaient en main. Il en concevait une vague frustration. Depuis combien de temps cela ne lui était-il pas arrivé ? Un mois, deux mois ? Il ne se rappelait plus…

Soudain, il croisa le regard d'une femme qui prenait place à côté de lui pour passer une commande.

— Hé ! Fernand ! lança-t-elle. Sers-moi trois bières ! Au fond, les gars ont soif, et les deux donzelles ne suivent pas la cadence !

Imperturbable, le serveur l'envoya paître :

— Ils n'ont qu'à boire de l'eau, ça ira plus vite !

Alors, décidée à ne pas rater son tour, l'inconnue s'accouda au bar. Elle se tourna vers Émile, souriante.

— Vous êtes d'où, vous ? Je ne vous connais pas, dit-elle.

Surpris par le ton direct de la jeune femme, Émile marqua un temps d'hésitation avant de répondre.

— De la Vernières.

Elle éclata de rire.

— Vous pourriez me dire que vous venez de Tombouctou, ça me ferait le même effet ! C'est où, la Vernières ?

Émile esquissa un sourire.

— Si vous ne connaissez pas la Vernières, c'est que vous n'êtes pas du coin !

— C'est sûr ! Je viens du Nord, je suis arrivée il y seulement deux jours.

— Qu'est-ce que vous venez faire ici ?

— Prendre le poste d'institutrice à l'école des Bertins.

— Des Bertins ? s'exclama Émile. Ça, par exemple ! C'est juste à cinq minutes de la Vernières !

— Eh bien, comme ça, vous me ferez connaître.

Il s'apprêtait à lui offrir un verre quand Fernand posa les trois chopes de bière sur le zinc.

— Vas-y, ma belle, va donc les soûler !

— À bientôt ! dit-elle à Émile.

Poussant ceux qui la gênaient, la femme disparut, avalée par la foule.

Émile la suivit des yeux jusqu'à la perdre de vue puis avala quelques gorgées de bière. Il en avait bien besoin. Sans qu'il comprît pourquoi, cette femme l'avait bouleversé. Sa voix ? Son regard ? Son sourire ? Il l'ignorait. Il haussa les épaules, se jugeant soudain stupide. Fallait-il vraiment qu'il eût besoin d'une compagnie pour s'émouvoir ainsi à la vue de la première donzelle venue !

Il est vrai que la solitude lui pesait de plus en plus. Le domaine, la famille – ou tout du moins ce qu'il en restait –, le travail, les chevaux, l'argent, quelques putes ici et là ; bref, tout ce qui constituait sa vie n'avait jamais suffi à combler le vide laissé par Charlotte. Il lui manquait de pouvoir aimer comme il l'avait aimée.

Émile s'était résolu à partir quand l'inconnue surgit de nouveau à ses côtés. Il ne put masquer sa surprise. Découvrant sa mine ahurie, elle éclata d'un rire franc et chaleureux.

— En voilà, une tête ! J'avais pourtant cru tout à l'heure que vous étiez au bord de m'offrir un verre.

Émile se ressaisit, sans pour autant maîtriser les battements désordonnés de son cœur.

— Avec plaisir. C'est vrai, j'avais envie de vous inviter à boire une bière, mais j'avais bien trop peur de me faire envoyer bouler. À mon âge, seuls les satyres agissent ainsi !

Elle lui décocha un regard enjoué et légèrement ironique.

— Et si j'aimais les satyres ?

— Dans ce cas..., balbutia Émile.

Tandis qu'elle prenait place sur un tabouret cédé par son voisin, il commanda une nouvelle bière. Fernand s'esclaffa.

— Ah ! tiens, la Marie ! Déjà de retour ! Ne me dis pas qu'ils ont déjà tout bu ?

— Eh ! non, rétorqua la femme en désignant Émile. Je suis venue boire en compagnie de ce monsieur.

Fernand hocha la tête sans faire de commentaire, puis il poussa la chope devant elle.

— Mais peut-être avez-vous un prénom ? demanda-t-elle en se tournant vers Émile.

— Émile.

— Moi, c'est Marie, comme vous l'avez compris. Eh bien, si l'on faisait connaissance ?

— Comme vous y allez ! s'exclama Émile. D'habitude, ce sont les hommes qui mènent le bal.

Elle ne répondit pas. Fouillant dans son sac à main posé sur ses genoux, elle en sortit un paquet de cigarettes et en alluma une.

— Je me fiche bien de qui mène le bal, dit-elle. L'important, c'est qu'il y ait un bal ! Mais peut-être ne souhaitez-vous pas me parler ?

Il lui sourit. Oh ! il en avait fort envie ! Il pourrait même lui parler toute la nuit, puis le lendemain, et encore le surlendemain…

— Au contraire, mais pour vous dire quoi ? Que j'ai soixante-cinq ans, que je vis seul, que je suis propriétaire du domaine de la Vernières, que j'adore les chevaux, que…

Il s'interrompit alors qu'elle posait sa main sur son avant-bras. Pour un peu, il en aurait pleuré. Il n'avait pas eu droit à un tel geste de tendresse depuis si longtemps. Le regard de Marie avait changé : il n'était plus rieur ni ironique, mais plutôt amical.

— Détendez-vous, lui dit-elle d'une voix adoucie. C'est moi qui vais vous parler, vous aurez juste à m'écouter et vous me répondrez si vous en avez envie.

Il posa alors sa main sur la sienne, mais le regretta aussitôt. Comme il tremblait légèrement, tel un gamin de vingt ans, il redouta qu'elle le lui reprochât. Elle sourit, n'esquissant aucun geste de retrait.

— J'ai trente ans, commença-t-elle, et je viens d'être nommée ici. Je suis originaire de Lens. Mon père est mineur et ma mère travaille à la filature. Je ne suis pas mariée, sans être une godiche pour autant ! J'aime la vie, les enfants et l'aventure, je sais que je vais devoir vivre ici plusieurs années et je fais tout pour m'y habituer – en entreprenant des vieux accoudés à un comptoir, par exemple…

Il sourit. Sans doute niaisement, s'imagina-t-il, mais tant pis, il était trop tard pour se composer un personnage de notable et affecter l'indifférence. Marie – il se surprenait à l'appeler déjà par son prénom – venait de le cueillir, là, au moment le plus inattendu, lui faisant redécouvrir sa nature romantique qu'il masquait depuis la mort de Charlotte. Il était trop tard pour reculer, pour jurer que ces jeux n'étaient plus de son âge et qu'il avait d'autres soucis en tête, trop tard pour ne pas se confier à cette inconnue, déjà si proche de lui.

— Comment faites-vous pour vous exprimer si librement ? demanda-t-il.

Elle retira sa main et but quelques gorgées de bière, sans le regarder. Il la détailla, le cœur battant la chamade.

Elle était grande et fine, le cheveu brun et flou tombant sur les épaules. Elle tenait sa tête haute, fièrement. Un nez droit, un menton ferme et bien dessiné et un cou effilé lui conféraient une autorité naturelle.

Elle posa son verre, puis se tourna vers lui.

— Me trouvez-vous à votre goût ?

Émile s'empourpra. Aucune femme, pas même Charlotte, n'avait osé le questionner si abruptement sur ses sentiments. Il se sentait égaré. Autour d'eux, le tohu-bohu ne cessait d'augmenter à mesure que minuit approchait. Le vacarme des conversations, des rires, des verres entrechoqués, la fumée, la musique du phonographe, tout concourait à lui faire perdre ses repères habituels. Il n'était plus l'Émile qu'il connaissait, il était devenu autre. Contraint de répondre à une question inattendue, sentant confusément que sa réponse l'emmènerait vers un inconnu mystérieux qui l'effrayait, il se rapprocha involontairement de Marie sous la bousculade d'un client :

— Évidemment, répondit-il.

— Vous aussi, vous me plaisez, répliqua-t-elle aussitôt.

Ce fut alors une explosion de cris, de rires et d'embrassades. « Minuit, il est minuit ! » criaient certains. Abruti tout à la fois par le bruit, l'alcool et l'émotion, Émile n'osait pas bouger. Soudain, Marie prit sa main. Il se tourna vers elle. Son visage était proche du sien. Elle posa ses lèvres sur les siennes en lui chuchotant :

— Bonne année, Émile...

Quand il revint à lui, Émile se trouvait assis au volant de sa voiture, Marie à ses côtés. Le froid, le silence et l'obscurité l'avaient aidé à sortir de sa torpeur. Il se souvenait vaguement d'avoir glissé de son siège et traversé la salle, soutenu par Marie. La foule hurlant autour de lui, les rires, le contact des corps chauds et transpirants, puis la gifle de l'air glacial sur son visage...

Marie souriait.

— Voilà une manière originale d'attaquer la nouvelle année ! dit-elle. J'ai bien cru que vous alliez tourner de l'œil.

Il la dévisagea, admirant les traits contrastés de son visage faiblement éclairé par les lumières du café. Les mots qui lui venaient pour qualifier sa beauté lui paraissaient fades au regard de ce qu'il éprouvait. Un mélange de sentiments, de désir et d'idées confuses le submergeait ; un étouffement, aussi, comme si sa tête et son corps ne pouvaient les contenir tous.

— Ça va mieux ? s'inquiéta-t-elle en lui caressant le visage.

Il acquiesçait d'un hochement de tête quand elle l'attira vers elle pour l'embrasser.

Lorsqu'ils se détachèrent, la tête lui tournait. Ce baiser avait-il duré un instant ou une éternité ? Il n'aurait su dire. La gorge nouée de peur d'essuyer un refus, il invita Marie à l'accompagner à la Vernières.

— Non, pas chez vous, répondit-elle avec douceur. Cela ne se fait pas. Par contre, je vous invite dans ma chambre, à l'école. Ainsi, l'honneur sera sauf, et vous n'aurez pas long à faire pour retourner chez vous…

Chez lui ou à l'école, Émile s'en fichait. Il n'avait qu'une envie : se perdre dans ses bras en souhaitant que cette nuit fût éternelle.

À la Vernières, Emma était allongée, éveillée, auprès de Louis, qui dormait. Profitant du départ d'Émile, elle était venue le rejoindre. C'était un symbole comme elle les aimait : passer la nuit du nouvel an avec lui était un témoignage de son amour.

Il avait fait semblant d'être surpris, mais elle n'avait pas été dupe : il l'avait bel et bien attendue. Ils avaient fait l'amour, puis avaient discuté, serrés l'un contre l'autre pour se réchauffer.

Avant de venir, Emma avait longuement réfléchi à ce qu'elle dirait. Aussi avait-elle lancé la conversation de but en blanc :

— Est-ce que tu me fais confiance ?

Louis l'avait assurée que c'était une évidence. Malgré cela, comme Emma avait réitéré sa demande, Louis s'était cette fois redressé sur le coude et, allumant son briquet, avait cherché à saisir son regard.

— Mais enfin, pourquoi tu me demandes ça avec autant d'insistance ? Tu sais bien que je t'aime et que je te suivrai quoi que tu fasses.

— Tout ?

— Tout.

— Dans ce cas, avait-elle conclu, tout va bien !

Puis, pour couper court, elle l'avait de nouveau attiré vers elle.

Au terme de leur étreinte, Louis s'était aussitôt endormi, la laissant seule avec ses pensées. Une seule dominait les autres : elle allait enfin assouvir sa vengeance. Elle n'en finissait pas de considérer sous tous les angles la façon d'agir, prenant plaisir à imaginer la souffrance d'Émile lorsque, dans les ultimes moments, il comprendrait pourquoi il mourait, se rappelant les horreurs qu'il avait commises et se retrouvant ainsi face à son propre crime.

Emma songeait aussi à ce qu'elle deviendrait, une fois cette étape franchie. C'est une autre Emma qui naîtrait, qui, dans un sentiment d'immense libération, retrouverait le sourire et la joie de vivre. Elle dirigerait la Vernières, épouserait Louis, avec qui elle aurait des enfants. Elle donnerait aussi une nouvelle impulsion au domaine en le modernisant : elle revendrait très vite les chevaux, étendrait la culture du blé à d'autres terres cultivables, restaurerait la maison des ouvriers en y installant le chauffage et en veillant à ce qu'ils disposent d'un minimum de confort, elle ferait reconstruire la maison des Quatre-Vents pour y installer Armand et Margot…

Enfin, dès qu'elle le pourrait, elle nommerait un régisseur pour le domaine, ce qui lui donnerait le temps d'aller en Afrique et de faire rapatrier la dépouille de sa mère au cimetière de Narcy. Sans doute prendrait-elle aussi le temps d'aller à Venise, sur les traces de sa mère.

Emma s'imaginait un futur idyllique, une vie qui changerait du tout au tout, sans plus de tension, ni de méchanceté, ni de souffrances. Elle pouvait se le permettre. Connaissant la situation financière de la Vernières, elle savait qu'elle disposerait des moyens nécessaires pour réaliser ses rêves.

Ses paupières finirent par s'alourdir, et ses pensées se firent de plus en plus confuses. Emportée par son enthousiasme, elle se réfugia alors contre le corps chaud de Louis, et s'endormit.

11

Au milieu du mois de janvier, l'hiver demeurait glacial. La neige ne tombait plus que par intermittence, mais le ciel, désespérément gris, faisait toujours craindre de nouvelles chutes qui rendraient plus difficiles encore le travail et les déplacements.

À la Vernières, les ouvriers commençaient à s'ennuyer. Le gros des travaux avait été réalisé, en particulier la réfection du sol de la grange, les clôtures avaient été réparées et les machines, révisées. Désormais, les employés se retrouvaient la plupart du temps à taper le carton dans la salle commune de leur maison, attendant qu'Émile leur confiât de nouvelles missions.

Or, Émile, par un miracle que personne ne s'expliquait, s'était métamorphosé. D'ordinaire omniprésent, il s'enfermait des heures durant dans son bureau sans adresser la parole à qui que ce fût, et n'en sortait que pour disparaître sans prévenir. Si, par chance, on arrivait à le croiser et que tel ou tel problème était évoqué, il répondait de manière évasive, apparemment indifférent, s'en remettant à Pierre, Paul ou Jacques pour résoudre la difficulté. Même le ton de sa voix avait changé. D'habitude autoritaire, il s'adressait désormais aux autres avec une urbanité surprenante. En somme, le loup s'était fait agneau.

À la ferme, les esprits étaient dans le plus grand désarroi. Les ouvriers, pas plus que Margot ou Emma, ne comprenaient, la jeune fille étant sans doute la plus perturbée par ce changement puisque, d'une certaine manière, il venait désarmer sa propre haine. Gentil avec elle, ne lui adressant plus aucun reproche, Émile l'investissait de la plupart de ses responsabilités, lui demandant de prendre les choses en main.

Personne n'osait le questionner sur son nouvel état. Margot ironisait en suggérant qu'il avait peut-être fait une mauvaise chute de cheval, d'autres se demandaient s'il n'avait pas été touché par la grâce, mais aucun, naturellement, n'imaginait qu'il était tombé éperdument amoureux de Marie – le sentiment était d'ailleurs réciproque – et qu'il ne pouvait plus vivre une seule minute sans elle !

Leur liaison n'était pas facile. La jeune femme étant occupée toute la journée à l'école, ils ne pouvaient se voir que le soir, et encore, en prenant soin d'éviter la directrice, Mme Amiot, et les habitants du village des Bertins, toujours prompts à colporter des ragots.

Néanmoins, ils étaient parvenus à s'organiser pour que leurs rencontres fussent discrètes. Inspiré par sa passion, Émile avait réaménagé sommairement une vieille maison qu'il possédait à La Coulisse, tandis que Marie, inventive, avait informé la directrice qu'elle logerait à Sainte-Hélène chez un membre de sa famille.

Mme Amiot n'en avait pas cru un traître mot, mais, respectueuse de la vie d'autrui, n'avait pas cherché à en savoir davantage – à peine avait-elle souligné ironiquement qu'il était courageux de faire deux kilomètres à pied, matin et soir, alors qu'elle bénéficiait d'un logement à l'école…

Entre Émile et Marie, tout s'était emballé dès le lendemain de leur rencontre au soir du nouvel an.

Sitôt qu'ils furent arrivés à l'école, elle l'avait entraîné dans sa petite chambre sous les toits, et l'avait invité à se glisser dans son lit, sans préliminaires. Émile, peu habitué à ce qu'on prît tant de liberté avec les convenances, en avait été ébranlé, mais son désir avait été le plus fort.

Cette première nuit n'avait pas été une réussite : il s'était demandé comment une femme si magnifique pouvait être attirée par un *vieux con* de son espèce, et elle s'était montrée trop entreprenante. Alors, leurs corps étaient passés à côté l'un de l'autre. Cependant, la nuit leur était demeurée inoubliable. Au-delà du fiasco sexuel, ils avaient discuté jusqu'au petit matin, se confiant l'un à l'autre avec une grande liberté de ton. Elle lui avait raconté sa vie sans rien celer de ses échecs ni de ses frustrations : son enfance pauvre dans les corons du Nord, ses diplômes acquis à la force du poignet contre l'hostilité de sa propre famille, ses errances à Paris entre ses cours à l'École normale et des amours plus ou moins satisfaisantes, jusqu'à sa nomination dans ce petit village de province.

Émile était fasciné de l'entendre raconter sa vie d'un ton détaché et serein, comme s'il s'était agi d'une existence banale, alors que c'était une véritable aventure à ses yeux. Comme il ne cessa de le lui répéter cette nuit-là, aucune femme du coin ne pouvait imaginer une vie aussi riche que la sienne ! Cette remarque avait amusé Marie.

— Tu sais, lui avait-elle dit, quand on vit seule à Paris, une telle existence est commune. On croise beaucoup de monde, on sort, on s'amuse…

— Peut-être, avait-il répondu, mais, pour moi, c'est comme si tu me parlais d'un autre monde. Comment puis-je croire que ma vie t'intéresse ?

Elle s'était alors gentiment moquée.

— Arrête de croire que tu n'es qu'un bouseux sans intérêt, je suis certaine que ta vie fut au moins aussi palpitante que la mienne.

Stimulé par cette affectueuse insistance, Émile avait tout raconté, le pire comme le meilleur, s'étonnant que les mots vinssent aussi facilement. Elle l'avait écouté sans faire de commentaires, attentive. Sa « confession », comme il l'avait appelée par la suite, avait duré longtemps, une heure ou deux, peut-être davantage. Il se rappelait seulement la douceur avec laquelle elle l'avait attirée à elle à la fin de ses confidences, en lui soufflant à l'oreille qu'il pouvait maintenant lui faire l'amour et que ce serait magnifique. Ce fut le cas. Depuis, chaque moment vécu sans elle était devenu une torture.

Autour du 15 janvier, soufflée par les changements d'Emma et d'Émile, les deux paraissant désormais détendus, voire heureux, Margot n'en demeurait pas moins soucieuse. Comme elle ne disposait d'aucun élément concret pour étayer son inquiétude, elle s'en remettait à son intuition, qui ne l'avait jamais trompée, disait-elle.

Elle en avait discuté de nouveau avec Armand, la nuit précédente. Selon elle, Emma n'avait pas oublié sa colère : elle la dissimulait. Quant à Émile, miracle ou pas, elle pressentait qu'il était en danger. Il se tramait quelque chose d'horrible et de bien réel. Pour convaincre Armand, elle lui avait rappelé l'étrange lueur qu'elle percevait dans le regard d'Emma, son sourire de contentement, et surtout la tranquille assurance qu'elle affichait. Au début, Armand s'était fichu d'elle. « Bon Dieu ! On dirait une voyante ! » lui avait-il dit en riant. Mais, à mesure que Margot argumentait, Armand avait fini par douter. Il était d'autant plus apte à croire ce qu'elle disait qu'il avait pu à maintes reprises, au cours des nombreuses années passées avec elle, constater la justesse de ses pressentiments. Il l'avait entendue prédire plus d'une fois des naissances ou des décès sans jamais se tromper. Quand Margot lui avait confié qu'elle avait l'intention de mettre Émile en garde, il avait alors admis qu'elle avait peut-être raison.

Le matin, à son réveil, se sentant encouragée par la compréhension d'Armand, Margot était déterminée : elle parlerait à Émile dès qu'il se pointerait à la cuisine pour prendre son café.

Toutefois, sa déception ne se fit pas attendre. Passant devant le garage et constatant que la voiture était absente, elle comprit qu'Émile avait découché et qu'il ne reviendrait pas de bonne heure. Cela ne l'arrangeait pas : comme il allait lui falloir attendre, elle craignait que sa décision ne s'émoussât. Elle se connaissait : elle allait remuer dans sa tête toutes sortes d'arguments pour se dissuader d'agir et, au bout du compte, ne ferait rien.

Émile arriva peu après, quand le jour se levait. Margot avait juste eu le temps d'allumer un feu dans la cheminée, de dresser la table et de faire du café. Elle s'en servit une tasse et se hâta de s'asseoir pour se donner une contenance. Il lui fallait à tout prix avoir l'air naturel pour qu'Émile ne se doutât de rien.

Lorsqu'il entra dans la cuisine, un courant d'air glacé caressa les jambes de Margot. Au sourire qu'il affichait, elle sut qu'il était de bonne humeur et s'en réjouit : sans doute serait-il mieux disposé à l'écouter.

Passant derrière elle, Émile la salua et lui caressa le dos, ce qu'il ne faisait jamais.

— Ça va, mon grand ? lui demanda-t-elle d'un ton détaché.

— On ne peut mieux ! répondit-il en se servant une tasse de café. Je regrette seulement qu'il fasse si froid. Bon Dieu, la terre est dure comme pierre !

Elle haussa les épaules.

— Ce n'est pas la première fois, rappelle-toi de l'hiver 1914 : on n'aurait même pas pu enfoncer un pieu dans la terre, et on s'en est remis !

Il s'assit en face d'elle et, attrapant le pain, s'en coupa une tranche pour se faire une tartine.

— Qu'est-ce que tu as donc fait pour avoir un appétit pareil ? feignit-elle de s'étonner.

Il éclata de rire.

— Ma pauvre Margot, tu ferais un bien mauvais flic ! Si tu veux savoir où j'étais, tu n'as qu'à me le demander, et je te répondrai si j'en ai envie !

Elle rit à son tour.

— Tu comprends que je sois étonnée de te voir baguenauder à une heure pareille.

— Je crois que je suis amoureux, lâcha-t-il, la bouche pleine.

Margot avait l'air tellement sidérée qu'Émile rit de plus belle.

— Cesse donc de me regarder comme une carpe sortie de l'eau, ça arrive à tous les âges !

— Si j'avais prévu une chose pareille..., dit Margot en hochant la tête. Et c'est qui, la donzelle qui te met dans un état pareil ?

Tout en continuant de manger, Émile lui jeta un regard amusé.

— Tu peux toujours courir pour que je te le dise !

Margot se leva et alla attiser le feu de la cuisinière pour se donner une contenance. De quoi aurait-elle l'air, maintenant, à venir lui raconter ses craintes ? Il n'écoutait déjà pas en temps ordinaire, mais, maintenant qu'il était amoureux, elle pouvait aller se rhabiller ! Néanmoins, Margot n'était pas tout à fait certaine de devoir se taire, dans la mesure où cette nouvelle révélation l'inquiétait encore davantage, sans qu'elle sût pourquoi.

— Tu as perdu la parole ? s'étonna Émile.

— Que non ! répliqua Margot. Mais que veux-tu ? Je ne m'attendais pas à ça...

Émile avala quelques gorgées de café, puis s'essuya la bouche. Il était heureux d'avoir osé dire qu'il aimait. L'exprimer était la preuve qu'il aimait vraiment Marie, qu'il était sûr de lui. Il ne lui était arrivé qu'une seule fois de clamer son amour, quand il avait rencontré Charlotte, et il était bien décidé à faire de même pour Marie. Désormais, Margot savait ; bientôt, Emma l'apprendrait, et il l'annoncerait enfin à tout le monde, avant de présenter Marie officiellement, de la faire venir à la Vernières et de l'y installer.

Margot revint s'attabler. Elle y voyait clair, désormais, et qu'Émile fût amoureux ne changeait rien à ses appréhensions. L'arrivée d'une nouvelle femme dans la vie d'Émile ne dévierait sans doute pas Emma de ses projets. Au contraire, cette nouveauté risquait même de brusquer les événements, dans la mesure où la jeune femme verrait en Marie une héritière potentielle.

— Tu en fais, une tête ! s'exclama Émile en découvrant le visage fermé de Margot. Moi qui croyais te faire plaisir…

— Ça me réjouit, expliqua-t-elle en feignant de défroisser son tablier, mais tu ne devrais peut-être pas trop t'emballer. Tu sais, aimer, c'est une chose, mais, avant de se lancer, je crois qu'il faut faire le ménage avec son passé.

— Qu'est-ce que tu me chantes là ? tonna Émile en abattant son poing sur la table. Faut-il donc que tu sois malheureuse pour être aussi rabat-joie ! Voilà que je t'annonce que je suis amoureux, et toi, tu viens me casser les couilles avec je ne sais quel passé ! Mais c'est…

Il s'apprêtait à se lever quand Margot le coupa, d'une voix sèche et forte.

— Tais-toi et écoute-moi, tête de mule !

Émile se rassit. Le ton de Margot l'avait alerté.

— Qu'est-ce que tu as encore dans le crâne ? demanda-t-il.

— Ce n'est pas dans la tête que ça se passe, rétorqua-t-elle en ne le quittant pas des yeux, mais dans le cœur, imbécile ! Que tu sois amoureux et heureux de l'être, ce n'est pas le plus important : ce qui compte, c'est que tu offres un bel avenir à cette femme, et pour ça, il faut que tu sois sans reproche, que la haine, le mal, la violence, les regrets soient derrière toi. Il faut aussi que les chagrins et la douleur que tu as causés, les haines que tu as suscitées soient effacés !

Émile ricana.

— Qu'est-ce que tu veux ? Que j'aille me confesser auprès de ce connard de curé ?

Margot tapa à son tour sur la table.

— Cesse donc d'être cynique ! Si quelqu'un te connaît ici, c'est moi ! Et je connais aussi tout le mal que tu as fait ! Crois-tu qu'il restera impuni ? Crois-tu que tu échapperas au jugement de Dieu ?

— Je me fous de Dieu, je suis un homme ! Il sera toujours temps d'en parler avec Lui quand je serai là-haut !

— C'est ça, continue de faire le malin ! Justement parce que tu es un homme, tu dois craindre les hommes.

Excédé, Émile se leva.

— Je ne comprends rien à ce que tu baragouines ! Tu perds la tête, ma pauvre fille, voilà la vérité !

Margot le suivit du regard alors qu'il gagnait la porte.

— Tu ferais bien de tout dire à Emma et de lui demander pardon, lui lança-t-elle enfin. Elle sait des choses, je me demande même si elle ne sait pas tout.

Émile se figea, la main sur la poignée, et la dévisagea avec insistance comme s'il cherchait à pénétrer ses pensées.

— Elle ne sait rien, dit-il d'une voix sourde, rien ! Pour la bonne raison qu'elle n'était pas là pour voir ! Mais peut-être lui as-tu tout raconté ?

Le ton d'Émile exprimait une menace à peine voilée. Margot frémit malgré elle.

— Je n'ai pas eu besoin de lui dire quoi que ce soit, répliqua-t-elle. Sa mère s'en sera chargée dans les lettres qu'elle lui a envoyées.

Il haussa les épaules.

— Qu'est-ce que tu racontes ? Elle les a fichues au grenier sans jamais les lire !

Margot se leva et remplit une casserole d'eau, qu'elle posa sur la cuisinière.

— Comme tu voudras, dit-elle sans conviction, mais garde-toi d'elle si tu veux être heureux.

Émile ouvrit la porte, puis marqua un temps d'hésitation.

— Pourquoi tu me dis tout ça ?

— Parce que je t'ai toujours aimé, lâcha-t-elle en le regardant droit dans les yeux.

Il referma la porte. Elle l'entendit s'éloigner, son pas crissant dans la neige. Puis, soudain lasse, elle s'affala sur une chaise, face à la cheminée, et se mit à pleurer.

Perplexe, Émile regagna son bureau. Même s'il ne croyait pas un mot de ce que venait de dire Margot, un réflexe de prudence l'invitait néanmoins à envisager l'hypothèse qu'elle disait vrai. Après tout, Emma pouvait très bien être une mystificatrice.

Prenant soin de fermer le verrou, il se servit un petit alcool et s'affala dans le canapé, ressassant les propos de la servante. Ce qu'il avait retenu de tout ce galimatias était qu'Emma saurait tout de ses agissements passés et souhaiterait se venger. Or, plus il considérait cette hypothèse, plus il la trouvait stupide : il ne voyait rien dans le comportement de la jeune fille qui pût étayer les accusations de Margot. Au contraire, Emma se montrait de plus en plus affectueuse, prenant à cœur toutes les tâches qu'il lui confiait. Elle paraissait même plus heureuse qu'elle ne l'avait été jusqu'à présent, et jamais elle n'était revenue sur ce qu'ils avaient décidé ensemble à propos de son avenir. La preuve, elle lui avait demandé de hâter l'organisation d'une rencontre avec le docteur Colliard…

Son verre avalé, il marcha de long en large dans la pièce, conscient de n'avoir pas levé tous ses doutes. Plusieurs questions demeuraient en suspens. Emma avait-elle vraiment lu les lettres maternelles ? *A priori*, non : elle lui avait dit les avoir entassées dans le grenier sans même les avoir ouvertes. Il convenait néanmoins de s'en assurer. Après tout, peut-être avait-elle changé d'avis et, dans ce cas, il s'agirait de l'interroger sur la teneur du courrier et, naturellement, si Jeanne avait révélé quelques faits passés, de les contester en donnant la vraie version des événements. Émile aurait beaucoup de choses à dire, puisque la salope, il en était certain, avait dû prendre un malin plaisir à déformer la réalité.

Il enfila une veste, décidé à faire un tour au grenier et à fouiner dans la correspondance maternelle.

Repassant par la cuisine, il y avala un nouveau café, puis monta à l'étage après avoir échangé quelques mots avec Margot. Lorsqu'il fut dans le grenier, il commença à chercher les lettres, ouvrant toutes les boîtes, les malles et les armoires susceptibles de les contenir. Comme il ne trouvait rien, il se détendit. Sans doute Emma les avait-elle détruites. Remontée comme elle l'était contre sa mère, c'était l'hypothèse la plus vraisemblable.

De retour dans la cuisine, il demanda à Margot si elle savait où se trouvait la jeune fille.

— Comment veux-tu que je le sache ?

— Si tu la vois, dit-il en sortant, avertis-la que je suis à l'écurie.

Il remonta le col de sa veste, pestant contre le froid qui n'en finissait pas. Quand allaient-ils pouvoir reprendre le travail ? se demanda-t-il, avant de songer qu'au fond il s'en fichait. Depuis sa rencontre avec Marie, plus grand-chose ne comptait à ses yeux. Il était amoureux, et cela valait tout le reste. Penser à elle réveilla son désir de retourner à la maison de La Coulisse pour l'y attendre.

C'était cet instant d'excitation amoureuse qu'il aimait par-dessus tout, quand, seul dans la maison, debout auprès de la fenêtre qui donnait sur le chemin, il guettait le moindre bruit qui signalerait son arrivée.

Soudain, apercevant Emma qui venait de la maison des ouvriers, Émile abandonna ses pensées. Sans doute quittait-elle le lit de Louis, se dit-il. Après tout, elle avait bien le droit de s'amuser avant de rencontrer Colliard...

Emma s'approcha, souriante.

— Alors ? demanda Émile, le regard complice. Déjà au travail de si bon matin ?

— Que veux-tu ? Avec le patron que j'ai, il vaut mieux ne pas chômer !

Il éclata de rire et l'invita à le suivre dans l'écurie. Ils ne seraient pas trop de deux pour s'occuper des chevaux.

Ils se mirent aussitôt au travail. Émile entassait la paille usagée des litières devant chaque box, tandis qu'Emma la chargeait dans une brouette pour la déverser dehors, sur l'amas de fumier jouxtant le bâtiment. Cette tâche terminée, ils étalèrent de la paille fraîche dans chacun des endroits qu'il venaient de nettoyer, puis emplirent les auges à avoine.

Quand ils eurent fini, Émile invita Emma à venir s'asseoir à côté de lui, sur une botte de paille, près de l'entrée. De là, on découvrait la campagne recouverte de neige, quelques bosquets d'arbres décharnés et, sur la droite, une partie du bâtiment principal de la Vernières. Un léger voile de brouillard flottait au-dessus du sol.

— Il faut que je te parle, commença-t-il.

Emma tressaillit, imaginant qu'il allait évoquer Louis, ou bien lui demander de l'accompagner à la Charité pour rencontrer Colliard, ce qu'elle redoutait par-dessus tout.

— Il faut que je te fasse une confidence, dit-il, le regard ailleurs. Je suis amoureux !

Stupéfaite, Emma ne répondit rien, préférant laisser continuer son grand-père, mais elle sentait déjà sourdre en elle une violente colère. Amoureux, lui ? Elle interprétait cette révélation comme une provocation. Monsieur se permettait d'aimer et de l'être en retour, après avoir justement bafoué l'amour en détruisant sa mère, après avoir brisé les sentiments que certains êtres ressentaient pour d'autres !

Elle se leva avec brusquerie et, s'approchant du porche, feignit de contempler le paysage. Ainsi, elle pourrait masquer ses émotions. Puis, reprenant le contrôle d'elle-même, elle l'interrogea d'une voix égale.

— Et qui est l'heureuse élue ?

— Tu ne la connais pas, répondit Émile, mais je suis certain qu'elle te plaira.

— Je n'en doute pas, se força-t-elle à dire. Et quand comptes-tu nous la présenter ?

— Dès qu'elle se sentira prête. Je ne veux pas la brusquer, elle n'est pas d'ici.

Il se leva et s'approcha d'Emma.

— Ça te fait plaisir ?

— Évidemment ! Je me sentirai moins seule.

Comme il la prenait par l'épaule, elle dut faire l'effort de ne pas le repousser et de maîtriser le flot de méchancetés qui lui venaient à l'esprit. Comment pouvait-il faire le joli cœur avec tout ce qu'il avait sur la conscience ? Il n'était qu'un salaud, une ordure qui venait se pavaner devant la fille de Jeanne en croyant que tout était pardonné ! Elle lui proposa alors de marcher.

— J'ai besoin de m'en remettre, dit-elle en se composant un sourire de circonstance. Si tu ne me l'avais pas annoncé toi-même, je n'y aurais jamais cru.

— Eh bien, tu vois, tout arrive !

Ils avançaient d'un pas tranquille sur le chemin du bois des Quatre-Vents, récemment déneigé par les ouvriers. Emma réfléchissait. En lui avouant être amoureux, Émile venait de dépasser les bornes. Pourquoi devrait-il avoir la chance que sa mère n'avait pas eue ? Elle devait mettre sa vengeance à exécution sur-le-champ.

— Tu l'as annoncé à Margot ? demanda-t-elle.

— Oui. D'ailleurs, elle m'a parlé de toi tout à l'heure.

— Ah oui ?

— Il paraîtrait que tu nourrirais de mauvaises intentions à mon égard ?

Emma se tourna vers lui, interloquée.

— Qu'est-ce qu'elle a encore inventé ?

Il la prit de nouveau par les épaules, comme pour lui montrer qu'il n'accordait aucun crédit aux propos de la servante. Malgré sa répugnance, Emma ne se dégagea pas.

— Tu m'en voudrais de ce que j'aurais fait subir à ta mère. En lisant ses lettres, tu aurais appris je ne sais quelle vérité sur moi... Enfin, tu vois, quoi ! Ses délires habituels...

Emma s'arrêta et le regarda droit dans les yeux.

— Il faudrait lui couper la langue, à celle-là ! Les lettres de maman ? Il y a belle lurette que je les ai fichues au feu !

Reprenant sa marche, elle continua :

— Quant à te vouloir du mal, c'est stupide. Tu m'aimes, tu me confies de plus en plus de responsabilités, tu m'offres la possibilité de faire un beau mariage, tu ne me refuses rien, alors pourquoi je te voudrais du mal ? Je vais aller lui dire deux mots, tout à l'heure...

Émile la pressa contre lui, rassuré.

— Surtout pas ! Tu sais comme elle est, on ne va pas la changer aujourd'hui.

Emma soupira pour souligner son agacement.

— Peut-être, mais, si on la laisse faire, elle est capable un jour de monter la Vierge Marie contre Joseph !

Émile éclata de rire.

— Qu'est-ce qu'on en a à faire ? Tout à l'heure, nous rentrerons ensemble. Ce sera le meilleur moyen de lui clouer le bec.

Comme ils parvenaient à l'orée du bois, Emma s'arrêta, hésitante. Le rythme de son cœur s'était accéléré. En cet instant, elle le comprit, elle se trouvait au pied du mur. Avancer, c'était se venger ; retourner à la ferme, c'était pardonner.

À la recherche d'un signe qui lui indiquerait le bon choix, elle regarda le ciel chargé de nuages gris, les arbres défeuillés aux branches noires recouvertes d'une fine couche de neige, mais rien ne lui parla. Ni le ciel ni la terre, ni les oiseaux et les animaux terrés dans leurs nids, et pas davantage la nature immobile baignée par une lumière glacée et assoupie sous un voile de brouillard.

— Qu'est-ce que tu as à bayer aux corneilles ? s'étonna Émile.

— Rien, répondit machinalement Emma, je pensais à la maison en ruine. Je me disais que ce serait bien de la reconstruire. Je crois que j'aimerais y habiter.

Émile la serra contre lui.

— Rien ne me ferait plus plaisir que de réaliser ton souhait, murmura-t-il en lui embrassant les cheveux. Tu ne peux pas savoir comme je suis heureux que tu me le demandes !

Emma se crispa sous l'effet d'une brusque bouffée de colère. Elle se dégagea avec une douceur feinte, puis se composa un sourire.

— C'est vrai ? Tu aimerais aussi qu'on la reconstruise ?

— Allez, viens ! dit-il en l'entraînant vers le bois. On va commencer à rêver...

Ils avancèrent l'un derrière l'autre, Émile ouvrant le chemin dans l'entrelacs de branches et de végétation à moitié enfouies sous la neige. Parfois, dérangée par le bruit, une corneille s'envolait en croassant. Plus tard, un renard, effrayé par leur présence, détala devant eux. En l'apercevant, Emma éprouva une vive émotion teintée de tristesse, cette vision fugitive lui ayant évoqué un vague souvenir.

Soudain, elle se sentit très tendue à l'idée de ce qu'elle allait devoir faire, là, dans ce lieu maudit où ils venaient de pénétrer. Elle jeta un regard alentour : seuls quelques pans de murs et des bosquets d'arbrisseaux émergeaient de la couche de neige. Une vague d'angoisse la submergea au moment de découvrir le puits.

Elle se tourna vers Émile. Juché sur un monticule de pierres, il étudiait la configuration des lieux, évaluant l'ampleur des futurs travaux.

— Je me demande s'il sera possible de reconstruire à l'identique. Il est difficile de se faire une idée, avec cette neige. Le mieux serait de revenir au printemps.

Elle acquiesça d'un hochement de tête, puis s'assit sur la margelle du puits, où il la rejoignit.

— Tu seras heureuse ici, j'en suis certain, commença-t-il. Plus que ta mère, je l'espère, qui n'était malheureusement pas très douée pour le bonheur, et...

Choquée qu'il eût ainsi évoqué sa mère, Emma s'était dressée devant lui et, d'une violente poussée, l'avait précipité dans le trou béant. Le bruit du corps heurtant les pierres du cuvelage, un choc sourd, puis plus rien.

Penchée au-dessus de la margelle, Emma se fit aussitôt la réflexion qu'Émile n'avait pas crié. Elle dressa l'oreille un moment, à l'affût d'un gémissement ou d'un appel. Comme elle n'entendait rien, elle se rassit sur la margelle. Elle tremblait et son cœur battait vite, au point qu'elle se mit à suffoquer.

Regardant autour d'elle, elle prit peur, voyant en chaque chose un témoin muet de son crime. Sentant la panique la gagner, elle se leva et prit le chemin du retour, mi-marchant, mi-courant.

Sortie du bois, elle s'arrêta, hors d'haleine. Désormais, il lui fallait recouvrer ses esprits et se composer une attitude de circonstance pour annoncer l'horrible nouvelle à la Vernières. Elle devait aussi donner une version incontestable des événements : Émile avait grimpé sur la margelle pour une raison qu'elle ignorait, puis avait glissé. Comme elle se trouvait à quelques mètres de là, elle n'avait rien pu faire.

Reprenant sa marche, les larmes lui vinrent. Elle n'éprouvait ni chagrin ni remords, et en conclut que ses larmes étaient dues à une réaction naturelle, peut-être à cause de la bise glacée qui lui fouettait le visage.

Lorsque la Vernières fut en vue, elle se mit à courir et entra en trombe dans la cuisine. Margot sursauta. Emma la saisit aussitôt par les épaules.

— Émile est tombé dans le puits aux Quatre-Vents ! Il faut se dépêcher ! On peut peut-être encore le sauver !

— Mon Dieu ! s'exclama Margot en attrapant un châle à la volée. Va prévenir les hommes, je pars devant !

Emma courut jusqu'au bâtiment des ouvriers. Elle en trouva quelques-uns, dont Louis et Armand, qui jouaient aux cartes dans la salle commune.

— Vite ! lança-t-elle. Mon grand-père est tombé dans le puits aux Quatre-Vents, il faut le secourir !

Ce fut d'abord la consternation. Bon Dieu ! Pas lui ! Puis, sous l'impulsion d'Armand, ce fut le branle-bas général. Sans s'énerver, il indiqua à chacun ce qu'il devait prendre, corde, échelle, lampe à pétrole et couvertures. Comme l'endroit était inaccessible à tout véhicule, il suggéra qu'on amenât un cheval pour tracter celui qui descendrait rechercher le corps. Dans le même temps, il demanda à Louis de se rendre à la Charité comme il le pourrait, à pied ou à vélo, pour prévenir la gendarmerie et solliciter le docteur Colliard.

Quand chacun fut sorti, Armand s'approcha d'Emma, assise sur un banc de table, abattue. Il prit place à côté d'elle et la serra dans ses bras.

— Ne t'inquiète pas, dit-il. On va le sortir de là. C'est un gars solide, il s'en tirera.

— Tu crois ? demanda-t-elle d'une voix éteinte.

— Je n'en sais rien. Ce qui m'inquiète, c'est que le puits est à sec. De l'eau aurait pu amortir la chute… Il serait mieux que tu restes ici avec Margot.

— Elle est déjà partie là-bas.

Armand haussa les épaules, agacé.

— L'imbécile ! bougonna-t-il en se levant.

Emma se leva à son tour.

— Je ne peux pas rester ici. Je pourrai peut-être me rendre utile.

— Comme tu voudras.

Ils rejoignirent les hommes rassemblés dans la cour, prêts à partir. Deux d'entre eux étaient déjà en route vers les Quatre-Vents avec le cheval.

La petite troupe s'ébranla. Chacun marchait d'un bon pas sans prononcer un mot. À défaut d'être peinés, tous étaient bouleversés. Si l'homme n'était pas aimé, il était respecté, voire admiré, et, malgré tous ses défauts, il était un bon patron.

Ils ne furent pas longs à atteindre la ruine, où Margot se trouvait déjà. Proche de la margelle, elle fixait le trou béant, le visage baigné de larmes.

— Bon Dieu ! grommela Armand. Qu'est-ce qui t'a pris de courir jusqu'ici avec cette neige ?

Comme elle ne répondait pas, il se joignit aux hommes qui s'activaient autour du puits, les uns fixant la corde à la selle du cheval, les autres déneigeant la place pour que la manœuvre fût plus aisée. Tout le monde effectuait son travail en silence, la mine grave. Quand tout fut prêt, on passa la corde autour du dévidoir, encore solide, et l'on discuta de qui descendrait dans le puits. Le choix se porta sur Fernand, un gars mince, mais costaud.

Tandis qu'il nouait la corde autour de sa taille, Emma s'approcha de Margot. Celle-ci fit un pas de côté en lui décochant un regard mauvais.

Emma n'insista pas tant l'hostilité de la vieille femme était manifeste, mais elle ne s'en inquiéta pas : à quoi bon, puisque celle-ci ne croirait jamais qu'il s'agissait d'un accident ?

Son attention se porta alors sur la manœuvre entreprise par les ouvriers. Muni d'une lampe à pétrole, Fernand avait déjà disparu dans le puits, assuré par plusieurs hommes qui laissaient filer la corde par à-coups. On entendait ses encouragements, de plus en plus assourdis. Après plusieurs minutes d'efforts, comme il risquait de manquer de corde, Armand suggéra qu'on en nouât une nouvelle à la précédente. Cela prit un certain temps, et Fernand, inquiet, se mit à crier. Thomas, l'un des ouvriers, se pencha au-dessus de la margelle pour le rassurer.

Puis la descente reprit. Peu après, ne sentant plus de résistance au bout de la corde, on comprit que Fernand était parvenu au fond du puits. L'entendant s'égosiller, certains, dont Emma, qui masquait son inquiétude, se penchèrent au-dessus de la margelle pour comprendre ce qu'il disait, en vain. À une telle profondeur, toutes ses paroles étaient étouffées.

Peu après, trois coups secs furent tirés sur la corde : Fernand avait réussi à y attacher le cadavre.

Armand fixa alors la corde au licol du cheval et le fit avancer lentement. La manœuvre était angoissante : le dévidoir, rouillé et ancien, grinçait tant qu'on craignait de le voir céder sous le poids.

Emma, soucieuse, se penchait exagérément pour découvrir l'état d'Émile et réagir en conséquence, au cas bien improbable où il en aurait réchappé. Quand le cadavre apparut, elle poussa discrètement un soupir de soulagement. Soutenu par la corde nouée sous les deux bras, on aurait dit un pantin désarticulé et grotesque. La tête ensanglantée était inclinée vers l'avant, tandis que les deux bras et les deux jambes paraissaient exagérément étirés. Avec d'infinies précautions, les hommes se saisirent du corps d'Émile et l'allongèrent sur un brancard improvisé. On le recouvrit d'une couverture, sans oser cacher son visage, comme si l'on voulait qu'il fût encore vivant. Puis deux ouvriers l'emportèrent, entourés de Margot, qui pleurait, d'Armand et d'Emma.

Pendant ce temps, d'autres ouvriers remontaient Fernand. Ils rejoindraient les premiers quand ils auraient fini.

Quand le cortège parvint à la Vernières, les gendarmes et le docteur Colliard venaient d'arriver. Aussi vite que possible, on transporta Émile dans sa chambre, puis on laissa Colliard seul pour qu'il pût établir son diagnostic. Tout le monde était redescendu à la cuisine, y compris Margot et Emma.

Là, les trois gendarmes, dont le capitaine – qui connaissait bien Émile –, se rassemblèrent autour d'Emma pour l'interroger sur ce qui s'était passé. Quand elle leur eut raconté sa version, aucun ne posa de question : ce n'était qu'un stupide accident.

Ils rejoignirent Armand et Louis, attablés avec les autres ouvriers pour boire un coup en souvenir de cet homme exceptionnel qui, selon le capitaine, « n'avait pas eu la mort qu'il méritait ».

Soudain, alors que tout le monde s'apprêtait à trinquer à son trépas, la porte de la chambre d'Émile s'ouvrit à l'étage. Interrompant leur geste, tous tournèrent la tête vers l'escalier, que le docteur descendait d'un pas lent et lourd. Il apparut en pleine lumière, l'air soucieux, et s'assit pour dire :

— Je ne sais pas de quel bois cet homme est fait, mais il est encore vivant !

La stupéfaction se lut sur tous les visages. Emma, légèrement en retrait, tentait de maîtriser son angoisse.

— Il est vivant, continua Colliard, mais il est dans un tel état qu'il ne pourra pas en réchapper. J'ai essayé de réduire quelques-unes de ses fractures, mais cela sera inutile. Il a vraisemblablement perdu l'usage de ses membres, et il est dans le coma.

Emma soupira et se précipita aussitôt vers l'escalier.

— Je veux le voir. Seule, insista-t-elle, ignorant le regard mauvais de Margot.

— Ne tardez pas trop, lui conseilla Colliard. Je vais le faire hospitaliser à la Charité. On ne sait jamais…

Emma referma la porte de la chambre sans attendre la fin de la phrase. Elle s'en fichait bien. Seul lui importait de pouvoir mesurer dans quel état se trouvait Émile, de pouvoir le regarder sans aucun remords ni aucun chagrin.

Ce corps abîmé et sans âme effaçait ses souffrances, celles de sa mère et de tous les autres. Elles allaient mourir avec lui.

Emma demeura un long moment à s'imprégner de sa difformité pour s'en souvenir le plus longtemps possible. Quelques instants plus tard, elle quitta les lieux et descendit, l'air grave.

En bas, les gendarmes et Colliard la dévisagèrent, attendant d'elle une parole. Comme elle demeurait muette, le médecin lui expliqua ce qu'ils avaient prévu de faire.

— Nous allons le transporter dans la voiture de la gendarmerie jusqu'à la Charité. Je m'arrangerai pour qu'il dispose d'une chambre particulière et je verrai avec mes collègues médecins quels soins nous pouvons lui prodiguer. Je vous promets, mademoiselle, que nous ferons tout pour atténuer ses souffrances.

— Je vous accompagne, dit-elle. Je tiens à le veiller. Donnez-moi le temps de prendre quelques affaires.

Elle remonta, suivie d'Armand, du médecin et de plusieurs ouvriers qui se chargeraient du transport du corps jusqu'au véhicule de gendarmerie. De leur côté, les gendarmes dégageaient la place nécessaire à l'installation du brancard.

Attablée devant une tasse de café, Margot attendait, murée dans son silence, que ce fût fini. La sensation de vide qui l'habitait lui rappelait toute la place qu'Émile avait tenue dans sa vie et combien, au-delà de la détestation qu'elle avait éprouvée à son égard, il avait été l'une de ses raisons de vivre.

Au soir de sa vie, elle se rendait compte que ni ses parents ni Marcelline, et pas même Armand, ne l'avaient fait se lever tous les matins plus tôt que les autres, ni ne l'avaient rendue capable de supporter les vexations des uns ou des autres et d'accepter ses souffrances physiques. Seul Émile en était responsable, lui qu'elle avait élevé, désiré, aimé, et enfin admiré.

Certes, de lui étaient nées d'autres souffrances, de cruelles déchirures du cœur et de l'âme, mais qui d'autre aurait pu provoquer chez elle de tels désarrois ? Personne : Émile était l'alpha et l'oméga de sa vie.

Le corps passa sous ses yeux, allongé sur le brancard que Louis et Armand portaient avec précaution. Elle se retint de pleurer et chercha le regard d'Emma, pour lui dire qu'elle savait. Il n'avait pas eu l'idée saugrenue de grimper sur la margelle rendue glissante à cause du gel et de la neige, il n'était pas tombé tout seul dans le puits : c'est elle qui l'y avait poussé.

Emma s'arrêta devant Margot et lui proposa de l'accompagner.

— Ce sera probablement notre dernière occasion d'être avec lui toutes les deux.

Margot se leva, méprisante.

— Cesse donc de jouer les saintes-nitouches, grommela-t-elle. Je n'ai nulle envie de faire tous ces kilomètres pour contempler ton œuvre à tes côtés. Achève-le donc. Comme ça, ta vengeance sera complète !

Comme elle se dirigeait vers la cheminée, Emma la saisit par le bras.

— Qu'est-ce que tu veux dire ?

Margot fixa Emma sans ciller.

— Je veux dire que tu l'as tué et que pour ça Dieu te punira !

Sur ces mots, la servante se dégagea de l'emprise de la jeune fille et s'éloigna.

— Comment peux-tu proférer de telles bêtises ? s'écria Emma. Quel intérêt aurais-je eu à le voir disparaître ?

À cet instant, Colliard passa la tête par la porte de la cuisine.

— Mademoiselle, il faudrait se dépêcher !

Emma sortit et monta dans le véhicule du médecin, qui démarra. Peu encline à parler avec Colliard, elle regardait défiler la campagne, assoupie sous la couche de neige. C'était à la fois triste et beau. Aussi loin qu'elle pouvait voir, il n'y avait aucune trace de vie. Les habitations, les arbres, les haies, tout paraissait figé. Seules les fumées s'échappant des cheminées troublaient la morne immobilité du paysage.

Colliard roulait vite et en silence, sans doute pour respecter le chagrin qu'il prêtait à Emma.

En fait, la jeune fille était fort contrariée. Jamais elle n'avait pensé qu'Émile en réchapperait, ne serait-ce que quelques heures. Néanmoins, elle voyait dans ce sursis une occasion de parfaire sa vengeance : s'il recouvrait un peu de lucidité, elle ferait en sorte qu'il sût pourquoi elle l'avait poussé ! Pour cela, elle avait pris avec elle la lettre testamentaire de sa mère.

— Croyez-vous qu'il puisse reprendre conscience ne serait-ce que quelques instants ? demanda-t-elle.

— Je n'y crois guère, répondit Colliard, mais il faut s'attendre à tout. J'ai souvent vu des gens dans son état revenir d'un coup à la vie, juste avant de mourir.

— Vous êtes catégorique ? Il va mourir ?

— Oui, je ne veux pas vous donner de faux espoirs. La seule inconnue, c'est de savoir quand.

Ils se turent de nouveau. Comme ils entraient dans le village de Sainte-Hélène, Colliard ralentit, hésitant à doubler un camion à cause du verglas. Emma jeta un rapide coup d'œil vers lui, se demandant si elle aurait pu en tomber amoureuse, mais elle sut immédiatement que c'eût été impossible, même si Louis n'avait pas existé. L'homme était certes séduisant, mais il lui semblait bien lisse, sans vie intérieure, sans cette énergie vitale dont elle avait besoin pour aimer. Elle se serait profondément ennuyée à ses côtés. Pour rompre la monotonie du trajet, elle l'interrogea.

— Vous venez de Paris, je crois ?

— Oui, répondit-il en entamant le dépassement du camion. J'y ai toujours vécu, jusqu'à ce que je choisisse de venir ici.

— Pourquoi dans une si petite ville ? J'imagine qu'on doit s'y ennuyer quand on a connu la capitale !

Le docteur se rabattit sur la droite et se tourna vers elle, un léger sourire aux lèvres.

— J'ai connu une déception amoureuse, et j'avais envie de prendre le large. Comme j'ai appris que le cabinet du docteur Viard se libérait, j'ai sauté sur l'occasion.

Emma aurait aimé le questionner sur ses déboires sentimentaux, mais elle n'osa pas. Cela risquait de créer un début de complicité dont elle ne voulait pas.

— Elle était juive, reprit-il. Le mariage était impossible.

— Pourquoi ? s'étonna-t-elle. Quand on aime, on se fiche de la religion.

Il haussa les épaules, fataliste.

— Pas dans ma famille. Nous sommes très catholiques.

Elle acquiesça d'un hochement de tête. Ignorant ce qui pouvait bien opposer les juifs et les catholiques, elle n'avait rien à dire à ce sujet.

Lorsqu'ils arrivèrent à la Charité, ils n'avaient plus échangé une seule parole. Colliard se gara à côté de la camionnette de gendarmerie, devant l'hôpital. Des infirmiers y pénétraient, portant Émile sur une civière. Accompagné de Louis et d'Armand, le capitaine de gendarmerie les suivait.

— Venez avec moi, dit Colliard à Emma en quittant la voiture.

Ils rattrapèrent le petit groupe devant la chambre où Émile serait installé. Le médecin chef de l'hôpital, qui s'y trouvait déjà, demanda à tout le monde d'attendre dans le couloir, excepté Colliard et deux infirmières qui venaient d'arriver.

Le capitaine de gendarmerie assura une nouvelle fois Emma de son affliction puis s'en alla, la laissant en compagnie d'Armand et de Louis.

Ils attendirent, assistant au va-et-vient des infirmières, pressées et concentrées. Plongés dans leurs pensées, aucun d'eux ne parlait ni ne regardait les autres.

Armand se demandait pourquoi Margot entretenait des doutes sur la réalité de l'accident. Malgré l'amour qu'il lui vouait, il refusait de lui donner raison. Emma n'était pas une criminelle.

De son côté, Louis cherchait un motif pour s'échapper de cet endroit. Il détestait l'hôpital depuis qu'il y avait emmené son père, mais il désirait rester aux côtés d'Emma, imaginant qu'elle avait besoin de sa présence. Un instant, il pensa s'approcher d'elle et lui prendre la main pour la réconforter, mais il y renonça.

Emma, impatiente d'entendre le diagnostic des médecins, avait presque oublié la présence des deux autres. Elle envisageait le pire. Émile s'en sortirait, l'accuserait de l'avoir poussé, et elle serait condamnée. Pour se rassurer, elle se remémora alors l'état lamentable dans lequel se trouvait son grand-père : dans quelques heures, quelques jours au plus tard, il allait succomber à ses blessures, et elle retrouverait la paix.

Une heure plus tard, la porte s'ouvrit. Colliard fit signe à Emma d'entrer, puis il referma derrière elle. Prenant la jeune fille par le bras, il l'accompagna jusqu'au lit où reposait Émile. Excepté la serviette étalée sur ses parties intimes, il était entièrement nu. Elle remarqua d'abord sa tête, qui, en dehors des yeux, de la bouche et du nez, était entièrement enveloppée par un pansement épais qui évoquait une cagoule. Les bras et les jambes étaient maintenus par des attelles. Seul le torse semblait n'avoir pas souffert de la chute.

— Je ne vais pas vous dissimuler la vérité, mademoiselle, dit le médecin chef. À mes yeux, votre grand-père est cliniquement mort. Il est plongé dans un coma sans doute irréversible. Même si, par miracle, il en sortait, il est presque certain qu'il ne pourrait survivre, tant les seuls traumatismes visibles sont profonds. Le choc crânien, les fractures aux jambes et aux bras sont irréductibles. Quant aux dégâts au niveau des organes internes, ils sont encore impossibles à évaluer. Ainsi, nous ignorons s'il est paralysé et, s'il l'est, dans quelle proportion. Dans son état, aucun examen approfondi n'est praticable. Je suis désolé.

Après avoir salué Emma d'un hochement de tête, il serra la main de Colliard et quitta la chambre, suivi des deux infirmières.

Debout au pied du lit, Emma se sentit respirer mieux. Elle avait enfin la réponse qu'elle attendait. Convaincue qu'elle n'avait plus de raison de s'inquiéter, elle s'affala sur une chaise et fit mine de veiller Émile, la mine faussement affectée.

Près de la fenêtre donnant sur le parc, Colliard assistait au va-et-vient des patients et du personnel hospitalier.

— Excusez le diagnostic un peu abrupt du docteur Renard, dit-il, mais l'homme n'est pas un tendre. Il a été médecin sur le front durant la guerre, vous comprenez.

— Je préfère qu'il m'ait dit la vérité. Cela me permet de me préparer.

Après un moment de silence, Colliard reprit la parole, hésitant.

— En cas de besoin, je... Je souhaitais vous dire que vous pouvez compter sur moi. J'imagine votre souffrance. Peut-être souhaiterez-vous quelque réconfort. Je...

Emma hocha la tête, indifférente à la sollicitation à peine voilée du médecin. Elle n'avait guère besoin de consolation et, quand bien même, ce n'est pas auprès de lui qu'elle irait en chercher.

— Merci de votre gentillesse, lâcha-t-elle d'une voix éteinte.

Comprenant que sa présence importunait la jeune fille, Colliard prit congé sans dissimuler sa déconvenue.

— N'hésitez pas à me contacter à mon cabinet en cas de besoin, dit-il en lui serrant la main.

— J'aurais un dernier service à vous demander, reprit Emma en évitant de croiser son regard.

Pouvez-vous avoir l'amabilité de raccompagner Armand et Louis à la Vernières ?

— Bien sûr.

— Merci de leur dire de venir me retrouver.

Colliard quitta la chambre sans un mot. Quelques secondes plus tard, Armand et Louis entraient.

Désireuse de se retrouver seule le plus vite possible, Emma vint se planter devant eux pour leur barrer le chemin vers le lit. Elle s'adressa à Armand après avoir échangé un regard avec Louis.

— Il n'est pas nécessaire que vous restiez. Le docteur Colliard va vous raccompagner à la Vernières, et je resterai ici. Si l'on en croit les médecins, l'agonie d'Émile ne devrait pas se prolonger très longtemps. Quoi qu'il en soit, venez me rechercher avec la voiture demain matin. Les clés doivent se trouver dans le bureau.

— Mais comment vas-tu manger et dormir ? s'inquiéta Armand.

— Je prendrai une chambre à l'hôtel, répondit-elle en les entraînant vers la sortie.

Alors qu'elle refermait la porte, elle échangea un bref sourire avec Louis, puis alla se rasseoir auprès d'Émile, espérant qu'il émergerait de son coma, ne serait-ce qu'un court instant, juste le temps de pouvoir croiser son regard et de lui dire pourquoi il mourait.

12

Alors qu'elle levait les yeux vers la fenêtre, l'attention d'Emma fut attirée par des corbeaux tournoyant dans le ciel. Bien qu'on fût au milieu de l'après-midi, la lumière déclinait déjà, annonçant la nuit.

Revenant à Émile, elle fixa ses yeux clos, puis, imaginant qu'il pourrait réagir à la lecture de la lettre testamentaire de sa mère, elle la sortit de son sac. Elle en commença la lecture, d'une voix posée, serrant la main de son grand-père dans la sienne.

Ma chérie,

Désormais, le souffle de la mort me caresse le visage tous les matins au réveil… Parfois, je me dis que c'est seulement le vent chaud d'ici. Mais je ne suis pas dupe. Je sais qu'il s'agit bien de la Camarde, et qu'elle rôde autour de moi, comme le lion affamé autour des fermes alentour.

Hier, comme chaque jour, le docteur est passé me voir. Il ne m'a pas caché la vérité : je vais mourir bientôt. Tout juste, m'a-t-il dit, peut-il apaiser mes souffrances. Le moment que j'ai tant retardé est donc arrivé. Te dire la vérité. Toute la vérité. Sans rien celer de ce qui est arrivé à la Vernières bien avant que tu ne viennes au monde, et qui t'expliquera pourquoi je suis partie. Je le fais pour que tu saches, comprennes et me pardonnes.

Tout a commencé à l'été 1913, le 26 juillet, jour de la Sainte-Anne. Ce matin-là, comme il est de coutume chez nous, j'imagine que cela continue, je m'étais rendue au pèlerinage de la sainte avec mes parents, lequel s'achevait par une messe dans la petite chapelle qui lui est dédiée, proche de Chasnay. J'avais alors dix-huit ans, et je n'étais pas très pratiquante. Dieu n'occupait guère de place dans ma vie, ce qui n'a d'ailleurs pas changé…

À cette époque, la « chose » me travaillait et j'étais davantage intéressée par les veillées et les bals où je pourrais faire connaissance avec des hommes. J'avoue que j'étais fascinée par eux. Pour des raisons qui m'échappent – peut-être étais-je victime d'un atavisme ancien ? –, je rêvais alors de baisers langoureux, d'étreintes passionnées, de déclarations enflammées, aidée en cela des histoires de l'almanach que je dévorais à longueur de temps.

Je me souviens très précisément de l'état d'esprit dans lequel je me trouvais ce jour-là. Je m'étais placée dans le cortège de manière à me trouver proche des jeunes gens qui suivaient le curé et parmi lesquels j'espérais trouver le compagnon de mes rêves. Indifférente aux prières marmonnées autour de moi, je ne songeais alors qu'à repérer le plus beau d'entre eux, afin de l'approcher à la fin de la cérémonie. C'est ainsi que mon regard s'arrêta sur Maxime, sans conteste le plus beau de la bande de garçons que j'observais.

Pas très grand, blond, bien bâti, il était néanmoins celui qui avait vraiment de l'allure. Ce qui m'attirait le plus chez lui – en ces quelques minutes où, sans le savoir, je scellai mon destin, le sien, le tien et celui de bien d'autres – était sa manière de rire, de chahuter. En un clin d'œil, il m'était apparu comme un homme qui aimait l'existence sans pour autant se prendre au sérieux, à l'inverse de ses copains, et en particulier de son frère Hippolyte, qui affichaient des mines sévères et pour tout dire rebutantes pour la gamine que j'étais encore.

De cet instant, la cérémonie me parut longue et ennuyeuse, je ne cessais d'imaginer le moyen de l'aborder. Cela me paraissait alors impossible, ne l'ayant jamais vu et ignorant à quelle famille il appartenait.

Le hasard – le destin, peut-être ? – se mêla alors de me prêter main-forte, et cette rencontre, car c'en fut une unique pour moi, s'arrangea comme par miracle. Dès la fin du prêche, me croisant pour aller rejoindre ses amis, il me bouscula, si fort que je tombai dans l'herbe les quatre fers en l'air. Confus, empoté – ce fut la seule occasion où je le vis ainsi –, il me tendit la main pour m'aider à me relever… et nos regards se rencontrèrent !

Que te dire, sinon que nous fûmes l'un et l'autre comme tétanisés par une sorte de révélation, dont j'imagine parfois que c'est celle que vivent les grandes saintes lorsqu'elles rencontrent Dieu ?

Mes jambes flageolaient, mon cœur s'affolait, je suffoquais presque… Mes émotions étaient si fortes – il devait m'avouer plus tard qu'il avait vécu la même chose – que je dus alors le fuir et, sottement, je me réfugiai dans les basques de ma mère, en conversation avec d'autres femmes du coin.

Tu imagines bien qu'après ce choc bouleversant je n'étais plus la même. Mon esprit, mon corps, mes rêves, mes désirs ; bref, tout mon être n'était plus qu'un immense capharnaüm sans cesse entretenu par mon imagination débridée. Je sombrai alors dans une sorte de mélancolie, je ne mangeais plus, ne travaillais guère, obsédée que j'étais par cet homme entrevu si rapidement et dont je pensais néanmoins qu'il serait celui de ma vie. Ai-je prié comme il le fallait ? Notre destin était-il écrit depuis toujours ? Je ne sais. En tout cas, un nouveau miracle se produisit quand, quelques jours plus tard, je le vis débarquer à la ferme parentale – alors située aux Bernigaux – sur un cheval de monte.

Avec le toupet qui le caractérisait, il se présenta à mes parents, expliquant qu'il était le fils d'Émile, propriétaire de la Vernières, et qu'il venait m'inviter pour le bal de Narcy qui devait avoir lieu quelques jours plus tard. Mes souvenirs sont confus en ce qui concerne la réaction de mes parents, Léonce et Anna, que tu n'as malheureusement pas eu le temps de bien connaître. Je me souviens juste des paroles de mon père, debout sur le perron et regardant repartir Maxime. « Bon Dieu ! répétait-il. Il ne manque pas de souffle, le gamin ! »

Mes parents, pour des raisons qui m'échappent – sans doute avaient-ils des intérêts communs avec Émile ? – se montrèrent particulièrement compréhensifs à mon égard et ce qui aurait dû faire l'objet d'une négociation fut aussitôt accepté : je pouvais me rendre au bal ! Tu n'imagines pas ma joie ! J'étais en état de lévitation, je marchais sur l'eau, j'étais l'élue de Vénus… Le prince charmant qui hantait mes rêves était venu m'inviter en personne et m'emmènerait au bal en calèche ! Je ne m'appesantirai pas sur la suite, sinon que de cette rencontre devait naître une immense passion, dont plus tard tu serais le fruit… Eh oui ! ma fille, tu es l'enfant de Maxime, et non d'Hippolyte, comme j'ai été obligée de te le faire croire jusqu'aujourd'hui.

Emma s'interrompit. C'était sans doute le fruit de son imagination, mais il lui avait semblé sentir une légère pression de la main d'Émile. Le cœur battant, elle fixa ses yeux clos sans discerner le moindre mouvement de paupières. Elle attendit encore quelques instants, puis reprit la lecture.

Avant d'en venir au détail de cette révélation, dont j'imagine qu'elle va bouleverser ton existence, il me faut d'abord poser le paysage et te dire quelques mots sur les principaux personnages du drame qui va se jouer dans les années suivantes. Maxime avait un frère, Hippolyte, aussi taciturne et sérieux que lui était joyeux et fantasque. Et, alors que je me rendais régulièrement à la Vernières pour voir Maxime et faire la connaissance de la famille, celui-ci tomba éperdument amoureux de moi. En quelques mois, je me retrouvai alors à partager un amour passionné avec un homme tout en étant l'objet des convoitises de son frère. Situation impossible, tu l'imagines bien, qui nécessita que bien vite je misse les choses au point avec Hippolyte. Mais celui-ci ne l'entendit pas de cette oreille, qui continua de me regarder avec les yeux de l'amoureux transi et éconduit.

Avant d'aller plus loin, il me faut dès maintenant te parler d'Émile. Te dire qu'il ne m'aimait pas serait en deçà de la vérité. À vrai dire, je crois qu'il me méprisait, tout simplement. Pour lui, je n'étais pas de son milieu. Mes parents n'avaient qu'une petite ferme, et je ne pouvais prétendre m'allier avec l'un de ses fils, qui plus est son préféré, pour lequel il rêvait d'un meilleur parti. Son dédain à mon égard allait d'ailleurs être l'une des raisons de la zizanie qui s'installerait dans la famille un peu plus tard.

À cette époque, en tout cas, les jeux étaient déjà faits. Il me l'avait fait comprendre. Il n'accepterait jamais cette mésalliance et ferait tout ce qu'il pourrait pour l'empêcher. Évidemment, très vite, Hippolyte prit le parti de son père – par jalousie –, ce qui entraîna une vive opposition entre les deux frères. Ainsi, à la veille de leur départ pour le front, deux clans s'étaient for-

més : Maxime et moi d'un côté ; Émile et Hippolyte de l'autre.

De nouveau, Emma cessa sa lecture pour observer les yeux d'Émile, toujours clos et immobiles.

— Là où tu es, dit-elle à voix basse en s'approchant de l'endroit où devaient se trouver ses oreilles sous le pansement, j'espère que tu m'entends. Je voudrais tant que tu te rappelles l'enfer dans lequel tu as plongé maman, les souffrances que tu lui as infligées ainsi qu'à Maxime, que tu comprennes tout le mal que tu m'as fait. Écoute, ce n'est pas fini.

Autres acteurs qui ne seront pas neutres dans ce conflit familial : Margot et Armand. Ces deux-là avaient un statut particulier ; elle, surtout, qui avait élevé Émile et qui apparaissait comme une mère de remplacement – je pense d'ailleurs, sans en avoir la certitude, qu'elle avait dû être beaucoup plus que cela à une époque antérieure. Dans la mesure où elle ne jurait que par Maxime, elle avait pris mon parti d'emblée, et je lui suis redevable de nous avoir beaucoup aidés l'un et l'autre à vivre notre passion. En cela, elle était épaulée par Armand, qui, selon toute vraisemblance, était son amant. Lui non plus ne faillit jamais dans son soutien.

La guerre étant déclarée et les deux frères étant partis la faire, je n'avais plus de raison de me montrer à la Vernières. De retour à la ferme de mes parents, je repris alors le travail à leur côté, les aidant autant que je pouvais à survivre, leur situation devenant de plus en plus précaire à mesure que le conflit se prolongeait. Je ne vivais plus que dans l'attente du retour de Maxime, priant pour qu'il ne fût pas tué comme beaucoup de jeunes des environs. Mes prières furent exaucées le 15 septembre 1916 : par je ne sais quel miracle, Maxime avait obtenu une permission ! Tu imagines nos retrouvailles ! La passion qui l'avait aidé à tenir sous les bombes et m'avait aidée, moi, dans la solitude et le silence – il ne m'avait jamais écrit – nous réunissait de nouveau. Bien que nous ne fussions pas mariés, je cédai à ses avances. Il me promit alors que, s'il revenait, il m'épouserait. J'étais la plus heureuse des femmes, imaginant que le destin qui s'était montré si généreux à notre égard le serait jusqu'au bout. Funeste erreur ! À la fin du mois, Hippolyte nous apprenait par un courrier que Maxime avait été porté disparu lors d'une offensive.

À cette nouvelle, je m'effondrai et demeurai prostrée, le mot n'est pas trop fort, jusqu'au retour d'Hippolyte, qui venait d'obtenir lui aussi une permission. Dès son arrivée, je voulus tout savoir à propos de Maxime. Hippolyte, dont je me rappelle qu'il était fortement perturbé par les horreurs vécues sur le front, me raconta que son frère avait été tué durant une bataille et qu'on n'avait jamais pu retrouver son cadavre. Comme il me l'expliquait, c'était assez courant, les obus déchiquetant les corps au point de rendre les identifications impossibles. Ayant perdu tout espoir, je sombrai dans une profonde mélancolie. C'est alors qu'intervint l'un de ces événements qui orientent parfois les destins définitivement et de façon malheureuse.

Un soir, alors qu'il tentait de me consoler, je m'abandonnai dans les bras d'Hippolyte, et nous fîmes l'amour. Cela est difficilement explicable, peut-être d'ailleurs n'est-ce pas pardonnable. En tout cas, je le fis. Sans doute parce que, à travers Hippolyte, c'est un peu de Maxime que je retrouvais. Sans doute aussi par besoin de réconfort, je ne sais. Dans l'état de faiblesse et de désespoir où je me trouvais, je me fichais à ce moment-là de mes motivations.

C'est le lendemain de son départ que je m'aperçus que j'étais enceinte. Pour des raisons évidentes, je savais que l'enfant que je portais était celui de Maxime, et j'en conçus une joie extrême. Il était l'enfant de l'amour, me disais-je, et notre passion survivrait à travers lui. Il serait le témoin vivant que nous nous étions aimés, et je décidai de tout faire pour qu'il fût heureux.

Pourtant, la crainte m'envahissait. Comment pouvais-je imaginer lui offrir une vie normale, sans père ? Cela me paraissait impossible. J'envisageai avec effroi que je n'aurais jamais les moyens matériels de le faire – mes parents étaient au bord de la faillite –, et, en outre, je n'avais pas le courage d'affronter le regard des autres femmes qui, comme tu le sais, sont promptes à te parer de tous les atours du péché dès lors que tu deviens fille-mère.

Ainsi, une idée folle germa dans ma tête. D'un côté, l'homme que j'aimais était mort ; de l'autre, j'avais la possibilité d'accepter l'amour d'Hippolyte qui m'avait refait des avances empressées lors de sa permission. Je voyais là une manière de résoudre tous les problèmes : en faisant croire à Hippolyte que l'enfant était de lui, nous pouvions nous marier, et l'enfant et moi serions à l'abri du besoin. Certes, dans ce cas, j'étais contrainte de mettre un mouchoir sur ma révulsion à l'égard d'Hippolyte, dont je ne supportais pas le physique. Mais cela pouvait s'arranger, les femmes sachant simuler, comme tu le sais. En revanche, je savais que je n'échapperais jamais à son fichu caractère, qui me dégoûtait encore davantage. Je méprisais sa faiblesse, en particulier face à Émile, j'abhorrais sa tristesse, son manque de délicatesse, pire encore son absence d'intérêt pour tout ce qui ne concernait pas la terre. Comme il était l'opposé de Maxime, je ne l'aimais pas, et je savais que ce ne serait jamais le cas. Sans doute jugeras-tu en me lisant que je n'ai pas fait le bon choix. Peut-être… En tout cas, je jugeai à l'époque que, malgré tous les inconvénients dont je viens de te parler, les avantages d'un mariage l'emportaient, voulant de toutes mes forces que l'enfant fût heureux et à l'abri du besoin. S'ajoutait à cela la volonté de sauver mes parents du désastre. Or, en m'alliant avec Hippolyte, je savais qu'Émile ferait tout pour les remettre à flot.

J'écrivis donc à Hippolyte, quelques semaines plus tard, que je portais un enfant de lui. Par calcul, j'ajoutai que, malgré la situation, j'en étais heureuse et étais décidée à répondre à son amour, si, bien sûr, il était toujours dans la même disposition d'esprit et de senti-

ments. Je ne lui celai rien des difficultés auxquelles nous aurions à faire face, en particulier la désapprobation d'Émile, les cancans dans la région, mais également le temps qu'il me faudrait pour m'accoutumer à lui.

La réponse ne tarda pas, qui me parvint sous la forme d'une lettre d'amour aux propos enflammés. Il se réjouissait que je fusse enceinte de lui et disait attendre l'enfant avec impatience. Il balayait d'un mot les complications que j'avais énoncées. Il se faisait fort de convaincre son père de bénir leur mariage. Quant à nous, ajoutait-il, le temps ferait son œuvre. Il saurait se faire aimer de moi.

Forte de son accord, je voyais alors la situation sous un jour nouveau. Après tout, me disais-je, Hippolyte serait sans doute un bon père et, effectivement, peut-être qu'avec le temps je saurais l'aimer. Cela me paraissait d'autant plus envisageable que j'avais pris seule cette décision, que personne ne m'y avait obligée.

Lors d'une autre permission, au début de l'année 1917, Hippolyte fit ce qu'il avait promis : il annonça à son père que j'étais enceinte de lui – ce qu'Émile ignorait dans la mesure où je ne venais plus à la Vernières – et le convainquit que nous devions nous marier. Bien que je l'eusse questionné à ce sujet, je ne sus jamais comment il y était parvenu. Avec le recul des années, la réponse m'est apparue plus clairement : sans doute Émile avait-il jugé que, quoique je fusse à ses yeux à peine plus qu'une fille de ferme, Hippolyte ne pourrait jamais trouver meilleur parti. Enfin, peu importe. À mes yeux, l'essentiel n'était pas là. Je voyais simple-

ment que l'enfant serait à l'abri, moi aussi, et que, ma foi, en lui forçant un peu la main, l'amour pourrait surgir un jour entre nous.

À ce point de mon récit, je m'arrête un instant. En effet, en même temps que j'écris, je pense à toi en train de me lire. J'imagine ta surprise, ta souffrance aussi de savoir que tu as vécu jusqu'à ce jour sur un mensonge. Peut-être m'en veux-tu et, dans un mouvement de colère, me rejettes-tu ? Je ne l'espère pas. Si c'est le cas, je voudrais que tu me comprennes et n'instruises pas un procès à mon encontre. Dans les circonstances du moment, au regard de tous les aléas auxquels je me heurtais, je veux te convaincre que c'était la meilleure décision à prendre. Néanmoins, je me rends bien compte que je t'ai enfermée dans une mystification et qu'en te révélant la vérité je t'oblige à reconsidérer toute ta vie. Je t'en demande pardon, mais je ne me voyais pas disparaître sans avoir soulagé ma conscience. J'ai également suspendu mon récit car les conséquences de ce choix, que je ne pouvais pas prévoir, seraient également terribles. Tu peux donc à ce stade surseoir toi aussi à ta lecture et décider de ne pas continuer. (Pour te faciliter la tâche, j'ai repris mon récit un peu plus loin sur un autre feuillet...) Tu peux déchirer cette lettre et te contenter d'entretenir le mensonge en continuant de considérer Hippolyte comme ton père et en l'aimant à ce titre.

Tu n'aurais pas forcément tort. Après tout, il le fut. Maladroitement, en tout cas le temps où j'ai vécu avec vous, mais qu'importe. Je suis certaine qu'à sa façon il t'a aimée et t'aime toujours.

Si tu décides de supprimer cette lettre maintenant, fais-le, mais sache que, malgré notre séparation et l'inconséquence de mes choix, je t'ai aimée plus que tout et que je vais disparaître en serrant contre mon cœur l'unique photo que j'ai de toi, prise quelque temps avant mon départ de la Vernières, et qui m'accompagnera dans la tombe. Même loin de toi, tu fus ma seule raison de vivre, pour accepter les aléas d'une existence nomade, supporter les avanies de la solitude, et finalement faire face à la mort, seule, perdue dans un continent fascinant, certes, mais étranger à mes racines et à ma culture.

Emma pleurait. Comme elle avait soif, elle sortit demander un verre d'eau à une infirmière qui passait dans le couloir. Celle-ci lui recommanda gentiment d'attendre dans la chambre. Elle lui apporterait une carafe dès qu'elle le pourrait.

De retour auprès d'Émile, Emma constata que le jour avait encore décliné. Elle alluma et jeta un regard par la fenêtre. Quelques flocons de neige virevoltaient. Il n'y avait plus personne dans le parc, excepté une infirmière qui le traversait en courant. Les silhouettes des immeubles de la ville, dont quelques fenêtres étaient allumées, commençaient à s'estomper dans l'obscurité naissante.

Emma ressentit une immense tristesse, se demandant si, après tout ce qui était arrivé, elle pourrait un jour être heureuse. Regrettant de n'avoir pas l'épaule de Louis pour s'y reposer, elle s'assit près du lit, guetta une éventuelle réaction d'Émile, puis reprit sa lecture, toujours à voix haute.

Si tu lis ces mots, c'est que tu as pris le risque de continuer ta lecture. Sache en préambule que tu vas devoir affronter d'autres révélations, pour la plupart cruelles, qui t'obligeront non seulement à reconsidérer ta vie de fond en comble, mais également à faire, toi aussi, des choix douloureux pour ceux qui t'entourent.

Si Hippolyte avait obtenu de son père que nous puissions nous marier, celui-ci s'était opposé à ce que la cérémonie eût lieu avant la fin du conflit. Par un cynisme qui n'appartient qu'à lui, il refusait d'engager l'avenir avant qu'il ne fût certain que son second fils survivrait. Autrement dit, il n'était pas question pour lui de se retrouver à devoir entretenir une veuve et son rejeton qu'il ne désirait pas.

Sans doute seras-tu choquée de le découvrir sous ce jour ? Tu peux l'être, et tu le seras encore bien davantage quand tu connaîtras la suite…

Alors que le conflit s'éternisait, je passais mon temps à la ferme de mes parents, m'occupant à les aider, à préparer ta venue et à répondre aux lettres d'Hippolyte, qui témoignaient toujours du même amour enfiévré. J'y répondais avec mesure, mais enfin, sans doute fragilisée par ma grossesse et la souffrance d'avoir perdu Maxime, je ne décourageais pas ses sentiments, tou-

jours portée que j'étais par le désir de nous mettre à l'abri et convaincue que l'amour pouvait naître entre nous comme l'appétit vient en mangeant.

Tu naquis le 8 juin 1917. C'était une belle journée ensoleillée. Je ne souffris pas et, dès que tu apparus, je sus que tu aimerais la vie. Sans doute parce que je distinguai une sorte de sourire flottant sur tes lèvres et surtout, ce qui me frappa, parce que tu ouvris les yeux dans les secondes qui suivirent. Ma mère fut d'un grand secours, de même que Margot, qui avait tenu à venir m'assister malgré l'opposition d'Émile. Ce dernier, d'ailleurs, ne vint même pas te voir. Il n'accepta de le faire, et encore, avec réticence, que le jour où je vins te présenter à la Vernières.

Six mois passèrent, durant lesquels je tremblais de nouveau de recevoir la lettre fatidique des armées. Heureusement, tu étais là pour apaiser mes angoisses, gazouillant sans cesse, accrochée à mes seins – Dieu que tu avais d'appétit ! – et les yeux grands ouverts sur la vie et les autres. Le souvenir de cette période heureuse éclaira toute ma vie. Il fut mon compagnon de voyage, mon repère lorsque la mélancolie m'engourdissait, le rêve qui m'invitait au sommeil… Dans quelques heures, je l'emmènerai avec moi au-delà de la mort et le chérirai éternellement, que je prenne le chemin de l'enfer ou celui du paradis.

Ayant échappé au sort qui avait été réservé à son frère, Hippolyte revint finalement en décembre 1918, après sa démobilisation. Te voir, te serrer contre lui, t'embrasser fut sa première préoccupation, et je sus tout de suite qu'il t'aimerait. Cela me rassura au point que je finis par me convaincre que le mensonge sur sa paternité n'avait plus grande importance. J'acceptai alors de l'épouser dès le mois de janvier, décidée à jouer le rôle de la parfaite épouse, à être une bonne mère et à oublier Maxime autant que possible.

Nous emménageâmes dans la petite maison du bois des Quatre-Vents, que tu ne connais sans doute pas, proche du domaine, et la vie prit un tour sinon agréable, en tout cas satisfaisant. Je travaillais dur, essayant de gagner surtout la considération d'Émile qui m'ignorait, m'occupais de toi autant que je pouvais et, malgré ma répugnance, remplissais mes devoirs d'épouse lorsque Hippolyte me sollicitait. Ce n'était pas le bonheur, mais, élevée dans l'idée qu'il fallait se satisfaire de ce que la Providence nous offrait, je ne laissais rien paraître de mon insatisfaction. Seulement, j'ignorais une loi de la vie : rien ne se bâtit sur un mensonge, et encore moins sur plusieurs…

Or, des mensonges, j'en avais plein ma besace ! Je n'aimais pas Hippolyte, il n'était pas ton père, et je continuais de pleurer Maxime en cachette. Dans ces conditions, tout devint de plus en plus factice entre nous, d'autant qu'à vivre ensemble nous nous découvrions des différences de tempérament inconciliables. La plus immédiate, la plus visible aussi, qui nous sépara très vite, se révélait le soir, sous les draps… Je ne te ferai pas de dessin. Je n'aimais ni son corps ni son odeur, encore moins ses exigences, parfois obscènes. Surtout, je détestais ses manières brutales qui l'apparentaient à mes yeux au taureau qui va à la vache. Je me réfugiai donc très vite dans le rôle de la putain qui oublie, ne lui offrant qu'un corps soumis, pour ne pas dire mort. Évidemment, il s'en rendit compte très vite, et finit par fréquenter des filles ici et là, ironisant sur ma prétendue frigidité et me faisant comprendre que cela ne pourrait pas durer éternellement. Cette aversion physique réciproque en entraîna vite d'autres. En un mot, nous ne nous supportions plus.

Emma ne pleurait plus, mais elle sentait son cœur comme pris dans un étau, au point d'étouffer. À cet instant, l'infirmière entra avec une carafe d'eau et un verre.

— Ma pauvre enfant, vous ne devriez pas rester ainsi auprès de lui, dit-elle en désignant Émile d'un mouvement de tête. Il ne reviendra pas.

Emma la remercia et attendit qu'elle fût ressortie pour se servir un verre d'eau.

C'est vrai, songea-t-elle, il ne reviendra pas. Mais il ne partira pas sans savoir que je connais la vérité…

Puis, se tournant vers Émile, elle enchaîna :

— Tu auras eu de la chance jusqu'au bout ! Non seulement tu auras fait souffrir plein de gens autour de toi, mais tu n'auras même pas eu à en supporter les conséquences. Je te hais, et je hais Dieu de t'avoir autant protégé. Tu ne le mérites pas, mais, crois-moi, rien n'est fini : je consacrerai le restant de ma vie à t'effacer des mémoires, à te salir, à raconter tes saloperies à tout le monde…

Consciente que ces mots n'avaient guère de sens, elle se remit à lire, serrant la main d'Émile pour ne pas manquer la moindre réaction de sa part.

Cela apparut très clairement à ceux qui nous entouraient, et très vite s'installa à la Vernières une ambiance de guerre, Émile et Hippolyte, alliés pour l'occasion, me harcelant sans cesse de reproches. Quoi que je pusse faire ou penser, j'avais tort. Au début, je me défendais, puis, les jours passant, je finis par me retrancher aux Quatre-Vents, ou bien encore chez mes parents, qui faisaient ce qu'ils pouvaient pour atténuer à la fois mon désespoir et ma mélancolie. Je maigrissais, me réfugiais très souvent dans le silence ou bien éclatais en colère pour un rien. J'étais à cran, face à mon mensonge dont je mesurais désormais les effets et à un avenir sans issue.

Au milieu de ce désordre, je faisais de mon mieux pour t'élever, te protégeant autant que je le pouvais de ce climat délétère. J'aurais dû, à cette époque, j'en conviens, écouter ce que me dictait mon cœur, et partir loin pour échapper à cet enfer. Je ne le fis pas pour des tas de raisons : la peur de l'inconnu, le manque d'argent, l'influence de mes parents qui me déconseillaient une telle attitude, et, je dois l'avouer, mon inexpérience de la vie. Avec le recul, je sais que j'ai eu tort.

C'est alors que tout bascula. Hippolyte se mit à boire plus que de raison et commença à me battre, à m'obli-

ger à satisfaire ses bas instincts, s'arrangeant chaque fois qu'il le pouvait pour me dévaluer aux yeux des autres.

Émile, qui aurait pu mettre un terme à son comportement, ne le fit pas. Au contraire, avec la perversité qui le caractérise, il attisait le feu toujours davantage, espérant, comme il le disait, que je finirais par rentrer dans le rang et par me conformer à la loi de la Vernières – autrement dit, la sienne.

Heureusement, je trouvais un peu de réconfort auprès de Margot, d'Armand et de mes parents, mais cela ne suffisait pas à enrayer mon abattement, les crises de langueur et de tristesse dans lesquelles je sombrais. Plus cela allait, plus je devenais l'ombre de moi-même. Si tu n'avais pas été là, il est probable que je me serais suicidée.

Cela durait depuis plusieurs mois, nous étions alors au début de 1920, quand un miracle se produisit. Si aujourd'hui je mesure combien il aurait été préférable qu'il n'advînt pas, il m'apparut à l'époque comme un secours inespéré de la Providence. Maxime réapparut en février ! Trop d'années ont maintenant passé pour que je puisse te raconter par le menu son aventure. En quelques mots, il n'avait pas été tué comme nous le croyions tous, mais il avait été fait prisonnier par les Allemands et transféré dans un camp à l'est du pays, pas loin de la Pologne. S'en étant échappé, il avait rejoint les lignes russes puis, par je ne sais quel cheminement, s'était retrouvé dans la Légion tchécoslovaque, qu'il avait suivie, bataillant contre les communistes, les

Russes blancs, jusqu'à ce qu'enfin il revînt avec elle en Europe.

Te raconter le bonheur qui fut le mien est impossible ! Cela tenait de l'extase du croyant, témoin d'une apparition mariale. L'amour que j'éprouvais pour lui se réveilla violemment. J'imaginais – sottement, j'en conviens aujourd'hui – que tout allait changer. Enfin, j'allais échapper à mon horrible destin !

Malheureusement, je dus déchanter très vite, même si j'eus la preuve évidente que Maxime m'aimait encore. Conscient que j'étais mariée avec son frère et que tu étais le fruit de notre union – je ne lui avouai pas que tu étais sa fille, empêtrée que j'étais dans mon mensonge originel –, il décida de quitter la ferme dans les semaines qui suivirent, à la fois pour oublier sa cruelle déception et les relations exécrables qui s'étaient instaurées dès son arrivée entre Hippolyte, Émile et lui.

Au terme de six ans d'absence, Maxime n'avait plus sa place à la Vernières. Pour des raisons que je n'ai pas réussi à éclaircir sur le moment, son frère et son père le rejetaient. Plusieurs fois, j'assistai à de violentes disputes. Tout juste si Hippolyte et Émile ne lui reprochaient pas d'avoir échappé à la mort ! À leurs yeux, il n'était qu'un déserteur !

Maxime partit un beau matin, à l'aube, sans prévenir personne, et je me retrouvai brutalement encore plus effondrée qu'auparavant, d'autant que j'avais la certitude que nous nous aimions.

Une nouvelle fois, je mesurai les conséquences catastrophiques de mon mensonge, de mon manque d'esprit d'initiative, et je sombrai dans un profond abattement. Je me réfugiais de plus en plus dans le rêve et dans la solitude, ne t'accordant plus l'attention que tu méritais. J'étais morte au monde. Heureusement, Margot et mes parents prenaient le relais autant que possible.

Sache à ce propos que tu leur dois beaucoup. Ma mère t'adopta, et tu passas à l'époque beaucoup de temps dans ses jupons. Mon père fut sans doute moins proche de toi, mais j'ai le souvenir qu'il t'entoura de beaucoup d'affection – bourrue, certes, mais sincère. De même, Margot, émue par cette situation, s'arrangea toujours pour être disponible quand cela était nécessaire.

Bref tu n'étais pas oubliée et, autant que je me souvienne, tu n'étais pas malheureuse. Tu étais une jolie gamine de quatre ans, pleine de vie, toujours souriante et déjà passionnée par la nature.

Il me reste de cette époque des souvenirs très vivaces et enchanteurs qui illuminent encore aujourd'hui mes tristes journées de malade incurable. Je te revois cueillant des fleurs et me les offrant, courant après les papillons, fréquentant les bêtes de la ferme avec une aisance étonnante pour ton âge, ramassant des œufs çà et là.

Le plus émouvant, c'était ton sourire, ta joie de vivre, ton babillage incessant qui ravissaient tous ceux qui te voyaient.

Sans doute dois-tu te demander quelles étaient tes relations avec Hippolyte, censé être ton père ? Elles étaient quasi inexistantes. Comme il s'était éloigné de moi et qu'il me méprisait, je suppose qu'il rejetait tout ce qui, de près ou de loin, pouvait lui rappeler mon existence. En tout cas, je ne me souviens pas qu'il t'ait prise une seule fois dans les bras et embrassée. Tu n'avais plus aucune place dans sa vie, celle-ci se résumant alors à travailler comme une brute sous la férule de son père, à boire et à coucher avec des moins que rien dans les bordels alentour.

Emma abandonna sa lecture. Cette évocation d'Hippolyte lui avait remis l'homme en mémoire. Que restait-il de lui, sinon le vague souvenir d'un homme qui l'avait détestée ? Bien sûr que non, il n'était pas son père ! Elle regretta ne pas en avoir pris conscience plus tôt. Les occasions n'avaient pourtant pas manqué : combien de fois, devant son mutisme, ses colères, son mépris, aurait-elle dû s'en apercevoir ! Ce qu'écrivait sa mère était vrai : jamais il ne l'avait étreinte ni même embrassée. Lui avait-il lu une seule histoire pour l'endormir ? S'était-il une seule fois intéressé à ses pensées, à ses inquiétudes d'enfant ? Avait-il regardé un seul de ses tableaux ? Jamais.

Dans ces circonstances, j'aurais certainement plongé dans l'abîme si je n'avais alors bénéficié du secours inattendu de mon imagination. Même affaiblie, dégoûtée de tout et incapable d'agir, je portais en moi de nouvelles passions qui me sauveraient, comme tu le verras plus tard. J'écrivais, lisais et dessinais, autant de « manies », comme disait ma mère, qui demeuraient naturellement étrangères à mon entourage. Elles étaient venues subrepticement avec les déceptions et les souffrances. J'y trouvais le réconfort dont j'avais besoin pour ne pas être engloutie par la mélancolie. Elles le sont restées, ce qui t'expliquera toutes ces lettres que je t'ai envoyées. Quant aux dessins, tu ne pourras jamais les voir pour une raison que je t'expliquerai plus loin.

Bref, ma vie à cette époque n'était pas un chemin de roses, mais, à force de résistance, je parvenais néanmoins à faire bonne figure. Je m'étais faite à l'idée que rien ne changerait. J'acceptais cette existence comme la juste punition de mes mensonges et de ma lâcheté. Je survivais, sans toutefois jamais m'éloigner de toi.

Bientôt, le destin s'acharna de nouveau sur moi, en frappant à ma porte un soir de janvier 1921. Alors que j'avais fait une croix sur son existence, sans pour autant l'oublier – j'espère que tu connaîtras un jour une telle passion dévorante –, Maxime réapparut dans ma vie. Au courant, je ne sais comment, de l'absence d'Hippolyte et d'Émile partis à une foire régionale, il vint me retrouver à la maison des Quatre-Vents.

Je me souviens de tout comme si c'était hier. Il était tard et je lisais au coin du feu Batouala, Véritable roman nègre, de René Maran, un livre qui d'ailleurs n'est pas étranger au fait que je sois aujourd'hui en Afrique.

J'étais seule, t'ayant laissée à la garde de mes parents, et heureuse de pouvoir enfin goûter un moment de paix.

Soudain, j'entendis la porte s'ouvrir et je le découvris, plus beau que dans mes rêves les plus torrides.

Amaigri, certes, mais toujours aussi svelte, félin presque, avec ce sourire ravageur qui m'avait tant séduite lors de notre rencontre. Si je n'avais pas été assise, je crois bien que je me serais évanouie. Je ne me levai même pas de mon siège, et me mis à bafouiller.

Sans me laisser le temps de reprendre mes esprits, il me souleva et m'emmena dans la chambre. Je ne résistai pas, tu t'en doutes... Nous fîmes l'amour toute la nuit. Aujourd'hui encore, cette nuit reste la plus longue et la plus heureuse de ma vie. Aucun amant, de tous ceux que j'ai rencontrés, ne me procura la joie indicible que je ressentis alors, et ne suscita cette renaissance à soi-même, cette jouissance qui témoignent d'un amour parfait. Aucun.

En quelques heures d'étreintes passionnées, de bavardages incessants, de rires partagés, j'étais redevenue la Jeanne d'antan, joyeuse, affamée de vie. Je sentais de nouveau le sang couler dans mes veines, je découvrais ce que je ne voyais plus depuis des lustres, je croyais en l'avenir... Enfin, me disais-je, le destin me souriait de nouveau.

Maxime m'expliqua qu'il n'aimait pas la femme qu'il avait épousée – Madeleine, je crois – et qu'il n'avait cessé de penser à moi depuis toujours, que ce fût sous les obus durant la guerre, au fin fond de la Sibérie avec la Légion, sur les océans au retour, ou encore depuis son départ de la ferme quelques mois plus tôt. J'étais la femme de sa vie, il m'aimerait jusqu'à son dernier souffle. J'entendais ces propos comme une merveilleuse mélopée venue du pays des elfes, et j'y répondais avec la même passion. Plus rien ne pourrait nous séparer. Nous nous aimerions à la vie à la mort, quelles que fussent désormais les embûches... Et, bien sûr, en cachette des autres, que nous méprisions tous deux.

Par honte, sans doute, et aussi avec la volonté d'oublier mon quotidien, je tus les souffrances que m'infligeaient Hippolyte et son père. Rien sur les coups qui pleuvaient, sur le mépris d'Émile, leurs méchancetés, petites ou grandes. Rien ne devait venir ternir notre passion.

Bien sûr, tu dois le penser, j'aurais dû lui dire la vérité à ton propos ce soir-là. Pourtant, je ne le détrompai pas lorsque nous parlâmes de toi. J'entretins même le mensonge. Pourquoi ? Maintenant encore, je m'interroge. La lâcheté, la honte de devoir revenir sur ce que je lui avais déjà dit, le pressentiment que c'était le meilleur moyen de te protéger, la volonté égoïste de ne pas te voir t'immiscer dans notre histoire ? Je ne sais, et je t'en demande pardon encore une fois. Il y a de fortes chances pour que cela eût dévié le drame qui se profilait à l'horizon...

Notre passion dura un an, pas un jour de plus. Avec la malignité des amants coupables, nous réussissions à organiser nos rencontres au nez et à la barbe de tous. C'était relativement facile : comme il était séparé de sa femme et qu'il travaillait dans le coin – il était négociant céréalier à Donzy –, nous pouvions trouver toutes sortes d'occasions de nous voir. À l'hôtel, chez lui, à la maison des Quatre-Vents, dans les champs, dans la forêt… que sais-je encore ?

Durant cette année, je crois que nous nous sommes aimés partout où cela était possible. Nous vivions cette nouvelle vie avec l'insouciance des amoureux, nous fichant de tout et de tous. Nous aimions le danger d'être vus, l'imprévisibilité de nos rencontres, la magie des lieux improbables où nous nous retrouvions. Tout concourait à notre bonheur, mais aussi à ce que notre insouciance finît par se muer en inconscience.

Pour ma part, je m'étais métamorphosée, au grand étonnement des autres. On ne me reconnaissait plus. J'avais repris du poids, je riais de nouveau, je tenais tête à Hippolyte et Émile avec aplomb et, lorsque l'occasion m'en était donnée, je plaisantais de bon cœur. Personne, je crois, ne se doutait de ce qui arrivait, excepté Margot, peut-être, qui avait le nez fin et me le fit comprendre un jour en quelques mots accompagnés d'un sourire. Je la revois me disant, dans la cuisine de la Vernières, que Madeleine avait retrouvé le même sourire que le mien lorsque Jésus avait ressuscité. Bien que je ne fusse pas croyante, j'objectai que Madeleine était simplement la femme à laquelle Jésus avait lavé les pieds, et qu'il était normal qu'elle fût contente de le voir revenir parmi les hommes. Elle m'assura que, même si cela venait contredire le catéchisme des curés, elle était convaincue que la belle avait été bien plus que cela pour lui…

Bref durant cette année, je redevins celle que j'étais profondément. Mes relations avec toi s'en trouvèrent d'ailleurs largement améliorées. Je te reprenais à mes côtés, m'occupais de nouveau de ton éducation. Je me promettais aussi, imaginant qu'un jour nous vivrions ensemble, Maxime et nous, de lui dire la vérité à ton sujet.

Malheureusement, je n'en eus pas le temps. Sans que j'y prisse garde, le drame couvait déjà.

Je ne voyais pas qu'Hippolyte s'interrogeait et cherchait une explication à ma brusque métamorphose, et surtout à l'indifférence que je lui témoignais. Il pouvait bien continuer à m'humilier, à forcer mon intimité, à boire et à me frapper, il n'avait plus aucun pouvoir sur moi. J'étais aussi libre que l'esclave affranchi. C'était mon tour de le mépriser.

Je ne voyais pas qu'il commençait à m'épier, à guetter mes réactions, à surveiller mes faits et gestes. Je ne vis rien jusqu'à cette nuit sombre et glaciale de janvier 1922 où nous allions tous nous perdre.

Comme il faisait trop sombre pour continuer à lire, Emma alluma une autre lampe et se leva pour se dégourdir les jambes. Elle avait besoin de respirer, d'oublier. Peut-être aussi hésitait-elle à continuer, ne souhaitant pas revivre le même calvaire que lors de sa première lecture ?

Elle jeta un coup d'œil à Émile, inerte, déjà mort. Une colère froide l'envahit. C'était injuste ! Pourquoi ne se réveillait-il pas pour entendre le récit qui allait suivre ?

Elle résista à l'envie de le secouer pour qu'il ouvrît enfin les yeux et les oreilles et regardât la vérité en face, puis avala un nouveau verre d'eau. Quelques instants plus tard, elle reprit sa lecture.

Ce soir-là, je me trouvais seule à la maison des Quatre-Vents. Tu étais chez mes parents et Hippolyte était parti à la foire de Clamecy. Selon ses dires, il passerait la nuit sur place – je n'étais pas dupe, sachant très bien qu'il allait retrouver, à Châteauneuf ou ailleurs, une de ces gueuses qu'il appréciait tant – afin d'être à pied d'œuvre tôt le lendemain matin.

Je me fichais bien de ce qu'il allait faire. Ce qui m'importait, c'était de pouvoir profiter pleinement de la quiétude qui m'était offerte. Je me souviens que j'étais heureuse, à la fois d'être seule et d'avoir l'occasion de penser à Maxime.

Comme il neigeait cette nuit-là, j'avais prévu de me réfugier auprès de la cheminée, emmitouflée dans un châle, et de laisser fuir le temps sans me préoccuper de rien d'autre, certaine que notre liaison avec Maxime, si pleine d'imprévus, de passion et d'insouciance, suffirait à exciter mon imagination.

Je me sentais bien, dans cette maison. Pas très grande, isolée au milieu de la forêt, elle convenait parfaitement à mon besoin de silence, de liberté et de nature. Elle constituait pour moi le refuge le plus sûr face aux humiliations répétées dont j'étais la victime à la Vernières de la part d'Émile et d'Hippolyte.

Assise dans le fauteuil placé devant l'âtre, j'adorais y écouter le vent siffler dans le conduit de la cheminée – la maison était battue par les vents en toute saison, d'où, probablement, le nom de la forêt –, suivre la danse insolite des flammes, les jeux d'ombres et de lumières projetés dans la pièce. Je prêtais aussi l'oreille à tous les bruits étranges, craquements, bruissements et autres chuintements qui témoignent de la vie d'une maison.

À l'inverse de Margot, qui se demandait comment je pouvais vivre sans appréhension dans un endroit si retiré, je n'avais pas peur. Ici, je sentais au contraire mon âme en parfaite harmonie avec les hommes, la nature, le temps et tous les mystères qui vont avec.

Bref, ce soir-là, comme tu peux l'imaginer, j'étais sereine. Je me préparais à passer la nuit seule, attendant que le sommeil vînt pour rejoindre mon lit, quand Maxime arriva.

Le moment de surprise passé, je me réfugiai dans ses bras, et nous fîmes l'amour devant la cheminée. Pour la forme, je lui fis le reproche de prendre des risques inutiles. Après tout, Hippolyte aurait pu très bien être ici, et toi aussi.

Comme à son habitude, il répondit à mes reproches – bien légers, à vrai dire – par un grand rire. Je ne devais pas m'inquiéter, il prenait ses précautions. Sans m'avouer de quelle manière il s'y était pris, il savait qu'Hippolyte et toi ne seriez pas là ce soir. Je le croyais sur parole. Mon chevalier surgi de la nuit sombre était forcément un peu devin, et surtout invincible !

Je lui demandai seulement comment il avait fait pour s'approcher ainsi de la maison sans que je pusse l'entendre. Il m'expliqua qu'il s'était fait déposer pas très loin, sur la route de la Vernières, et qu'il avait fini à pied à travers cette forêt qu'il connaissait par cœur. Dans l'état d'excitation où je me trouvais, je ne cherchai pas d'autre explication. Il était là, c'était l'essentiel. Et nous refîmes l'amour…

Si les détails des événements qui vont alors s'enchaîner s'estompent aujourd'hui quelque peu, je me souviens néanmoins que nous n'allâmes pas au terme de notre étreinte. Hippolyte surgit dans la pièce, ivre d'alcool et de haine, poussant des cris de bête féroce, avec en main un fusil de chasse dont je revois encore avec effroi l'âme du canon, profonde et noire, dirigée sur nos deux corps nus et réunis.

Maxime se détacha vivement de moi et se mit debout, désireux de calmer son frère. Il n'en eut pas le temps : Hippolyte lui tira dessus à bout portant, la violence de l'impact le faisant chuter en arrière dans le foyer de la cheminée.

Choquée, je hurlai en tirant par les pieds le corps inerte de Maxime en dehors du feu, puis m'affalai sur lui, la poitrine violemment secouée par des spasmes douloureux. Écœurée par l'odeur de chair et de cheveux grillés qui emplissait la pièce, je vomis avec la sensation d'expulser mes entrailles et toute la haine que je portais en moi. J'imaginais que je venais de mourir avec

Maxime. Plus rien ne m'importait. Hippolyte pouvait tirer une seconde fois, cela m'était égal.

On parle souvent du silence qui précède la tempête, mais il en est un autre aussi lourd, presque palpable, lorsque la tempête est passée. Je ne sais plus très bien comment j'en vins à me retrouver face à Hippolyte, toujours nue, tenant dans la main le bout du canon encore chaud et l'implorant de tirer, de finir son œuvre destructrice. Je me souviens de lui, me fixant avec l'air ahuri de celui qui vient de commettre l'irréparable sans l'avoir prémédité. Je devinais à son regard éteint que la prise de conscience de son acte cheminait dans son cerveau et qu'il ne tirerait pas une seconde fois.

Lentement, mais fermement, il me retira alors le canon des mains, puis désarma le fusil avant de s'affaler sur une chaise, où il éclata en sanglots.

Je ne sais comment t'expliquer les événements qui suivirent, n'ayant pas très bien compris moi-même leur enchaînement. Par je ne sais quel miracle, je recouvris tout d'un coup ma lucidité. Mon esprit, ma conscience, mon âme peut-être s'étaient brutalement fermés à la réalité. Je n'étais plus l'une des protagonistes du drame, seulement un témoin.

Je me rhabillai puis revins auprès d'Hippolyte. « Tu viens de me tuer, lui dis-je d'une voix calme et posée. Tu peux dire ou faire ce que tu veux, je ne suis plus de ce monde… » Puis, ignorant le cadavre et l'assassin, je fis du café.

Une heure plus tard, peut-être, Hippolyte finit par sortir brusquement de sa torpeur. Il se leva puis m'as-

séna une gifle cinglante qui me fit m'étaler de tout mon long. « Tout ça est de ta faute ! hurla-t-il. Je suis innocent ! » Je récupérai à peine lorsque j'entendis claquer la porte. Il venait de quitter la maison…

Je me rappelle m'être alors assise et avoir bu mon café à petites gorgées, attendant je ne sais quoi. Peut-être que la Providence, une fois de plus, prît les bonnes décisions à ma place ? Je l'ignore. En tout cas, je restai plantée là, sur ma chaise, considérant le corps mutilé de Maxime, sans émotion particulière. Il était là comme l'étaient les meubles, les chenets renversés dans l'âtre, le bol sur la table. Seul le tic-tac régulier du morbier me rattachait au monde, lien ténu mais obsédant. Je demeurai dans cet état d'hébétude jusqu'au retour d'Hippolyte, accompagné d'Émile.

Emma pleurait. Son père, le vrai, venait de mourir encore une fois sous ses yeux, comme lors de sa première lecture.

— Tu vois ce que ça me fait, salaud ! s'exclama-t-elle à l'adresse d'Émile.

Elle s'essuya les yeux d'un revers de la manche et reprit sa lecture.

Émile me dévisagea avec toute la haine dont il était capable, puis, m'agrippant par les épaules, me plaqua avec violence contre le mur. « Écoute-moi bien, me dit-il d'une voix menaçante. Tout ça est arrivé par ta faute, petite traînée ! Je pourrais te tuer, ce n'est pas l'envie qui m'en manque, mais je préfère t'épar-

gner. Pour Emma, parce que je souhaite que tu payes pour ton crime, car c'est toi qui as tué Maxime ! Et aussi parce que je ne veux pas de scandale. Alors, écoute bien, petite salope ! Voilà ce qu'on va faire... »

Il m'expliqua alors le plan qu'il avait concocté. On jetterait le corps de Maxime dans le puits, proche de la maison, puis il détruirait celle-ci de ses propres mains pour effacer le drame à tout jamais. Dès le lendemain, je viendrais habiter à la Vernières, d'où je n'aurais pas le droit de sortir. Enfin, en travestissant son écriture, il écrirait une lettre signée de Maxime et adressée à la famille, où il expliquerait qu'il avait décidé de partir loin du pays. Pour accentuer la vraisemblance de cette fuite, Émile en parlerait aux gendarmes et leur demanderait de diligenter une enquête.

J'acceptai tout. Pour toi. Tu étais notre fille à Maxime et à moi, et je refusais qu'encore si fragile tu fusses la victime de ce drame. Comme je n'avais pas divulgué le secret de tes origines, ta vie ne serait pas bouleversée. Tu aurais un père et une mère, une famille.

En même temps, je ne te le cacherai pas, il entrait dans ce choix une part d'égoïsme, dans la mesure où tu étais la seule qui me rattachât encore à Maxime. En t'aimant, je continuais à l'aimer. J'acceptai aussi pour mes parents, par peur du scandale, et sans doute pour bien d'autres raisons. Me projetant dans l'avenir, je me disais que tout dépendrait désormais de mon talent de comédienne. Dans mon esprit, l'obligation de feindre serait le juste prix de ma faute, car en cet instant j'endossais l'entière responsabilité de tout ce qui venait d'arriver.

Sans perdre de temps, Émile et Hippolyte jetèrent le cadavre dans le puits et, Émile parti, Hippolyte demeura à la maison. Même si cela peut te paraître scandaleux, je montai dans la chambre et m'endormis comme une masse jusqu'au lendemain.

Après ce drame, ma vie, tu t'en doutes, ne fut plus la même. La maison des Quatre-Vents détruite, je m'installai avec toi à la Vernières. Tu disposais de ta chambre, tandis que je partageais celle d'Hippolyte, et j'entamai ma nouvelle existence, prisonnière, et constamment surveillée par les deux cerbères.

Les mois qui suivirent furent épouvantables. Je te passerai toutes les vexations, petites ou grandes, les interdits, le mépris dont je fus l'objet de la part des deux hommes. Je ne m'appesantirai pas non plus sur la violence physique qu'exerça sur moi Hippolyte, sur la torture psychologique que m'imposa Émile. Ce serait trop long et inutilement douloureux, pour moi comme pour toi. Sache seulement que, jusqu'à ce jour, j'en ai gardé les stigmates, une peur panique des hommes que j'ai rarement surmontée, une ironie devant l'amour qui en a rendu quelques-uns malheureux, une inaptitude à éprouver du plaisir en faisant l'amour, une angoisse du noir, un sommeil perturbé, et bien d'autres souffrances encore qui ne s'atténuaient que lorsque je voyageais. D'où, sans doute, cette propension à fuir les lieux et les êtres.

Le fardeau de cette nouvelle vie qui commença le lendemain de cette funeste soirée pesa très vite sur mes épaules. Non seulement il me fallait supporter le poids de deux secrets – la paternité de Maxime et sa mort violente –, mais également celui de ma culpabilité. Pas une minute ne passait sans que j'entendisse la voix de ma conscience, harcelante, torturante, qui ne m'accordait aucune circonstance atténuante. Je devais alors me défendre pied à pied contre elle, la nuit comme le jour, inventant toutes sortes de bonnes raisons d'être innocente.

Mais je ne l'étais pas, et ne le serais jamais – ce que me rappelaient d'ailleurs les regards accusateurs d'Émile et Hippolyte, leurs paroles méchantes, leurs violences psychologiques et physiques.

S'ajoutait à cela la fatigue que j'éprouvais à effectuer toutes les corvées qui m'étaient infligées. Pour Émile, rien ne devait me rebuter, au point que je devins en quelque sorte sa chose. Pour m'isoler un peu plus des gens du domaine, il me contraignit à m'occuper de ses chevaux, exerçant sur moi une surveillance constante. Il le faisait avec une délectation particulière, connaissant mon aversion pour ces animaux qui m'effrayaient. Mais sa tyrannie ne s'arrêtait pas là : jusqu'à leur mort, qui allait survenir assez vite, je ne pus plus revoir mes parents sans que lui ou Hippolyte fussent avec moi. Plus question pour moi de faire des courses en ville ou de vivre ma féminité : je devais me contenter du trousseau que j'avais. Si je mangeais à leur table avec toi, ce n'était que pour la galerie. Ils ne m'adressaient la parole que très rarement. Heureusement, tu étais là, me sauvant du pire. Le peu de liberté qu'il me restait, je l'avais grâce à toi.

Toutefois, au fil des mois, ce soutien s'avéra de plus en plus insuffisant. Les deux secrets terribles que je portais me rongeaient, comme le cancer aujourd'hui. À cela s'ajoutaient la tyrannie de mes deux geôliers et la fatigue nerveuse accumulée depuis la mort de Maxime, lequel venait me hanter chaque nuit, m'empêchant de dormir. J'abusais de valériane, sans succès, et dépérissais à vue d'œil.

Advint alors un autre événement douloureux, le 27 juillet 1924, qui devait cette fois me plonger définitivement dans une profonde dépression. Alors qu'ils vérifiaient l'état de la tour à grain, à moitié remplie, mes deux parents chutèrent ensemble dans le blé et moururent étouffés sans que personne s'en rendît compte assez vite pour pouvoir les sauver. Avec eux, je perdais deux personnes que j'aimais intensément, même si nous étions parfois en désaccord, et surtout le dernier refuge dont je disposais face à la tyrannie d'Émile et Hippolyte.

Pour te restituer l'ambiance de cette époque tragique, je te dirais simplement que, dès le lendemain de leur décès, je dus lutter pour préserver mon héritage et le tien, face à Hippolyte et Émile qui évidemment voulaient le récupérer. Après une bataille arbitrée par le notaire de la Charité, je réussis heureusement à geler suffisamment d'argent pour envisager plus tard de fuir la ferme. Au fond, et c'était un moindre mal, ils ne récupérèrent que la ferme de mes parents. Je passerai sur ces détails. Néanmoins, sache qu'une somme d'argent assez rondelette t'attend chez maître Blanchard, si toutefois Hippolyte et Émile ne l'ont pas captée par je ne sais quel moyen.

Ce dernier combat m'acheva. Défaite physiquement et moralement, je m'enfermais désormais dans un mutisme dont tu étais la seule à pouvoir me faire sortir. C'est à cette époque, tu devais avoir sept ans, que tu commenças à m'interroger. Maligne, attentive et très éveillée, tu percevais déjà la haine définitive et irrémédiable qui m'opposait aux deux hommes. Je me rappelle qu'alors tu exprimais une inquiétude permanente, posant sans cesse des questions très acérées sur les rapports que j'entretenais avec eux, sur ma tristesse, ma fatigue… Autant d'interrogations que j'esquivais comme je le pouvais, refusant obstinément de t'impliquer dans des problèmes qui ne te concernaient pas et que tu aurais été bien en peine de comprendre.

Des mois durant, isolée, malheureuse, épuisée, j'oscillais entre l'envie de mettre fin à mes jours et l'acceptation de mon destin, jugeant que j'étais l'entière responsable de tout ce qui était arrivé.

En réalité, sans doute grâce à un instinct de survie qu'à cette époque j'ignorais posséder, je cherchais les clés qui me redonneraient la possibilité de m'évader des prisons qui contraignaient mon imagination.

J'en trouvai une, un peu à mon corps défendant, en évoquant Maxime devant toi. Sans m'en rendre compte, m'inspirant de ce que j'avais connu de lui, j'élaborai une sorte de héros de roman dont je te contais les péripéties imaginaires. Sachant son goût de l'aventure et me souvenant de l'épopée qu'il avait vécue durant la guerre et après, je le transformai en explorateur parti en Afrique, rencontrant des peuplades inconnues, chassant le lion et la gazelle dans des savanes inventées de toutes pièces à partir de récits que j'avais lus.

Tu te pris au jeu et adoptas si bien ce personnage qu'il devint au fil du temps notre sujet de conversation préféré. Passionnée, tu passais des heures entières le nez plongé dans le dictionnaire, cherchant le détail, l'anecdote ou le dessin qui viendrait pimenter davantage ses aventures. Emportée par ta propre imagination, tu lui inventais des périls et des fortunes diverses. En un mot, tu le sacralisais. Complice de ce jeu de miroirs, je t'encourageais à continuer, sans me rendre compte que de nouveau j'entretenais le mensonge et que, par la même occasion, je sombrais doucement mais sûrement dans la folie.

Le plus curieux est que, par ta seule force de persuasion et grâce à tes talents de conteuse, tu réussis à impliquer Hippolyte et Émile, qui finirent par entrer dans ton jeu. Sans t'en rendre compte, ni moi non plus d'ailleurs, en excitant ainsi leur imagination, tu leur offrais le moyen d'échapper à leur culpabilité. Quoi de plus apaisant pour les consciences que de ressusciter le frère ou le fils, vivant dans des contrées lointaines ? Quoi de plus tranquillisant que de faire comme s'il vivait encore ?

Ainsi, à ton insu, tu devins le nouveau centre de gravité de la vie de la Vernières. Émile commença à s'intéresser à toi, pour finir par te hisser au pinacle. Tu étais sa petite-fille chérie, la plus intelligente, à laquelle il prédisait un avenir magnifique. Il était d'autant plus béat d'admiration que l'institutrice des Bertins, où tu allais à l'école, ne tarissait pas d'éloges sur toi, répétant à l'envi que, bien que tu fusses fantasque et dissipée, tu étais de loin sa meilleure élève.

Tu remarqueras sans doute qu'à ce propos je n'évoque pas Hippolyte. Ce n'est pas un oubli. Perclus de culpabilité – il y avait de quoi –, toujours tenaillé par ses souvenirs de guerre, dégoûté par ma seule présence, il n'avait que faire de toi. Tu n'étais plus à ses yeux, comme il me l'a souvent jeté à la figure, que la représentation vivante de l'erreur qu'il avait commise en m'aimant et en m'épousant. Et puis, il était bien trop obnubilé par la bouteille et les putains pour s'intéresser à toi.

Dans cette nouvelle situation que tu avais contribué à installer grâce à ta fraîcheur, ta joie de vivre et ton ascendant sur les gens, je ne comptais pas davantage qu'auparavant. Hippolyte, comme je te l'ai dit, vivait à côté de nous tous, et Émile me rejetait tout autant.

C'est alors que je trouvai la seconde clé qui – je le croyais, mais les événements qui suivraient me contrediraient douloureusement – devait contribuer à me libérer de mon fardeau moral. Emportée par ma passion fictive, j'entamai – je crois que c'était au début de l'année 1926 – la rédaction d'un journal.

Maintenant que je regarde ce passé lointain avec la lucidité de quelqu'un qui est aux portes de la mort, je crois bien qu'à cette époque je n'étais pas loin d'être folle – ou même l'étais-je complètement, mais qu'importe.

Malheureuse comme je l'étais, frustrée d'amour, souffrant du rejet et de la violence des autres et dans l'incapacité de te confier ma peine – tu étais alors bien trop jeune –, je cédai à mon imagination débridée. Mue par le besoin d'échapper à la réalité douloureuse dans laquelle je me trouvais engluée, je ressuscitai Maxime en répondant à ses lettres fictives. Ainsi, selon mon humeur et les méandres de mon imagination, je me le représentais voyageant de par le monde et m'écrivant à chaque étape de son périple. Un jour ici, un jour là, il me racontait sa vie, ses rencontres, ses expériences, ses découvertes qui m'emmenaient loin, très loin de la Vernières.

Moi, l'amante éplorée, abandonnée sans qu'évidemment ce fût de sa faute, je lui racontais mon triste quotidien, je lui parlais de toi, lui narrant par le menu tout ce qui t'arrivait. Je lui confiais aussi les brimades, les vexations, les souffrances que je subissais. Mais je ne devais pas m'inquiéter: il reviendrait bientôt et me sortirait de cet enfer.

Je n'avais plus toute ma tête. Mon état devait d'ailleurs empirer au fil des mois. Prise dans l'engrenage du mensonge, je ressentis bientôt la nécessité d'aller encore plus loin, au point qu'un jour, la surveillance d'Émile et d'Hippolyte s'étant relâchée, j'entrepris d'aller poster ces lettres que Maxime était censé rédiger à mon inten-

tion. Ainsi, l'illusion était totale. Il m'écrivait réellement ! Il était donc vivant !

Je lui répondais alors avec une fougue renouvelée et envoyais mes lettres en poste restante à la Charité. Tout cela, évidemment, à l'insu d'Hippolyte – ce qui n'était pas difficile, compte tenu de son indifférence.

Par goût et parce que cela correspondait à mes rêves d'exotisme, je finis par établir ton oncle à Nairobi, là où justement je me trouve aujourd'hui. Je lui prêtais alors les traits d'un planteur, doublé d'un chasseur de gros gibier, qui tentait de faire fortune avant de me demander de venir. Je croyais en ses promesses, Un jour, m'assurait-il, il m'enverrait un billet pour venir le rejoindre. Nous vivrions avec toi dans la ferme qu'il possédait là-bas, entourés de l'affection des tribus autochtones.

En même temps, je te parlais de lui. À ma grande surprise, tu te prêtais au jeu avec fougue. Tu me demandais sans cesse de te lire des passages des lettres qu'il m'écrivait, t'enthousiasmant pour l'homme que je décrivais. Tu lui prêtais de nouveau des aventures extraordinaires, me demandais de lui écrire quelques lignes de ta part. Tu lui racontais en particulier ta vie à la ferme, tes propres découvertes enfantines, tes espoirs aussi de le rejoindre un jour et d'être à ton tour une aventurière. D'ailleurs, disais-tu avec assurance, tu en étais déjà une ! Et de lui conter la découverte d'un nid en haut d'un arbre, tes chasses au renard, tes escapades dans les bois, que sais-je ! Tu ne manquais pas d'imagination, toi non plus, je peux te l'assurer !

Excitées que nous étions par cette absence enchanteresse, une nouvelle complicité naquit entre nous. Maxime s'était installé au cœur de nos conversations, de nos préoccupations et de nos rêves.

Cela eut évidemment des conséquences sur ton comportement. Ta fascination pour Maxime entraîna bientôt de ta part un rejet d'Hippolyte, auquel tu reprochais de plus en plus vivement ses absences, ses soûleries et son indifférence à ton égard.

En même temps, et j'avoue que j'en fus à l'époque très affectée parce que je ne le comprenais pas, tu finis également par me détester. Tes reproches étaient de plus en plus virulents. Il y entrait sans doute quelque jalousie, mais plus certainement la volonté de ne pas me favoriser par rapport à Hippolyte. S'y ajoutait le fait que, en dehors de partager avec toi quelques moments privilégiés autour de cette correspondance fictive, je n'étais guère disponible. Passé quelques brèves périodes d'exaltation, je retombais très vite dans la mélancolie, indifférente aux obligations d'une mère envers sa fille.

Je crois que c'est à cette époque que tu as vraiment pris la mesure – même si, pour une bonne part, c'était encore de manière inconsciente – de ton isolement, des tensions qui existaient à la Vernières et du caractère des uns et des autres. Tu commençais alors à grandir contre nous tous, y compris Émile, qu'au fond tu craignais et auquel, je me souviens, tu reprochais sa méchanceté à mon égard. Il y avait de quoi ! Poussé par une hargne destructrice, il n'existait plus un jour sans qu'il me fît des reproches ou me montrât son mépris, souvent devant toi. À ses yeux, je n'étais plus ni épouse ni mère, mais seulement une pauvre fille devenue folle qu'il s'agissait de soustraire aux yeux du monde.

Si j'étais solitaire, tu l'étais autant que moi. Rejetant tout à la fois ton père, ta mère et ton grand-père, tu te mis alors à chercher une issue à ton isolement. Heureusement, tu ne fus pas longue à la trouver auprès de Margot et Armand. Je leur suis encore reconnaissante de tout ce qu'ils ont fait pour toi et moi.

Discrets, mais attentifs, ils avaient compris que j'étais devenue en quelque sorte le souffre-douleur d'Hippolyte et d'Émile. Je le savais par la gentillesse qu'ils témoignaient à notre égard, mais aussi par les quelques jugements désapprobateurs qu'ils laissaient parfois échapper à propos des deux hommes lorsque nous parlions ensemble. À ce propos, je n'en ai jamais eu la certitude, mais je crois qu'ils savent ce qui s'est passé à la Vernières…

C'est donc tout naturellement que tu te tournas vers eux pour trouver quelque affection sincère. Ils ne te la ménagèrent pas, je peux te l'assurer. Combien de fois Margot ne t'a-t-elle pas consolée en te serrant dans ses bras comme si tu étais sa propre fille ? Que de fois aussi ne t'a-t-elle pas gardée dans la cuisine, s'astreignant à te faire dessiner, à te raconter des histoires ou encore à t'apprendre la couture ou la cuisine ?

Auprès d'elle, tu retrouvais ta gaieté, ton innocence. Tu redevenais la petite fille insouciante que tu n'aurais jamais dû cesser d'être, pleine de vie, d'enthousiasme et babillant à tout propos ! Je te revois, agrippée à ses jupes, l'aidant autant que tu pouvais dans son travail.

Le soir, quand venait l'heure de la veillée, c'était au tour d'Armand de te prendre sur ses genoux et de te raconter de merveilleuses histoires qui avaient pour cadre le Tonkin, où il était allé combattre quelques mois durant. Parfois, quand il t'arrivait de t'endormir dans ses bras, il tenait à te coucher lui-même, t'embrassant toujours sur le front avant de te quitter. J'aurais dû être jalouse – sans doute une vraie mère l'aurait-elle été –, et pourtant je ne l'étais pas. Au contraire, je les encourageais à se substituer à moi, comprenant qu'ainsi je te sauvais de moi-même et des autres.

La situation que je viens de te décrire – trop brièvement, mais la fatigue m'empêche d'être plus diserte – se prolongea jusqu'à février 1932, ponctuée par quelques événements sans importance. Je crois que c'est à cette époque que l'un des chevaux d'Émile mourut subitement, ce qui t'émut beaucoup. Durant l'été 1930 ou 1931, je me rappelle aussi que les granges brûlèrent sans qu'on eût compris comment cela était arrivé. Me revient aussi en mémoire cette période de la fin de l'année 1931 durant laquelle Émile fut cloué au lit par une grippe sévère, au point qu'on se demandait s'il n'allait pas y passer. Je m'en souviens car ce fut pour moi un moment de répit où je ne subissais plus sa loi.

Enfin, tout cela n'a guère d'intérêt au regard de ce qui suivit. En février 1932, donc, je ne sais par quel miracle, mes tourments cessèrent aussi brusquement qu'une ondée d'été. À la réflexion, je crois que j'avais épuisé toutes les larmes que je pouvais verser. Quoi qu'il en soit, le 23, je n'ai jamais oublié cette date, je me réveillai avec la ferme volonté d'en finir avec cette existence déplorable. Quasiment sans mémoire de ce qui avait précédé, je me rappelle avoir brûlé les fausses lettres de Maxime et les réponses que j'avais faites, avoir jeté quelques affaires dans ma valise et quitté la ferme sans un regard en arrière, ni pour toi – je t'en demande pardon – ni pour les autres. La liberté, l'espace, l'aventure m'appelaient. Je passai chez le notaire de la Charité, chez qui je pris l'argent qui me revenait de l'héritage de mes parents, et sautai dans le premier train pour Paris. La suite, tu la connais à travers mes lettres.

J'en finis maintenant, un peu vite j'en conviens, mais la mort m'appelle et je dois m'y préparer. Mon seul regret, avant de partir, est de savoir que je ne te reverrai pas, que je ne saurai jamais ce que tu es devenue. Je me console en me disant que c'est le prix à payer pour avoir voulu être libre. Sache néanmoins que je t'ai toujours aimée et que pas un seul instant tu n'as été absente de mes pensées. Je te souhaite tout le bonheur possible en ce monde.

Maman.

Emma releva la tête et essuya rageusement les larmes qui perlaient à ses paupières. Plus jamais elle ne relirait cette lettre, c'était trop douloureux.

Elle prit la main d'Émile dans la sienne et la secoua.

— Tu peux crever maintenant ! dit-elle.

Sur ces mots, elle fourra les feuillets dans son sac et quitta la chambre.

Devant la salle des infirmières, elle fut interpellée par celle qui lui avait apporté la carafe.

— Vous partez ? demanda-t-elle.

Emma acquiesça.

— Vous avez raison, mademoiselle. De toute manière, il ne va pas s'en sortir. Je vous promets d'aller le voir souvent.

Emma la remercia, lui indiquant qu'elle allait dormir à l'hôtel et qu'elle reviendrait le lendemain matin.

Dehors, le froid était vif. La neige s'était remise à tomber en flocons fins qui dansaient dans la lumière des réverbères. Emma songea qu'elle aurait aimé avoir sa mère à ses côtés pour lui confier combien le spectacle était magnifique. Cette pensée lui redonna un peu de vigueur. Puis, comme elle avait faim, elle prit le chemin du centre-ville, où elle trouva sans peine un hôtel-restaurant.

Elle apprit la mort d'Émile le lendemain matin en se rendant à l'hôpital. Une nouvelle infirmière le lui annonça, soulignant qu'il était parti tranquillement, dans la nuit, vers quatre heures.

Emma gagna la chambre. Émile reposait sur le lit, le drap remonté jusqu'au menton. Emma le regarda à peine, préférant admirer par la fenêtre le parc recouvert de neige.

Elle s'apprêtait à repartir quand Colliard, prévenu par l'hôpital, entra dans la chambre.

— J'ai appris la triste nouvelle. Veuillez accepter mes condoléances, dit-il d'un ton cérémonieux qui crispa Emma. J'ai peu connu votre grand-père, mais cela m'a suffi pour l'apprécier. Je suis certain que c'était un homme de valeur.

Puis il lui tendit une enveloppe contenant le permis d'inhumer. Emma esquissa un vague sourire, le remercia, songeant que jusqu'à la fin Émile aurait su tromper son monde.

Impatiente de quitter la chambre, elle expliqua au médecin qu'elle devait se rendre à la mairie puis aux pompes funèbres, pour régler les détails de l'inhumation. Comme il lui proposait de prendre un café en sa compagnie, elle refusa.

— Une autre fois, peut-être, ajouta-t-elle par politesse.

Colliard n'insista pas. Ils sortirent ensemble, puis il la quitta au détour d'un couloir au prétexte qu'il avait rendez-vous avec un confrère.

Ses démarches terminées, Emma retrouva Armand, qui l'attendait devant l'hôpital au volant de la voiture.

Ils quittèrent aussitôt la Charité. Alors qu'ils roulaient en silence sur la route, elle se surprit à éprouver un immense soulagement mêlé à la joie de revenir à la Vernières, désormais propriétaire des lieux et maîtresse de leur destinée.

L'enterrement d'Émile eut lieu deux jours plus tard, en fin de matinée, sous une pluie fine et froide. Peu de monde assista à l'inhumation : soucieuse d'expédier la cérémonie, Emma s'était arrangée pour ne faire passer l'annonce dans le journal local qu'au dernier moment.

Au retour du cimetière, choquée par ce comportement, Margot l'avait prise à part dans la cuisine.

— Ce n'est pas digne de toi d'avoir agi ainsi, ma petite fille ! Malgré tous les reproches qu'on peut adresser à ton grand-père, il ne méritait pas un tel traitement. Tu te rends compte que même le maire de Narcy n'était pas présent ! À croire que ton grand-père était pestiféré…

— Il l'était ! répliqua Emma.

Puis, sans laisser à Margot le temps de répondre, elle grimpa l'escalier et s'enferma dans sa chambre. Elle se fichait bien des états d'âme de Margot ; seuls comptaient désormais l'avenir de la Vernières, son propre bonheur et, surtout, sa liberté !

Décidée à le prouver aussitôt, elle quitta ses habits de deuil, enfila un pantalon et un vieux chandail de laine, puis s'ébouriffa les cheveux. C'était peu de chose, mais cela suffirait à faire comprendre qu'elle avait effacé Émile de sa mémoire et que c'est elle qui dorénavant déciderait.

Quand elle fut prête, elle s'affala dans son fauteuil, désireuse de goûter ces premiers instants d'indépendance.

Soucieuse de marquer le changement de manière symbolique et forte, elle songea que son premier geste serait de dire adieu à sa mère en ne s'adonnant plus à son culte. Alors, elle récupéra la boîte qui se trouvait sous la commode pour en classer les lettres dans l'ordre chronologique. Quand ce fut terminé, Emma s'aperçut qu'il en restait une dizaine à lire en provenance de Pologne, et une seule, la dernière, postée de Nairobi. Après avoir longuement hésité, elle la décacheta.

Ma fille chérie,

Du froid au chaud, de l'Europe à l'Afrique, voilà résumées mes dernières semaines passées en compagnie d'Ernst, l'homme le plus charmant, le plus attentionné et sans doute le plus drôle que j'aie jamais connu. Lui qui m'attira naguère dans les froides plaines polonaises m'a amenée au cœur de l'Afrique, décidé à m'aimer jusqu'au bout de mes propres forces.

Eh oui, ma fille, je suis malade et sans doute incurable, si je dois en croire les médecins que j'ai consultés.

Un soir de souffrances, là-bas à Wojnowo, alors que je peinais à me réchauffer au feu qui brûlait dans l'âtre, Ernst me demanda quel était mon plus grand rêve, celui pour lequel je donnerais ma vie s'il le fallait. Je ne réfléchis pas longtemps : je portais en mon cœur le souvenir, notre souvenir commun, de tant de voyages en Afrique à la recherche de l'aventurier qu'était Maxime.

Sans doute ces moments avaient-ils été parmi les plus tragiques de ma pauvre vie, et pourtant, avec le temps, ils m'apparaissaient comme les plus beaux, peut-être les plus importants, car ils avaient réuni les deux personnes que j'aimais le plus au monde, toi et lui.

M'entendant, mon compagnon n'hésita pas. « Que cela soit ! me dit-il. Vous serez en Afrique avec moi au plus vite ! »

Voilà comment je me retrouve aujourd'hui en ce lieu de chaleur et d'arômes, de lumières et de couleurs, d'hommes et de femmes si beaux, si libres et souriants.

Sans que je lui demande rien, Ernst a loué une ferme en bordure de la ville où plusieurs domestiques sont à ma disposition.

Il reste là, auprès de moi, à lire ou à me parler, toujours optimiste sur l'issue de mon mal. Il ne cesse de courir les marchés et d'y consulter quelque marabout pour qu'il lui donne les remèdes secrets et sacrés qui sont utilisés ici. Il convoque aussi les meilleurs docteurs de la ville, m'appliquant leurs remèdes avec la gentillesse et l'efficacité d'une infirmière.

Les jours de rémission, car il y en a encore quelques-uns, je cours la savane avec lui et des guides locaux pour y admirer les bourreaux et les victimes de cette guerre animale, toujours présente.

Maintenant que mes jours raccourcissent, que l'avenir s'efface, c'est le passé qui s'impose avec ses figures, ses rêves et ses drames, je t'aime.

Ta maman.

Quand elle eut terminé, Emma replia la lettre et la glissa lentement dans l'enveloppe. Sa décision était irrévocable : c'était la dernière lettre qu'elle lisait. L'ayant rangée dans la boîte avec les autres, elle ferma celle-ci et la dissimula en haut de l'armoire. C'était fini. Sa mère était morte, et Emma vivait. Plus jamais elle ne replongerait dans le passé.

Désormais, le plus important était de faire le point sur la situation du domaine et de trier les papiers d'Émile afin d'entamer la procédure d'héritage, comme le lui avait demandé le notaire lors de l'enterrement.

Emma quitta la chambre et gagna le bureau d'Émile, où elle s'enferma. Assise dans le fauteuil, face au bureau, elle fouilla les tiroirs pour y trouver toutes sortes de papiers sans grand intérêt – des factures et des bons de commande, pour la plupart, qu'elle connaissait déjà pour avoir souvent travaillé avec lui.

Elle s'énerva. Elle voulait découvrir des écrits intimes d'Émile, des témoignages sur sa vie, des souvenirs, peut-être aussi des preuves accablantes sur son comportement passé, voire des informations concernant cette période trouble que lui avait décrite sa mère.

Jetant un regard circulaire sur la pièce, Emma chercha alors à deviner où son grand-père avait bien pu dissimuler ses secrets. Excepté le bureau, il n'y avait là que le meuble à boissons, la vitrine, et enfin le canapé sur lequel il dormait quand il travaillait tard. Autrement dit, aucun endroit où cacher quelque chose de personnel... Pourtant, elle était certaine que c'était ici qu'il fallait chercher, confortée dans cette idée par un indice : Émile avait toujours eu de l'argent à portée de main, sans qu'Emma pût jamais en trouver dans le bureau. Il y avait donc bien une cachette...

Elle arpenta la pièce, mais, n'ayant rien découvert, elle revint s'asseoir, découragée.

Soudain, alors qu'elle songeait à quitter les lieux, la profondeur du bureau, qui dépassait largement celle des tiroirs, attira son attention. Après les avoir retirés un à un, elle révéla le double fond, habilement conçu comme un placard à portes coulissantes. Là, elle découvrit des dossiers, des boîtiers et des lettres, qu'elle étalait au fur et à mesure sur le bureau. Quand elle eut terminé, elle n'avait plus aucun doute : toute la vie d'Émile se trouvait là, sous ses yeux.

Elle ouvrit d'abord les boîtiers, pour y découvrir une somme d'argent considérable en liasses de billets impeccablement rangées. Renonçant à compter, elle remit les boîtiers dans la cache. Apprendre l'existence de cet argent la rassurait, mais ce n'était pas l'essentiel à ses yeux : elle désirait avant tout plonger dans l'intimité du bonhomme et y trouver d'autres bonnes raisons de l'avoir supprimé.

Reprenant sa recherche, elle tomba alors, dans un dossier, sur les lettres que Charlotte avait adressées à Émile chaque fois qu'ils étaient séparés. Elle en lut quelques-unes. Leur ton était distant, voire glacé, et les informations qu'elles contenaient concernaient uniquement la vie quotidienne. Rien n'indiquait qu'elle eût été amoureuse d'Émile, ni même qu'elle eût éprouvé beaucoup d'intérêt pour Hippolyte, alors bébé. Chaque fois qu'elle l'évoquait, c'était uniquement pour souligner les embarras que lui causaient ses pleurs ou ses maladies…

Emma referma le dossier et le rangea, surprise que cette femme ressemblât si peu au portrait flatteur qu'Émile en avait dressé sa vie durant.

Après avoir exploré plusieurs autres dossiers contenant des lettres mélangées de Marcelline et de personnes qu'elle ne connaissait pas, Emma découvrit alors une chemise, peu épaisse, sur laquelle était inscrit le nom de sa mère. Son cœur s'accéléra. Elle hésita à ouvrir la chemise, pressentant des révélations qui bouleverseraient plus encore l'ordre des choses.

Pour s'accorder un sursis, elle regarda par la fenêtre. Le vent s'était levé, la pluie continuait de tomber en fouettant les vitres, les nuages couraient dans le ciel en s'effilochant... Emma alluma la lampe du bureau. Son regard se posa de nouveau sur la chemise. Elle l'ouvrit.

Elle reconnut tout de suite l'écriture de sa mère, fine et serrée. Il n'y avait là qu'un feuillet, signé de sa main et daté du 27 janvier 1922.

Au cas où une enquête de gendarmerie serait diligentée au sujet de la mort de Maxime, fils d'Émile et frère d'Hippolyte, tous deux présents, j'atteste que ceux-ci m'ont découverte hébétée dans la maison dite des Quatre-Vents ce jour, tenant le fusil de chasse qui venait de tuer Maxime, mon amant depuis plusieurs mois.

L'accident, car c'en fut un, se déroula peu après minuit alors que Maxime, comme il le faisait régulièrement, venait d'entrer dans la maison par la porte de devant, que je gardais ouverte en prévision de sa venue.

Contrairement à ses habitudes, il était pris de boisson et agressif. Alors que nous nous disputions très violemment, lui souhaitant que je divorce d'Hippolyte, moi m'y refusant, Maxime en vint à porter la main sur moi.

Paniquée, je saisis alors le fusil qui demeurait toujours dans la maison et le menaçai de tirer s'il ne s'en allait pas. Non seulement il refusa, mais il tenta de reprendre le fusil. Dans l'échauffourée qui suivit, j'appuyai involontairement sur la détente et le tuai sur le coup.

Alertés par le bruit de la détonation alors qu'ils s'approchaient de la maison, Émile et Hippolyte se précipitèrent. Malgré leur peine et leur juste colère à mon endroit, et pour éviter tout scandale qui aurait pu être préjudiciable à la Vernières ou à Emma, ma fille, et à Hippolyte, ils décidèrent de faire disparaître le corps de Maxime et d'inventer à son sujet un exil à l'étranger.

Nous jetâmes le corps sans vie dans le puits proche de la maison afin de gommer toute preuve de sa présence, la curiosité de la gendarmerie étant toujours à craindre.

Jeanne.

Fait aux Quatre-Vents le 27 janvier 1922, à minuit dix, hors de toute contrainte.

Emma demeura un long moment prostrée, le regard fixé sur le papier, se refusant à croire ce qui y était écrit.

Naturellement, Jeanne avait rédigé ce papier sous la contrainte des deux hommes, et cela n'était qu'une illustration supplémentaire du machiavélisme d'Émile et d'Hippolyte. Néanmoins, la véracité du contenu de la lettre sembla évidente à Emma, dans la mesure où il s'agissait bien de l'écriture de Jeanne, ferme et sans fioritures, donc sincère. Bouleversée à l'idée que sa mère eût pu lui avoir menti dans sa lettre testamentaire – mais était-il concevable qu'elle l'eût fait juste avant de mourir ? –, Emma s'arracha de sa chaise, referma les tiroirs et sortit en prenant soin de tourner le verrou derrière elle. Le document dans la poche, elle revint à la cuisine, où elle s'assit à la grande table, sous l'œil étonné de Margot.

— Qu'est-ce que tu veux, ma petite ?

— Rien, répondit Emma, soudain lasse. Un café, peut-être.

Margot lui en servit une tasse et s'attabla à son tour.

— Tu en tires, une tête ! dit-elle affectueusement.

Emma demeura silencieuse, puis elle lui tendit le feuillet contenant les prétendus aveux maternels. Margot le lut, puis, sans crier gare, se leva pour le jeter dans le feu.

Quand le papier fut consumé, elle dévisagea Emma.

— Qu'est-ce que tu veux à dîner, ce soir ?

— Ce que nous voulons, tu veux dire ! À partir d'aujourd'hui, nous dînerons ensemble tous les soirs avec Armand et Louis.

Sur ces mots, elle se leva et embrassa la vieille femme.

— Je vais chercher Louis pour lui montrer sa nouvelle chambre.

— Va vite, ma fille ! répondit Margot. Profitez ! Le temps passe si vite…

Imprimé en France par CPI
en novembre 2020

Mise en pages : Patrick Leleux PAO

Dépôt légal : novembre 2020
N° d'impression : 2050508
ISBN : 978-2-36559-253-6